D0868979

Personnes disparues

Patricia MacDonald

Personnes disparues

Roman

Les Éditions Retrouvées

Titre original : *Missing Persons*

© Patricia Bourgeau, 1997

© Éditions Albin Michel, S.A., 1997

Les Éditions Retrouvées, 2016
avec l'autorisation des éditions Albin Michel

ISBN : 978-2-36559-157-7

*À mes neveux, Stephan, Andrew
et Thomas Oliva, avec tout mon amour.*

Prologue

Assise sur un banc du parc, Rebecca Starnes rejeta ses cheveux en arrière, se redressa, puis, discrètement, rentra son polo dans son jean pour qu'il épouse plus étroitement l'arrondi de ses seins. Du coin de l'œil, elle observait le garçon qui, sur le parking, sautait le petit mur avec son skate-board. À chaque fois qu'il atterrissait sur le bitume, elle avait du mal à réprimer un cri. Il portait des lunettes de soleil panoramiques, de sorte qu'il était impossible de savoir s'il regardait dans sa direction lorsqu'il réussissait sa tentative. Elle ne voulait en aucun cas qu'il imagine qu'elle l'observait.

Rebecca était presque sûre de l'avoir déjà vu, sans doute à l'occasion d'un match quelconque de basket, mais elle ignorait quelle école il fréquentait. Il y avait un tas de lycées catholiques dans la région, et le championnat comportait un grand nombre d'équipes. Elle était cependant certaine qu'il ne venait pas de son école, celle des Chagrins Éternels, car elle n'aurait pas manqué de le remarquer. Elle passa le bras sur le dossier du banc et ramena de nouveau ses cheveux en arrière.

Une femme qui poussait un landau le long de l'allée sinueuse s'arrêta devant elle et lui sourit.

« Il est mignon, dit la femme. Quel âge a-t-il ?

— Six mois », répondit Rebecca avec une pointe d'impatience.

Installé dans sa poussette, le petit Justin Wallace

était fort occupé à examiner son épais anneau de plastique rempli de gel bleu et décoré de dessins de Donald Duck et de ses neveux.

Rebecca tendit le cou pour essayer de voir le skateur derrière la femme qui lui bouchait la vue et qui, souriant et agitant un doigt à l'intention de Justin, ne semblait pas se rendre compte qu'elle gênait. La jeune fille soupira et s'efforça de se montrer polie.

« Et le vôtre, il a quel âge ? demanda-t-elle, en désignant la voiture d'enfant que l'inconnue berçait doucement.

— C'est encore un nourrisson, répondit la femme en donnant une petite tape de propriétaire sur le filet qui protégeait le landau. Il dort.

— Pas Justin, dit Rebecca en jetant un coup d'œil sur le bébé et en priant intérieurement pour que la femme s'en aille. Je ne suis que la baby-sitter », ajouta-t-elle en guise d'explication.

Comme si elle venait de comprendre que tout dialogue de mère à mère était impossible, la femme dit au revoir, adressa un dernier petit signe de la main à Justin, puis reprit son chemin. Rebecca coula un regard de sous ses paupières baissées et constata que le skateur était toujours là. Elle se cala sur le banc avec l'espoir de paraître séduisante, sans toutefois avoir l'air trop provocante.

Pendant ce temps-là, Justin, exaspéré, secoua son anneau, le suçota un instant, puis l'inspecta avec toute la curiosité d'un chercheur qui se livre à une expérience scientifique. Sans en connaître le nom, il pensa à l'effet boomerang. Après avoir étudié les différentes possibilités, il finit par lancer l'anneau. À peine celui-ci avait-il quitté sa main que l'enfant comprit qu'il avait fait une erreur de calcul. L'anneau atterrit avec un petit bruit sourd à un pas de lui dans la poussière sous les pétales brunis et cassants d'un bouquet d'hortensias agonisant. Les yeux gris de Justin, un instant auparavant vifs et animés, s'assombrirent. Son visage se défit et il poussa un gémissement pitoyable.

De nouveau dérangée pendant qu'elle fantasmait sur le skateur, Rebecca se tourna avec irritation vers le bambin dont elle avait la charge. La tentation de lui crier après s'évanouit sur-le-champ tellement il lui parut adorable dans son petit pull rouge orné d'un dalmatien brodé que sa grand-mère lui avait tricoté. Rebecca adorait les enfants en général, et Justin en particulier. Ses parents, Johnny et Donna, étaient jeunes et devaient travailler dur pour joindre les deux bouts. D'habitude, la mère de Donna gardait l'enfant, mais il arrivait de temps à autre qu'on fasse appel à Rebecca. Elle aimait bien s'occuper de Justin et elle l'aurait volontiers fait gratuitement afin de rendre service, mais le couple insistait pour la payer. La jeune fille trouvait assez romantique la façon dont ils avaient bâti une famille.

Naturellement, chaque fois qu'elle en parlait à sa mère, celle-ci piquait une crise.

« Ne t'imagine pas que tu vas quitter la maison, tomber enceinte et qu'ensuite ta mère sera prête à jouer les baby-sitters », s'écriait Sandi Starnes.

Elle ne cessait de mettre sa fille en garde et de lui répéter combien il était difficile d'élever un enfant quand on avait l'âge de Donna Wallace. Et elle était bien placée pour le savoir.

En effet, le père de Rebecca était parti alors qu'elle avait tout juste cinq ans. Depuis, il avait fondé une nouvelle famille, quelque part dans le Massachusetts. Rebecca le voyait trois fois par an, et ce n'était pas un mauvais père, mais elle n'ignorait pas à quel point sa mère devait trimer pour s'en sortir. Elle faisait des heures supplémentaires au restaurant pour envoyer sa fille au lycée catholique. Rebecca regarda le bébé dans sa poussette. Ce serait pourtant formidable d'avoir un enfant. D'un autre côté, nombre de mères, dont Donna Wallace et la sienne, devaient travailler toute la journée, et nombre de couples se séparaient au bout de quelques années. Mais tout ne tournait pas obligatoirement ainsi. Certains mariages marchaient, en tout cas elle voulait le croire. Il y avait des gens qui restaient ensemble.

Un peu triste, elle contempla un instant Justin.

« Qu'est-ce que tu as, Justin », demanda-t-elle gentiment.

L'enfant leva les yeux vers elle, incapable d'expliquer. Des larmes roulaient sur ses joues veloutées et rebondies. Rebecca se pencha pour prendre la petite couverture également faite au crochet par sa grand-mère et qui était roulée en boule sur les genoux de Justin. Elle la remonta sur son jean et son pull rouge.

« Tu as froid ? » s'enquit-elle avec sollicitude.

Il commençait à faire frisquet. L'automne avait été jusqu'à présent clément, mais avec l'arrivée de novembre les journées devenaient de plus en plus fraîches.

Justin, éprouvant l'amère frustration de l'incompris, réagit avec fureur. Il se mit à brailler et, agrippant de ses poings potelés l'arceau devant lui, il le secoua de toutes ses forces.

« Justin, marmonna Rebecca, se demandant si le skateur la regardait et s'il ne risquait pas de la juger incompétente puisqu'elle ne parvenait pas à calmer les pleurs du bambin. Arrête. Qu'est-ce que tu as ? Arrête de pleurer. Tu veux ton biberon ? Je vais te le donner, mais cesse de pleurer. »

Dans ces moments-là, elle savait que sa mère n'avait aucune raison de s'inquiéter. Elle n'allait pas s'encombrer d'un enfant. Elle voulait poursuivre ses études et peut-être devenir technicienne de laboratoire. Elle aimait les sciences qui constituaient sa matière favorite à l'école des Chagrins Éternels. Elle désirait avoir son appartement et sa voiture, et aussi pouvoir aider financièrement sa mère de temps en temps. La jeune fille eut un léger sourire de regret en songeant à cette dernière qui se faisait du souci pour rien. Elle n'avait même pas de petit ami et envisageait encore moins d'avoir un bébé.

Elle contourna la poussette et s'accroupit pour chercher dans la poche le biberon de jus de pomme que la mère de Justin avait préparé le matin avant de partir. Elle sentit ses joues s'empourprer cependant que le bébé continuait de hurler, et elle n'osa pas lever la tête pour connaître la réaction de l'audacieux skateur.

« Je crois que c'est ça qu'elle veut », déclara soudain une voix masculine.

Rebecca se figea, à la fois surprise et pleine d'espoir. Elle n'avait entendu personne approcher. C'était peut-être le garçon qui profitait de l'occasion pour engager la conversation. Elle prit une profonde inspiration et leva un visage où se lisait l'attente. Au lieu de l'adolescent casse-cou espéré, un adulte se tenait devant elle, vêtu d'un pantalon chino et d'un coupe-vent, et lui tendait l'anneau.

La jeune fille jeta un regard en direction du parking. Le skateur avait disparu. Elle soupira.

« Merci », dit-elle en avançant la main pour prendre l'anneau. Justin se redressa dans la poussette et, les yeux écarquillés, écouta de toutes ses oreilles. « C'est un garçon.

— Ah bon ? fit l'inconnu, étonné. Je pensais, avec ces cheveux... »

Rebecca caressa la tête bouclée de l'enfant.

« Un tas de gens se trompent.

— Il est un peu sale, reprit l'homme en examinant l'anneau. Il l'a jeté sous le buisson, là-bas. Laissez-moi aller le laver à la fontaine.

— Merci beaucoup », dit la jeune fille en se rasseyant.

L'homme se dirigea vers la fontaine, rinça l'anneau, puis revint le donner à Rebecca. Après quoi, il s'installa à côté d'elle, pas trop près, mais la jeune fille ressentit une fugitive impression de malaise. Elle se rassura aussitôt. Il ne s'agissait sûrement pas d'un désaxé. Il avait l'air tout à fait normal.

« Vous devez être très fière de lui, déclara-t-il aimablement, montrant qu'il la prenait lui aussi pour la mère de l'enfant.

— Oh, il n'est pas à moi », protesta Rebecca, songeant en son for intérieur combien les adultes pouvaient parfois être stupides. D'abord la femme au landau, et maintenant ce type. Elle n'aimait pas penser qu'elle serait un jour assez vieille et assez

14

ennuyeuse pour devenir mère. « Je ne fais que le garder, ajouta-t-elle, alors que Justin recommençait à mordiller joyeusement son anneau. Je n'ai que quinze ans.

— Ah bon », fit l'homme en hochant la tête. Il sortit un paquet de crackers au fromage de la poche de son coupe-vent, et l'ouvrit pour en prendre un. « Vous n'avez pas d'école ?

— Je vais au lycée catholique, expliqua la jeune fille. Aujourd'hui, c'est une fête religieuse.

— Ah, je vois », dit-il, en mâchant son cracker d'un air pensif. Puis, semblant soudain se souvenir de quelque chose, il lui offrit le paquet : « Excusez-moi de manger comme ça devant vous. Vous en voulez un ? »

Rebecca haussa les épaules. Elle avait un petit peu faim, mais elle hésita une fraction de seconde. Comme tous les enfants, elle avait entendu raconter qu'il ne fallait jamais accepter de bonbons de la part d'inconnus. Les parents paniquaient tout le temps au sujet des trucs de ce genre. Là, pourtant, on ne se trouvait pas confronté à un pervers qui, la bave aux lèvres, les yeux exorbités, s'apprêtait à vous sauter dessus dans un endroit désert. Une femme à lunettes était en train de lire sur un banc un peu plus loin dans l'allée, et elle levait parfois la tête. Un Asiatique pratiquait des espèces d'exercices bouddhistes dans une clairière de l'autre côté du petit lac, et une voiture de police était même passée, roulant au ralenti, moins de dix minutes auparavant. Toutes ces pensées lui traversèrent l'esprit tandis qu'elle fixait du regard les biscuits dans leur enveloppe de Cellophane. On ne devait pas négliger ces choses-là. Après tout, les journaux étaient remplis d'histoires qui vous faisaient froid dans le dos. Pas nécessairement ici, à Taylorsville, mais on ne pouvait jamais savoir…

L'homme lui adressa un sourire contraint.

« Il n'y a rien dedans, vous savez. Je viens de les acheter au Seven-Eleven. »

Rebecca rougit, humiliée de constater que l'inconnu avait lu dans ses pensées et qu'il n'ignorait pas qu'elle se méfiait de lui.

« Ne soyez pas gênée, reprit-il. De nos jours, on n'est jamais trop prudent. Les enfants sont la chose au monde la plus précieuse, et on doit leur apprendre à être sur leurs gardes. Je suis sûr que vos parents ne cessent pas de vous le répéter. Vous savez, tous les parents sont avertis de ces risques-là. »

Rebecca en déduisit qu'il avait des enfants, et elle se sentit aussitôt un peu rassurée. Elle sourit et en même temps elle éprouva un léger sentiment de regret. Elle aurait tant voulu avoir un père qui dise de sa fille qu'elle était la chose au monde la plus précieuse. Elle s'imaginait mal Bud Starnes dire cela à son propos.

« Je ne suis plus tout à fait une enfant, se borna-t-elle à déclarer.

— Et comment s'appelle ce petit monsieur ? demanda l'homme en désignant la poussette.

— Justin, répondit Rebecca, heureuse de changer de sujet. Justin Mark Wallace. C'est mon copain. »

En entendant prononcer son nom, l'enfant leva la tête et adressa à la jeune fille un sourire qui dévoila ses gencives sans dents. Rebecca le lui rendit, puis elle prit un biscuit.

L'homme sourit à son tour et, avec une nonchalance affectée, se rapprocha d'elle sur le banc. Il posa le bras sur le dossier pour que ses mains puissent, le moment venu, effleurer la chair tendre de l'adolescente.

1

La voiture se rangea dans l'allée circulaire pavée et Maddy Blake examina les lieux dans la lumière déclinante du crépuscule : une demeure de style Tudor entourée de hauts arbres qui commençaient à se dénuder, des feuilles couleur d'ambre qui se détachaient, tournoyaient en silence et venaient tapisser la pelouse aux reflets émeraude. Des branches épineuses s'entrelaçaient le long des murs de l'imposante maison et donnaient l'impression que des racines la plantaient dans le sol, comme si elle se dressait là de toute éternité.

« Waouh ! s'exclama la jeune femme. Chouette d'endroit ! Pas étonnant qu'il pratique des honoraires si élevés.

— Il les mérite amplement, répliqua Doug sur la défensive.

— Oh, je suis d'accord, se reprit-elle en évitant le regard de son mari. Tout à fait d'accord. »

Ils étaient invités chez Charles Henson, l'avocat de Doug, afin de fêter l'événement. La semaine dernière, en effet, Charles avait plaidé avec succès pour laver Doug de l'accusation de harcèlement sexuel à l'encontre d'une élève du lycée où il enseignait l'histoire. Le juge du tribunal chargé de l'affaire avait classé le dossier et, après cinq semaines de congé forcé, Doug avait retrouvé son poste et sa réputation, encore que tout le monde s'accordât à penser, sans toutefois le dire, qu'une réputation est plus difficile à retrouver qu'un travail.

« Il paraît que sa femme vient d'une famille très riche, déclara Doug. Ça aide. »

Ce fut au tour de Maddy de jeter un coup d'œil en coin à son époux, lequel regardait droit devant lui par le pare-brise. Est-ce que ça se voulait une remarque blessante ? se demanda-t-elle. L'épreuve avait été épuisante et leur avait coûté une fortune. Toutes leurs économies étaient passées à payer Charles ainsi que les factures pendant les semaines où Doug avait été privé de son emploi. Maddy, quant à elle, était peintre sur vitraux et avait donc des revenus plutôt irréguliers. Certes, elle ne « venait pas d'une famille très riche », mais elle avait travaillé sans relâche pour essayer de compenser la perte de salaire de son mari.

Doug ne lui laissa pas le temps de réfléchir davantage. Il se pencha par-dessus le siège et sourit de toutes ses fossettes à leur fille de trois ans.

« On est arrivés, Amy. Il faut descendre. »

La fillette, blonde comme son père, lui adressa le sourire éblouissant dont elle possédait le secret.

« J'amène George », déclara-t-elle avec un grand sérieux, brandissant le singe de peluche qui, ces dernières semaines, ne la quittait plus.

Maddy, observant son mari, songea combien il était beau avec ses cheveux blonds et soyeux, son doux regard, sa veste de tweed et sa cravate. Elle n'avait guère été surprise d'apprendre qu'une élève était tombée amoureuse de lui. Quelques années plus tôt, elle-même avait eu le coup de foudre. Par contre, la manière dont la fille avait présenté l'histoire, le chantage que Doug aurait exercé sur elle — il aurait essayé de la convaincre de coucher avec lui en échange de bonnes notes… Heureusement, le temps que l'affaire arrive devant le tribunal, son accusatrice avait par deux fois refusé de comparaître. Lorsqu'elle était enfin venue à la barre, l'habile interrogatoire auquel l'avait soumise Charles Henson avait révélé qu'elle avait donné trois versions différentes des faits.

« Tu ne veux pas laisser ton singe dans la voiture ? » demanda Doug en fronçant les sourcils.

Le visage d'Amy se décomposa.

« J'ai besoin de George, dit-elle d'un ton suppliant.

— Laisse-la donc le prendre, intervint Maddy à voix basse. Ce sont eux qui ont insisté pour qu'on amène Amy. Les animaux en peluche et les enfants, ça va ensemble.

— Après tout, pourquoi pas », fit Doug.

Maddy se tourna vers sa fille :

« D'accord, tu peux prendre George. »

Le jeune couple descendit de voiture et Doug alla ouvrir la portière arrière pour défaire la ceinture de sécurité qui maintenait la petite fille sur son siège. Maddy lissa la robe de tricot qu'elle avait choisie pour l'occasion.

« Ça va ? demanda-t-elle à son mari.

— Tu es parfaite, répondit celui-ci qui avait fait le tour de la voiture en tenant Amy par la main.

— Je ne comprends toujours pas pourquoi ils ont préféré nous recevoir chez eux, murmura la jeune femme. Ni pourquoi ils ont insisté pour qu'Amy vienne avec nous. »

En effet, ils avaient invité Charles et son épouse à dîner pour les remercier, mais l'avocat leur avait retourné l'invitation.

Doug secoua la tête.

« Je ne sais pas. Il a prétendu que sa femme n'aimait pas sortir. Je crois qu'elle est un peu bizarre. Il paraît qu'elle a eu une sorte de dépression nerveuse et qu'elle a passé un an dans un hôpital psychiatrique.

— C'est vrai ?

— Je ne le sais pas avec certitude. Ces temps-ci, j'aurais plutôt tendance à me méfier des commérages. Et tu imagines bien que ce n'est pas le genre de questions que je poserais à Charles.

— Non, bien sûr, fit Maddy pensivement.

— Quoi qu'il en soit, je suis persuadé que le dîner sera délicieux. Il me semble l'avoir entendu dire qu'ils ont une cuisinière.

— Ne va pas croire que je n'apprécie pas. Je suis ravie de dîner avec lui, et où il voudra. J'ai le sentiment qu'il nous a sauvés du désastre. »

Doug se passa la main dans les cheveux.

« Oui, mais ce n'est pas comme si j'avais commis une quelconque mauvaise action.

— Je sais, je sais, s'empressa de rectifier Maddy. Je veux juste dire que les choses auraient pu tourner autrement… On dirait que de nos jours l'innocence n'est plus une garantie pour personne.

— Je te remercie pour ton soutien », fit Doug, sarcastique.

Maddy, se sentant coupable, lui prit le bras.

« Je suis désolée. Je ne voulais pas dire ça. Bien sûr que je te crois. C'est simplement que… que moi aussi je suis fatiguée, mon chéri. Fatiguée par… par toute cette histoire. »

Il lui tapota la main qu'elle avait glissée sous son bras. Maddy ne le regarda pas. Il lui avait été étonnamment facile d'affronter à ses côtés les accusations de Heather Cameron ainsi que la période où le lycée l'avait suspendu de ses fonctions. Une fois passé le choc initial, elle s'était consacrée à sa défense. Ils avaient lutté en tant que couple, en tant que famille, et cela leur avait paru la chose la plus naturelle du monde. En revanche, maintenant que c'était terminé, maintenant qu'elle avait le temps de réfléchir, elle s'apercevait qu'elle s'interrogeait et en avait honte.

Doug traversa l'allée et s'avança sur les dalles conduisant à la porte d'entrée de l'imposante demeure, qui était ouverte. Charles Henson apparut sur le seuil dans une tenue décontractée : polo et gilet. Ses épais cheveux argentés étaient impeccablement coiffés et même ainsi, en vêtements de sport, il se dégageait de lui une certaine impression de raideur. Une femme d'apparence fragile se tenait derrière lui, qui les regardait approcher.

« Entrez, entrez », leur enjoignit Charles d'une voix forte.

Pendant que Doug serrait la main de l'avocat entre les deux siennes, Maddy, les lèvres pincées, observait les deux hommes. Il y avait quelque chose de déplaisant dans la façon dont son mari exprimait sa gratitude. Allons, ne fais pas preuve d'un tel esprit critique, se reprit-elle intérieurement. Bien sûr qu'il lui est reconnaissant, quoi de plus normal.

« Merci de nous avoir invités, bégaya Doug.

— Soyez la bienvenue, Maddy. Et toi aussi, Amy. »
Ils s'étaient déjà tous rencontrés à l'occasion des
séances au tribunal et de réunions organisées chez
les Blake. « Je vous présente mon épouse, Ellen. »

Maddy sourit avec chaleur à la belle femme d'allure timide qui se tenait toujours derrière son mari.
Vêtue d'un jean et d'une chemise de batiste, elle
avait la silhouette d'une jeune fille. Elle devait avoir
près de cinquante ans, mais elle était encore très
belle, pourvue d'une masse de cheveux grisonnants
ramenés en chignon. Elle dit bonjour à Maddy, mais
ses yeux étaient fixés sur Amy.

Elle s'accroupit et parla gentiment à la fillette, lui
disant son admiration pour George. Maddy se prit
aussitôt de sympathie pour quelqu'un qui prêtait
tant d'attention à une enfant.

« Entrez et prenez un verre, dit Charles. Je ne
crois pas que Paulina ait fini de préparer le dîner. »

Comme en réponse à sa remarque, une femme
d'un certain âge, toute ronde et portant un tablier,
apparut dans le couloir.

« Dîner dans une demi-heure, annonça-t-elle avec
un accent d'Europe centrale. La petite veut une sau-
cisse avec de la purée ?

— Oui, ce sera parfait, répondit Maddy. Elle
adore les hot-dogs. »

Ils suivirent Charles dans le vaste séjour meublé
de profonds fauteuils en cuir, d'épais tapis et de
tableaux dans des cadres tarabiscotés. Le regard de
Maddy fut tout de suite attiré par celui qui se trouvait au-dessus de la cheminée. C'était un portrait à
l'huile d'une Ellen beaucoup plus jeune qui enlaçait d'un bras protecteur un garçonnet de quatre ou

cinq ans. Ce doit être un adulte aujourd'hui, pensa Maddy. Ils ont sans doute des petits-enfants.

Charles versa du champagne dans les flûtes, puis les tendit à ses invités.

« Trinquons à la justice rendue et bien rendue », proposa-t-il.

Doug contempla les bulles dorées dans son verre.

« Charles, je ne pourrai jamais assez vous remercier. Nous avons vécu des moments difficiles au cours de ces derniers mois.

— Ne vous en faites pas, vous me remercierez moins quand vous recevrez ma note d'honoraires. »

Tout le monde rit, un peu nerveusement.

Maddy soupira.

« Je suis soulagée que ce cauchemar soit terminé. Vous comprenez, la fille a lancé toutes ces horribles accusations, et d'un seul coup notre vie a été bouleversée. »

Charles Henson fronça les sourcils.

« Oui, c'est terrifiant. Et le fait qu'elle soit la fille du chef de la police n'a pas arrangé les choses. Nous sommes devant une nouvelle forme de maccarthysme. Voilà ce que je crois. Les gosses d'aujourd'hui détiennent un pouvoir effrayant dans la mesure où ils sont assez intelligents pour savoir exactement ce qu'il faut dire pour que leurs accusations paraissent crédibles, mais, d'un autre côté, ils sont assez jeunes pour n'avoir aucune idée de la façon dont leurs insinuations peuvent détruire une existence.

— Mais Charles, l'interrompit doucement sa femme, tu sais très bien qu'il y a beaucoup de méchanceté dans ce monde. Certains d'entre eux ne sont pourtant que des enfants innocents… »

Les paroles d'Ellen Henson firent à Maddy l'effet d'un coup de poing dans l'estomac. Croit-elle Doug coupable ? se demanda-t-elle. Est-ce cela qu'elle essaie de dire ?

L'avocat ne parut pas ébranlé par l'objection de sa femme.

« Ma chérie, poursuivit-il avec gentillesse, je suis le premier à admettre que beaucoup d'enfants sont victimes des adultes et que nous devrions être plus vigilants, mais la situation est devenue telle qu'elle nous échappe. Ça vire à la chasse aux sorcières.

— Je pense que Heather Cameron est une adolescente très perturbée, affirma Maddy. Mais ce n'est en rien la faute de mon mari. »

Charles leva sa flûte de champagne à son intention.

« La manière dont vous l'avez soutenu a été admirable et nous a énormément aidés devant le tribunal. »

Maddy rougit, mal à l'aise.

« Il m'a semblé évident que le juge savait que Heather mentait. »

Ellen posa son verre de cristal sur une table basse en acajou et dit d'une voix douce :

« Il y a quelque chose que je voudrais montrer à Amy avant le repas. Amy, tu veux venir dehors avec moi ? »

La fillette leva les yeux avec empressement, toujours ravie à l'idée d'une nouvelle distraction. Ellen lui tendit la main. Maddy posa à son tour sa flûte sur la table basse. Bien que trouvant la transition un peu brutale, elle était contente de changer de sujet.

« Je vous accompagne, dit-elle.

— Oh oui maman, viens avec nous. »

Les deux femmes et l'enfant se dirigèrent vers la porte, tandis que Charles invitait Doug à s'asseoir, lequel se laissa choir dans un fauteuil avec reconnaissance.

Une fois dehors, Amy se mit à courir, et les deux femmes la suivirent, les mains enfoncées dans les poches de leurs manteaux, cependant que les feuilles mortes crissaient sous leurs pas.

Elles marchèrent quelques minutes dans un silence embarrassé, puis Maddy finit par déclarer :

« Nous sommes vraiment très reconnaissants à votre mari.

— Charles réussit presque tout ce qu'il entreprend », affirma Ellen d'une voix égale.

Maddy eut l'impression de percevoir une note de désapprobation dans ces paroles, et son malaise s'accrut. Le cœur serré, elle se rendit compte qu'elle allait devoir faire face à bien d'autres réactions de ce genre. La victoire devant la justice ne signifiait pas qu'elle pouvait baisser sa garde. Les gens se plaisaient toujours à croire le pire... Elle chercha quelque chose à dire.

« Vous habitez un endroit merveilleux.

— N'est-ce pas ? C'est la maison où j'ai passé mon enfance. Je l'aime beaucoup et je déteste voir l'hiver arriver. Je prends un immense plaisir à jardiner. C'est ma passion.

— Moi, je n'ai pas la main verte, avoua Maddy.

— J'espère que ça ne vous dérange pas de dîner chez nous. Je n'aime guère sortir. Vous savez, je vis un peu en recluse.

27

— Non, non pas du tout. C'est très gentil de votre part de nous avoir invités. »

Maddy ne pouvait néanmoins s'empêcher de penser aux rumeurs que Doug venait de lui rapporter au sujet de la dépression nerveuse d'Ellen. Elle jeta un regard en biais à la femme dont le comportement paraissait tout à fait normal.

« Amy, appela Ellen. C'est par là, dans le garage. »

Maddy se demanda de quel garage elle voulait parler. À l'évidence, la maison datait de l'époque des voitures à cheval, et il y avait toute une succession de dépendances construites dans le même style que la maison principale et qui bordaient l'allée pavée. L'une des portes était ouverte, et Ellen prit cette direction. Voyant cela, Amy partit comme une fusée.

Avant d'avoir pu la rattraper, Maddy entendit les cris de ravissement de sa fille. Elle pénétra dans le garage vide plongé dans la pénombre, et il lui fallut un moment pour s'accoutumer à l'obscurité. Dans un coin, elle distingua alors un grand carton tapissé de flanelle à l'intérieur duquel se trouvait une chatte entourée de ses petits. Ils n'étaient pas nouveau-nés, car certains d'entre eux exploraient activement le sol couvert de paille du garage, mais ils ressemblaient encore à de mignonnes petites boules de poils. Amy battait des mains. Elle s'accroupit pour saisir le chaton le plus proche.

« Ne le serre pas trop fort, ma chérie, lui recommanda Maddy, consternée, car elle savait qu'il serait difficile d'arracher la fillette à ces adorables créatures.

— Laissez-la jouer avec, intervint Ellen. Elle ne leur fera pas de mal. »

Elle sortit du garage, tandis que Maddy lançait un regard inquiet à Amy.

« Non, vous avez sans doute raison », dit-elle.

Elle suivit Ellen le long d'une légère pente qui menait à un banc en fer forgé à côté d'un bosquet de sapins. Les deux femmes s'assirent. L'atmosphère était humide et la pluie menaçait. Non loin, près d'un massif de roses, on apercevait une petite maison en bardeaux enfouie sous la végétation ; elle ressemblait à une minuscule chaumière d'une seule pièce, éclairée par une lanterne accrochée à côté de la porte d'entrée. Dans la lumière diffuse, on ne voyait pas de quelle couleur étaient les murs.

« C'est ravissant ! s'exclama Maddy. Qu'est-ce que c'est ?

— C'était la maison de poupée de mon fils, répondit Ellen. En fait, il s'agit d'un bâtiment historique. Je crois que c'était autrefois un atelier de ferblantier. Nous l'avons fait transporter ici puis restaurer il y a des années de cela.

— Elle est vraiment charmante. Amy va être enchantée.

— Je n'autorise personne à y jouer », répliqua Ellen. Puis, sur un ton d'excuse, elle ajouta : « Vous allez me trouver bizarre, mais c'est comme ça. »

Aussitôt, Maddy regarda plus attentivement et constata que la porte était condamnée par un cadenas et les fenêtres obscurcies par des rideaux tirés. Son impression de malaise s'accentua, comme si un nuage sinistre planait au-dessus de la petite maison d'aspect si riant.

« Oh, ce n'est pas grave, dit-elle, se rendant compte qu'elle venait de commettre un impair. De toute façon, je doute qu'on parvienne à l'arracher aux chatons. »

Ellen, négligeant l'intervention de Maddy, reprit d'une voix monocorde :

« Mon fils s'appelait Ken. Il est mort à cinq ans. D'une méningite. Aujourd'hui, c'est son anniversaire. Il aurait eu vingt et un ans. »

Cette terrible confidence assomma littéralement Maddy. Elle avait le sentiment de l'avoir su avant même que les mots ne sortent de la bouche d'Ellen. Elle avait deviné qu'une tragédie s'était déroulée ici. Quel horrible cauchemar ! Elle plaignait de toute son âme la femme frêle assise à côté d'elle sur le banc.

« C'est épouvantable, murmura-t-elle en réprimant un frisson.

— Il est rentré de la maternelle en se plaignant d'avoir la nuque raide. Trois jours après, il était mort.

— Je suis désolée. Ce doit être une bien dure épreuve pour vous. Nous n'aurions pas dû venir ce soir.

— Pas plus dure que les autres jours.

— Oui, je comprends », dit Maddy, l'air sombre.

De fait, elle ne pouvait pas réellement comprendre. Elle se tourna vers le garage où la tête blonde d'Amy se détachait dans la pénombre.

Toutes deux demeurèrent silencieuses, chacune pensant à son enfant.

La femme de l'avocat finit par reprendre la parole :

« Ainsi, pour vous, la vie a retrouvé son cours normal. »

Maddy soupira, consciente de l'ironie de cette remarque : « Je l'espère.

— Charles m'a dit que vous étiez peintre ?

— Oui, je peins des vitraux. J'ai un atelier derrière la maison.

— Ah bon ?

— Au début, ce n'était qu'un hobby, mais on a commencé à me passer des commandes et comme je n'appréciais pas particulièrement mon travail de l'époque…

— Vous en avez fait votre profession.

— C'est-à-dire que j'ai exposé certaines de mes œuvres dans une petite galerie d'art du coin, mais je ne pouvais pas gagner ma vie ainsi. Ensuite, j'ai eu une commande pour un vitrail destiné à la nouvelle chapelle catholique de la Méditation, et puis une chose en entraînant une autre… »

Ellen regarda en direction de la maisonnette et plissa les yeux dans le soir qui tombait.

« C'est une chance que je vous aie rencontrée. Je voulais faire quelque chose pour cette maison. Peut-être pourriez-vous m'aider. »

Maddy faillit sursauter, troublée de voir la conversation revenir sur la maison cadenassée. Elle s'efforça de conserver une expression impassible.

« Je pensais à Pierre Lapin.

— Pierre Lapin ?

— Oui, vous savez, cette petite veste bleue qu'il porte. Et puis Benjamin Lapin. Ils feraient de si beaux vitraux. J'imagine la lumière qui filtre au travers et dessine des motifs sur le sol. Avec cette nuance de bleu du manteau de Pierre. Est-ce qu'on pourrait les peindre sur les vitres ? »

Maddy hésita. Cette demande paraissait bizarre, mais, après tout, la maison de poupée représentait probablement comme un monument à la mémoire de son fils. À la réflexion, son travail sur les vitraux de la chapelle aussi était un monument à une personne ou une autre, commandé par ceux qui les aimaient.

« Ce devrait être possible. Ces vieilles fenêtres sont très petites et vous ne souhaitez sans doute pas remplacer les carrcaux d'origine, répondit-elle avec précaution. On pourrait peut-être accrocher quelque chose juste derrière avec un système… »

Charles Henson apparut à la porte de derrière de la vaste demeure.

« Paulina annonce que le dîner est prêt, cria-t-il.

— Nous arrivons, répondit Ellen en se levant brusquement et en époussetant son jean. Alors, vous pourriez le faire ? »

Maddy l'imita, un peu désorientée par le tour qu'avait pris la discussion.

« Il faudrait que je prenne les mesures.

— Je m'en chargerai, affirma Ellen d'un ton définitif. Je vous appellerai. »

Maddy se dispensa de lui dire qu'elle avait besoin de s'en occuper elle-même. Elle n'était pas sûre que l'affaire aurait une suite, et il serait toujours temps de voir.

« Je désirerais faire cadeau à Amy de l'un des chatons », déclara Ellen.

Maddy voulut protester, mais elle devinait que cela ne servirait à rien. Il se dégageait de cette femme une impression de détermination en dépit de sa fragilité. Inutile de discuter avec elle. Ils étaient ici pour montrer leur gratitude. Pourtant, sa sensation de malaise persistait. Ce devait être à cause de ce chaton dont ils n'avaient pas prévu l'arrivée, se dit-elle. Rien d'autre. Elle se baissa pour prendre Amy dans ses bras et la serra très fort contre elle cependant qu'elles regagnaient la maison et qu'il commençait à pleuvoir dans le soir gris.

2

Mary Beth Cameron prit le gros dossier des propriétés à vendre dans le tiroir de son bureau, l'ouvrit sur la fiche d'une belle demeure en briques de style colonial qui dépassait largement la fourchette de prix annoncée par l'homme et la femme bien habillés et un peu nerveux assis en face d'elle. Elle fit pivoter le dossier afin de leur permettre d'examiner la photo et caressa d'un ongle rose et manucuré l'image inaccessible. Le couple écarquilla les yeux devant la superbe propriété comme Hansel et Gretel contemplant le château de pain d'épice et de chocolat. « Celle-là vous conviendrait à merveille », déclara Mary Beth, feignant de ne pas remarquer l'angoisse qui habitait leur regard. Elle connaissait bien sa clientèle. Il y avait beaucoup de couples de ce genre à Taylorsville : pas tout à fait assez riches pour se loger dans les banlieues proches de Manhattan, mais prêts à soumettre le mari à un trajet quotidien infernal pour s'offrir le luxe d'une belle maison, de sorte qu'ils prospectaient au nord de New York dans l'espoir de dénicher une bonne occasion. Ceux-là, Mary Beth les attendait. « Un peu plus grande que ce que vous aviez à l'esprit, reconnut-elle, mais pourvue de tous les agréments qu'une famille pleine d'avenir puisse désirer.

— Ça dépasse un peu notre budget », dit l'homme.

Mary Beth leva les yeux, simulant une légère surprise. « Oh, fit-elle en tournant la page de ce même doigt à l'ongle rose et manucuré. Eh bien, nous avons d'autres adorables propriétés qui correspondent davantage à votre gamme de prix. Voyons cela. »

Elle sentit le mari se tasser sur son siège, tandis que la femme regardait disparaître avec tristesse, et peut-être une pointe d'irritation, la maison de rêve.

« Nous pourrons toujours en reparler », affirma Mary Beth.

Pendant que le couple se penchait sur la photo suivante, elle jeta un coup d'œil à sa montre. Comme d'habitude, elle allait être en retard. Le soir tombait et elle avait un autre rendez-vous. Mais, comme elle s'évertuait à le répéter à Frank, l'immobilier, ce n'était pas le genre de boulot avec des horaires neuf heures/cinq heures. On travaillait quand les clients étaient là.

La sonnette de l'Agence Kessler retentit, et la porte s'ouvrit. Mary Beth regarda sa fille, Heather, entrer. Elle n'aimait pas du tout que celle-ci arrive après cinq heures car Sue, la réceptionniste, était partie et Mary Beth détestait avoir deux casquettes. Elle était là pour gagner de l'argent. Elle adressa un large sourire à Heather, mais ses yeux restaient froids.

« Bonsoir, Heather, dit-elle.

— Bonsoir, maman », répondit la jeune fille d'un air boudeur.

Mary Beth étudia d'un œil critique l'adolescente debout en face d'elle. Heather tenait de plus en plus de Frank. Elle avait un visage rond et blanc comme une assiette, de petits yeux gris clair et des cheveux raides et ternes qui lui descendaient jusqu'aux épaules. Avec sa façon de manger tout et n'importe quoi, elle aurait dû être grasse comme une truie mais, paradoxalement, elle avait une jolie silhouette. D'autre part, elle ne faisait rien pour améliorer son allure et portait des salopettes trop grandes pour elle avec une bretelle défaite, des chemises style Henley qui ressemblaient à des sous-vêtements à manches longues et des baskets délacées. D'une manière générale, elle donnait l'impression de sortir d'un foyer pour sans-abri. Mary Beth avait beau l'emmener faire des courses ou lui montrer comment se maquiller, Heather s'entêtait à choisir les tenues les moins seyantes. Quoiqu'elle eût fait son possible pour paraître la soutenir, la jeune femme n'avait guère été étonnée lorsque le juge avait rejeté ses accusations contre le professeur. Avec toutes ces jolies lycéennes, les pom-pom girls et tout le reste, pourquoi un homme aurait-il jeté son dévolu sur une créature aussi insignifiante et revêche que Heather ?

« Je suis à toi dans une minute, dit-elle, s'efforçant de maintenir un semblant de professionnalisme. Va t'installer là-bas dans le coin en attendant. »

Heather la contempla avec des yeux étrécis et, l'espace d'un instant, Mary Beth se sentit un peu coupable. Elle avait promis à sa fille qu'elle aurait fini, mais elle n'avait pas prévu l'arrivée de ce couple. Heather semblait incapable de comprendre qu'il fallait saisir l'occasion quand elle se présentait.

« Il y a des magazines », reprit-elle, irritée de passer pour une réceptionniste. Elle avait commencé à ce poste et elle ne tenait pas le moins du monde à revenir en arrière.

L'adolescente, traînant les pieds, se dirigea vers la réception, puis s'affala dans un fauteuil recouvert de tapisserie avant de se mettre à feuilleter distraitement un magazine.

« Celle-là me paraît bien », dit alors le mari avec espoir à sa femme dont la mine était de plus en plus renfrognée.

Mary Beth tourna la tête pour regarder la photo d'une petite maison de style Cape Cod. « Oh ! oui, elle est adorable. On peut l'aménager à ravir.

— On pourrait peut-être la visiter », suggéra l'homme.

Sa femme fit la moue.

Le téléphone sonna.

« Continuez à regarder pendant que je réponds », dit Mary Beth. Comme elle décrochait, elle vit Heather se lever et commencer à arpenter la réception en lançant des coups d'œil impatients sur la pendule.

« Mary Beth Cameron, annonça-t-elle. Que puis-je pour vous ?

— Il faut qu'on y aille, maman », déclara Heather, tandis que sa mère écoutait son interlocuteur.

Mary Beth lui fit signe de se rasseoir, mais Heather l'ignora.

« Tu m'as toi-même demandé d'être là à six heures, insista l'adolescente de sa voix de stentor. J'en ai marre d'attendre. Il faut partir tout de suite. »

Mary Beth posa la main sur le micro du téléphone. « Je t'ai dit que j'en avais pour une minute », murmura-t-elle d'un ton furieux. Elle jeta un coup d'œil en direction de ses clients. Heureusement, ils étaient occupés à contempler les photos de propriétés. Ils s'intéressaient de nouveau à la maison de style colonial, et la femme paraissait soudain beaucoup plus enjouée. Au téléphone, son correspondant continuait à rabâcher son histoire de loyers. Mary Beth hocha la tête et se détourna pour échapper au regard froid de sa fille. Celle-ci regagna la réception et se laissa de nouveau tomber dans le fauteuil. Elle demeura ainsi, les yeux fixés droit devant elle.

Le cuir craqua lorsque Frank Cameron, le chef de la police de Taylorsville, se tourna dans son fauteuil, regarda sa montre, puis secoua la tête d'un air mécontent. « J'ai du travail. Je suis un homme très occupé. Elle sait que j'ai des millions de choses à faire et elle fait exprès d'arriver en retard.

— Heather ?

— Non, sa mère », répondit Frank avec mépris.

Le Dr Larry Foreman se versa sa dixième tasse de café de la journée et en offrit une au chef de la police. Il consultait tard le soir deux fois par semaine, et il devait parfois même se passer de dîner. Le café lui tenait lieu de repas.

« Non, je n'en prends plus après le coup de fouet du matin, répondit Frank. Une tasse par jour, ça me suffit. Ce truc-là, c'est terrible pour l'estomac. Vous le savez, je suppose ? »

Le Dr Foreman acquiesça et ajouta du sucre dans sa tasse.

« Par contre, si vous aviez une bière, je ne refuserais pas », reprit Frank.

Le Dr Foreman fit le tour de son bureau et s'arrêta un instant pour admirer son reflet dans les portes vitrées de la bibliothèque. Il avait fière allure — le jogging l'avait débarrassé de sa couche de graisse superflue —, surtout comparé au chef de la police dont la chemise blanche et la cravate ne faisaient qu'attirer l'attention sur son ventre qui débordait de son pantalon. Il se rassit dans son fauteuil en cuir pivotant, puis, après avoir bu une gorgée, posa soigneusement sa tasse sur un napperon. « Pourquoi croyez-vous que votre femme ferait ça… ?

— Pourquoi fait-elle tout ce qu'elle fait ? grogna Frank. Pour me foutre en rogne… Vous êtes marié, doc… ? »

Le Dr Foreman fit oui de la tête. Frank prit sur le sous-main en cuir la photo encadrée qui représentait le docteur, sa femme et ses filles. Il la contempla un moment, puis demanda :

« Vous allez continuer pour essayer d'avoir un fils, ou vous allez abandonner ?

— Nous n'avons jamais essayé d'avoir un fils, riposta froidement le psychologue.

— Mmmm, marmonna Frank. Moi, j'ai un fils. Frank Jr. Il est marié, il a un bon boulot et il va avoir un bébé. Il ne m'a jamais causé le moindre souci. Pas une seule fois. On dit que les garçons posent plus de problèmes que les filles, mais Frankie… il a joué dans l'équipe des minimes, il fait partie du club des anciens élèves et tout le bataclan. J'ai toujours été fier de lui…

— Au contraire de votre fille, le coupa le Dr Foreman.

— Ne jouez pas au psy avec moi, doc. Épargnez-moi ça, je vous en prie. J'ai affaire tous les jours au tribunal à ceux de votre espèce. Ne croyez pas me tromper en glissant vos petites remarques mine de rien. Je suis au courant de vos procédés, alors lâchez-moi une minute. Si le juge n'avait pas insisté pour qu'on la fasse examiner par quelqu'un, je ne serais pas ici. Je suppose que ma femme a sorti votre nom d'un chapeau… », fit le policier d'un air songeur, se voulant le plus insultant possible.

Le Dr Foreman ne mordit pas à l'hameçon. « Vous disiez que vous étiez fier de votre fils…

— Et je suis fier de Heather, aussi. Je suis fier de mes deux enfants. Ce sont de braves gosses. Mais Heather est… elle est en pleine adolescence. Un tas de gamins sont en crise durant ces années-là. Je suis bien placé pour le savoir. J'en vois tous les jours au poste de police. Les vôtres n'en sont pas encore là, si ? »

Le Dr Foreman secoua la tête et jeta un regard sur la photo qui trônait sur son sous-main.

« Attendez, vous verrez, reprit Frank. Même les filles. On en voit de plus en plus. Alors, vous auriez intérêt à être gentil avec moi pour que je les traite bien quand on me les amènera. »

Le psychologue ignora sa remarque. « Mais c'est plus qu'une crise que Heather traverse, Frank. Elle aurait pu détruire la carrière de ce professeur, sa vie même. Il s'agit d'une chose sérieuse. »

Frank Cameron lui décocha un coup d'œil irrité. « Vous pouvez m'appeler chef, dit-il d'un ton sec.

— Ici, vous n'êtes chef de rien du tout », répliqua Larry Foreman d'une voix douce.

Cette fois Frank pouffa de rire. Puis il consulta de nouveau sa montre, l'air de plus en plus exaspéré. « Elle sera en retard à son propre enterrement, grommela-t-il. Bon Dieu ! »

Un silence s'instaura, que Frank Cameron trouva vite oppressant. Il se leva de son fauteuil et se mit à arpenter la pièce comme un ours en cage. « Vous avez un beau petit cabinet, docteur, dit-il en regardant par la fenêtre. Le meilleur quartier, plein de place pour se garer. Ça pue le fric. Pas étonnant que ma femme vous ait choisi, ricana-t-il. Ma chère Mary Beth a acquis le goût du luxe. »

La pluie, maintenant, frappait les carreaux. Frank, planté devant la fenêtre, ne contemplait pas la rue bordée de boutiques. Son regard se perdait dans un lointain passé. « Quand j'étais gosse, dit-il, Taylorsville était une jolie petite ville où tout le monde se connaissait. À l'époque, il y avait les riches et il y avait les ouvriers. Aujourd'hui, il y a toute une nouvelle classe d'arrivistes et de nantis. Les gens comme ma femme les voient et ils les envient. » Il secoua la tête avec une expression dégoûtée, et un profond soupir s'échappa de sa large poitrine. « En ce temps-là, quand on avait un problème, ou on le noyait dans l'alcool, ou on en parlait au prêtre. Et ça semblait marcher. Il y avait moins de dingues que de nos jours. » Il se tourna et fusilla le médecin du regard. « Je pense que les types de votre espèce rendent leurs patients fous. Je n'ai jamais connu un seul d'entre vous qui ne souffre pas lui-même d'un trouble mental quelconque. »

Larry Foreman se contraignit à sourire. Il n'allait pas se mettre en colère, ni se laisser intimider par cette brute de flic. Manœuvrer les gens, c'était son boulot, et il y excellait, raison pour laquelle on le payait si bien. « Tout le monde a des problèmes, Frank, répondit-il doucement. Vous n'êtes pas le seul de cet avis, mais nous ne sommes pas ici pour parler de ma profession ou de mes collègues. Nous sommes ici pour parler de Heather et pour tâcher de comprendre pourquoi elle est si perturbée. Règne-t-il beaucoup de tension à la maison entre votre femme et vous ?

— Laissez mon mariage en dehors de ça. Il s'agit de Heather et de rien d'autre. Vous vous occupez d'elle, et moi je me charge de ma femme.

— Il n'est pas impossible que les problèmes domestiques expliquent en partie le comportement de votre fille. »

Frank secoua tristement la tête, abandonnant pour un instant ses airs bravaches. « J'ignore ce qui perturbe Heather, avoua-t-il.

— Croyez-vous qu'elle disait la vérité à propos du professeur ? » demanda le Dr Foreman.

À la seule pensée de Douglas Blake, Frank Cameron sentit la colère monter en lui. Inconsciemment, il serra les poings et cogna sur le dossier du fauteuil. « Je crois que c'est un pervers et un enfoiré de première. Aidé de son avocat de luxe, il s'est efforcé de se tirer de ces sales draps en me tournant en ridicule. Et le juge est tombé dans le panneau. Vous savez ce qu'il a dit à mon sujet ? Il a prétendu que l'enquête avait été "faussée par des questions personnelles". Faussée ! Ça me rend malade !

— Je présume que cela signifie que vous croyez votre fille… »

Frank haussa les épaules.

« Je ne sais pas. Elle est complètement déboussolée. Ce n'est qu'une gamine, et elle ne reçoit aucune aide de la part de sa mère. Enfin, vous le constaterez par vous-même quand elles arriveront, si toutefois elles arrivent. Bon Dieu ! » rugit-il, retrouvant ses manières belliqueuses.

À ce moment-là, on frappa à la porte du cabinet. Sans laisser au Dr Foreman le temps de répondre, Frank se précipita vers la porte et l'ouvrit à la volée. « Où étiez-vous ? s'écria-t-il. J'ai la responsabilité de toute une ville et je n'ai pas de temps à perdre... »

Mary Beth passa devant son mari, s'excusa auprès du Dr Foreman, puis alla s'asseoir. Heather entra à son tour, esquissa un mouvement de recul au contact du baiser de son père qui lui effleura le front et refusa le siège qu'on lui offrait.

« Pourquoi sont-ils là ? demanda-t-elle. Je croyais que c'était pour moi. Je ne dirai rien devant eux.

— Je voulais d'abord faire la connaissance de votre famille, expliqua le médecin.

— Docteur Foreman, commença Mary Beth sur le ton de la confidence, je sais que vous désiriez nous rencontrer. Si mon fils n'est pas là, c'est parce que je ne vois aucune raison de le mêler à cette histoire. Il occupe une position importante, il gagne très bien sa vie, sa femme est enceinte de leur premier enfant et ils habitent à plus de quatre-vingts kilomètres d'ici...

— Frank Jr. est parfait, l'interrompit Heather. Il n'a jamais eu de problèmes. C'est leur héros.

— Heather, tais-toi, lui ordonna Frank.

« — Non, non, ce n'est pas grave, intervint Larry Foreman. Nous sommes ici pour parler. Pour dire ce que nous avons à l'esprit... »

Un bip sonna et tous les regards se tournèrent vers Frank qui fouilla dans la poche de sa veste de cuir pour l'arrêter.

« Je peux utiliser votre téléphone, docteur ?

— Il y en a un dans l'entrée », répondit celui-ci d'une voix égale.

Frank se mit debout et quitta la pièce.

Mary Beth leva les yeux au ciel. « Voilà un exemple typique, dit-elle. On pourrait s'imaginer qu'il est chirurgien du cerveau.

— Vous savez, Taylorsville est peut-être paisible, mais c'est une grande ville.

— Et il aime bien se croire indispensable, reprit Mary Beth. Il faut qu'il joue tout le temps les grands patrons. »

Heather alla se placer devant la fenêtre et regarda dehors. La pluie ruisselait sur les carreaux. Quelques secondes plus tard, Frank revint.

« Il faut que je parte, annonça-t-il aussitôt.

— Frank, tu m'avais promis..., dit Mary Beth d'une voix perçante.

— Une jeune baby-sitter et l'enfant qu'elle gardait ne sont pas rentrés..., déclara son mari sur un ton dans lequel on décelait une note d'avertissement.

— Oh ! fit Mary Beth, s'enfonçant dans son fauteuil, calmée par cette nouvelle.

— Désolé, doc. Si elle était arrivée à l'heure... Mais c'est un cas d'urgence. Heather, ma chérie, ce sera pour une autre fois. »

La jeune fille se raidit, mais ne répondit pas.

Larry Foreman étudia le visage de l'adolescente, pâle et figé comme une lune en colère, puis il porta son regard sur son père, vêtu de la tête aux pieds de l'uniforme et des insignes d'une autorité qu'on ne discutait pas, et qui mettait sa fille au défi de le faire. Il jeta un coup d'œil sur la pendule.

« Heather, dit-il doucement pour ne pas la faire sursauter. Pourquoi ne pas vous asseoir afin que nous tâchions de voir un peu plus clair dans tout cela ? »

La jeune fille réagit à sa voix, se détourna de son père, puis alla docilement prendre place dans un fauteuil.

3

Frank Cameron pénétra en coup de vent au cœur du chaos qui régnait au poste de police de Taylorsville. Son regard inquiet engloba en un instant les six personnes qui se précipitaient vers lui pour réclamer son attention. Sa taille, son torse puissant et ses cheveux gris argenté lui conféraient une allure imposante. Son arrivée sembla restaurer un semblant de calme et donner l'impression, peut-être éphémère, que désormais tout irait bien.

Devant lui, assise seule comme au milieu d'une île déserte, une femme d'une quarantaine d'années en tenue de serveuse serrait entre ses deux mains la photo de lycée d'une adolescente comme si elle pesait une tonne. Elle gardait les yeux baissés et paraissait presque en transe.

« Qui est-ce ? demanda à mi-voix Frank à Len Wickes, l'un de ses hommes.

— Mrs. Starnes, la mère de la fille disparue », murmura celui-ci.

Frank Cameron hocha la tête, puis porta son regard vers le jeune couple penché au-dessus du bureau de l'inspecteur Pete Millard, un homme d'âge moyen en costume gris. À son entrée, ils s'étaient tournés vers lui et maintenant, ils le contemplaient d'un air suppliant. Il comprit tout de suite qu'il s'agissait des parents du bébé. Pete leva les yeux.

« Chef, dit-il. Voici le père et la mère de l'enfant disparu. Donna et Johnny Wallace. »

Frank s'avança et échangea gravement une poignée de main avec eux pendant que Pete achevait les présentations. Le visage de Donna était rouge d'avoir pleuré. Quant à Johnny, lui-même à peine sorti de l'enfance, il s'efforçait de réconforter sa femme, affectant un air viril, bien que de temps en temps son visage mal rasé parût sur le point de se décomposer et qu'il eût de la peine à refouler ses larmes. Il ne s'était pas changé et portait encore le jean et la chemise de flanelle qu'il avait mis pour aller prendre son poste d'ouvrier du bâtiment pour le compte des entreprises DeBartolo. Donna, pour sa part, était habillée d'une robe à fleurs qui ne lui allait pas et chaussée d'escarpins. Elle s'était vêtue ainsi pour se rendre à la banque où elle était employée, puis pour assister à la soirée précédant le mariage d'une de ses camarades de lycée.

« Ils étaient en train de m'expliquer ce qui s'était passé, reprit Pete.

— C'est le troisième à qui on le raconte ! protesta Donna.

— Eh bien, je vous écoute à mon tour, dit Frank.

— Bon, bon, dit la jeune femme avec un mélange d'énervement et de désespoir, d'habitude il reste avec ma mère, mais elle avait deux rendez-vous chez le médecin aujourd'hui, et comme Rebecca n'avait pas d'école... » Elle se mit à gémir et à se tordre les mains. « Mon Dieu, comment ai-je pu le lui confier... »

Sandi Starnes, la mère de la baby-sitter disparue, entendit ce qu'elle disait. Elle tressaillit mais ne protesta pas. Pourtant, elle avait envie de hurler que Rebecca était une brave fille, que tout le monde le savait et que s'il était arrivé quelque chose au bébé, sa fille aussi était en danger... Elle préféra taire ses pensées, les couper net. Elle s'imaginait que la seule façon de survivre à ce cauchemar était de se murer dans le silence et de laisser son esprit s'échapper de son corps. Elle avait vu à la télévision une émission sur la méditation et la manière de s'en servir pour lutter contre le stress, et elle essayait d'en appliquer les préceptes à sa façon.

« Bon, tonna Frank, le doigt pointé sur Pete Millard qui avait enregistré la déposition des époux Wallace. Résume-moi la situation. »

Pete s'exécuta et récapitula les faits. Rebecca Starnes avait gardé l'enfant chez elle toute la matinée. À l'heure du déjeuner, après le départ de Sandi pour le travail, l'adolescente devait sortir faire une promenade en compagnie du bébé. Elle n'était pas rentrée. Donna Wallace, son mari dans son sillage, s'approcha pour ajouter des détails d'une voix que l'angoisse rendait perçante. Frank, qui n'était pas un homme patient, comprenait néanmoins la détresse de la jeune femme, et il n'intervint qu'une seule fois pour lui expliquer, d'un ton plutôt gentil, qu'il aurait du mal à saisir le rapport de son inspecteur si elle l'interrompait tout le temps.

Une fois que Pete Millard eut terminé, Frank jeta un coup d'œil sur la photo de Justin Wallace que brandissaient les parents. Il y a si peu d'innocence dans le monde, songeait-il, cependant qu'il examinait le doux visage aux traits encore imprécis. Dans le cadre de son travail, il avait été témoin de tant de cruautés à l'égard des êtres les plus innocents, et souvent dues à ceux qui prétendaient le plus les aimer.

Furieux contre lui-même d'entretenir de pareilles pensées, l'estomac noué par un sinistre pressentiment qu'il s'efforçait d'ignorer, il repoussa la photo.

« Très bien, Mr. et Mrs. Wallace, voici la situation telle qu'elle se présente : normalement, en cas de disparition, nous n'entamons pas les recherches avant que quarante-huit heures...

— Quarante-huit heures ! s'écria Donna. Mais il faut... »

Frank leva la main pour lui imposer le silence. « Pourtant, reprit-il d'une voix forte, comme il s'agit d'enfants... et du point de vue juridique tous les deux le sont... nous allons commencer sur-le-champ. »

Il se tourna vers Pete Millard : « Installez tout de suite un téléphone rouge, rendez la nouvelle publique et établissez une liaison avec la presse. On pourra également utiliser les stations locales.

— C'est déjà en route, lui assura l'inspecteur.

— Bien, dit Frank à voix basse. C'est peut-être prématuré, mais on n'est jamais trop prudent avec ces histoires de gosses. »

Il pivota et son regard pénétrant se posa sur Sandi qui était demeurée assise. Il nota qu'elle avait des taches de ketchup sur sa blouse blanche et qu'elle avait l'air hébété, comme si elle venait de se réveiller. Il alla s'asseoir sur une chaise à côté d'elle.

« Vous êtes donc la mère de Rebecca », dit-il.

Sandi le contempla fixement avec une expression ahurie.

« Il s'est passé quelque chose de terrible, murmura-t-elle.

— Oui, peut-être, mais pour le moment nous ne savons rien avec certitude. L'enquête nous l'apprendra. Ne pourrait-il pas s'agir d'un énorme malentendu ? Vous comprenez, tout le monde hurle au kidnapping ou je ne sais quoi... mais est-ce que Rebecca n'aurait pas pu tout simplement rendre visite à quelqu'un avec le bébé ? Vous ne voyez personne chez qui elle aurait pu aller ? Une amie, un parent ?

— Je lui ai déjà posé la question, intervint l'inspecteur Millard.

— Maintenant, c'est moi qui la pose ! » aboya Frank. Après quoi, il s'adressa de nouveau à Sandi d'une voix douce : « Qu'en pensez-vous, Mrs. Starnes ? »

Sandi comprit ce qu'il voulait. Il désirait qu'elle lui communique une liste, une liste des personnes à qui une adolescente étourdie aurait pu rendre visite, téléphoner ou donner rendez-vous, quelqu'un qui aurait pu occuper son esprit de gamine tête en l'air au point qu'elle en oublie de ramener le bébé à temps ou même d'appeler.

Elle dévisagea un instant le policier, puis elle secoua la tête. « Il n'y a personne, souffla-t-elle.

— Ni amis, ni relations, vous voulez dire ? Et son père ? Où est-il ?

— Il est remarié. Il vit dans le Massachusetts. »

Frank Cameron haussa les épaules. « Il était peut-être de passage... il est peut-être venu chez vous après votre départ. »

Sandi s'efforça de réfléchir. Bud Starnes n'était certes pas le plus mauvais des pères, mais il n'avait pas l'habitude de faire des visites surprises. Il remplissait scrupuleusement ses obligations à l'égard de Rebecca, mais rien de plus.

« Je constate que vous hésitez », reprit Frank qui se tourna vers Pete Millard pour demander : « Nous avons l'adresse du père ?

— J'ai déjà téléphoné, répondit l'inspecteur. Il n'y a personne.

— Essaye encore, lui intima Frank. Bien, dites-moi, Mrs. Starnes, est-ce que Rebecca a précisé où elle comptait aller avec l'enfant ? Est-ce qu'il y a un endroit particulier où elle aimait l'emmener ? »

Voilà une question à laquelle Sandi pouvait répondre. « Elle l'emmenait parfois au bord du fleuve regarder les pêcheurs, ou bien au centre commercial pour faire des courses, ou encore au parc. Elle aimait se promener dans Binney Park. Mais elle n'a rien dit.

— Je veux qu'on fouille ces différents lieux, ordonna Frank à ses hommes qui s'étaient rassemblés autour de lui pour écouter. Qu'on interroge tous ceux qui auraient pu les voir. Compris ? Les gens ne disparaissent pas comme ça. Quelqu'un les aura sûrement vus. Établissez-moi leur itinéraire minute par minute et je veux connaître l'endroit où on les a aperçus pour la dernière fois. L'affaire est grave. Et puis voyez du côté de la gare et des bus. Je veux savoir si Rebecca a acheté un ticket dans l'après-midi et pour quelle destination éventuelle. Que tout le monde s'y mette toutes affaires cessantes. Je ne tolérerai aucune exception. Je ne veux plus voir personne ici ! rugit-il.

— Okay, dit Pete, on s'y colle. »

Il fit signe aux autres qui s'éparpillèrent pour saisir chacun son téléphone.

Frank revint à Sandi : « Vous les connaissez bien ? » demanda-t-il en désignant les Wallace.

Donna était effondrée sur l'épaule de son mari, et ses larmes formaient une tache sombre sur la chemise à carreaux.

Sandi jeta un vague regard dans leur direction. Ce matin, elle aurait répondu par l'affirmative. Ils étaient voisins et s'étaient toujours montrés amicaux. Johnny déblayait son allée quand il neigeait, car elle n'avait pas de mari pour l'aider. Donna et elle s'étaient parfois installées sur le balcon de chez les Wallace pendant le congé de maternité de la jeune femme. Sandi était ravie d'observer le petit Justin. Elle adorait les bébés et Donna, comme toutes les mères, n'était que trop contente de le faire admirer. Oui, elle aurait dit qu'ils étaient amis, qu'ils se connaissaient bien.

Maintenant, elle savait que ce n'était pas vrai. Elle venait de les entendre accuser Rebecca, prétendre que Rebecca avait enlevé leur enfant, et personne parmi ceux qui la connaissaient n'aurait osé affirmer cela.

« On se fréquentait, dit-elle simplement. Nous habitons la même résidence.

— Et Rebecca avait déjà gardé Justin avant ?

— Plusieurs fois, acquiesça Sandi dont les yeux se perdirent de nouveau dans le vague.

— Mrs. Starnes, votre fille a-t-elle eu des problèmes d'ordre mental ? »

Sandi reporta son attention sur cet homme étrange qui posait de drôles de questions à propos

de Rebecca, comme si elle était une espèce de folle…
une espèce de criminelle.

Elle s'arracha à ses réflexions et contempla la
photo que ses doigts moites agrippaient. Elle passa
sa langue sur ses lèvres incroyablement sèches, puis
elle tenta de toutes ses forces de transcrire ses pensées en mots qui permettraient à cet homme de
comprendre.

La bouche pincée, elle le dévisagea avec toute
l'intensité dont elle était capable. Elle brandit jusqu'à
ce qu'il soit obligé de la regarder la photo de la
belle adolescente souriante qui portait en médaillon
un petit cœur en or.

« C'est… c'est… Rebecca », dit-elle en guise d'explication.

Elle vit à son expression qu'il ne comprenait pas.

4

Charles Henson ouvrit la porte et fronça les sourcils au spectacle de la pluie qui tombait dru à présent.

Maddy regarda par-dessus son épaule l'allée pavée qui luisait sous les lampadaires, et elle frissonna. « Ce vent, on dirait des gémissements, vous ne trouvez pas ?

— Quel sale temps, dit Charles. Vous voulez des parapluies ? »

Doug se retourna. « Non, ça ira. La voiture est juste à côté. »

Projetée par les rafales de vent, la pluie glacée leur fouettait le dos pendant qu'ils prenaient rapidement congé des Henson sur le pas de la porte.

« Une seconde ! » s'écria Ellen au moment où ils s'apprêtaient à courir en direction de la voiture. Elle se précipita dans le couloir pour prendre un ciré.

« Que se passe-t-il, ma chérie ? demanda Charles Henson avec appréhension, tandis que sa femme filait devant lui pour disparaître dans la nuit au milieu des éléments déchaînés. Où va-t-elle ?

— Je ne sais pas, répondit Maddy. Chéri, tu peux porter Amy ?

— Bien sûr », dit Doug. Il s'accroupit et souleva sa fille dans ses bras. Amy, qui n'avait pas lâché son singe de peluche, se blottit contre l'épaule de son père avec un petit geignement.

« Elle est fatiguée », dit Maddy en souriant. Ils devaient attendre le retour d'Ellen, aussi elle répéta pour la énième fois : « Nous avons passé une excellente soirée.

— Nous de même, et nous avons été ravis que vous ayez pu venir, répliqua Charles avec politesse, scrutant les ténèbres.

— Me voilà ! » cria Ellen qui se matérialisa sous la forme d'une silhouette de vinyle jaune débouchant de l'obscurité. Elle tenait à la main un panier en osier qui ressemblait à ceux qu'on installe sur les porte-bagages des vélos, sinon qu'il était muni d'un couvercle qu'elle souleva avec un sourire timide devant Amy.

La fillette, perchée sur les épaules de son père, poussa un cri de ravissement. « Chaton ! » s'exclama-t-elle.

Maddy fronça les sourcils et regarda à l'intérieur du panier. Un petit chat noir se trouvait dedans, couché sur un journal plié. « Oh ! fit-elle, consternée.

— Vous étiez bien d'accord pour en prendre un ? » demanda Ellen.

Doug lança un regard d'avertissement à sa femme et répondit : « Bien sûr que oui. Nous envisagions justement d'avoir un chat.

— Il est adorable, dit Maddy. Simplement, nous n'étions pas préparés…

— Oh, mais j'y ai pensé, l'interrompit Ellen. Avant le dîner, j'ai mis un sac de litière et deux boîtes d'aliments pour chats dans votre voiture. Ça vous permettra de tenir jusqu'à demain.

— Mon chaton ! s'écria Amy.

— Je ne sais comment vous remercier, dit Doug. C'est si gentil de votre part. »

Un peu apaisée par les manifestations de reconnaissance de son mari, Maddy ne put que sourire. « Oui, merci beaucoup. Merci pour tout.

— Nous ferions mieux de nous dépêcher », reprit Doug.

Ils foncèrent vers la voiture. Maddy s'était chargée du panier avec le chat. Elle ouvrit la portière arrière et le posa sur la banquette pendant que Doug, de l'autre côté, attachait Amy dans son siège. Après quoi, ils s'installèrent devant et claquèrent les portières.

« Ouf », fit la jeune femme en secouant ses cheveux mouillés.

Elle se retourna et agita la main en direction de Charles et d'Ellen dont les silhouettes floues s'encadraient dans le rectangle doré de la porte et semblaient se gondoler à travers la pluie qui ruisselait sur la lunette arrière.

« Je vais mettre le chauffage, dit Doug en démarrant.

— Oui, s'il te plaît. »

À l'arrière, Amy chantonnait à l'intention de son nouveau jouet.

« Il va falloir que tu lui choisisses un nom, ma chérie, dit Maddy.

— Il s'appelle Blacky, déclara la fillette.

— Blacky, murmura Doug. Ça me plaît bien.

— Oui, c'est un joli nom », dit sa femme.

Puis elle se tourna et regarda droit devant elle, les yeux fixés sur le pare-brise balayé par les essuie-glaces. « Quelle nuit épouvantable, ajouta-t-elle.

— Je n'ai pourtant pas trouvé ça si épouvantable, répliqua Doug sur la défensive.

— Non, pas ça. Je parlais du temps. » Elle demeura quelques instants songeuse. « Je trouve quand même un peu bizarre de nous avoir donné ce chat.

— Elle a sans doute pensé que ça ferait plaisir à Amy.

— Mmmm. Oh, je sais que l'intention était bonne. Simplement, il y a quelque chose d'étrange…

— Les gens riches sont censés être plus ou moins excentriques, dit Doug. Bon Dieu, je me demande comment ce serait de vivre comme ça.

— Ils m'ont paru bien solitaires.

— Je n'aurais rien contre l'idée d'essayer. Des domestiques, une propriété, de belles voitures, l'opulence quoi.

— Tout le bonheur que l'argent peut acheter, dit Maddy.

— Hé ! ne fiche pas tout par terre avant qu'on y ait goûté. Encore qu'au train où vont les choses, on n'ait aucune chance d'y parvenir. On est condamnés à vivre ainsi pour l'éternité.

— Qu'est-ce que tu veux dire ? demanda la jeune femme. Qu'est-ce que tu as contre notre façon de vivre ?

— Rien, rien, s'empressa-t-il de répondre. C'est juste que… que c'était agréable de passer un peu de temps dans cet environnement, au milieu de tout ce luxe.

— Moi, je considère qu'on vit très bien », affirma Maddy. Elle s'abstint de lui rappeler que toutes les économies destinées à leur assurer une existence plus confortable allaient maintenant passer dans les poches de Charles Henson. Après tout, on ne pouvait pas le reprocher à Doug. Il avait bien fallu qu'il se défende contre les accusations insensées de Heather Cameron, quel que fût le prix à payer.

« Ouais, on vit très bien », dit Doug. Penché sur le volant, il s'efforçait de scruter les ténèbres trouées par les phares. « Bon Dieu, il tombe des cordes. On aurait dû accepter les parapluies qu'ils nous proposaient.

— Je veux voir Blacky, pleurnicha Amy.

— Pas maintenant, ma chérie, dit Maddy qui, instinctivement, tendait le cou pour voir la route. Papa essaye de se concentrer. Reste tranquille. Tu le verras une fois arrivée à la maison. »

Ils roulèrent lentement, en silence, durant quelques minutes, jusqu'à ce que la pluie se calme, puis Doug se radossa à son siège et accéléra pour reprendre une allure normale.

Maddy se détendit un peu et repensa à la réaction de Doug face à la fortune des Henson. Elle n'ignorait pas que son mari se sentait frustré parce que ses chances de devenir riche et célèbre s'étaient envolées. Lorsqu'elle l'avait rencontré, il venait d'être obligé d'abandonner le base-ball après une saison dans une équipe de première division à cause d'une blessure au genou qui avait mis un terme à sa carrière. Il était alors un jeune homme en colère, et elle se plaisait à croire que son amour pour lui l'avait aidé à surmonter cette amère déception. Mais parfois, on avait le sentiment qu'il ne s'en remettrait jamais.

« Tu sais très bien que l'argent n'est pas tout, Doug.

— Sauf si tu en as beaucoup, fit-il, sarcastique.

— Leur unique enfant est mort. Tu étais au courant ?

— Non. C'est vrai ?

— Oui, à cinq ans. D'une méningite. Aujourd'hui, ç'aurait été son anniversaire.

— Mon Dieu ! s'exclama Doug. C'est horrible. Charles ne m'en a jamais parlé, mais, tu sais… quand je le voyais, nous n'abordions jamais les questions personnelles. Les siennes, j'entends…

— J'imagine. Enfin, je veux simplement dire qu'ils ont eu leur part de malheur.

— Oui, je suppose.

— Comparés à ça, à la perte d'un enfant, nos soucis ne sont rien.

— Tu as raison », dit Doug d'un air absent.

Une petite voix flûtée s'éleva du siège arrière, comme pour leur rappeler leur bonheur :

« Blacky est un gentil chaton. »

Maddy sourit. Leur fille leur procurait tant de joies. La première année, cependant, avait été assez dure. Ils n'avaient pas prévu d'avoir un enfant si tôt après leur mariage. Doug commençait tout juste à enseigner, et il ressentait encore cruellement la perte de ses espoirs d'une carrière sportive. Elle l'avait encouragé à devenir professeur, en partie à cause du respect qu'elle avait pour son propre père, malheureusement décédé, lui-même ancien professeur. Quoi de plus normal pour elle, par conséquent, que d'en épouser un.

Au cours de cette année-là, il y avait pourtant eu des moments où elle s'était demandé si Doug finirait un jour par s'adapter à sa nouvelle situation.

D'un autre côté, il y avait eu aussi des moments où elle s'était demandé si elle serait à la hauteur de son rôle de mère. Ils avaient néanmoins réussi à franchir ce cap. Un enfant constituait une source de bonheur inépuisable. L'espace d'un instant, elle songea à Ellen et à Charles. Les pauvres, comme ils avaient dû souffrir ! Elle secoua la tête et contempla son reflet dans la vitre latérale dégoulinante de pluie. Je ne voudrais pour rien au monde être à leur place, se dit-elle.

« Nom de Dieu ! jura soudain Doug.

Maddy pivota et distingua une petite silhouette floue, un vague mouvement, puis le visage et le cou de son mari à moitié dissimulés par une forme noire. Il leva brusquement la main.

« Blacky ! » s'écria Amy.

Maddy ne comprit pas tout de suite ce qui se passait, puis elle vit le panier ouvert, le bras de la fillette qui se tendait vers son père, les griffures sur la figure de celui-ci, le sang qui luisait, noir, dans l'obscurité de la voiture. Le chat crachait. Elle entendit alors longuement, comme si le temps se ralentissait, les freins grincer.

Elle voulut crier, mais il était trop tard. Le chat sauta sur le tableau de bord. Ses yeux vert-jaune dans lesquels les pupilles se réduisaient à deux fentes étroites se posèrent sur les siens. Les phares d'une voiture qui venait en face illuminèrent l'animal dont le poil noir était tout hérissé, symbole de mauvais présage. Éblouie, elle entendit Doug hurler :

« Attention… ! »

Il empoigna le volant, braqua.

« Amy ! » hurla Maddy, tandis que la voiture déra-
pait et partait en tête-à-queue sur la chaussée glissante.

5

Le hall de l'hôpital était faiblement éclairé, mais il bourdonnait d'activité même à cette heure tardive. Le personnel allait et venait, et leurs semelles en caoutchouc crissaient sur le sol bien astiqué. Par l'intermédiaire des haut-parleurs, une voix douce et modulée faisait de fréquentes annonces à l'intention de divers médecins. Maddy frotta le dos de sa fille qu'elle portait dans ses bras et emboîta le pas à Ruth Crandall, la mère de Ginny, une des petites camarades d'Amy.

« Ruth, je ne vous remercierai jamais assez d'être accourue si vite, dit-elle.

— Mon Dieu, c'est avec plaisir.

— Tu vas rester avec Ruth, ma chérie, dit Maddy. Elle va t'emmener dans sa maison avec George.

— Oui, approuva Ruth d'un ton enjoué. Ginny est tout excitée parce que tu viens. Tu dormiras avec elle dans sa chambre. »

Maddy serra très fort sa fille dans ses bras, l'esprit encore rempli des visions et des bruits de l'accident, ces instants de terreur absolue, les bruits qui avaient explosé à ses oreilles, la peur atroce au moment où la voiture s'était immobilisée et où elle ne savait pas si Amy était ou non indemne. Cela n'avait duré qu'une fraction de seconde, mais elle s'en souviendrait sa vie entière.

« Je t'aime plus que tout, lui murmura-t-elle.

— Allez, viens, ma chérie », dit doucement Ruth.

L'enfant, fatiguée, cessa de protester pour tomber dans les bras familiers de la jeune femme, tandis que le singe de peluche pendait toujours dans sa main potelée.

« Je viendrai te chercher demain matin, promit Maddy. Dors bien, mon ange. »

Elle embrassa de nouveau la joue veloutée sillonnée de larmes, puis, à contrecœur, laissa sa fille partir. Debout derrière les portes coulissantes de l'entrée, elle agita le bras, cependant que Ruth et la fillette s'enfonçaient dans la nuit. Après quoi, la gorge nouée, elle retourna vers la salle des urgences.

« Maddy ! » l'appela une voix connue.

La jeune femme pivota et son visage s'illumina à la vue de l'homme qui s'avançait, l'expression soucieuse. « Père… père Nick, bégaya-t-elle.

— Nick tout court, combien de fois faudra-t-il que je vous le répète ?

— C'est à cause de votre col, expliqua-t-elle. Je ne peux pas m'en empêcher. »

Nick Rylander soupira et passa le doigt sous son col d'ecclésiastique, comme si celui-ci le gênait. « J'ai fait ma visite hebdomadaire à la prison cet après-midi, et dans ces cas-là, je le mets toujours. Je ne tiens pas à ce qu'on me prenne pour un détenu et qu'on m'enferme par erreur dans une cellule. »

Maddy eut un bref sourire. « Je ne vous le reproche pas. Je suis sûre que ce doit être très dur là-bas.

— Ça ne me dérange pas trop. Aujourd'hui, en particulier. Un garçon à qui je rends visite depuis des années a été libéré. C'était une sorte de fauteur de troubles invétéré, mais il avait été condamné pour meurtre et n'avait jamais cessé de clamer son innocence. On a arrêté un type qui avait commis un crime similaire et qui a fini par avouer être également l'auteur de l'autre, si bien que mon protégé a été blanchi. On a plus ou moins fêté l'événement. Enfin, peu importe, conclut-il. Mais vous, qu'est-ce que vous fabriquez ici à cette heure de la nuit ?

— Nous avons eu un accident de voiture.

— Non ! s'écria-t-il avec une véhémence qui étonna la jeune femme. Qu'est-ce qui est arrivé ? »

Maddy raconta la visite chez les Henson et ce qui s'était passé ensuite sur la route. « Doug est au service des urgences et je m'y rends.

— Il est gravement blessé ?

— C'est ce que je m'efforce de savoir. J'ai eu beau insister auprès des infirmières, je ne suis pas parvenue à obtenir de renseignements. »

Elle joua avec un petit cœur en argent qu'elle portait en bracelet. Ses poignets parurent aux yeux de Nick aussi minces et fragiles que des allumettes.

« Et Amy ? Comment va-t-elle ? Où est-elle ?

— Oh, ma voisine est venue la chercher. Elle n'a rien, Dieu merci. Dans la panique du moment, le chaton a filé dans les bois. Nous n'avons pas réussi à le retrouver. Amy était davantage bouleversée par ça que par le reste.

— Il s'en sortira. Vous savez, les chats retombent toujours sur leurs pattes.

— J'espère.

— Et les gens aussi, ne vous inquiétez pas. »

Maddy secoua la tête. « Je souhaite que vous ne vous trompiez pas.

— Je vous accompagne.

— Oh, il est tard, père… Nick, corrigea-t-elle aussitôt. Ne vous occupez donc pas de moi.

— Pas question que je vous abandonne, déclara-t-il en la prenant doucement par le coude.

— J'allais oublier, dit-elle avec une ironie désabusée. C'est votre boulot. »

Nicholas Rylander ne releva pas. Il la conduisit le long du couloir sans lâcher son coude frêle, et il jeta un coup d'œil à la dérobée sur son visage aux traits tirés. Maddy ne lui en avait pas parlé, mais il était au courant des accusations portées contre son mari par cette jeune fille. Tout le monde en ville était au courant. Et durant tout ce temps, Maddy, en épouse fidèle et loyale, avait gardé la tête haute. Pourtant, avec ses cheveux noirs qui lui descendaient jusqu'aux épaules, sa frange et ses taches de rousseur, elle-même avait encore presque l'air d'une jeune fille.

« Vous avez traversé de rudes épreuves ces derniers mois », dit-il.

Maddy acquiesça, manifestant une grande agitation. « Je ne cesse de penser à quel point j'ai été stupide. Tout cela aurait pu être évité. Je me sens terriblement coupable vis-à-vis des gens dans l'autre voiture. Ils sont partis en ambulance et je ne sais pas non plus comment ils vont. C'était de notre faute… Nick.

— Allons, allons.

— Si, si. Naturellement, il s'agissait d'un accident, mais si je n'avais pas mis le chaton sur le siège arrière à côté d'Amy…

— Vous n'y êtes pour rien, affirma-t-il d'un ton catégorique. Comme vous l'avez dit vous-même, c'était un accident.

— Vous avez raison, je suppose, soupira-t-elle. Voilà, nous y sommes. »

Maddy se précipita vers le bureau des infirmières pour réclamer avec insistance des nouvelles de Doug.

« Je n'ai aucune information, répondit l'infirmière de service d'un ton exaspéré.

— Mais il faut que je sache, supplia la jeune femme.

— Miss McCarthy, intervint gentiment Nick en se penchant au-dessus du comptoir. Nous serons dans la salle d'attente. Je vous serais infiniment reconnaissant si vous pouviez me communiquer des précisions quant à l'état de santé de Mr. Blake. »

L'infirmière le regarda avec surprise, puis rougit. « Bien sûr, père Nick », dit-elle.

En femme pieuse qu'elle était, elle se réjouissait de cette occasion de venir en aide au prêtre de sa paroisse.

« Venez, reprit Nick. Allons nous asseoir là-bas. »

À son corps défendant, Maddy le suivit dans une salle d'attente plus brillamment éclairée que les couloirs. Des fauteuils de couleur orange et turquoise entouraient des tables basses sur lesquelles étaient éparpillés des magazines, et une boîte de jouets se trouvait dans un coin. Un poste de télévision accroché au plafond fonctionnait, le son réglé très bas. La jeune femme s'installa dans un fauteuil, le dos tourné au téléviseur. Nick se dirigea vers la machine à café et décrocha deux gobelets en polystyrène. Il y avait très peu de monde dans la salle d'attente. Un homme de forte carrure aux cheveux gris et vêtu d'une chemise écossaise feignait de dormir, la tête appuyée contre le mur. Près de la fenêtre, deux femmes tricotaient et s'entretenaient à mi-voix. À côté de chacune d'elles était posé un gros sac fourre-tout, gage d'un long séjour probable en ces lieux. Un couple d'âge mûr se tenait près de la porte et jetait des regards nerveux aux alentours, guettant à l'évidence l'arrivée du médecin.

Nick revint avec le café et tendit un gobelet à Maddy.

Elle contempla le liquide fumant avec abattement. « Je crois que je peux en prendre. De toute façon, je ne dormirai pas cette nuit. »

Le prêtre but une gorgée. « Moi, non plus.

— Et pourquoi ?

— Oh, mes bagages à préparer, des tas de détails à régler.

— Ah oui, c'est vrai, vous partez ! s'exclama-t-elle, remarquant alors que son beau visage pensif semblait un peu défait. Quand cela ? J'ai été tellement absorbée par mes propres problèmes… »

Les problèmes de votre mari, pensa-t-il, et, malgré lui, il éprouva un léger sentiment d'amertume. Il savait que Doug avait été lavé de tout soupçon par le juge. L'affaire devrait donc être classée. Après tout, n'avait-il pas, et aujourd'hui même, constaté qu'un innocent pouvait être injustement condamné ? Cependant, il s'interrogeait au sujet de Doug Blake. L'homme paraissait accommodant, mais il y avait dans ses yeux quelque chose de froid. Pour être sincère, il devait s'avouer que son antipathie à l'égard de Douglas Blake était surtout motivée par le fait qu'il était le mari de Maddy. Pourtant, comme on dit, il n'y a pas de fumée sans feu.

« Nick ?

— Oui, oui. En fait, je pars après-demain. Du moins, je l'espère.

— Si tôt ? fit-elle avec tristesse. Je commençais tout juste à vous connaître. » Elle l'avait rencontré en travaillant sur le vitrail qu'on lui avait commandé pour la nouvelle chapelle. Au cours de leurs conversations, elle s'était rendu compte qu'il était d'un abord facile et doté d'un esprit pénétrant. « Vous allez administrer une plus petite paroisse, je crois. Où cela, déjà ? En Nouvelle-Écosse ?

— Oui, mais en réalité, je ne reprends pas une paroisse.

— Ah non ? »

Il changea de position sur son siège, comme si le sujet le mettait mal à l'aise. « Je vais superviser la restauration d'un vieux monastère. »

Maddy avait envie de lui demander pourquoi, mais il était clair qu'il ne désirait pas en parler. « Vous me manquerez », dit-elle.

Nick fronça les sourcils, puis promena son regard sur la salle d'attente. Ses yeux s'arrêtèrent sur le poste de télévision. « Vous êtes au courant ? » demanda-t-il d'un air sombre.

Maddy pivota dans son fauteuil. Sur l'écran, on voyait une femme échevelée en robe à fleurs, les yeux rouges d'avoir pleuré, et un jeune homme stoïque, mal rasé, qui se tenait à côté d'elle. La femme expliquait comment son enfant disparu était habillé. Lorsqu'elle entreprit de décrire le pull rouge décoré d'un dalmatien que sa grand-mère lui avait tricoté, elle éclata en sanglots. Le numéro de téléphone de la ligne spéciale défilait en bas de l'écran comme une bande de téléscripteur. Maddy sentit les larmes lui monter aux yeux.

« Qu'est-il arrivé ?

— Une baby-sitter a disparu avec l'enfant qu'elle gardait. Ici, en pleine ville, répondit le prêtre.

— Oh ! mon Dieu ! C'est horrible. Les parents eux-mêmes sont encore pratiquement des enfants. »

À cet instant, Doug apparut sur le pas de la porte de la salle d'attente, escorté par l'infirmière McCarthy rayonnante.

Le visage de Maddy s'éclaira et elle bondit de son fauteuil pour se précipiter vers son mari. « Mon chéri, tu n'as rien ? Qu'a dit le médecin ? »

Nick se leva à son tour et tendit une main que Doug refusa de serrer en désignant son épaule. « Je suis un peu raide, expliqua-t-il simplement.

— Comment allez-vous ? demanda Nick, qui se demanda si ce n'était pas plutôt une rebuffade.

— Ça va, répondit Doug. On pense que je me suis juste démis l'épaule, mais on ne veut pas me laisser partir. Ils attendent les radios.

— Mais tu n'as rien de cassé ? interrogea Maddy, dévorée d'inquiétude.

— Non, a priori pas.

— Ouf, je suis rassurée, fit la jeune femme, les jambes tremblantes de soulagement.

— Eh bien, je vais vous laisser, dit le prêtre. Je vous souhaite une bonne nuit à tous les deux.

— Merci pour tout, Nick, dit Maddy. Et si je ne vous revois pas… »

Sur un dernier signe de la main, Nick sortit sans regarder derrière lui.

Doug se laissa choir lourdement dans le fauteuil que le prêtre venait de libérer.

« Je peux aller te chercher quelque chose ? s'enquit Maddy. Un café, un soda ?

— Qu'est-ce qu'il voulait ? » demanda Doug avec aigreur.

Malgré elle, la jeune femme fut sur la défensive. « Il me tenait simplement compagnie. Je l'ai croisé dans le hall, quand Ruth est venue chercher Amy.

— Quelle coïncidence ! » fit Doug en jetant un regard en direction du prêtre qui s'éloignait.

Maddy serra les dents. « C'est un prêtre. Quoi de plus normal que de visiter les malades ! »

Le jeune homme se passa la main devant les yeux. « Oh, je sais, murmura-t-il d'une voix lasse. Ne t'en fais pas, je suis simplement de mauvaise humeur. Je n'arrive pas à y croire. C'est vraiment le bouquet ! Une tuile après l'autre.

— Je sais.

— Tout ça à cause de ce maudit chat. Ce Blacky !

— Ils portent malheur. J'avais pourtant essayé de te prévenir, plaisanta-t-elle gentiment en lui caressant le bras.

— Tu as raison, disons que ce n'était qu'un malheureux concours de circonstances.

— Mais, Doug, nous avons eu beaucoup de chance. Tu comprends, tu n'es pas sérieusement blessé. C'est miraculeux. Amy non plus n'a rien. Et en plus, on récupère la voiture dès demain. Le garagiste a dit qu'il y avait juste un pneu éclaté. »

Doug lui lança un regard venimeux. Elle tressaillit comme s'il l'avait piquée.

L'infirmière réapparut sur le seuil et lui fit signe de venir.

« Il faut que j'y aille, dit-il en se levant de son siège. Pourquoi ne rentrerais-tu pas à la maison ? Je ne sais pas combien de temps tout ça va encore prendre.

— Eh bien, j'attendrai », dit-elle d'une petite voix en évitant son regard.

Doug lui tapota l'épaule et quitta la salle en compagnie de l'infirmière.

Maddy, un peu secouée, le suivit des yeux. Il est simplement fatigué, se dit-elle. Elle savait très bien que sa nature optimiste agaçait souvent Doug. Ce devait être ça. Elle s'empara d'un vieux numéro de *People* et essaya de lire.

Une femme mince aux cheveux châtains frisés et qui portait des lunettes entra, alla s'asseoir en face, dans l'autre rangée de fauteuils, et commença à bercer son bébé qui dormait, serré contre elle, une sucette jaune dans la bouche. L'enfant était vêtu d'un sweat-shirt à capuche bleu clair, et même dans son sommeil il paraissait épuisé. La femme posa son sac à main marron tout éraflé ainsi que son sac à langer aux couleurs gaies au pied du fauteuil. Maddy lui fit un petit sourire, puis se replongea dans son magazine, s'efforçant de s'intéresser à l'article qu'elle avait sous les yeux.

À cet instant, un médecin arriva, et le couple d'âge mûr assis près de la porte se leva avec empressement.

« Mr. et Mrs. Sobranski ? » demanda le docteur.

Pétrifiés, les mains crispées, ils acquiescèrent.

« Alors ? lança l'homme, encore vêtu de sa salopette de travail. Comment va Cliff ?

— Très bien. Je l'ai plâtré et il n'a plus mal. Il s'est déchiré les ligaments de la cheville.

— Ça n'a pas l'air trop grave, dit la femme avec un certain soulagement.

— Pas trop grave ! » rugit son mari.

Les personnes qui se trouvaient dans la salle d'attente dressèrent la tête, y compris Maddy qui vit l'homme enfouir son visage entre ses mains tandis qu'il s'écriait : « Il est fichu !

— Venez avec moi », dit alors le médecin.

Mrs. Sobranski, qui semblait quelque peu désorientée, poussa son mari devant elle et suivit le médecin dans le couloir. Maddy les observa un moment pendant que le médecin paraissait leur expliquer la situation et que le père continuait à rouler les yeux et à se tordre les mains. Finalement, haussant les épaules, elle reprit son magazine.

« Mrs. Bonnie Lewis ? »

Maddy s'interrompit dans sa lecture. Un policier en uniforme se tenait à côté de son fauteuil, un stylo et un carnet à la main. Il avait des cheveux noirs et brillants, le visage lisse, et l'air presque trop jeune pour la profession qu'il exerçait.

« Non, fit Maddy.

— C'est moi, Mrs. Lewis », déclara la femme au bébé.

Le policier se retourna, puis se dirigea vers elle. « Mrs. Lewis, je suis l'agent Termini. J'enquête au sujet de l'accident. On m'a appris que votre mari était encore en salle d'opération. Pourriez-vous m'expliquer ce qui s'est passé ? »

La femme eut une grimace. « Je ne peux pas vous dire exactement où ça s'est produit, car nous ne sommes pas d'ici.

— Votre voiture est immatriculée dans le Maine, je ne me trompe pas ?

— Non, non. Nous venions juste d'arriver en ville. Mon mari a déniché un boulot. On était sur la route qui longe le fleuve, et il faisait un temps épouvantable. Il pleuvait à torrents et la chaussée était glissante. »

Elle se tut pour réfléchir et remonta ses lunettes sur son nez de sa main libre, tandis qu'elle serrait toujours le bébé contre elle. « Tout d'un coup... surgie de nulle part, une voiture a débouché devant nous et s'est mise à déraper...

— Vous étiez au volant, je crois...

— Oui, parfaitement. J'avais relayé mon mari qui était fatigué. J'ai essayé de les éviter, mais ma camionnette a quitté la route et atterri dans le fossé. Mon mari a été blessé... »

Maddy écoutait avec un malaise croissant. Elle n'avait pas vraiment vu les autres personnes impliquées dans l'accident. Leur véhicule se trouvait de l'autre côté de la route et, avant même qu'ils aient eu le temps de reprendre leurs esprits, un type en Land Rover équipée d'un téléphone cellulaire s'était arrêté et avait appelé pour demander des secours. Entre la pluie, l'ambulance, la police et la confusion qui régnait... mais il ne pouvait s'agir que des occupants de l'autre voiture.

« Excusez-moi », dit-elle en se levant.

La femme au bébé et le policier se tournèrent vers elle. Maddy s'assit dans le fauteuil juste à côté d'eux. « Pardonnez-moi, reprit-elle, mais je n'ai pas pu faire autrement que d'écouter. Je suis Maddy Blake. » Elle se mordit la lèvre cependant que Mrs. Lewis la considérait d'un œil soupçonneux. « Nous étions dans l'autre voiture sur River Road. »

Le policier consulta son carnet. « Vous conduisiez un break Ford Taurus gris ? »

Maddy acquiesça et contempla la femme avec un élan de compassion. « Je suis désolée, dit-elle. Tout est de notre faute. Monsieur l'agent, c'est nous qui sommes responsables. »

L'espace d'un instant, elle hésita et se demanda si elle n'avait pas eu tort de dire cela. Aujourd'hui, avec la façon dont les gens vous faisaient un procès pour un oui ou pour un non. On aurait pu prétendre que c'était la route glissante, les feuilles… Si seulement elle n'avait pas laissé le panier à l'arrière, à portée de main d'Amy… C'était trop tard pour les regrets. Son geste avait provoqué un accident et maintenant, le mari de cette pauvre femme se trouvait en salle d'opération. Elle devait assumer ses responsabilités. Pas question de se comporter comme ceux à qui elle reprochait justement de ne pas le faire. « Il y avait un chaton dans la voiture, reprit-elle. Il s'est échappé de son panier, mon mari a eu peur, et… »

La femme cligna des yeux derrière ses lunettes et boucha les oreilles de son enfant comme si Maddy prononçait des paroles obscènes.

« Mrs. Blake, j'avais prévu de me mettre à votre recherche après avoir fini d'interroger Mrs. Lewis, intervint le jeune policier. Vous m'épargnez cette peine…

« — Vous en avez terminé avec moi ? demanda l'autre femme d'un ton abrupt. Je voudrais aller aux toilettes et… est-ce qu'il y a une cafétéria ici ?

— Oui, il y en a une, ouverte toute la nuit, après le hall. »

Maddy se baissa pour tendre ses affaires à Mrs. Lewis. « J'espère de tout mon cœur que votre mari s'en tirera », dit-elle avec sincérité.

Bonnie Lewis hocha la tête, mais son regard demeurait méfiant. Saisissant ses sacs et tenant contre elle son fils endormi, elle se dirigea à grandes enjambées vers la porte.

6

« Tu es certain que ça va ? demanda Maddy à Doug. Tu veux t'asseoir ? Qu'a dit le médecin ?

— Ça va, pas de problème. Il m'a donné une ordonnance pour des analgésiques et m'a simplement conseillé de ne pas forcer. Je vais aller chercher les médicaments à la pharmacie de l'hôpital.

— Bon, fit Maddy. Si tu es sûr, je crois que je vais passer un petit coup de fil à Ruth. Elle doit commencer à s'inquiéter.

— Tu peux y aller tranquillement. Je m'occupe de l'ordonnance et ensuite je tâche de trouver un taxi. »

Maddy se dirigea vers le hall à la recherche d'un téléphone. Elle appela Ruth qui la rassura : Amy dormait comme un loir. Maddy lui dit que de leur côté tout allait bien et qu'ils ne tarderaient pas à rentrer. Pendant qu'elle parlait, elle jeta un coup d'œil vers la cafétéria presque déserte à cette heure de la nuit et, à travers les parois vitrées, elle repéra Bonnie Lewis et son enfant installés à une petite table ronde dans un coin. Le bébé était réveillé et attaché dans une chaise haute. Il fourrait des aliments dans sa bouche à l'aide de son petit poing, tandis que Bonnie le visage tendu, creusé d'inquiétude, semblait écouter un médecin de frêle stature dont la blouse verte de chirurgien était éclaboussée de sang. Lorsque le docteur se leva et se tourna dans sa direction, Maddy constata avec surprise qu'il s'agissait d'une femme. Son joli visage fatigué portait le masque impénétrable propre à sa profession. Au moment où la chirurgienne quittait la cafétéria, Maddy raccrocha puis, indécise, s'avança vers Bonnie Lewis.

« Mrs. Lewis ? demanda-t-elle timidement. Je ne voudrais pas vous déranger, mais je tenais à être sûre que vous alliez bien. »

Bonnie leva les yeux avec une expression de stupéfaction. Elle était maigre comme un coucou. « Oui, ça va, répondit-elle d'une voix atone.

— C'était le médecin de votre mari ?

— Oui, la chirurgienne. Elle m'a annoncé que Terry était sorti de la salle d'opération.

— Ce n'est pas grave ? s'enquit Maddy avec angoisse.

— Non, je ne crois pas. Il avait un éclatement de la rate. Il a été projeté en avant quand on est tombés dans le fossé. Ils ont dû la lui enlever. Le médecin dit que ça paraît plus sérieux que ce ne l'est en réalité. Elle affirme qu'on peut très bien vivre sans.

— Dieu soit loué !

— Il va passer la nuit en salle de réveil. J'ai perdu la notion de l'heure, s'excusa-t-elle en regardant la pendule de la cafétéria.

— Ce n'est pas étonnant ici, dit Maddy qui s'installa à côté d'elle et posa brièvement sa main sur l'avant-bras pâle de Bonnie. Je peux aller vous chercher un thé ou quoi que ce soit ? »

Bonnie fixait le plateau intact qui se trouvait devant elle comme si elle ne le voyait pas. « Non, ça va », dit-elle. Sa lèvre inférieure se mit à trembler, mais elle réussit à se reprendre. « Je pourrai le voir demain matin. » Elle souleva sa tasse, but une gorgée, puis la reposa et se tourna vers les fenêtres qui donnaient sur le parking. Maddy s'aperçut qu'elle avait du mal à refouler ses larmes. Le bébé, après avoir tiré tous les amusements possibles d'un sandwich au beurre de cacahuète, se mit soudain à hurler et à se tortiller dans sa chaise haute.

« Ne pleure pas, Sean, dit sa mère. Papa va revenir bientôt.

— C'est dur de rester assis à attendre, n'est-ce pas ? » fit Maddy.

Bonnie fouilla dans le sac à langer et prit un hochet qui représentait un éléphant. Sean cessa un instant de pleurer pour l'examiner.

« La nuit va être longue, déclara Bonnie d'un air chagrin.

— Où comptez-vous dormir ? »

La femme ne répondit pas tout de suite. Elle secoua de nouveau le hochet. « Je suppose qu'on pourra rester dans la salle d'attente, dit-elle après un instant de silence. Il y a des canapés...

— Mais ce ne sera pas assez confortable ! s'écria Maddy. Surtout avec le petit.

— Vous savez, je n'ai guère le choix. Je ne peux pas m'offrir une chambre de motel. Terry a été longtemps au chômage, et maintenant, je ne sais pas si son nouveau travail l'attendra... »

Maddy hésita une seconde, puis elle eut honte de son hésitation. Jetant un coup d'œil en direction du hall, elle aperçut Doug qui sortait de la pharmacie et la cherchait du regard. Elle était épuisée et ne désirait que rentrer chez elle, se glisser dans son lit à côté de lui et oublier tout le reste. Mais elle savait aussi que, tout exténuée qu'elle fût, elle avait des devoirs.

« Il n'en est pas question, dit-elle. Vous allez venir avec nous. Nous avons de la place à la maison et j'ai une petite fille de trois ans qui sera ravie de la présence d'un bébé…

— Oh, non ! nous ne pouvons pas accepter, protesta aussitôt Bonnie.

— Si, j'y tiens. De vous savoir ici avec Sean, je ne dormirais pas de la nuit. Il faut que vous veniez. Mon mari va appeler un taxi. Demain matin, je vous conduirai voir votre mari. Vous demeurerez chez nous aussi longtemps que nécessaire.

— Vous devez avoir assez de vos propres soucis, objecta Bonnie. Votre voiture a été accidentée, non ?

— Oh ! elle n'a presque rien, dit Maddy sur un ton d'excuse. Juste un pneu crevé. Nous la récupérerons demain, et de toute façon, nous en avons une deuxième. »

La femme parut presque embarrassée, comme si elle n'avait pas pensé qu'on puisse posséder deux voitures, ce qui ne fit qu'accroître le sentiment de culpabilité de Maddy.

« Ce serait nous imposer, dit Bonnie qui commençait manifestement à fléchir.

— Mais non ! Au contraire, vous me rendrez service. Ça soulagera ma conscience.

— Vous savez, vous n'avez aucune raison, mais… bon… d'accord… et merci… »

Maddy, bien que la proposition émanât d'elle, éprouva cependant un petit frisson d'angoisse à l'idée d'héberger cette femme et son enfant. Elle se rappela l'éclair qu'elle avait surpris dans les yeux de Doug et elle se demanda quelle serait sa réaction. Néanmoins bien décidée, elle déclara fermement : « Bon, alors affaire conclue.

— J'ai le temps d'aller voir Terry une minute avant de partir ?

— Oui, bien sûr », répondit Maddy. Doug ne risquait-il pas de s'impatienter ? Il devait être épuisé lui aussi. « Allez-y. Je garderai Sean pendant ce temps-là. Je ne pense pas qu'on le laissera entrer en salle de réveil. »

Bonnie marqua une hésitation. La méfiance se lisait sur son visage, atténuée cependant par le désir de ne pas paraître grossière ou ingrate. Maddy, se souvenant de la femme qui, devant les caméras de télévision, suppliait qu'on lui rende son enfant, comprit très bien les réticences de la mère de Sean.

« Il aura peut-être peur de rester avec quelqu'un qu'il ne connaît pas, dit cette dernière.

— Vous avez raison. »

Bonnie souleva l'enfant de sa chaise haute. Il s'agitait, pleurnichait, mais ses petites mains collantes agrippèrent les cheveux frisés et le col de la robe de sa mère. « Je ne serai pas longue. Je veux juste le voir une seconde.

— Ne vous inquiétez pas. Nous vous attendrons dans le hall. Voilà mon mari. »

Bonnie empoigna ses deux sacs.

« Vous ne voulez pas que je les garde ? » demanda Maddy.

La femme secoua la tête.

« Laissez-moi au moins le sac à langer. »

Bonnie jeta un regard anxieux sur le sac, comme si elle s'imaginait que Maddy allait partir avec. « Non, je préfère l'emporter. Je pourrais en avoir besoin. »

Maddy se sentit légèrement insultée, toutefois elle ne le montra pas. Ne pas confier son enfant à une inconnue était une chose, mais un sac à langer ? « Alors, allez-y. Et bonne chance. »

Tandis que Bonnie se précipitait hors de la cafétéria, son corps frêle ployant sous le poids des sacs et de l'enfant, Maddy se dirigea vers le hall à la rencontre de son mari.

Doug se tourna à son approche, eut un bref sourire, puis consulta sa montre. « Tu es prête ? »

Maddy poussa un petit soupir. « Prépare-toi. Nous avons des invités.

— Des invités ? Qui ? »

La jeune femme jeta un coup d'œil par-dessus son épaule, comme pour s'assurer que personne n'écoutait. « Tu connais ceux qui étaient dans la camionnette ? »

Doug la considéra, sourcils froncés, comme si elle s'exprimait dans une langue étrangère.

« L'accident, insista-t-elle. Oh, mon chéri, l'homme vient à l'instant de quitter la table d'opération, leur voiture est au garage et ils n'ont nulle part où aller. Ils débarquent de je ne sais où dans le Maine et ils ne connaissent pas âme qui vive dans le coin. Elle est partie le voir.

— Pourquoi ils ne descendent pas à l'hôtel ?

— Ils n'ont pas d'argent, murmura Maddy. Il est arrivé ici pour chercher du travail, car il était au chômage. Il faut les comprendre. »

Doug se rembrunit. « Eh bien, on peut leur donner l'argent pour une chambre.

— Et comment feront-ils pour se déplacer ? Ils ne peuvent pas se payer des taxis. En plus, la femme a un bébé. »

Doug soupira.

« C'est de notre faute s'ils se retrouvent dans un pétrin pareil, plaida la jeune femme. On ne peut pas les laisser comme ça.

— Je t'interdis de dire ça ! fit-il d'un ton brusque. Ne va pas raconter partout que nous sommes responsables. Tu n'as pas dit ça à la femme, j'espère ? »

Maddy secoua la tête. C'était un mensonge, et elle ne l'ignorait pas.

« C'était un accident, reprit-il. Personne n'a besoin d'en savoir davantage.

— D'accord, c'était un accident. Mais est-ce que ça nous empêche d'agir comme il se doit ?

— Maddy... »

Il n'acheva pas sa phrase, car il faillit buter contre un jeune homme de très haute taille qui se déplaçait à l'aide de béquilles trop petites pour lui et dont le visage affichait un mélange effrayant de colère, de souffrance et de chagrin.

Doug le regarda s'éloigner avec curiosité. « C'est Cliff Sobranski, souffla-t-il à Maddy.

— Qui ? »

Soudain, elle vit le couple qu'elle avait remarqué dans la salle d'attente se lancer à la suite du jeune homme. Sa mère l'appela d'une voix qui tremblait de toute l'inquiétude d'une mère. Quant au père, il avait un air funèbre.

« C'est le meilleur espoir de l'université au basket. La NBA l'a déjà classé parmi les meilleurs juniors de cette année, expliqua Doug.

— J'ai entendu le médecin annoncer à ses parents qu'il avait les ligaments de la cheville déchirés, murmura Maddy.

— Oh non ! »

Doug, l'air accablé, suivit des yeux la famille affligée qui disparaissait dans la nuit. « Pauvre gosse. Il avait le monde à ses pieds. Il aurait pu tout avoir. C'est incroyable ! »

Maddy scruta son visage et se rendit compte qu'il pensait à sa propre blessure, celle qui avait brutalement mis fin à sa carrière. Une partie d'elle-même le prenait en pitié, et une autre avait envie de lui crier : « Et alors ? Il y a des choses pires dans la vie ! » Mais elle tint sa langue. Elle savait combien il était sensible sur ce point. Inutile d'aborder le sujet, car sa seule réponse consistait à lui répéter qu'elle ne pouvait pas comprendre.

Bonnie revint dans le hall et promena autour d'elle un regard affolé tout en essayant de bercer le bébé qui pleurnichait. Son expression se détendit lorsqu'elle aperçut Maddy et Doug. Elle se précipita vers eux. « Je croyais que vous étiez partis. »

Maddy se demanda ce qui lui permettait de penser cela. « Je vous avais dit que nous allions vous attendre. »

Bonnie haussa les épaules, comme pour indiquer le peu de foi qu'elle ajoutait à de pareilles promesses.

« Je vous présente mon mari, Doug Blake, reprit Maddy. Doug, voici Bonnie Lewis, la femme dont je t'ai parlé. » Puis elle demanda à celle-ci : « Comment va votre mari ? Vous l'avez vu ?

— Il est encore dans les pommes. Elle se tourna vers Doug et poursuivit d'une voix anxieuse : « Votre femme nous a invités à habiter chez vous, mais si vous ne voulez pas… »

Doug se força à sourire. « Non, non, pas de problème. Laissez-moi juste aller m'assurer que le taxi est là. »

Maddy adressa un sourire d'encouragement à l'autre femme, tandis que Doug se dirigeait vers la porte. « Ne vous inquiétez pas, tout ira bien. »

Bonnie hocha la tête, le front plissé, puis elle tapota le dos de son bébé dont les petits sanglots résonnaient dans le hall silencieux.

Montrant le chemin, Maddy emprunta l'escalier qui menait à l'étage, puis elle ouvrit la porte de la chambre d'amis qui comportait deux lits jumeaux, un bureau ainsi qu'un berceau poussé dans un coin. Maddy l'avait mis là à l'intention des amis ou des membres de la famille qui venaient leur rendre visite en compagnie de très jeunes enfants. Pour la première fois, le visage de Bonnie s'éclaira. « Ce sera parfait », dit-elle.

Maddy promena avec plaisir son regard sur les murs jaune pâle, les plaids et les édredons à fleurs. Elle se rappela le jour où, au printemps dernier, Doug et elle avaient repeint la chambre. Ils avaient commencé par rouspéter et se plaindre de ne pas avoir assez d'argent pour engager quelqu'un qui s'en serait chargé à leur place, mais ils avaient fini par le prendre comme un amusement. Ils s'étaient escrimés avec les rouleaux et les pinceaux, pendant qu'Amy dansait autour d'eux, sa poupée dans les bras.

« Si le boulot marche bien, on pourra peut-être habiter une maison, reprit Bonnie. Jusque-là, on a toujours vécu en appartement. Mais maintenant qu'on a Sean...

— Depuis combien de temps êtes-vous mariés ? »

Bonnie fronça les sourcils. « Oh, quelques années. J'ai attendu un bon moment avant de tomber enceinte, mais après, tout s'est passé sans problème. J'ai pu travailler jusqu'à la dernière semaine. »

Elle coucha le bébé dans le berceau et lui retira ses petits chaussons tricotés.

Maddy s'appuya contre le chambranle. « Qu'est-ce que vous faisiez ? demanda-t-elle.

— Pardon ? fit Bonnie en se tournant vers elle. Oh, j'étais bibliothécaire, bibliothécaire adjointe.

— Alors, vous ne devriez pas avoir trop de difficultés à trouver un emploi ici. J'ai l'impression qu'ils manquent toujours de personnel à la bibliothèque.

— Je ne compte pas retravailler. Du moins, pas tout de suite. Terry espère gagner assez d'argent pour nous faire vivre. Une fois que le petit ira à l'école, on verra, dit Bonnie d'un air rêveur. Terry et moi en avons parlé, et nous pensons tous les deux qu'il est important au début que la mère reste à la maison pour s'occuper de l'enfant. »

Maddy sourit et lui lança un regard approbateur. Bonnie n'était plus très jeune, âgée sans doute de trente ou trente-cinq ans, ni particulièrement séduisante, mais elle avait un mari et un premier enfant. Elle avait dû considérer l'arrivée du bébé comme un rêve devenu réalité. Pas étonnant qu'elle désire rester à la maison. Tout se présentait pour eux sous les plus heureux auspices, mis à part le fait que le soutien de famille se retrouvait à l'hôpital avec la rate en moins.

Bonnie se dirigea vers l'un des deux lits sur lequel elle avait posé le sac à langer d'où elle tira un pyjama d'enfant qu'elle étala avec précaution sur l'édredon. « Heureusement qu'ils n'étaient pas dans la valise », dit-elle.

Elle prit également un flacon d'huile pour bébé, du talc et une boîte à savon en plastique.

« Je vous conduirai demain au garage chercher vos affaires », dit Maddy.

Bonnie alla se pencher au-dessus du berceau pour ôter le petit pantalon en velours à son fils qui se mit à pleurnicher dans son sommeil.

« Vous devriez peut-être le laisser dormir habillé, suggéra Maddy. Comme ça, vous n'aurez pas à le réveiller. »

La jeune femme la considéra d'un air indigné. « Le laisser dans un pantalon sale et tout collant ? Vous n'y songez pas ! »

Mêle-toi donc de ce qui te regarde, se dit Maddy en son for intérieur. Chaque mère a sa méthode. « Eh bien, je vais vous souhaiter une bonne nuit. Je vous verrai demain matin au petit déjeuner.

— Pas de fruits, dit Bonnie.

— Pardon ?

— Pas de fruits au petit déjeuner. Sean est allergique à la plupart des fruits. »

Maddy eut un sourire. « De toute façon, Amy n'en mange guère. Bonne nuit. »

Tandis qu'elle refermait doucement la porte derrière elle, elle jeta un coup d'œil par-dessus son épaule et constata que Bonnie continuait à déshabiller le bébé.

Elle longea le couloir en direction de leur chambre sur la pointe des pieds afin de ne pas réveiller Doug et, comme elle approchait de la porte, il lui sembla distinguer le murmure de sa voix. Elle ouvrit. Il était assis au bord du lit, les épaules voûtées, les traits tordus par la douleur.

« Doug, que se passe-t-il ? Tu ne te sens pas bien ?

— Si, si, ça va, répondit-il.

— Tu ferais peut-être mieux de prendre ces analgésiques. »

Il secoua la tête.

« Tu sais, c'est pour ça que le médecin t'a donné une ordonnance.

— Je n'en ai pas besoin. »

Maddy soupira. « Comme tu voudras. Bon, je pense que nos invités sont installés. »

Un cri de bébé leur parvint. Maddy alla prendre sa chemise de nuit dans le placard. « Quelle soirée ! fit-elle.

— Maddy… »

Elle se retourna et scruta le visage de son mari. « Oui ?

— Il y a encore un petit problème… »

La jeune femme sentit son cœur s'accélérer sous le coup de l'appréhension. Elle tendit la chemise de nuit devant elle, comme pour se protéger. « Quel problème ? » Une pensée lui traversa l'esprit. « À qui parlais-tu au téléphone il y a un instant ?

— Tu m'as entendu ?

— Oui, du couloir. Mais je n'ai pas entendu ce que tu disais.

— J'étais avec Stanley Plank.

— Qui diable est Stanley Plank ?

— Notre assureur, répondit Doug avec un soupir.

— Ah oui, c'est vrai. Tu lui as signalé l'accident, je suppose. Alors, quel est le problème ?

— Écoute, Maddy… tu sais combien ces dernières semaines ont été agitées. Avec cette histoire de tribunal, de chômage forcé…

— Oui, dit-elle, consciente de retenir sa respiration.

— Le mois dernier, quand j'ai voulu payer les factures, je me suis aperçu qu'on n'avait plus assez d'argent.

— Plus assez d'argent pour quoi ?

— J'ai dû laisser courir un certain nombre de choses. Je n'avais pas le choix. » Évitant le regard de sa femme, il paraissait fournir ses explications à la moquette au pied du lit.

« Ne va pas me dire qu'il s'agit de notre assurance automobile !

— Ça n'aura probablement aucune conséquence. C'est une assurance à remboursement automatique. »

Maddy pivota, les mâchoires serrées. « C'est bien la prime d'assurance que tu n'as pas payée, Doug ?

— Oui, mais je te le répète, il n'y aura pas de suites. À toutes fins utiles, montrons-nous quand même gentils à l'égard de ces gens-là. »

La jeune femme secoua la tête. Elle se sentait vidée. « Je n'arrive pas à y croire ! Où avais-tu donc l'esprit ? Et s'ils nous intentent un procès ou je ne sais quoi ? »

Doug bondit sur ses pieds et lui lança un regard furieux. « N'essaye pas de rejeter la responsabilité sur moi ! S'ils nous intentent un procès, ce sera parce que tu leur auras dit que nous étions responsables de l'accident, cria-t-il. De toutes les stupidités que tu as proférées… »

Soudain, ils entendirent du bruit dans le couloir. Doug se tourna vers la porte. « Qui est là ? » demanda-t-il.

Maddy pivota d'un bloc et aperçut une ombre qui se profilait devant la porte entrouverte de leur chambre. Amy n'était pas là. Il ne pouvait par conséquent s'agir que d'une seule personne. La jeune femme se sentit rougir d'embarras à l'idée qu'on ait pu les entendre se disputer.

Doug se précipita vers la porte et l'ouvrit toute grande. Bonnie se tenait sur le seuil, un biberon vide à la main.

« Qu'est-ce que vous faites là ? lança-t-il d'un ton brusque.

— Excusez-moi, dit Bonnie, indignée. Je voulais simplement savoir où je pouvais trouver un peu de lait pour Sean. Je n'avais pas l'intention de vous déranger.

— Oui, bien sûr, dit Maddy d'un ton apaisant. En bas, dans le réfrigérateur. »

Bonnie eut un mouvement du menton, puis elle s'éloigna. Maddy, cependant, avait eu le temps de surprendre quelque chose dans son regard, un éclair de satisfaction sur lequel on ne pouvait se tromper.

7

Frank Cameron se versa une tasse de café, bâilla, puis frotta d'une main lasse son large visage aux traits creusés de fatigue. Ce matin, après avoir passé la nuit au poste de police ou à accompagner ses hommes sur le terrain, il avait le teint aussi gris que ses cheveux. Rentré à la maison, il avait dormi deux heures sur le canapé, puis il s'était douché, changé, et se préparait maintenant à retourner dans son bureau.

Mary Beth était assise à la table de la cuisine, son ordinateur portable posé à côté de son assiette de toasts sans beurre. Elle tapotait les touches d'un ongle verni tout en étudiant l'écran. Vêtue d'un tailleur rouge de bonne coupe, elle était impeccablement maquillée et coiffée pour aller travailler. Frank se rappela le temps où elle avait commencé à travailler, quand Heather était encore à l'école primaire et qu'elle se plaignait de ne pas avoir assez à faire à la maison. Sa garde-robe se limitait en tout et pour tout à deux jupes, l'une grise et l'autre bleu marine, et à trois ou quatre twin-sets. La transformation avait été graduelle, mais il lui semblait que, d'une certaine manière, il ne s'en était pas aperçu, comme si, un jour, la femme qu'il connaissait avait disparu, remplacée par cette espèce de petit magnat de l'immobilier.

« À quelle heure es-tu rentré ? demanda-t-elle sans quitter son écran du regard.

« — Mon Dieu, je ne sais pas. Cinq heures, six heures.

— Vous les avez retrouvés ?

— Pas encore, Mary Beth », répondit-il, sarcastique.

Elle ne parut rien remarquer. Heather pénétra dans la cuisine en traînant les pieds, puis alla ouvrir la porte du réfrigérateur.

« Bonjour, Heather, dit Frank.

— 'Jour p'pa. »

Elle lui adressa un bref sourire avant de s'intéresser de nouveau au contenu du réfrigérateur. Frank songea combien il était rare qu'ils soient réunis tous les trois dans la même pièce. D'habitude, il partait de la maison alors qu'elles dormaient encore, et lorsqu'il rentrait, sa fille était enfermée dans sa chambre et son dîner l'attendait dans le four à micro-ondes pendant que Mary Beth organisait ses rendez-vous au téléphone cellulaire ou bien était branchée sur Internet afin de partager ses griefs avec d'autres femmes frustrées.

Il repensa à l'époque où Frank Jr. était jeune et où ils prenaient souvent leurs repas en commun. Certes, il les faisait parfois attendre le soir, mais il avait l'impression que c'était le bon temps. Il examina sa fille qui s'installait devant une boîte de jus de fruit et un petit biscuit sur une assiette en carton. Il éprouva pour elle un brusque sentiment d'affection, sans doute parce qu'il avait passé la nuit à se faire du mauvais sang pour Rebecca Starnes qui avait à peu près le même âge qu'elle. Elle paraissait vulnérable et un peu touchante dans cette salopette trop grande pour elle, et il eut envie d'aller lui caresser les cheveux.

Mary Beth repoussa sa chaise et étudia sa fille d'un œil critique. « Heather, dit-elle. Qu'est-ce qui t'a pris de mettre ces deux vêtements ensemble ? »

L'adolescente baissa les yeux sur sa chemise verte et sa salopette lavande, puis elle considéra sa mère d'un air las. « Je ne vois pas ce qu'ils ont. »

Mary Beth secoua la tête. « C'est une association de couleurs ridicule. Et après, tu te demandes pourquoi tu n'as pas d'amis. »

Frank but une gorgée de café et ferma les paupières. Une image s'imposa alors à son esprit, celle de Sandi Starnes vêtue de sa blouse couverte de taches de ketchup qui serrait dans son poing une photo de sa fille, prête à promettre à Dieu n'importe quoi pour la revoir. « Elle est très bien », dit-il entre ses dents.

Mary Beth se leva pour prendre la cafetière, et ses hauts talons claquèrent sur le lino. « Qu'est-ce que tu en sais, Frank ? » demanda-t-elle.

Un coup frappé à la porte de derrière empêcha celui-ci de répondre. Mary Beth, ses hauts talons claquant toujours sur le lino, alla ouvrir, prête à incendier l'intrus qui se permettait de les déranger au cours du petit déjeuner familial. Sa colère retomba à la vue des deux jeunes qui se tenaient sur le seuil.

« Karla ! s'exclama-t-elle avec un large sourire. Quelle heureuse surprise ! Entrez donc. »

Reconnaissant les visiteurs, Heather devint toute pâle. Karla Needham habitait à deux rues de là, et c'était l'une des filles les plus en vue de l'école. Elle était pom-pom girl, possédait un physique et des vêtements parfaits ainsi qu'un petit ami, lequel faisait se pâmer Heather chaque fois qu'elle pensait à lui. Il se trouvait justement sur le pas de la porte, derrière Karla.

« Qui est ton copain ? s'enquit Mary Beth d'un ton de conspiratrice.

— C'est Richie Talbot. Salut, Heather. »

La jeune fille faillit avaler de travers le morceau de biscuit qu'elle était en train de manger et réussit à balbutier un « salut », qui projeta quelques miettes sur la table. Elle connaissait Karla depuis toujours et, petites filles, elles jouaient ensemble, mais dès l'âge de huit, neuf ans, Karla était passée à autre chose. Certes, elle était gentille, disait toujours bonjour, demandait des nouvelles de ses parents, mais rien de plus. Jusqu'à aujourd'hui. Jusqu'à ce matin. Jusqu'à cet instant. Une sensation d'angoisse l'étreignit.

« On se trouvait dans le coin et on s'est dit qu'on pourrait passer te prendre pour aller au lycée, déclara Karla gentiment.

— Et pourquoi ? lança Heather.

— Heather, la réprimanda sa mère qui voyait là une occasion en or pour que sa fille soit pour une fois en bonne compagnie. Tu ne peux pas être gentille ? » Elle se tourna vers les deux jeunes gens qui se pressaient dans l'encadrement de la porte. « Heather était sur le point de partir, n'est-ce pas ma chérie ? Je suis sûre qu'elle sera ravie que vous l'accompagniez. »

Le téléphone sonna et Frank se hâta de décrocher, heureux d'avoir un prétexte pour ne plus assister à la déconfiture de sa fille ou aux machinations transparentes de sa femme. Il écouta un moment, puis hocha la tête.

93

« Okay, j'arrive tout de suite », dit-il.

Il se leva, prit ses clés et son portefeuille sur le comptoir. « Il faut que j'y aille, dit-il simplement.

— Vous avez retrouvé la fille et le bébé, Mr. Cameron ? demanda Karla avec politesse.

— Pas encore, répondit Frank en soupirant. Mais j'espère que ce renseignement nous y aidera. Excusez-moi, tout le monde. »

Le jeune couple s'écarta pour le laisser passer, cependant que Heather lui criait : « Au revoir, p'pa. » Il entendit encore Mary Beth qui, dégoulinante de charme, offrait un siège aux visiteurs, tandis qu'elle ordonnait à sa fille de se préparer.

« Quoi de neuf, Pete ? » demanda Frank à son inspecteur principal en faisant claquer derrière lui la porte du poste de police.

Pete Millard, la cravate desserrée, le col ouvert, tout décoiffé, contrairement à son habitude, à force de se passer nerveusement la main dans les cheveux, indiqua du menton le bureau de l'un de ses inspecteurs. Une femme rondelette aux cheveux blond vénitien ramenés en une vague queue-de-cheval, aux lunettes cerclées de fer et qui portait un jogging marqué SUNY ainsi que des Reeboks regardait autour d'elle d'un air dédaigneux.

« Un témoin », dit Pete.

Frank haussa les sourcils et considéra la femme avec intérêt.

« Elle affirme ne l'avoir lu dans le journal que ce matin, reprit Pete.

94

« — Quoi ? Elle ne regarde donc pas la télé ? On en a parlé aux infos toute la soirée, s'étonna Frank.

— Elle n'a pas la télé, expliqua l'inspecteur principal. Elle s'est fait un point d'honneur d'insister là-dessus.

— Une intellectuelle, ricana Frank.

— En tout cas, elle est là.

— Parfait. Allons l'interroger. Conduis-la au bureau n° 1. »

Frank se dirigea vers le bureau en question et alluma la lumière. Les néons clignotèrent, puis illuminèrent la pièce aux murs verdâtres. Il se laissa choir lourdement sur l'une des chaises en plastique et consulta sa montre. Il y avait quinze heures qu'on avait signalé leur disparition, et plus le temps passait, plus l'inquiétude grandissait.

La porte s'ouvrit et la femme en jogging entra, accompagnée de Pete Millard. « Chef, voici Miss Julia Sewell.

— Mrs., corrigea-t-elle.

— Merci d'être venue, Mrs. Sewell », déclara Frank sur un ton poli, soucieux de ménager cette étrange créature.

Elle paraissait avoir la trentaine et n'était sûrement pas étudiante comme l'inscription sur son sweat-shirt aurait pu le laisser croire. « L'inspecteur Millard m'a dit que vous aviez appris la disparition de Rebecca Starnes et de Justin Wallace dans le journal.

— En effet.

— Et vous les avez reconnus d'après les photos ?

— La fille, oui. Je l'ai vue hier.

— Elle était seule ?

— Non, avec un bébé, mais je ne peux pas jurer que c'était le même. Pour moi, ils se ressemblent tous.

— C'était où ?

— Dans le parc, j'étais en train de lire. »

Le cœur de Frank se mit à battre plus vite. « Dans quel parc, Mrs. Sewell ?

— Binney Park. Je lisais sur un banc près du bassin aux canards. En face du parking. »

Frank avait l'impression de l'avoir déjà vue, mais il ne se rappelait plus où. Il était trop fatigué. « Quelle heure était-il ? demanda-t-il en prenant des notes.

— Environ deux heures.

— Et que faisaient-ils ?

— Rien de spécial. L'enfant était dans sa poussette et la fille, assise sur un banc.

— Et vous n'avez rien remarqué d'inhabituel ?

— Un homme s'est approché pour parler à la fille », dit la femme sans dissimuler une certaine jubilation.

Frank sentit ses cheveux se dresser sur sa nuque. Un pervers, je m'en doutais, songea-t-il. Pourquoi ces salauds devaient-ils s'en prendre aux enfants ? Ses pensées se portèrent sur sa fille et cette histoire avec son professeur. Décidément, les enfants n'étaient plus en sécurité nulle part de nos jours. Même à l'école.

« Est-ce qu'elle avait l'air de le connaître ?

— Non, répondit-elle en secouant la tête.

— Puis-je me permettre de vous demander ce qui vous fait penser ça ? interrogea Frank, toujours méfiant à l'égard des témoins qui se livraient à des déductions hâtives.

— Langage du corps », affirma-t-elle, catégorique.

Frank le nota, mais cette réponse ne le satisfaisait pas. Quelque chose dans l'attitude de la femme déclenchait en lui une sonnerie d'alarme. La plupart des témoins qui se présentaient spontanément se montraient empressés et non pas hostiles. Ils étaient pleins de bonne volonté et se situaient sans équivoque du côté de la police. « Pouvez-vous me décrire l'homme en question ?

— Certainement.

— Taille, poids, âge ? »

La femme poussa un grand soupir. « Difficile de vous dire son âge exact. J'étais trop loin. La trentaine, je dirais. Cheveux châtain clair, corpulence moyenne. »

Une image s'imposa aussitôt à l'esprit de Frank Cameron, l'image d'un homme qui correspondait à cette description, celui-là même qui, devant le juge, avait rejeté l'accusation de harcèlement sexuel à l'encontre de Heather. Douglas Blake. Pour Frank, l'affaire prenait soudain un tour personnel.

« Habillé comment ?

— Un pantalon chino et un blouson foncé.

— Quelle couleur ? »

Elle haussa les épaules. « Je ne suis pas sûre. Bleu, peut-être. »

Frank, les yeux mi-clos, l'observa attentivement, et soudain, cela lui revint. Quelque temps auparavant, elle était venue déclarer qu'un homme avait tenté de la violer, mais que ses cris avaient réussi à l'effrayer. On n'avait jamais retrouvé son agresseur.

« Miss Sewell…, commença-t-il.

— Mrs., le corrigea-t-elle de nouveau.

— Je me disais que je vous avais déjà vue. N'avez-vous pas signalé avoir été l'objet d'une agression il y a quelques mois... ? »

Julia Sewell rougit, mais soutint son regard. « Oui, il y a près de deux ans. Et vous n'avez pas bougé le petit doigt pour essayer de mettre la main sur mon agresseur ! Mais quel rapport ? »

Frank jeta un coup d'œil sur ses notes. « Aucun », répondit-il lentement. Puis il la dévisagea et reprit : « Je crains juste que vous n'ayez pas jugé claire-ment la situation en raison de votre propre expé-rience. Nous ne tenons pas à perdre des heures précieuses à nous lancer à la recherche d'un type qui s'est arrêté pour demander l'heure à Rebecca Starnes. »

Julia Sewell le considéra avec un mélange de mépris et d'indignation. Elle allait répliquer quand elle se ravisa. Sa première réaction avait été de se répandre en invectives contre lui, mais l'enjeu était trop important, et même ces flics, à leur manière maladroite et arrogante, s'efforçaient de faire quelque chose. De plus, elle se sentait coupable. Terriblement coupable. Elle aurait dû intervenir, enjoindre à cet homme de laisser la fille tranquille.

La jeune femme réfléchit soigneusement et com-posa son attitude avant de répondre : « Il lui a parlé, puis il s'est assis à côté d'elle sur le banc. Ensuite, il lui a offert quelque chose. J'ignore quoi. Un instant plus tard, elle a paru accepter. Après, il s'est rappro-ché d'elle. Vous n'avez pas tort, il ne m'inspirait pas confiance, encore que ma propre expérience ait été quelque peu différente. Dans mon cas, je marchais, et le type m'a empoignée par-derrière pour m'attirer dans les buissons. »

Un court silence s'instaura dans la pièce. Après quelques secondes, Julia continua : « Elle avait une drôle d'expression, comme si elle était mal à l'aise. Elle s'est levée et a poursuivi son chemin.

— Elle s'est levée et a poursuivi son chemin ? répéta le chef de la police, la fixant droit dans les yeux.

— Oui.

— Et l'homme ?

— Il est resté un moment sur le banc, le temps de faire croire qu'il avait une raison d'être là, puis il s'est levé à son tour et il est reparti.

— Dans la même direction ?

— Oui. »

Frank et Pete Millard échangèrent un regard inquiet, lourd de sous-entendus.

« Vous avez vu ce qui s'est passé après ?

— Non, répondit-elle à mi-voix, baissant les yeux. J'aurais dû les suivre. Comme je regrette de ne pas l'avoir fait !

— Vous n'aviez pas de motifs de concevoir des soupçons, Mrs. Sewell. Bon, reprit-il d'un ton sec. Nous aimerions essayer de dresser un portrait-robot à l'aide de votre description. Ça nous donnera une idée de l'allure du suspect. Vous vous rappelez peut-être la marche à suivre à la suite de la plainte que vous avez déposée. Pensez-vous être en mesure de travailler là-dessus avec notre dessinateur ?

— Oui, bien entendu.

— Parfait, dit Frank en consultant ses notes. Est-ce qu'il aurait pu y avoir d'autres témoins ? Avez-vous remarqué la présence d'autres personnes dans le parc ? Quelqu'un qui pourrait nous permettre de l'identifier ? »

Julia soupira et contempla le plafond en stuc qui cloquait. « Il y avait deux ou trois femmes en compagnie d'enfants. Une qui promenait un bébé dans un landau. Et quelques joggeurs, je crois... » Elle secoua la tête. « Attendez, il y avait aussi un type qui faisait du taï-chi... vous savez, une série d'exercices... une espèce d'art martial, il me semble...

— Je sais ce que c'est, la coupa Frank d'un ton irrité. Vous pouvez le décrire ?

— Un Asiatique. Jeune, vingt-cinq, trente ans. Il portait juste un survêtement.

— Ça nous fournit déjà un bon point de départ, dit Frank en se levant. Merci d'être venue. Si jamais un autre détail vous revenait...

— Je vous appellerais », promit-elle.

Après une seconde d'hésitation, il ajouta : « J'aurais simplement souhaité avoir un témoin comme vous dans votre cas. »

Julia s'arrêta sur le pas de la porte. « J'espère qu'il n'est pas trop tard, dit-elle avec sincérité.

— Moi aussi, affirma le chef de la police d'une voix un peu crispée. Moi aussi. »

8

Le *Taylorsville Tribune* proclamait en gros titre DISPARUS au-dessus des photos d'une jolie lycéenne et d'un bébé aux cheveux bouclés qui riait. Ellen Henson détailla les deux visages et lut la légende : « Justin Wallace, six mois, et Rebecca Starnes, quinze ans… »

« Et pour vous, madame ? » demanda le vendeur de journaux.

Ellen sursauta, surprise par le ton abrupt de l'homme, puis elle montra un paquet de bonbons à la menthe.

« Ça… et le journal. »

Le vendeur annonça le prix d'une voix indifférente, et Ellen, après avoir fourré les bonbons ainsi que le journal dans son sac, reprit son chemin. Elle était si préoccupée qu'elle ne prêta pas attention aux vitrines devant lesquelles elle passait. Tout à coup, elle se retrouva devant un magasin, et son désarroi s'accrut. Depuis quand était-il là ? se demanda-t-elle. Elle venait rarement en ville, mais quand même… Non, il n'existait pas encore quand… quand Ken était bébé. Elle en en avait la certitude.

Elle poussa la porte de la boutique à l'enseigne des « Petits Trésors » et s'avança d'un pas incertain. Les murs étaient jaune crème, et une frise de papier peint représentant des canards, des pâquerettes et des lettres qui dansaient faisait office de moulure tout autour du plafond. Ellen, les yeux écarquillés, regarda les étalages de robes à fanfreluches, de grenouillères et de petits pulls de couleurs pastel. Elle hésitait à toucher quoi que ce fût. Elle parcourut le magasin, agrippant son sac comme si elle craignait qu'on ne le lui vole alors qu'il n'y avait là qu'une jeune vendeuse qui se tenait derrière une vitrine servant de comptoir et pleine de bonnets pour bébés et de hochets argentés.

La vendeuse, occupée à plier des sorties-de-bain à capuche en tissu-éponge, sourit à la femme émaciée aux cheveux grisonnants qui semblait perdue au milieu de la boutique.

« Puis-je vous être utile ? s'enquit-elle.

— Je voudrais juste acheter quelques petites choses, répondit Ellen.

— Pour un de vos petits-enfants ? » demanda aimablement la jeune fille.

Ellen la dévisagea comme si la question la troublait. « Non, finit-elle par dire. Non… juste pour un bébé. »

Si la vendeuse fut étonnée par cette réponse, elle n'en manifesta rien. « De quel âge ? » questionna-t-elle d'une voix douce.

Ellen la considéra un instant, le regard vide, puis, inconsciemment, elle jeta un regard sur le journal qui dépassait de son sac et répondit : « En… environ six mois.

— Garçon ou fille ?

— Garçon. »

La vendeuse fit le tour du comptoir et conduisit Ellen vers le rayon des vêtements aux couleurs éclatantes décorés de voitures de pompiers, de petits chiens ou de balles de base-ball. Ellen se sentit à la fois éblouie et intimidée. Elle écarta les cintres et, les yeux brillants, admira un assortiment d'adorables tenues.

« Il aime les girafes ? » demanda la jeune fille en décrochant un petit survêtement vert clair orné de motifs figurant les animaux de la jungle.

Ellen contempla un instant le petit ensemble. « Il aime tous les animaux.

— Et les voitures ? Il n'a pas encore l'âge ? interrogea la vendeuse, désignant un vêtement bleu roi et jaune canari avec des reproductions de voitures de course.

— Celui-là aussi lui plaira », affirma Ellen.

La jeune fille choisit ainsi une demi-douzaine d'habits qui recueillirent tous l'assentiment d'Ellen. Ravie, quoiqu'un peu déconcertée par la docilité de sa cliente, la vendeuse revint vers le comptoir pour faire le total des achats.

« Sa mère va être enchantée », dit-elle.

Ellen lui adressa un regard circonspect. « Que voulez-vous dire ?

— Eh bien, vous avez là une garde-robe presque complète et rien que de très jolis vêtements. S'il y a quelque chose qu'elle a déjà ou qu'elle souhaite changer, dites-lui de nous le rapporter. Nous le lui échangerons avec plaisir.

— C'est très aimable de votre part. Je… je le lui dirai.

— Comment s'appelle-t-il ? »

Ellen ouvrit de grands yeux, carra les épaules. « Ken, répondit-elle. Il s'appelle Ken.

— C'est un joli nom, dit la vendeuse d'une voix mécanique en étalant les vêtements sur le comptoir pour couper les étiquettes à l'aide de petits ciseaux à ongles. Avec quelle carte désirez-vous payer ?

— Je vais vous régler en liquide », s'empressa de répondre Ellen qui fouilla dans son sac à la recherche de son portefeuille. Elle sortit le journal et le posa sur le comptoir, les photos tournées vers elle. La fille entreprit de plier soigneusement ses achats et de les ranger dans un grand sac bleu clair festonné de rubans blancs.

Elle jeta un coup d'œil sur le journal. « Terrible, n'est-ce pas ? dit-elle en secouant la tête. Ce bébé disparu... »

Ellen sursauta. « Pardon ? » dit-elle. Puis elle reprit : « Ah, oui ! »

Elle tendit une liasse de billets, faisant tomber le journal par terre dans sa hâte. Elle se baissa pour le ramasser.

« Qui pourrait bien faire une chose pareille ? murmura la vendeuse en se dirigeant vers la caisse. C'est inimaginable. Les parents doivent être dans tous leurs états. On se demande où va le monde. » Elle s'exprimait sur le ton désabusé des personnes d'âge mûr. « Je ne comprends plus rien », conclut-elle, tandis qu'elle tapait les prix indiqués sur les étiquettes.

L'opération terminée, elle se tourna pour remettre le ticket à Ellen. La cliente et le paquet avaient disparu. La vendeuse fronça les sourcils et secoua la tête. Elle ne savait que trop bien ce qui risquait de se passer. Dans le courant de la semaine prochaine, la mère allait vouloir changer plusieurs vêtements sans le ticket. « Pourquoi les gens sont-ils si négligents ? » demanda-t-elle à voix haute dans le magasin désert. Puis, secouant toujours la tête, elle prit son plumeau et commença à épousseter les cadres pour photos exposés sur le comptoir. Elle remarqua alors le coûteux portefeuille cognac posé à côté. La sonnette de la porte tinta. La jeune fille leva les yeux, s'attendant à voir revenir la femme qui s'était certainement aperçue qu'elle l'avait oublié. Un jolie blonde entra avec une poussette et se mit à parcourir la boutique, tandis que la vendeuse s'emparait du portefeuille et l'ouvrait.

9

Maddy longea le couloir de l'hôpital, la tête levée afin de vérifier le numéro des chambres. Ce matin, elle avait déposé Bonnie accompagnée de Sean pour lui permettre de rendre visite à son mari et, comme promis, elle revenait la chercher. La jeune femme étouffa un bâillement. La nuit avait été courte, perturbée par les pleurs du bébé, et elle avait à peine fermé l'œil, rongée par l'inquiétude née de cette histoire d'assurance. Elle se sentait épuisée à la suite des événements de ces derniers jours, et elle éprouvait le désir irréalisable d'aller se réfugier quelque part à l'abri des vicissitudes de ce monde. Malheureusement, elle ne voyait aucun espoir d'évasion à l'horizon.

Elle arriva enfin à la chambre 304 et poussa la porte pour jeter un regard timide à l'intérieur. Il n'y avait pas de visiteurs. L'homme qui occupait le premier lit était adossé à son oreiller et lisait un journal. Il était chauve, plutôt enveloppé, et paraissait avoir autour de la quarantaine. Quant à celui avec qui il partageait la chambre, il était allongé, tourné vers la fenêtre. On ne voyait de lui que ses longs cheveux noirs et un tatouage sur son bras. Maddy s'avança vers l'homme plongé dans son journal. « Mr. Lewis ? »

L'homme, l'air un peu étonné, désigna l'autre lit d'un geste du menton, puis il reprit sa lecture. Maddy s'approcha sur la pointe des pieds. « Mr. Lewis ? » demanda-t-elle de nouveau.

Le mari de Bonnie se tourna et la regarda. Elle eut du mal à dissimuler sa surprise, car il n'était pas du tout tel qu'elle se l'était imaginé. Son large visage aux pommettes saillantes aurait été beau sans ses nombreuses cicatrices d'acné. Il portait une épaisse moustache qui commençait à grisonner, tout comme ses cheveux. Il avait par ailleurs le front ceint d'un bandage qui lui donnait l'allure d'un pirate, et au bout d'une chaîne passée autour de son cou puissant pendait un crucifix en argent qui reposait sur le mince tissu de coton de son pyjama d'hôpital. Son regard était vague, abruti par les analgésiques. Il se redressa légèrement, et Maddy ne manqua pas de remarquer la musculature d'athlète de son torse et de ses épaules qui évoquait presque celle de personnages de dessins animés.

« Vous êtes Mr. Lewis ? répéta-t-elle, un peu embarrassée par la note d'incrédulité qu'elle percevait dans sa propre voix.

— Oui », répondit-il en esquissant un sourire qui dévoila des dents petites et plutôt mal plantées.

La jeune femme ne put s'empêcher de le fixer. Elle ne se serait jamais représenté le mari de la si banale et si convenable Bonnie sous les traits d'un Hell's Angel. Elle se rendit compte qu'elle faisait preuve d'une grande impolitesse à l'examiner ainsi tandis qu'il attendait patiemment qu'elle explique sa présence.

« Je… je m'appelle Maddy Blake. Votre femme et votre fils sont… sont chez moi.

— Ah bon ? fit-il. Eh bien, bonjour.

— Je suis infiniment désolée pour ce qui est arrivé… dit-elle avec un sentiment d'impuissance.

— C'est très gentil de votre part d'héberger ma famille.

— Il me semble que je ne pouvais pas faire moins. » Repensant au problème de l'assurance, elle se hâta d'ajouter : « Et je l'ai fait avec plaisir. Vraiment. »

Il changea de position et grimaça de douleur.

« Vous ne souffrez pas trop ? » demanda Maddy d'une voix pleine de sollicitude.

L'homme se tâta doucement le ventre. « Je dois reconnaître que ça fait un peu mal. Le toubib dit qu'il ne faut pas que je force. En tout cas, le moral est bon. »

Maddy parut hésiter. « Alors, je suis sûre qu'avec de pareilles dispositions d'esprit, vous allez vous rétablir très vite.

— Je l'espère », fit-il en soupirant. Le front plissé, il étudia un instant Maddy. « Bonnie vous a parlé de... de notre... situation ?

— Elle m'a dit que vous veniez d'arriver pour vous présenter dans un nouvel emploi. »

Une indéfinissable expression de tristesse ou de regret traversa son visage. Il détourna les yeux. « Oui, en effet, dit-il.

— Je suis navrée. Vous croyez qu'on vous gardera votre poste ? Vous savez, je ne serais que trop heureuse d'appeler votre nouvel employeur pour lui expliquer ce qui s'est passé. Vous allez pouvoir retravailler ? Qu'en dit le médecin ? »

Terry haussa les épaules et tressaillit à nouveau de douleur. « Il m'a recommandé de ne pas soulever de lourdes charges. Ça va être difficile, vu que je suis ouvrier. »

Un sentiment de culpabilité déferla sur la jeune femme à la pensée de la situation précaire dans laquelle se débattaient les Lewis. Un homme entre deux emplois, un bébé. Quelle catastrophe ! « Je suis désolée, fit-elle, ne trouvant rien d'autre à dire.

— Ne soyez pas désolée pour moi. J'ai encore de la chance. Le Seigneur veille sur moi. Tout finira par s'arranger. »

Maddy se contraignit à sourire. « Sauriez-vous par hasard où sont Bonnie et Sean ? »

Une étincelle brilla dans les yeux encore un peu vitreux de Terry. « Je crois qu'elle est partie lui donner à manger. Qu'est-ce que vous pensez de mon fils ? » demanda-t-il avec fierté.

Cette fois, Maddy sourit sans réserve. « C'est un enfant adorable. »

Le visage de Terry s'illumina, cependant qu'il contemplait une photo de Sean nouveau-né dont les paupières étaient encore fermées. La photo était posée contre la carafe d'eau sur la table roulante de l'autre côté du lit. « Je ne me lasse jamais de la regarder. Le plus grand jour de ma vie, c'est le jour où mon fils est né. » Il se tourna vers Maddy. « Vous avez des enfants ?

— Nous avons une fille, Amy, répondit Maddy, légèrement étonnée que Bonnie ne le lui ait pas signalé. Elle a trois ans. En ce moment, elle est à la garderie.

— Le plus beau cadeau de Dieu, n'est-ce pas ? Il peut vous arriver n'importe quoi, ils restent toujours présents dans votre cœur… » D'un doigt épais, il caressa le visage du bébé sur la photo.

« Je ne peux qu'abonder dans votre sens. »

Quelque chose dans cette figure de macho qui manifestait aussi ouvertement son amour pour son enfant la rendait mélancolique. Doug ne parlait jamais ainsi d'Amy. Peut-être que si ça avait été un garçon... Elle n'ignorait pas que certains hommes entretenaient des liens particuliers avec leurs fils...

« J'espère qu'on aura aussi une fille un jour, reprit Terry. Une petite princesse que je porterai sur mes épaules. Si Dieu le veut... »

Ces paroles la ramenèrent à la réalité. « Maintenant, fit-elle en se redressant, je vais tâcher de trouver votre femme et votre fils pour les conduire à la maison.

— Vous pourriez me passer ma Bible avant de partir ? demanda Terry en désignant sa table de chevet. Je n'arrive pas à l'atteindre.

— Bien sûr. »

Elle ouvrit le tiroir et sortit la Bible qu'elle lui tendit. La peau de ses doigts qu'elle frôla lui parut rugueuse et craquelée.

« Ah, les voilà », dit-il soudain avec satisfaction.

Bonnie, serrant Sean contre son épaule, s'avança vers le pied du lit.

« La Madone et l'Enfant », murmura Terry.

Sa femme rougit furieusement et, évitant le regard curieux de Maddy, elle se pencha pour l'embrasser.

Maddy roulait en direction de la maison. Assise à côté d'elle, silencieuse, Bonnie contemplait par la vitre le triste paysage d'automne. À l'arrière, Amy faisait semblant de lire le livre d'images qu'elle rapportait de la garderie, tandis que Sean se tortillait dans son vieux siège pour bébé en émettant de petits cris de protestation.

De temps en temps, Maddy jetait un coup d'œil à la dérobée sur sa passagère. Bonnie portait une longue jupe plissée grise, un col roulé violet informe qui donnait l'impression d'avoir été lavé plus d'une centaine de fois, des chaussettes et des chaussures de jogging. Quant à ses cheveux ternes et frisés, il semblait qu'aucun peigne ne parviendrait jamais à les domestiquer. Ses mains, pourtant posées sur ses genoux, ne demeuraient jamais en repos, et elle ne cessait de croiser et de décroiser ses doigts maigres. De même, ses yeux gris et perçants étaient-ils sans arrêt en mouvement, comme si, derrière ses lunettes cerclées de fer, elle étudiait constamment son environnement. Maddy, songeant à son mari placide, tatoué et lecteur de la Bible, se demanda ce qui pouvait bien rapprocher ces deux êtres-là.

« Votre mari paraît sur la bonne voie », dit-elle afin d'engager la conversation.

Bonnie sursauta, comme si elle se réveillait d'un cauchemar, puis elle composa son visage, le front barré d'un pli soucieux. « Il va mieux, oui.

— Le médecin a précisé combien de temps il devait rester à l'hôpital ?

— Probablement encore un jour ou deux. Vous voulez qu'on parte ?

— Non, répondit Maddy, un peu déconcertée par la brusquerie de sa question. Vous pouvez rester aussi longtemps que nécessaire.

— Nous partirons bientôt, affirma Bonnie. Nous avons hâte d'entamer notre nouvelle vie.

« — Je n'en doute pas. Mais en attendant, vous pourrez vous reposer un peu. Vous avez l'air épuisé. Sean a eu une nuit plutôt agitée.

— Qu'est-ce que vous voulez dire ? »

Maddy sentit qu'elle était sur la défensive et elle tenta de faire marche arrière. « Eh bien, le pauvre bébé a eu une rude journée, l'accident, l'hôpital, une maison étrangère. Ni vous ni lui ne devez avoir beaucoup dormi.

— Il va très bien. Nous allons tous les deux très bien. »

Maddy soupira. Elle ne cherchait nullement à la critiquer, mais Bonnie paraissait prendre offense de tout. « C'étaient plutôt de bonnes nouvelles pour la camionnette, non ? » dit-elle afin de changer de sujet. Elles s'étaient arrêtées au garage. Les dégâts se limitaient au carter arraché, et le mécanicien avait promis de le remplacer d'ici la fin de la journée.

Bonnie fixa le pare-brise droit devant elle. « Tout bien considéré, oui.

— J'imagine que votre mari sera soulagé de l'apprendre. Il m'a semblé très gentil. J'ai été ravie de parler avec lui. »

Les yeux réduits à deux fentes, Bonnie la dévisagea une seconde. « Parler de quoi ? »

Maddy haussa les épaules, consciente de la méfiance que lui manifestait cette femme. « Il a surtout parlé de Sean. Il l'adore. »

Bonnie hocha la tête, et ses traits durs parurent un instant s'adoucir. « Je sais. Avoir un fils était son rêve le plus cher.

— Maman, pleurnicha Amy depuis la banquette arrière. Sean me tire les cheveux.

— Il veut seulement jouer avec toi, ma chérie. Toucher tes cheveux. »

Bonnie se retourna. Sean tenait une poignée des cheveux d'Amy dans son poing tout collant. Elle le força à ouvrir les doigts, et Amy put dégager ses cheveux. Après quoi, elle lui donna deux petites tapes sur la main et agita un index menaçant dans sa direction. « Vilain garçon, dit-elle. Vilain, vilain garçon. »

Amy la contempla avec des yeux écarquillés, cependant que Sean se mettait à hurler.

La jeune femme se radossa dans son siège, l'air satisfait. « Je crois fermement à la discipline, déclara-t-elle, apparemment fière d'elle. Il faut leur apprendre à bien se conduire. »

Maddy fit de son mieux pour cacher sa stupeur. Elle aurait voulu objecter qu'un bébé de l'âge de Sean était incapable de distinguer le bien du mal. Elle ne désirait pas juger. Chacun avait sa façon d'élever ses enfants. Pourtant, elle ne pouvait s'empêcher de se demander comment Bonnie parvenait à supporter les sanglots de l'enfant. C'était sans doute ainsi qu'elle-même avait été élevée. Pendant ce temps-là, Amy répétait d'une voix chantante : « C'est rien, Sean, c'est rien », pour tenter de le consoler, car elle se sentait à l'évidence responsable de la remontrance qu'il venait de subir.

« Nous sommes presque arrivés », dit Maddy en s'efforçant d'adopter un ton enjoué, tandis qu'ils tournaient le coin de leur rue.

À peine avait-elle fait quelques mètres qu'elle aperçut la lumière rouge des gyrophares sur le toit de deux voitures blanc et noir de la police et qu'elle entendit les grésillements de la radio. Bonnie se redressa sur son siège et lança un regard anxieux dans cette direction.

« Bon sang ! qu'est-ce qui se passe ? demanda-t-elle.

— Je ne sais pas, répondit Maddy, aussitôt étreinte d'une terrible angoisse. Ils sont devant chez nous.

— Qu'est-ce qu'ils font là ? s'écria Bonnie.

— C'est sans doute à cause de l'accident », affirma Maddy avec une assurance qu'elle était loin de ressentir.

Elle reconnut la Mercedes grise de Charles Henson dans l'allée et son estomac se noua.

« Un policier ! » s'exclama Amy, tendant le cou pour regarder par la vitre.

10

Maddy se gara dans l'allée et bondit hors de la voiture. Un policier se tenait près de l'un des deux véhicules de patrouille. « Que se passe-t-il ? » demanda-t-elle. L'homme secoua la tête, comme s'il ne désirait pas répondre. La jeune femme s'empressa d'ouvrir la portière arrière pour défaire la ceinture de sécurité d'Amy et soulever la fillette de son siège.

« Qu'est-ce qu'ils veulent ? interrogea Bonnie qui n'avait pas bougé.

— Je ne sais pas. Je vais aller voir. » Maddy prit sa fille dans ses bras et la porta vers la maison. Amy se blottit contre sa mère, intimidée par le spectacle étrange des voitures de police. Le poids de l'enfant contribua à empêcher la jeune femme de trembler.

Elle entra. Doug était assis sur une chaise dans le vestibule, la tête entre les mains. Elle vit Charles Henson qui, au milieu du séjour, s'entretenait avec trois hommes. L'un était un policier en uniforme, l'autre un inspecteur vêtu d'un costume froissé qu'elle connaissait et le troisième Frank Cameron, le chef de la police. « Enfin, qu'est-ce qui se passe, ici ? » demanda-t-elle de nouveau.

Doug lui adressa un regard sombre, puis, après avoir jeté un coup d'œil vers les hommes installés dans le living, il marmonna : « Il me cherche. Il tient à se venger à cause de Heather. Je te le jure. Il n'aura de cesse qu'il ait obtenu ma peau. Tu ne vas pas croire ce qui m'arrive !

— Doug, qu'est-ce qu'ils font ici ? » cria-t-elle comme une folle. Elle n'avait pas lâché Amy qui s'accrochait à son cou.

Frank Cameron émergea du living et, glacial, la considéra une fraction de seconde. « Eh bien, Mrs. Blake, voilà que nous nous rencontrons de nouveau.

— Qu'est-ce que vous faites ici ? » lança-t-elle sur un ton à peine poli.

Charles Henson s'approcha à son tour.

Le chef de la police produisit une feuille de papier sur laquelle figurait un dessin. « Vous reconnaissez cet homme ?

— Ne répondez pas », conseilla Charles.

La jeune femme serra Amy plus fort et examina le dessin qu'on lui présentait. C'était, en noir et blanc, le visage d'un homme glabre, les traits assez nets, avec des cheveux clairs peignés en arrière comme Doug aimait souvent se coiffer. Elle jeta un regard sur son mari et comprit sur-le-champ qu'ils se trouvaient en danger.

« Ne vous paraît-il pas familier ? demanda Frank Cameron d'une voix douce, alors qu'une lueur de cruauté brillait dans ses yeux.

— Pas particulièrement, répondit Maddy.

— Ne lui parlez pas, intervint Charles d'un ton sec. Doug, je pense que le mieux à faire est de coopérer à l'enquête. »

Amy tendit le cou pour regarder le dessin. « Papa ! » s'exclama-t-elle joyeusement.

Le visage du chef de la police afficha une

116

expression d'intense jubilation, et il esquissa un sourire à l'intention du policier qui se tenait à côté de lui. « La vérité sort de la bouche des enfants, dit-il.

— Emmène-la, ordonna Doug d'un ton furieux.

— Tout de suite. »

Sans prononcer un mot de plus, Maddy se dirigea vers la cuisine. Son cœur cognait dans sa poitrine. Qu'est-ce qu'ils pouvaient bien encore leur vouloir ? Combien de temps Frank Cameron allait-il s'acharner contre eux à cause des mensonges de Heather ? Elle hésitait entre la peur et l'indignation. Dans l'angoisse du moment, sa colère devant l'histoire de l'assurance avait fondu. Quelles épreuves les attendaient encore ? Perdue dans ses pensées, elle ne s'apercevait pas qu'elle faisait mal à sa fille tellement elle la serrait.

« Maman, lâche-moi ! » cria la fillette. Maddy la reposa, puis s'efforça de réfléchir. Amy commença à défaire son blouson.

« Attends. Garde ton blouson. Viens avec maman. »

La jeune femme tourna la poignée de la porte qui donnait sur le garage et sortit dans le jardin. Sa voiture était garée dans l'allée, derrière celle de Doug, et elle constata que Bonnie n'avait toujours pas bougé. Elle prit la poussette et s'avança sur les graviers. Elle ouvrit la portière côté passager. Bonnie agrippa la poignée et leva vers elle des yeux écarquillés derrière ses lunettes.

« Alors, qu'est-ce qu'ils font ici ? demanda-t-elle.

— Le chef de la police a un compte personnel à régler avec mon mari, répondit Maddy, l'air sombre. Je vous expliquerai plus tard. Est-ce que vous pourriez emmener Amy faire une petite promenade avec

Sean ? Jusqu'à leur départ. Je voudrais rester, mais je ne tiens pas à ce qu'Amy…

— D'accord, marmonna Bonnie qui descendit de voiture en baissant la tête..

— Il y a un petit parc un peu plus loin. On l'aperçoit d'ici, dit Maddy en tendant le bras. Il y a des balançoires. »

Bonnie ne regarda même pas. « Oui, bien sûr, se contenta-t-elle de dire.

— Juste le temps qu'ils partent. »

Bonnie alla ouvrir la portière arrière et se pencha pour attacher la capuche du sweat-shirt de Sean de façon à ce qu'on ne voie plus qu'un minuscule bout de sa figure. Après quoi, elle le souleva de son siège, tandis qu'il distribuait des petits coups de pied en l'air.

Maddy, énervée, se tourna vers Amy. « Il faut que tu te couvres, toi aussi. Il commence à faire frais. Attends une seconde. » Elle souleva le hayon arrière et prit un bonnet rouge en laine. « On trouve de tout là-dedans », dit-elle. Elle s'accroupit et enfonça le bonnet sur la tête de sa fille. « Tu vas jouer aux balançoires avec Sean et Miss Bonnie. Je te rejoins dans quelques minutes. »

La fillette ne protesta pas et aida à installer le bébé dans la poussette.

« Merci, Bonnie, fit Maddy.

— De rien », marmonna la mère de Sean.

Maddy se dépêcha de regagner la maison. Elle trouva Doug en train de fouiller dans le placard de l'entrée. « Qu'est-ce que tu fais ? s'écria-t-elle. Où vas-tu ?

— Vous ne mettez pas votre blouson bleu ? demanda le chef de la police, sarcastique.

— Il n'a pas de blouson bleu », répliqua Maddy.

Charles Henson s'approcha, lui prit le bras et lui murmura à l'oreille : « Ils enquêtent sur la disparition de la baby-sitter et du petit garçon. Un témoin a vu un homme leur parler dans le parc, et Cameron a décidé que son portrait-robot ressemblait à votre mari.

— Ça pourrait être n'importe qui ! » protesta la jeune femme.

Par la fenêtre, elle aperçut de l'autre côté de la rue le bonnet rouge d'Amy, cependant que la fillette grimpait sur une balançoire. Bonnie, la poussette tout près d'elle, était assise sur un banc au-dessus duquel s'étendaient les branches dénudées d'un arbre.

« Bien sûr », acquiesça doucement Charles.

Doug prit son blouson vert foncé et l'enfila.

« Où vas-tu ? répéta Maddy, contrôlant à peine sa voix et scrutant le visage ténébreux de son mari.

— Je dois me prêter à son petit jeu, répondit celui-ci. Ne t'inquiète pas. Il est aux abois et il ne sait plus quoi faire. »

Le chef de la police rougit sous le coup de l'accusation, mais il ne répliqua pas. « Allez, en route pour le spectacle, se borna-t-il à dire. Nous avons un témoin qui attend pour la séance d'identification.

— Une séance d'identification ! s'exclama Maddy. Vous l'arrêtez ?

— Pas avant la séance », répondit Frank Cameron d'un ton lourd de menaces.

Charles posa une main apaisante sur le bras de la jeune femme. « Nous allons les suivre de notre plein gré et coopérer avec eux quels que soient leurs motifs. Nous serons de retour en un rien de temps.

— Je vous accompagne.

— Non, déclara Charles avec fermeté. Vous restez ici. Je vous le ramène dès que possible. »

Maddy se tourna vers Doug qui lui adressa un petit sourire d'excuse. « Je suis désolé, ma chérie, dit-il. Je regrette infiniment que tu aies à affronter cette épreuve supplémentaire. Tu as déjà eu assez de moments pénibles au cours de ces derniers mois. »

Elle lui pressa tendrement la main. « Ce n'est pas de ta faute. Ne t'en fais pas, je serai forte », dit-elle d'un air résolu.

Tout en les regardant partir, elle sentit son cœur se serrer.

La sonnerie du téléphone la fit sursauter. Elle courut décrocher.

« Mrs. Blake ? » C'était une voix de femme, nerveuse, un peu perçante.

« Oui, répondit Maddy, s'armant de courage à la pensée qu'il pourrait de nouveau s'agir d'une journaliste.

— Ellen Henson, à l'appareil.

— Oh, bonjour, dit Maddy avec un certain soulagement. Vous cherchez votre mari ? Il vient de partir.

— Ah bon ? Non, je… je viens juste d'apprendre pour l'accident en lisant le journal. Vous êtes indemnes ? Tout le monde va bien ? »

Maddy regarda par la fenêtre les voitures de police quitter l'allée devant sa maison, et elle soupira, réprimant un frisson. « Oui, je pense, dit-elle.

— Et le chaton ? » demanda Ellen.

120

Maddy fronça les sourcils, puis elle se souvint. « Ah, le chaton. Je crains que dans la confusion il ne se soit échappé. Il a dû se réfugier dans les bois. Amy était dans tous ses états.

— Vous ne l'avez pas retrouvé ?

— Vous savez, c'était la panique. Mon mari était blessé… j'ai cherché un moment, mais il faisait nuit noire.

— Il risque de mourir ! s'écria Ellen. Il n'a que quelques semaines ! »

Maddy sentit les larmes lui monter aux yeux. « Je sais. Je suis navrée. » Elle se représenta soudain le chaton tout tremblant, perdu dans la forêt, sa petite existence bouleversée alors qu'il n'y était pour rien. Une malheureuse victime des circonstances. « Vous avez raison, reprit-elle. Je m'en veux terriblement.

— Mais non, déclara Ellen avec agitation. C'est de ma faute. Je n'aurais pas dû vous le donner. J'ai vu la fillette et… et j'ai agi sur une impulsion. Vous ne vouliez pas du chaton, c'est moi qui ai tenu à ce que l'enfant le prenne. Pourquoi faisons-nous toujours des choses que nous ne devrions pas faire ? Sans réfléchir aux conséquences…

— Je suis navrée, ne put que répéter Maddy. J'aurais dû mieux chercher.

— Peu importe, conclut Ellen d'une voix lugubre. C'est moi la coupable. »

Avant que Maddy n'ait eu le temps de répondre, la communication fut coupée.

11

Le père Nicholas Rylander prit une pile de livres sur les étagères de son living et la fourra dans l'un des cartons posés par terre. Il habitait un deux-pièces dans la maison paroissiale qui comportait le séjour, donnant sur Binney Park, une kitchenette et une chambre évoquant une cellule de moine. Bien qu'il n'eût pas grand-chose à emballer, il avait reculé cette corvée jusqu'au dernier moment. De temps à autre, il s'interrompait dans sa tâche et fermait les paupières pour tenter de lutter contre les élancements de la migraine. Il avait l'impression de traîner une énorme gueule de bois, alors qu'il n'avait pas avalé la moindre goutte d'alcool. Ses yeux le piquaient en raison du manque de sommeil, et les muscles de sa nuque étaient tout raides. Il descendit un grand livre d'art, l'ouvrit au hasard sur le bureau, et se trouva à contempler la reproduction du célèbre tableau de Botticelli, *Le Martyre de saint Sébastien*. Le saint levait sereinement les yeux au ciel, tandis que les flèches lui transperçaient le corps. La mortification de la chair, voilà l'idéal auquel un prêtre devait aspirer. Telle était la volonté de Dieu. Nick se massa le front, referma le livre, puis le rangea avec les autres. Demain, se dit-il. Demain tu seras parti et tu seras loin d'ici. Il était plus que temps.

Son enfance ne l'avait guère préparé à la religion. Au contraire, ses parents se querellaient violemment et buvaient plus que de raison. Le spectacle de leurs incessantes disputes l'avait affermi dans sa résolution de ne jamais se marier. Il était allé à l'école le plus loin possible d'eux et avait entrepris des études artistiques. Et, lorsqu'à l'université il avait découvert les peintres de la Renaissance, il s'était interrogé sur leurs sources d'inspiration. Petit à petit, attiré par le catholicisme, il avait trouvé la foi, laquelle l'avait tout naturellement conduit à la prêtrise.

Il essaya de s'imaginer de retour au Canada, vivant dans ce monastère situé en pleine forêt, à l'abri des tentations qu'il connaissait ici. Il allait restaurer des œuvres d'art et reprendre le contrôle de son existence. Ainsi, il repartirait de zéro et s'efforcerait de faire les choix que Dieu voulait lui voir faire, de ne plus se laisser troubler par la luxure, de ne plus commettre de graves erreurs.

« Nick ? » demanda une voix douce.

Il eut l'impression de l'avoir fait apparaître par la seule force de ses pensées. La voix se propageait dans toutes les fibres de son corps et l'entraînait comme dans un puits sans fond. Comme s'il était redevenu adolescent, il luttait contre les réactions que suscitait en lui sa présence — la vue, l'odorat, l'ouïe. Quant au toucher, il n'osait pas l'imaginer. Il se sentit rougir. Qu'est-ce qui lui permettait donc de croire qu'il parviendrait un jour à vaincre ses démons ?

Levant la tête, il vit Maddy Blake qui, tenant sa fille par la main, frappait avec hésitation à la porte entrouverte. Elle jeta un coup d'œil à l'intérieur de la pièce sombre lambrissée. Il se rendit alors compte qu'il la voyait, mais qu'elle ne pouvait pas le voir. Les cheveux noirs de la jeune femme semblaient luire sous la faible lumière de l'applique du couloir, et sa peau elle-même paraissait briller, soulignant les larges cernes qu'elle avait sous les yeux.

« Nick ? » demanda-t-elle de nouveau.

Sa voix, qui sonnait comme un glas, étreignit le cœur du prêtre.

« Je suis là, dit-il. Entrez. »

Maddy s'avança en compagnie d'Amy dans la pièce où régnait la pénombre. Les murs étaient couverts d'étagères, la plupart maintenant vides, et un crucifix en argent était accroché à la boiserie sombre au-dessus de la cheminée. Hormis cela, on ne distinguait rien qui aurait pu donner une idée de la personnalité de l'occupant des lieux.

« Bonjour. Je suis tellement contente de vous trouver. Je ne vous dérange pas ? » s'inquiéta-t-elle.

Nick réprima un sourire amer. Si elle savait combien, en effet, elle le dérangeait, mais dans un sens qu'elle ne soupçonnait pas. « Non, répondit-il. Je suis ravi d'avoir un prétexte pour m'arrêter. Qu'est-ce qui me vaut cet honneur ?

— Je vois que vous êtes occupé », dit la jeune femme d'un ton gêné.

Elle aussi semblait de ne pas avoir dormi de la nuit, mais il doutait que ce fût pour les mêmes raisons que lui.

« Non, non, au contraire, votre visite me fait très plaisir. J'en avais assez de remplir des cartons. »

Maddy haussa les épaules avec fatalisme. « J'ai appelé en vain votre bureau, et ma boussole m'a guidée jusqu'ici.

— C'est parfait, dit-il en débarrassant le canapé d'un carton à moitié plein. Installez-vous. Toi

aussi, Amy. Vous êtes toutes les deux les bienve-
nues. »

La jeune femme sortit de son grand sac à main un
livre parlant qu'elle tendit à sa fille. Amy s'en empara
avidement et se mit à appuyer sur les différents bou-
tons. Maddy s'assit sur le bord du canapé. Elle frissonna et promena son regard autour d'elle. « Brrr...
il fait froid chez vous.

— Je m'entraîne pour le Canada, dit Nick avec
un sourire en désignant son gros pull-over gris.

— On dirait que vous avez presque fini, constata
la jeune femme, l'air un peu triste.

— Je suis l'homme le plus lent du monde dès
qu'il est question d'organisation », dit-il.

Il remarqua qu'elle n'avait même pas entendu sa
réponse. Les yeux vagues, elle fixait un point devant
elle. « Ce doit être formidable de vivre simplement,
sans un million de complications », murmura-
t-elle.

Le prêtre esquissa un petit sourire de regret. « Ça
dépend de la manière dont on considère les choses.
Maddy, je présume que vous n'êtes pas venue pour
parler de mon déménagement. Qu'y a-t-il ? Hier soir
à l'hôpital, vous me disiez que tout allait bien... Il
est arrivé quelque chose ? »

La jeune femme secoua la tête avec décourage-
ment. « Non, ce n'est pas ça.

— De quoi s'agit-il, alors ? »

Maddy quitta le canapé et commença à arpenter
la petite pièce. « En fait, j'ignore pourquoi je suis
venue. Je ne suis pas particulièrement pieuse. Du
reste, vous avez dû vous en apercevoir. On ne peut
pas dire que je fréquente assidûment l'église. »

Nick leva la main comme pour l'interrompre, mais la jeune femme paraissait incapable de s'arrêter de parler.

« Ce n'est pas au prêtre que je suis venue me confier. Je suppose que j'avais besoin d'un ami. »

Il rougit de nouveau, bénissant la pénombre.

« C'est probablement parce que je vous ai vu hier soir, poursuivit-elle. Et puis, parce que nous avons travaillé ensemble. Sur les vitraux. J'ai l'impression que vous me connaissez. Bon, mais vous avez à faire et je vous prends votre temps. Vous avez des tâches plus importantes qui vous attendent. »

Nick tenta d'accrocher son regard. « Maddy, je vous en prie, arrêtez !

— Dans votre esprit, vous êtes sans doute déjà parti. Je sais ce que c'est quand on s'en va. Les derniers jours, on fonctionne en pilotage automatique.

— Pas pour tout. »

Il s'interrogeait. Est-ce qu'elle faisait exprès de ne rien voir ? Comment pouvait-elle ne pas se rendre compte de l'effet qu'elle produisait sur lui ? Mais non, elle était venue chercher un conseil ou un réconfort. Quoi qu'elle en dise, elle l'avait choisi parce qu'il était prêtre et qu'elle pouvait se fier à sa discrétion.

« C'est peut-être justement parce que vous partez, reprit la jeune femme, comme si elle réfléchissait à haute voix. Et que je sais que vous emporterez avec vous les horreurs que je vais vous confier. Après, vous ne serez plus là pour me les rappeler. »

L'espace d'un instant, ils se regardèrent dans les yeux, et Nick employa toute sa volonté à ne pas laisser voir à la jeune femme combien sa remarque le peinait.

« Maddy, que s'est-il passé depuis la nuit dernière ? demanda-t-il. Je croyais que tout allait bien. Expliquez-moi. »

Elle soupira et prit une profonde inspiration. « Eh bien, comme ils n'avaient nulle part où aller, nous avons hébergé les gens de l'autre voiture, et…

— Comment va l'homme ? la coupa Nick.

— Ce matin, il semblait plutôt en forme. Vous savez comment c'est à l'hôpital aujourd'hui. La table d'opération, et dès le lendemain, on vous flanque dehors. À cause des compagnies d'assurances. Elles ne veulent pas payer. » Maddy grimaça, comme sous le coup d'une soudaine douleur.

« C'est très charitable de votre part de les avoir recueillis.

— Il fallait que je le fasse, répondit Maddy, jouant distraitement avec la chaînette au cœur d'argent qu'elle portait au poignet. Je me sentais si coupable vis-à-vis d'eux. »

Nick lui adressa un sourire entendu.

« La culpabilité, dit-il, méditatif. Que ferions-nous sans ?

— Je préférerais dire que c'était le Saint-Esprit, mais en vérité, c'était bien la culpabilité.

— Vous êtes quelqu'un de franc, Maddy Blake.

— Non, ce n'est pas ça. Hier soir, quand nous sommes rentrés et que j'ai eu fini de les installer, Doug m'a avoué… qu'il n'avait pas payé la prime de notre assurance automobile et que s'ils décidaient de nous intenter un procès, nous ne serions pas couverts. »

Nick tressaillit. Il en savait bien davantage sur les problèmes quotidiens que ses paroissiens ne le soupçonnaient. Il avait vu des gens accepter des boulots qu'ils détestaient rien que pour être en mesure de s'assurer correctement et il avait vu aussi des gens ruinés parce qu'ils ne l'avaient pas fait. Douglas Blake avait mis sa famille en danger. Le prêtre sentit grandir son antipathie pour cet homme.

« C'était stupide, reprit Maddy avec emportement.

— Vous m'ôtez les mots de la bouche », ironisa-t-il.

Elle s'empressa de poursuivre : « J'étais furieuse contre lui. Après ce que nous venions de vivre à cause de Heather Cameron. » Elle le dévisagea. « Ne me dites pas que vous n'étiez pas au courant. »

Il détourna le regard. « Je l'ai su, en effet, mais nous n'en avons jamais parlé.

— Je sais. Je n'en ai parlé à personne. Mais je… » Elle eut un geste d'impuissance. « Enfin, peu importe. Je ne vais pas m'étendre là-dessus. Il s'est passé qu'il y a une heure, la police est venue et a emmené Doug pour l'interroger. Au sujet de la baby-sitter disparue et du bébé.

— Quoi ? » s'exclama le prêtre, sincèrement indigné.

Maddy lui lança un coup d'œil suppliant. « Nick, je ne sais plus quoi penser. Vous comprenez, mon mari n'aurait jamais… C'est vrai, il lui arrive parfois de… de se comporter de manière… irresponsable, mais là…

— Oui, naturellement.

— Pourtant, je ne peux pas m'empêcher de me poser des questions ! s'écria-t-elle.

— Bien sûr, c'est normal. »

Amy, assise par terre, les jambes allongées devant elle, poussa un cri de joie lorsqu'elle arriva à la page où un oiseau chantait.

Maddy se baissa et caressa la tête blonde de l'enfant. Sa main délicate effleura ses cheveux soyeux, et la chaînette en argent brilla au milieu des boucles platine de la fillette. Après quoi, la jeune femme ôta sa main et joua pensivement avec le bijou. « Vous ne connaissez pas vraiment mon mari, dit-elle.

— Non », admit Nick. Il n'était d'ailleurs pas certain de vouloir entendre Maddy prendre sa défense.

Plongée dans ses réflexions, elle inclina la tête et soupira : « Il... avant que j'apprenne à le connaître, je m'imaginais qu'il n'était qu'une espèce d'enfant gâté et égocentrique. Il était beau et, à l'époque, il avait de l'argent dont il se servait pour épater la galerie. Il était joueur professionnel de base-ball, vous le saviez ?

— Non. Je ne m'intéresse pas tellement aux sports.

— Eh bien, moi non plus. Je devais entretenir les préjugés classiques et croire les sportifs idiots et tout le reste. Mais Doug n'est pas idiot. Il est réellement très intelligent et c'est... c'est un bon professeur. Il n'est animé que des meilleures intentions, dit-elle d'une voix hésitante.

— Mais... ? » l'encouragea Nick.

Maddy secoua la tête. « Non, ce n'est pas comme ça que je voulais le présenter. Vous comprenez, il a peut-être l'air d'avoir été un enfant choyé et dorloté, mais ce n'était pas le cas. Il a eu une enfance difficile. Ses parents... enfin sa mère est quelqu'un de très froid, de très distant. Elle ne l'appelle jamais.

Même pas pour son anniversaire. Elle ne lui envoie jamais ne serait-ce qu'une carte. Vous vous rendez compte ? Quant à son père, il est toujours demeuré passif. Il s'occupait de son affaire et laissait son fils se débrouiller tout seul. Il a beaucoup souffert, vous comprenez ? »

Oh ! oui ! Nick comprenait. Il se rappelait ses parents qui se battaient pour tenter de gagner son affection, et lui qui restait déchiré entre eux.

« C'est incroyable ce que les enfants doivent supporter, dit-il. On a du mal à croire qu'on puisse survivre sans dommages irréparables à de pareils traumatismes.

— Je sais, approuva Maddy. Pour ma part, tout a été tellement facile. Mes parents nous adoraient mon frère et moi. Je ne peux pas m'imaginer ce qu'on ressent à avoir été si... si négligé. De sorte que lorsqu'il se montre insensible ou impatient, je me dis toujours que c'est... compréhensible. Son attitude ne signifie pas qu'il ne nous aime pas ou qu'il pourrait... qu'il pourrait se rendre coupable de quelque chose d'horrible comme... comme cette histoire avec Heather. Ou encore cette fille disparue. C'est juste sa façon de faire face. »

Nick acquiesça, mais au fond de son cœur, il ne comprenait pas. Comment Doug Blake pouvait-il mépriser ainsi ce cadeau de Dieu et tenir pour acquis cet amour qu'on lui portait ? Lui, avant de devenir prêtre, il avait toujours vécu seul et cela ne l'avait pas dérangé. Le silence était une bénédiction après tous les cris qu'il avait entendus chez lui. Après avoir trouvé la foi, il ne s'était plus jamais senti seul. Il éprouvait un sentiment de paix, de communion avec Dieu, et bénissait le silence retrouvé après les exigences de sa charge. Et puis, il avait rencontré Maddy et avait commencé de ressentir le besoin d'une présence humaine. Il n'avait plus l'esprit en paix et le fardeau de la solitude lui pesait parfois, sans doute parce qu'elle n'était pas auprès de lui. Il plongea son regard dans les yeux sombres et inquiets de la jeune femme qui attendait sa réponse.

« Et maintenant, vous désirez savoir si vous devez continuer à le croire ? C'est bien ce que vous me demandez, Maddy ?

— Oui, murmura-t-elle.

— Eh bien, je pense que vous connaissez déjà la réponse. D'après ce que vous venez de dire, vous croyez toujours en lui. Et en ce moment, il a plus que jamais besoin que vous vous teniez à ses côtés.

— Je sais que le chef de la police le hait, à cause de Heather.

— Et quand ils cherchent à se venger, les gens ont parfois un comportement irrationnel, ajouta Nick.

— En effet. Et c'est bien de ça qu'il s'agit, n'est-ce pas ? D'une simple vengeance.

— Je ne sais pas, c'est possible.

— Mais ça n'a aucun rapport avec ce qui s'est réellement passé. Comment puis-je un seul instant penser cela de Doug ? »

Nick la regarda droit dans les yeux, encore qu'il eût l'impression que son esprit se heurtait aux quatre murs de la pièce. Il n'avait pas besoin de se forcer pour penser du mal de Doug Blake. Il n'aimait pas son allure, il ne lui faisait pas confiance et il se disait qu'il pouvait parfaitement avoir séduit

Heather Cameron. En vérité, il en voulait à Doug Blake et il l'enviait parce que celui-ci était marié à la femme qu'il aimait. En conséquence, son jugement manquait d'objectivité.

S'il lui conseillait de ne pas taire ses soupçons, il enfoncerait un coin dans leur mariage, mais ce serait un péché. Il avait depuis longtemps pris la décision de se conformer à sa vocation, de se détourner de la passion coupable qu'il éprouvait pour elle. Il ne serait pas celui qui détruirait leur couple. Pas s'il voulait sauver son âme.

« Si vous cessez de croire en lui, vers qui pourra-t-il se tourner ? Vous lui devez loyauté », finit-il par dire.

Maddy soupira, puis lui sourit. « Vous avez raison. Il faut que je conserve la foi. » Elle se leva. « Vous ne répéterez à personne ce que je viens de… » Elle s'interrompit, consciente de tout ce que ses paroles avaient d'insultant. « Excusez-moi, reprit-elle. Je sais très bien que vous n'en ferez rien. C'est précisément parce que j'ai confiance en vous que je suis venue vous trouver…

— Et aussi parce que vous saviez que j'allais partir », dit-il en se levant à son tour.

La jeune femme s'approcha et lui tendit la main. Il avait l'air si triste que son cœur se serra. Il est triste à l'idée de partir, songea-t-elle. Cela n'a rien à voir avec moi. Mais lorsqu'elle rencontra son regard, elle comprit qu'elle se trompait. Elle eut soudain l'impression d'être détentrice d'un secret à la fois effrayant et grisant. Saisie d'une impulsion, elle jeta les bras autour de sa taille. Un instant, il la serra contre lui et respira son parfum. Des mots tendres se bousculèrent sur ses lèvres, mais rien, pas un murmure, pas un gémissement, ne s'en échappa.

Maddy soupira de nouveau, puis, curieusement, sentit quelque chose qui, au plus profond d'elle-même, menaçait de céder entre les bras de cet homme. Elle avait envie de lui caresser les cheveux, de poser sa joue contre la sienne. Non ! se reprit-elle, mettant sur le compte de la fatigue le réconfort que lui procurait l'autorité du prêtre. Pourtant, une sourde inquiétude naquit en elle. Soudain, elle le repoussa.

« Je ferais mieux de partir, dit-elle en évitant son regard. Doug est peut-être déjà rentré. Merci… Nick. Viens, ma chérie, reprit-elle en se baissant pour relever Amy. On ne va pas ennuyer le père Nick plus longtemps. Il a ses bagages à terminer.

— Il va en vacances ? » demanda la fillette.

Maddy se tourna vers lui et vit une étrange expression passer sur son visage.

« Je crois qu'il s'en va, ma chérie.

— Après, il reviendra ? s'inquiéta l'enfant.

— Non, ma chérie, il s'en va pour de bon. »

Amy agita la main.

« Au revoir, au revoir, dit-elle gravement, peu convaincue par les explications de sa mère. À bientôt, quand tu reviendras. »

La jeune femme poussa sa fille vers la porte et sortit sans se retourner.

12

Ernest Unger devina plus qu'il ne vit un mouvement au milieu du bouquet d'arbres qu'il surveillait, et il ressentit l'excitation que lui procurait toujours cet instant. Rodé par des années de pratique, il pivota sans bruit et aperçut sa proie. Le cerf se tenait là, frémissant, à portée de fusil, et sa belle ramure effleurait le tronc des deux arbres entre lesquels il s'était arrêté. Mon Dieu, quelle bête magnifique ! songea Ernest, tandis que, admirant l'animal, il se préparait à passer à l'action. Il imaginait le splendide massacre accroché au mur de son antre, dans la maison familiale, le seul endroit où sa femme Marie le laissait exposer ses trophées. Il ne se réservait que les plus beaux, et celui-là méritait incontestablement une place d'honneur. Il éprouva un petit frisson de plaisir anticipé. Ne vends pas la peau de l'ours avant de l'avoir tué, se dit-il cependant. On ne fait pas mouche à tous les coups.

Il se mit silencieusement en position. Le cerf ne bougea pas. Pourvu que son abruti de gendre n'intervienne pas ! Il détestait emmener Dan avec lui. Celui-ci ignorait tout de la chasse. Marie et Susie l'avaient pourtant équipé d'un matériel dernier cri et il manifestait le désir d'apprendre, mais, maladroit et bruyant, il avait gâché un nombre incalculable d'occasions, alors qu'Ernest se réjouissait déjà à la perspective d'un beau coup de fusil. Certes, on attendait de lui qu'il forme le garçon comme on disait aujourd'hui. Combien il regrettait le temps où l'on partait ensemble, entre hommes, juste pour le plaisir et où tout ce sentimentalisme ridicule était réservé aux filles. La chasse était un sport d'hommes, l'une des rares activités qui leur restait et où ils ne risquaient pas de se retrouver entourés d'une bande de femmes qui revendiquaient leur part. Encore que d'être avec Dan, c'était presque pire que d'être avec une femme.

En vérité, Ernest soupçonnait son gendre d'être un peu trop délicat et de ne pas vraiment vouloir chasser. Pourtant, ce n'était pas un mauvais fusil. Il l'avait vu réussir de bons cartons sur une cible. C'était le sang et tout ça qu'il semblait ne pas supporter. Susie avait grandi au milieu de chasseurs et elle avait essayé de lui expliquer l'aspect écologique, le fait qu'on réduisait ainsi la population de cervidés, sans oublier que cela permettait à la famille de manger du gibier tout l'hiver une fois la saison de chasse terminée. Dan paraissait approuver, mais quand Marie servait un rôti de biche, par exemple, Ernest le surprenait à repousser son assiette. Quoi qu'il en soit, ce n'est pas lui qui remettrait le sujet sur le tapis. Si Dan ne se sentait pas à la hauteur, il n'avait qu'à le dire. En attendant, ce garçon était un véritable poids au cours d'une partie de chasse.

Le cerf dressa la tête et huma l'atmosphère, les muscles tendus, les sens en alerte. Ernest, tout aussi tendu, leva lentement son fusil, visa… L'espace d'un instant, le chasseur et la proie donnèrent l'impression de ne faire plus qu'un, comme unis par le destin. L'homme enroula son doigt autour de la détente, pressa…

Un cri terrifiant déchira l'air au moment précis où Ernest tirait. Il sursauta et faillit tomber en arrière. Le cerf tourna sa tête couronnée de bois magnifiques, rencontra une fraction de seconde le regard du chasseur, puis, vif comme l'éclair, s'échappa d'un bond au milieu d'un craquement de branches.

Le petit salaud ! fulmina Ernest. Cette fois, c'est fini. Elles auront beau me supplier, plus jamais je n'emmènerai cet ignorant, ce bon à rien… Il entendit Danny l'appeler d'une voix rauque, presque hystérique. Il remit son fusil à l'épaule, le visage enflammé de fureur. Il s'était toujours considéré comme un homme pacifique et sensible, incapable de se servir d'une arme sous le coup de la colère ou de la frustration, mais, pendant un court instant, tandis qu'il s'avançait dans sa tenue de camouflage parmi les broussailles, il comprit comment les choses pouvaient déraper quand deux personnes étaient armées…

« Enfin, bon Dieu ! qu'est-ce qui se passe ? » s'écria-t-il en s'approchant de son gendre. Ce dernier était adossé à un arbre, le visage aussi gris qu'un ventre de pigeon.

« Père », murmura-t-il d'une voix si enfantine et si terrifiée qu'Ernest sentit sa colère fondre et que son instinct paternel débula en lui comme un ours se précipitant vers une ruche.

« Regardez », reprit Dan en désignant d'une main tremblante un endroit un peu plus loin.

Ernest s'avança. « Oh, mon Dieu, souffla-t-il. Oh, mon Dieu. »

Dan se plia en deux et vomit. Ernest, les yeux agrandis d'horreur, contempla le corps couvert d'ecchymoses de la fille dont la chemise était déchirée et le pantalon baissé. Les mouches et les vers avaient déjà commencé leur œuvre atroce.

Ernest ne prononça pas un mot. Le regard fixé sur le visage mangé par les yeux grands ouverts qui ne voyaient plus, il tapota distraitement le dos de son gendre, puis il posa son fusil par terre, ôta sa veste et se dirigea à pas lents vers le cadavre. Il s'agenouilla et le recouvrit soigneusement de sa veste, comme un père qui, la nuit, viendrait border son enfant endormie.

Une demi-heure plus tard, la forêt jusque-là silencieuse n'était plus qu'un champ de foire macabre où grouillaient policiers, photographes et journalistes qui piétinaient les broussailles et rôdaient autour de l'endroit où l'on avait découvert le corps. Les caméras vidéo ronronnaient, cantonnées derrière le ruban jaune que la police avait tendu afin de maintenir les curieux à l'écart. Les radios grésillaient et le district attorney s'entretenait avec son bureau par l'intermédiaire d'un téléphone cellulaire.

Ernest Unger, le visage à présent aussi gris que celui de son gendre, assis sur un seau retourné que Dan avait trouvé dans sa voiture, buvait un Coca éventé. Dan se tenait à côté du vieil homme, la main posée sur son épaule en un geste protecteur, cependant qu'ils répétaient patiemment aux différents inspecteurs qui les interrogeaient comment ils étaient tombés sur le cadavre.

Frank Cameron se détourna du spectacle pathétique de la dépouille de Rebecca Starnes que les hommes du coroner recouvraient et plaçaient sur une civière pour l'emporter loin de son tombeau de feuilles mortes. Il demanda alors au coroner, le Dr Simon Tillis, qui rangeait ses instruments dans sa trousse :

« Vous avez pu déterminer les causes du décès, doc ?

— En fait, elle a été tuée d'une balle. Tirée dans la tête, presque à bout portant. À en juger par le trou fait par le projectile, je dirais qu'on a utilisé un pistolet de petit calibre, mais il nous faut la balle avant d'en être sûr, répondit le coroner.

— Elle est pleine de contusions.

— On l'a traînée jusqu'ici. Elle n'est pas morte sur le coup.

— Charmant, dit Frank, revoyant la mère de la victime lui montrer une photo de sa fille. Des violences sexuelles ? »

Le médecin haussa les épaules. « Apparemment, oui. Mais il faudra attendre les analyses de laboratoire.

— Ces pervers préfèrent en général le couteau ou, mieux, la strangulation », fit remarquer le chef de la police.

Le Dr Tillis soupira. « C'est vrai, mais à en juger l'état dans lequel on l'a trouvée…

— En effet. Nous aurons les résultats quand ?

— Demain, sans doute.

— Bon, mettez-leur la pression. Je les veux *hier* ! » rugit Frank.

Le coroner comprenait très bien que sa colère n'était pas dirigée contre lui. « On fera notre possible », dit-il.

Pete Millard s'approcha de son chef et, ensemble, ils regardèrent pendant qu'on finissait d'installer le corps sur la civière. « Alors ? demanda-t-il. On a affaire à un crime sexuel, ou bien ils voulaient juste s'emparer de l'enfant ?

— On ne sait pas encore. Ça a tout l'air d'un crime de sadique, mais il faut attendre la confirmation du labo.

— Alors, dans ce cas...

— Oui, en effet. Aucune trace... ? »

Pete comprit la question laissée en suspens. Frank voulait parler du petit Justin. « Ils ratissent le coin.

— On est arrivés trop tard. »

Pete acquiesça.

« Merde, reprit Frank. La pauvre femme. »

Il redoutait le moment, maintenant tout proche, où il allait devoir frapper à la porte de Sandi Starnes. Il était le chef de la police, et cette tâche pénible lui incombait.

« On retrouvera peut-être le bébé d'ici peu, déclara Pete avec espoir. Qu'il ne soit pas là, c'est plutôt bon signe.

— Ouais, ricana Frank, promenant son regard au-dessus des arbres de la forêt qui redevenait petit à petit silencieuse. Tu parles ! »

13

Heather Cameron, assise seule à une table pour six, son plateau posé devant elle, feignait de lire, de même qu'elle feignait de ne pas remarquer que les autres ados l'évitaient. Elle avait l'impression d'entendre son nom murmuré au milieu du vacarme qui régnait dans la cafétéria. Elle ne voulait pas regarder. Elle ne leur accorderait pas cette satisfaction. Cependant, son cœur se mit à battre la chamade quand, du coin de l'œil, elle vit deux personnes approcher. Priant pour qu'elles aillent s'installer ailleurs, elle se plongea dans son livre. Malheureusement, deux plateaux se matérialisèrent soudain sur la table. Elle eut le sentiment de tomber dans une embuscade, et des larmes amères lui vinrent aux yeux. Elle baissa la tête comme pour éviter un coup.

Une voix au-dessus d'elle dit gentiment : « Salut, Heather. »

La jeune fille, toujours sur ses gardes, leva les yeux. Karla et Richie qui l'avaient accompagnée ce matin au lycée, qui avaient parlé avec elle comme si de rien n'était et qui étaient restés avec elle dans le hall jusqu'à la cloche, se tenaient devant la table. Richie lui faisait face, tandis que Karla était debout à côté d'elle. « Salut », balbutia Heather. Elle les considéra d'un œil soupçonneux. Ce matin, elle avait cru qu'ils voulaient simplement se montrer gentils. Après tout, Karla et elle avaient grandi dans le même quartier. Et puis, se disait-elle, Karla avait toujours été jolie, entourée d'un tas de soupirants, de sorte qu'il ne lui était guère difficile d'être gentille. Mais à ce point, cela paraissait un peu exagéré, comme s'ils préparaient quelque chose. Elle les vit échanger un regard de connivence.

« On peut s'asseoir ? demanda Karla.

— Oui, bien sûr », répondit Heather sans sourire.

Karla prit une chaise, puis tapota sa paille sur la table pour l'extraire de son fourreau de papier. « Tu es au courant pour cette fille de l'école des Chagrins Éternels ?

— Quelle fille ? demanda Heather, les sourcils froncés.

— Celle qui a disparu avec le bébé.

— Ah oui, je vois.

— On l'a retrouvée. Ton père est passé à la télé.

— Elle va bien ? interrogea Heather.

— Non, répondit alors Richie. Elle est morte.

— Oh mon Dieu », murmura Heather en refermant son livre.

Tous trois demeurèrent un moment silencieux, atterrés à l'idée que quelqu'un de leur âge, habitant la même ville qu'eux, ait connu un sort aussi tragique.

« J'ai entendu dire qu'on interrogeait Mr. Blake à ce sujet, reprit Richie. Ton père l'a conduit au poste. »

Le visage de Heather s'empourpra. Elle aurait voulu que le sol de la cafétéria s'ouvre sous ses pieds et l'engloutisse. « C'est ridicule, dit-elle.

— Pourquoi ? C'est un obsédé sexuel, affirma Richie. Tu l'as dit toi-même. »

Karla lui lança un regard d'avertissement. Heather s'empara de son livre et le rouvrit.

« Qu'est-ce que tu lis ? » demanda gentiment Karla.

Heather, qui ne faisait que semblant de lire, hésita. « De l'algèbre », dit-elle après avoir vérifié.

Elle se tourna vers Richie qui baissa la tête et parut très occupé à tirer sur la languette de sa boîte de soda, puis elle s'adressa à Karla : « Pourquoi vous êtes si gentils avec moi ? »

Richie leva les yeux d'un air innocent, comme s'il se sentait vexé par sa question. Karla, par contre, ne prit pas la peine de simuler. Elle glissa sa paille dans sa boîte de lait et remua.

« Il doit y avoir une raison, poursuivit Heather avec entêtement.

— On a bien le droit d'être gentils, non ? » protesta Richie.

Heather fit la grimace. « N'essayez pas de me mener en bateau. On m'a fait le coup trop souvent. D'abord, vous venez me chercher pour m'accompagner au lycée, et maintenant vous vous installez à côté de moi. Tout le monde sait que je suis une espèce de brebis galeuse à cause de cette histoire avec Mr. Blake.

— Bon, d'accord, on joue un peu à être gentils, reconnut Karla. Mais on ne te veut pas de mal, je te le promets. »

Heather la dévisagea. « Mais vous attendez quelque chose de moi. »

Richie soupira et entama sa pizza.

« Plus ou moins », répondit Karla.

Le cœur de Heather se serra. Elle le savait, mais ça ne l'avait pas empêchée d'entretenir le secret espoir que peut-être, peut-être, ces deux êtres si beaux désiraient, pour une raison quelconque, devenir ses amis. Heureusement, la déception n'était pas trop grande dans la mesure où ses rêves ne dataient que de ce matin. Mais quand même…

Karla posa une petite main parfaite sur son bras. « Écoute, Heather, on se connaît depuis qu'on est toutes petites, pas vrai ? »

L'intéressée acquiesça, la gorge nouée.

« Je te crois, Heather. À moitié, en tout cas. »

Heather haussa les épaules, suggérant qu'elle s'en serait doutée.

Richie se pencha et la dévisagea de ses beaux yeux verts. Heather se sentit fondre. Elle se demanda ce que ce serait d'avoir un petit ami comme lui.

« Tu vois, Heather, je sais que tout le monde s'imagine que Mr. Blake est un type super, mais pas moi. Le trimestre dernier, il m'a collé un "médiocre" qui m'a écarté de l'équipe de football.

— Tu le méritais ? lança Heather, sarcastique.

— J'avais raté un test à cause d'une blessure à l'entraînement. Il ne m'a pas permis de le repasser. Il m'a dit que c'était un zéro d'office.

— Pourquoi tu n'as pas apporté un mot ? s'étonna Heather.

— J'en ai bien apporté un, mais il a dit que si j'étais faiblard à ce point, je ne faisais de toute façon plus partie de l'équipe. Ce n'est qu'un salaud.

— Pourquoi tu ne l'as pas dit à ta mère ou au proviseur ?

— Ouais, comme toi », dit Richie.

Heather soupira. « Mais pourquoi ? Pourquoi il a fait ça ? »

Richie eut une grimace, et il serra à l'écraser la boîte de Coca dans son poing. « Je pense qu'il voulait s'envoyer Karla.

— Mais non, dit Heather.

— Si, si. Il m'a posé un tas de questions sur elle. Il m'a expliqué qu'elle pourrait sans doute m'aider à retrouver l'équipe.

— Jamais il ne ferait une chose pareille ! protesta Heather. Il ne…

— Il ne quoi ? Je croyais qu'il t'avait forcée à coucher avec lui en échange d'une bonne note ? »

Heather haussa les épaules. « Je ne veux pas en parler.

— Nous, on espérait vraiment qu'il serait viré après ce qu'il t'a fait, dit Karla.

— Ouais, et moi aussi, dit Heather. Mais c'est comme ça.

— Si tu n'avais pas tout le temps modifié ta version de l'histoire, il l'aurait certainement été, lui reprocha Karla d'un ton sévère. Pourquoi t'as fait ça ? Pourquoi t'es pas venue témoigner et tout ? »

Heather, les mâchoires crispées, contempla fixement son plateau. Elle se sentit rougir. Elle aurait tant voulu qu'ils s'en aillent. « Ça ne vous regarde pas, dit-elle enfin.

— Tu l'aimes bien, hein ? fit Karla.

— Non », souffla Heather.

Karla et Richie échangèrent un regard.

« Le problème, Heather, c'est que j'avais déjà entendu des rumeurs à son sujet, dit Karla. Rien de précis, juste des bavardages… »

Heather eut un petit rire de dérision. « Va donc le prouver. »

Karla se pencha vers elle et lui saisit le bras. « C'est ce qu'on veut faire. On veut le coincer, et on a une idée. »

Heather la considéra avec curiosité. Elle éprouvait une intense excitation et aussi quelque chose d'étrange. Une espèce d'optimisme. Elle ne s'était pas rendu compte à quel point elle désirait le faire revenir. La décision de l'accuser publiquement, elle l'avait prise dans un moment de folie. Elle n'aurait jamais imaginé que cela irait aussi loin. Mais maintenant qu'elle avait déclenché ce scandale et que tout le monde la prenait pour une folle, maintenant qu'elle réalisait son erreur, tout pouvait changer, surtout avec des alliés aussi prometteurs.

« C'est vrai ? demanda-t-elle.

— Oui, répondit Karla. Tu acceptes de nous aider ? »

14

Paulina Tomczuk consulta sa montre et fronça les sourcils. Elle cherchait en vain Ellen depuis plus d'une heure, et elle se sentait frustrée. Celle-ci pouvait être n'importe où. Elle avait déjà essayé la plupart des endroits que sa patronne fréquentait, la serre du pépiniériste où elle achetait ses plantes, les magasins où elle avait l'habitude de faire ses courses, puis elle avait parcouru au ralenti les rues commerçantes et vérifié dans les nombreux parkings, mais sans apercevoir la Jeep rouge d'Ellen.

Je suis cuisinière, pas détective, se dit-elle avec irritation, alors qu'elle pénétrait dans le cimetière où reposait Kenny. L'endroit sinistre, balayé par le vent, était désert, et seul le bruissement des feuilles mortes qui jonchaient les pelouses encore vertes et que les rafales projetaient contre les pierres tombales grises et nues venait troubler le silence. Paulina s'avança parmi les allées sinueuses et s'arrêta un instant dans la rangée où était enterré l'enfant. Pour sa dernière demeure, ses parents avaient choisi un emplacement sous un cornouiller. Au printemps, c'était très beau, mais là, dans la triste lumière d'automne, l'arbre dressait ses branches dénudées comme les bras d'une mère en pleurs protégeant les tombes.

À cette époque de l'année, à l'approche de la date de l'anniversaire de l'enfant, Mr. Henson s'inquiétait tout particulièrement pour sa femme.

Paulina avait constaté qu'Ellen paraissait normale ce jour-là, presque comme si elle n'y pensait pas. Cependant, cette fois-ci, elle avait semblé nerveuse, préoccupée, ce qui alarmait davantage Mr. Henson que si elle avait pleuré. En son for intérieur, Paulina commençait à le comprendre, bien qu'elle ne fût en rien compétente en matière de troubles mentaux.

Elle avait élevé quatre enfants, tous en bonne santé et parfaitement normaux, grâce à Dieu, de même que ses petits-enfants, mais aucun n'avait souffert ce qu'Ellen avait souffert. L'épreuve que cette dernière avait subie n'était pas de celles qu'une femme parvient facilement à surmonter. Quoi qu'il en soit, quand elle était arrivée dans l'après-midi et que Mr. Henson avait appelé, elle n'avait pas trouvé trace d'Ellen. Il téléphonait depuis le matin et, n'obtenant pas de réponse, il était au bord de l'affolement. Elle le comprenait. En effet, sa femme sortait rarement, et lorsqu'elle s'en allait, c'était en général après des heures d'hésitation, et elle revenait presque tout de suite. Paulina avait donc accepté d'ôter son tablier, de se mettre au volant de sa voiture et de partir à sa recherche. Une heure plus tard, elle était toujours bredouille.

« Je ne suis pas télépathe », dit-elle à voix haute. Elle était embêtée. Embêtée qu'on lui ait confié cette mission, et embêtée d'avoir échoué. « Je ne suis pas détective, non plus », ajouta-t-elle.

Peut-être qu'elle est de retour à la maison, raisonna Paulina. Peut-être que j'ai failli la croiser en route. Et puis, j'ai un gâteau à préparer pour le dîner. Maintenant, je rentre, décida-t-elle. Au moment où elle s'apprêtait à sortir du cimetière, elle eut une inspiration. Le vétérinaire. Ellen était si préoccupée par les chatons. Peut-être qu'elle avait été le voir. Son cabinet était situé sur River Road. Un dernier essai, se dit-elle. Parvenue à l'adresse du vétérinaire, elle ne vit pas la voiture d'Ellen dans le parking.

« Ce coup-ci, je vais faire mon gâteau », se répéta-t-elle en poursuivant sa route le long des lacets de River Road. Elle n'allait pas sillonner comme ça la région toute la journée. Jetant un coup d'œil sur la petite statue de la Sainte Vierge posée sur le tableau de bord, elle reprit : « Il va falloir que tu la protèges, Sainte Mère. » À peine avait-elle prononcé ces paroles que, à la sortie d'un virage, elle repéra une tache rouge sur le bas-côté. Elle ralentit et se rangea derrière la Jeep rouge garée de travers. Paulina sentit les battements de son cœur s'accélérer. Elle descendit de voiture. La Jeep était vide.

« Mrs. Henson ! s'écria-t-elle. Ellen ! » Il y avait des bois aux alentours, et on n'entendait que le crissement des feuilles et les chants plaintifs des oiseaux perchés au sommet des arbres. On voyait des marques de roues sur la chaussée, près de l'endroit où se trouvait la Jeep, et un lambeau de pneu dans l'herbe rousse sur le bord. « Ellen ! » appela de nouveau la cuisinière. Un craquement s'éleva des broussailles, et elle pivota d'un bloc.

D'abord, comme elle ne distinguait rien, elle supposa qu'il s'agissait d'un animal quelconque, puis elle perçut le bruit de quelqu'un qui se déplaçait dans le sous-bois ainsi qu'un sanglot étouffé. Paulina n'était pas une personne particulièrement courageuse, mais elle se sentit soudain animée d'une détermination farouche. Elle se fraya un passage au milieu des sapins. Après avoir fait quelques pas, elle la vit.

Ellen, à quatre pattes, rampait sur le sol.

« Mrs. Henson ! » s'exclama Paulina. Elle se précipita vers elle, cependant que ses jambes protégées par des demi-bas sous un pantalon en laine épaisse se prenaient dans les branches basses et les plantes grimpantes. Ses chaussures bleu marine à talons plats n'étaient pas faites pour se promener dans la forêt, mais cela ne l'empêcha pas de s'élancer vers la femme frêle accroupie à quelques mètres devant elle.

Ellen dressa la tête, et la cuisinière constata qu'elle avait les yeux fous, tout écarquillés. Elle tendit les bras, pareille à une enfant, et Paulina avança vers elle ses larges mains qui portaient encore des traces de farine.

« Mon Dieu ! qu'est-ce que vous faites ?

— Je cherche le petit chat », répondit Ellen, saisissant la main de Paulina.

La cuisinière la considéra un instant, éberluée. « Quel petit chat ?

— Celui que j'ai donné à la fillette », répondit Ellen avec un grand sérieux.

Il fallut un moment à Paulina pour se rappeler et comprendre de quoi elle parlait. « Mais qu'est-ce qui vous fait croire qu'il est ici ? Il doit être chez eux, non ? »

Ellen agrippa la manche du manteau de sa bonne. « Le chaton s'est enfui. Personne ne s'est soucié de lui. Il est trop petit. C'est moi qui le leur ai donné. Je n'aurais jamais dû le faire. J'ai regardé partout. Il faut que je le retrouve… »

Paulina s'agenouilla sur le tapis de feuilles mortes, sans se soucier des brindilles qui s'incrustaient dans le tissu de son pantalon et de la boue qui collait à ses chaussures. Les explications d'Ellen lui paraissaient plutôt fumeuses et elle en conçut de l'effroi. Qu'est-ce qu'elle pouvait bien fabriquer ainsi à quatre pattes au milieu des bois ? Mr. Henson avait eu raison de s'inquiéter. Elle entoura de son bras les épaules fragiles de sa patronne et caressa ses cheveux gris et frisés tout ébouriffés. « Ne vous en faites pas, dit-elle. Le chaton s'en sortira. Il faut rentrer à la maison, maintenant.

— Vous ne comprenez pas. C'est un signe, c'est ma punition !

— Vous dites des bêtises, fit Paulina. Allez, venez. Il est temps de rentrer. »

Ellen hocha la tête. La cuisinière se demandait comment elle pourrait raconter cela à Mr. Henson. Il n'était guère difficile de conclure qu'il s'agissait d'une espèce de crise de... de folie. Elle imaginait déjà avec une certaine appréhension l'expression du visage de l'avocat quand il serait mis au courant. Une fois de plus, elle regretta que ses employeurs n'aient pas une foi forte et véritable vers quoi se tourner. Elle-même avait toujours trouvé refuge dans les prières et dans les grains de son rosaire qu'elle tenait entre ses doigts arthritiques, pareil à une ligne qui la rattachait à la vie. Murmurant une prière silencieuse, Paulina prit le bras d'Ellen et l'aida à se relever. Elles regagnèrent ensemble le bord de la route, toutes courbées afin d'éviter les branches basses des sapins.

Bien que noir de monde, l'appartement en rez-de-jardin de Donna et Johnny Wallace était calme. On ne percevait que le son de la télévision allumée en permanence, de même que la radio. Sur le comptoir de la cuisine s'empilait de la nourriture enveloppée dans du papier d'aluminium ou du film transparent, et tous les sièges disponibles étaient occupés par des membres de la famille, tantes, oncles ou cousins. Johnny Wallace buvait une bière, car il ne voyait pas d'autre moyen de calmer ses nerfs. Adossé contre le comptoir, les yeux vides et fixés droit devant lui, il écoutait sans l'entendre son frère aîné qui, assis à la table de la cuisine, s'efforçait de lui présenter la situation sous un jour optimiste.

Dans sa chambre, Donna Wallace était assise sur son lit, entourée d'animaux en peluche. Elle portait encore l'une des chemises de Johnny par-dessus sa nuisette et des chaussons. Serrant dans son poing des Kleenex mouillés de larmes, elle contemplait une photo de Justin posée sur la table de chevet qui le représentait en train de rire aux éclats pendant que le chien de sa grand-mère le léchait.

Elle savait ce qu'elle devait faire. La nouvelle de la découverte du corps de Rebecca leur était parvenue presque simultanément par l'intermédiaire du téléphone, de la télévision et de la radio. La foule qui se pressait devant chez eux n'avait pas diminué depuis la disparition de Justin, et les membres de sa famille, furieux, s'évertuaient à écarter les reporters et à la protéger des curieux. Maintenant, pourtant, Donna ne pouvait plus échapper à son devoir. Elle jeta les Kleenex dans la corbeille à côté du lit, puis elle se leva, les jambes tremblantes. Après quoi, elle ôta la chemise en flanelle de son mari, fit passer sa nuisette par-dessus sa tête et entreprit de se vêtir avec soin : un corsage propre et un pantalon noir, des demi-bas et de vraies chaussures, pas des chaussures de jogging.

Une fois habillée, elle s'étudia un instant dans la glace. Elle avait le teint blafard et des cernes grisâtres soulignaient ses yeux. Elle prit son fard sur la commode et s'en tamponna les joues, puis elle se mit du rouge à lèvres. Quant à ses cheveux, c'était sans espoir et elle renonça. Ensuite, elle entrebâilla la porte. Sa cousine Rose qui se tenait devant comme une sentinelle lui lança un regard soupçonneux.

« Qu'y a-t-il, ma chérie ? demanda-t-elle.

— Dis à Johnny que je suis prête.

— Tu crois vraiment...

— Va lui dire, s'il te plaît. »

Rose s'éloigna à pas pesants et revint quelques instants plus tard en compagnie de Johnny. Ce dernier, le parka de sa femme à la main, se faufila dans la chambre. « Tu en auras besoin », dit-il simplement. Donna constata qu'il s'était rasé. Elle hocha la tête en signe d'approbation et lui effleura le visage du bout des doigts.

« On va sortir par-derrière », reprit-il en l'aidant à enfiler le parka. Elle avait mal aux bras et aux épaules, comme si elle avait de la fièvre.

« Oui, murmura-t-elle.

— Prête ? » Il lui adressa un regard d'encouragement et, de nouveau, elle songea qu'elle avait eu de la chance de l'épouser.

Il la prit par la main, et ils se glissèrent hors de la chambre pour se diriger vers la porte de derrière. Ils entendirent, en provenance du living, des voix qui semblaient se disputer. Il faisait froid et humide, et Donna frissonna malgré son parka. Johnny ne lui lâcha pas la main, tandis qu'ils traversaient leur petit jardin puis deux autres, encombrés de barbecues rouillés et de jouets d'enfants en plastique, des jardins qui, heureusement, n'étaient pas défendus par des barrières. Ils arrivèrent devant la petite terrasse de l'appartement de Sandi Starnes où se trouvaient encore les meubles de jardin en toile vert et blanc, tous plus ou moins déchirés et tachés. Le parasol planté au milieu de la table blanche était fermé, l'air gris et moisi.

Johnny et Donna échangèrent un regard, puis le jeune homme frappa à la porte coulissante de la terrasse dont les rideaux étaient tirés de l'intérieur.

Un homme de forte carrure à la mine revêche écarta les rideaux, leur décocha un regard noir, puis parut un peu confus en les reconnaissant.

« On peut entrer ? » demanda Johnny.

L'homme se retourna et grommela quelque chose à l'intention d'une personne qui se trouvait à l'intérieur, pendant que les parents du petit Justin attendaient dans le froid, les yeux levés sur le ciel gris.

On distingua un mouvement près des fenêtres, puis Sandi Starnes vint elle-même ouvrir la porte de la terrasse. La figure rougie par les larmes, elle dévisagea ses voisins sans prononcer un mot.

Donna sentit son cœur chavirer. « Sandi, murmura-t-elle.

— Bonjour, Donna. »

L'espace d'un instant, celle-ci crut qu'aucune parole ne parviendrait à franchir le seuil de ses lèvres et qu'elle allait rester ainsi, pétrifiée, pareille à une statue. Puis, d'un seul coup, les mots jaillirent comme un torrent : « Sandi, peut-être que vous ne voudrez plus jamais nous parler, et je ne vous le reprocherai pas, mais nous venons d'apprendre la nouvelle pour Rebecca, et nous avons jugé qu'il était de notre devoir de venir pour... pour... pour dire... » La suite de sa phrase se perdit dans des sanglots.

Johnny s'éclaircit la voix et reprit là où sa femme s'était interrompue : « Pour dire combien nous sommes sincèrement désolés et... honteux d'avoir pu un instant penser... ou dire que Rebecca, peut-être... » Une boule dans la gorge, il avala sa salive. « ... qui était une si brave fille... »

Donna se cacha la figure dans ses mains et Sandi, vêtue du mince cardigan gris qu'elle portait à l'intérieur, s'avança sur la terrasse et lui posa la main sur l'épaule.

La mère du petit Justin regarda la femme plus âgée, une lueur de crainte dans ses yeux inondés de larmes, prête à recevoir et à accepter les coups qu'elle méritait. « Vous devez me détester, balbutia-t-elle, pitoyable. Moi-même, je me déteste. »

Sandi secoua la tête. Elle ressentait un calme étrange. Et même de la compassion pour ces deux êtres-là. Qui sait ce que j'aurais pensé si ce bébé avait été ma Rebecca, songea-t-elle. Des idées folles vous viennent à l'esprit. On s'imagine les choses les plus horribles, et en général à tort. Ils ont traîné en route et se sont arrêtés pour manger un esquimau. Ils n'ont simplement pas pensé à téléphoner. On se faisait du mauvais sang pour rien. On se figurait le pire, et d'un seul coup votre enfant poussait la porte, le visage épanoui, beau comme un ange.

Elle examina Donna et Johnny. Ils avaient l'air si vulnérables, presque des enfants. Seulement, ils n'étaient pas des enfants qui oubliaient parfois que quelqu'un les attendait et s'inquiétait. Ils étaient les parents d'un bébé disparu.

Elle tapota l'épaule de Donna qui s'empara de sa main et qui, avec maladresse, avec reconnaissance, la pressa contre ses lèvres.

« Au moins mon attente est terminée », murmura la mère de Rebecca.

15

Paulina serra la main du prêtre qu'elle avait introduit dans le vestibule de la demeure des Hanson. « Merci d'être venu, mon père. Je sais que vous prépariez vos bagages…

— Mais non, Paulina, c'est normal. De toute façon, je n'avançais pas beaucoup. »

Il repensa à Maddy dans ses bras, à cette brève étreinte qui l'avait enfiévré et plongé dans les affres de l'angoisse. Après le départ de la jeune femme, il s'était en vain efforcé de continuer à emballer ses affaires.

« J'ai été content de recevoir votre appel », reprit-il. C'était sincère. Il était en effet ravi d'échapper aux pensées qui se bousculaient dans sa tête et aux images honteuses qui le hantaient pour s'occuper d'autrui ainsi qu'il avait promis de le faire en prononçant ses vœux.

« Je n'ai pas réussi à joindre son mari, expliqua la cuisinière. Il est avocat et n'était pas à son bureau. C'est pourquoi j'ai songé à vous. Elle n'est pas catholique, mon père, mais pour une âme tourmentée, c'est une âme tourmentée. Je me suis dit que vous pourriez peut-être lui parler. Vous pouvez apporter le réconfort aux autres. Je le sais, moi qui suis si souvent venue vous trouver avec mes problèmes. »

Nick sourit. « Je ne serai que trop heureux d'essayer. Vous m'avez dit qu'elle avait perdu un fils ?

— Cela fait maintenant des années, et à la suite de cela, elle a fait une dépression nerveuse. Elle pleure toujours son enfant, mais cette fois... on dirait qu'un véritable fardeau l'écrase. J'ai moi-même puisé beaucoup de secours dans la religion. Je ne veux pas la forcer à croire en quoi que ce soit, mais je ne vois pas d'autre moyen de la réconforter. Je lui ai dit que j'allais vous appeler, mais elle n'a pas semblé entendre. Quand elle vous verra, elle va peut-être vous demander de sortir et de la laisser tranquille.

— Elle ne serait pas la première, dit-il avec un sourire. Nous ne pouvons qu'offrir notre aide. »

Il fit signe à Paulina de lui montrer le chemin et la suivit vers le large escalier.

« Ça s'est plutôt bien passé », dit Doug d'une voix enjouée en défaisant sa cravate. Il était assis dans un fauteuil de cuir devant le bureau en acajou de Charles Henson dans les locaux du cabinet Henson, Newman et Pierce qui occupaient une demeure rénovée de style début du dix-huitième siècle en face de la bibliothèque publique. La pièce comportait une cheminée surmontée d'un manteau ouvragé, des tapis persans et des lampes Tiffany disséminées un peu partout.

Charles, qui s'apprêtait à ouvrir sa serviette, s'interrompit dans son geste et examina son client qui, confortablement installé, avait passé un bras négligent autour du dossier de son fauteuil. Certes, il comprenait son soulagement. Julia Sewell avait été incapable de l'identifier et, bien que la police eût

157

menacé de produire d'autres témoins, elle ne semblait pas en avoir sous la main. Après que Charles eut déclaré qu'il allait intenter un procès pour abus de pouvoir, la police avait dû relâcher Doug.

« À votre place, je remettrais ma cravate, dit froidement l'avocat. Nous ne sommes pas encore sortis de l'auberge. »

L'expression d'autosatisfaction affichée sur le visage de Doug s'effaça. Il se redressa et resserra sa cravate. Charles se reprocha d'avoir adopté un ton si dur. Bien sûr que le jeune homme était soulagé. Il avait toutes les raisons de l'être. L'avocat se demanda si ce n'étaient pas ses propres angoisses qui influençaient son attitude. Il entendit le téléphone sonner et sa secrétaire décrocher dans le bureau adjacent. Automatiquement, il se tendit, pensant que c'était peut-être Paulina. Mais le voyant de prise de ligne s'éteignit, et Charles finit d'ouvrir sa serviette.

« Que voulez-vous dire par nous ne sommes pas sortis de l'auberge ? interrogea Doug, le front plissé.

— Eh bien, ce matin, il s'agissait seulement de personnes disparues. À présent, il s'agit d'une affaire de meurtre, dit l'avocat. Et Frank Cameron n'aimerait rien tant que vous soumettre de nouveau à la question. Il vous a dans le collimateur.

— Vous le pensiez quand avez dit que vous alliez déposer plainte pour abus de pouvoir ? »

Charles tapota distraitement le bras de son fauteuil en cuir avec son stylo Mont Blanc. « Il faudra peut-être en arriver là. Comme une sorte de grève préventive, pour qu'il sache qu'il ne peut pas vous conduire au poste chaque fois qu'un nouvel élément survient.

« — Vous croyez qu'on pourrait obtenir une grosse somme à titre de dommages et intérêts ? demanda Doug, tout excité. On aurait des chances de gagner ? »

Charles s'imaginait presque voir le symbole « dollar » clignoter dans les yeux de son client. « Doug, ce n'est pas un jeu de loterie. Ce genre de procès peut traîner des années devant les tribunaux, et, pour le moment, le dossier est encore bien mince.

— Mais ce portrait-robot était si vague qu'il pouvait s'appliquer à n'importe qui ! s'écria Doug, indigné.

— Oui, mais d'un autre côté, il aurait pu aussi bien être le vôtre. Il vous ressemblait. Ce n'est pas comme si le témoin avait décrit un petit homme chauve au teint basané…

— Mais elle ne m'a pas reconnu ! protesta Doug.

— Non, en effet. Et espérons que ça mettra un terme à cette affaire.

— Alors pourquoi avoir parlé de procès ? insista Doug avec une pointe de déception dans la voix.

— Écoutez, vous venez juste d'être blanchi d'une accusation extrêmement grave et vous essayez de rétablir votre réputation. Personne n'ignore la manière dont les journaux s'empressent de juger un homme coupable et n'accordent ensuite qu'une toute petite place à sa disculpation.

— Oui, c'est vrai.

— Maintenant, vous faites de nouveau la une, on reparle de vous aux informations télévisées, et tout ça simplement parce que le chef de la police a du mal à admettre que sa fille ait pu mentir à votre sujet…

— C'est exactement ainsi que je vois les choses.

— Eh bien, une plainte sera peut-être notre seul recours si nous devons nous battre, c'est-à-dire s'il a réellement l'intention de vous clouer au pilori.

— On devrait peut-être prendre les devants.

— Non, répondit l'avocat. En fait, j'espère que la menace de procès suffira à le ramener à la raison. J'espère que, dorénavant, il vous laissera tranquille. Je suppose que vous n'avez pas envie que votre famille revive des moments pareils ? »

Doug se mordit la lèvre d'un air absent. « Non... » dit-il enfin.

Charles regarda sa montre, puis le téléphone.

« Mais je ne vois pas ce que je pourrais faire d'autre, reprit Doug avec un geste d'impuissance. Sinon, comment l'empêcher de venir me cuisiner chaque fois qu'une fille s'imaginera avoir entendu du bruit sur sa véranda ? Je passe pour le croquemitaine, à présent. Il faut arrêter ça. Je ne vois pas en quoi un procès perturberait davantage ma femme que cette situation-là. »

Charles soupira. « Comme je vous l'ai dit, j'espère que la simple menace suffira. Dans le cas contraire, nous devrons réfléchir aux différentes possibilités. Il faut que vous compreniez bien que si nous poursuivons la police en justice, tous vos faits et gestes seront surveillés et passés au crible pendant des années. Je sais que Maddy désire par-dessus tout que les choses redeviennent normales.

— Mais elles ne le sont pas, insista Doug. Ce n'est pas normal d'être conduit au poste sur le seul caprice du chef de la police. Maddy ne manquera pas de le comprendre.

— D'accord, acquiesça Charles qui commençait à se sentir légèrement exaspéré. Mais de ma part, il s'agissait plutôt d'une tactique pour prévenir cela. Jusqu'à présent, Frank Cameron n'a pas franchi les limites. » Il se pencha vers Doug. « Une fille est morte et un bébé a disparu. Il doit suivre toutes les pistes et faire le maximum sans tenir compte des susceptibilités qu'il risque de froisser. Si vous déposez plainte aujourd'hui uniquement parce que vous avez dû répondre à quelques questions, je vous garantis que vous allez devenir l'ennemi public n° 1. »

Doug se tassa dans son fauteuil, l'air irrité. « Bon, grommela-t-il. Je suppose que vous avez raison. Du moins pour le moment. »

Le téléphone bourdonna et l'avocat sursauta. « Excusez-moi », fit-il en décrochant. Sa secrétaire l'informa que Paulina était en ligne. « Passez-la-moi », dit-il alors.

Doug fixa un ongle ébréché de sa main droite et sembla se perdre dans ses pensées, tandis que Charles écoutait la voix perçante de sa bonne.

« Comment va-t-elle ? » demanda-t-il. Après que Paulina lui eut répondu, il déclara : « J'arrive. » Il reposa doucement l'appareil sur son socle, puis se leva. « Doug, vous voudrez bien me pardonner, mais je dois partir tout de suite. »

Le jeune homme s'extirpa maladroitement de son siège et tendit la main. « Je tiens une nouvelle fois à vous remercier, Charles. »

L'avocat lui serra brièvement la main et passa devant lui pour se diriger vers la porte. « Nous reprendrons cette conversation plus tard », dit-il.

Doug lui emboîta le pas.

161

Charles, au volant de sa voiture, se faufilait au milieu des embouteillages de l'heure de pointe, risquant une contravention pour excès de vitesse chaque fois que la route était un tant soit peu dégagée. Il ne mit pas la radio, ni le lecteur de compacts. Ses nerfs ne l'auraient pas supporté. Il se concentra sur la conduite et tâcha de ne pas céder à la panique. Il essayait de se convaincre que tout allait bien, mais une petite voix insidieuse lui soufflait qu'il n'en était rien.

La nuit dernière, il avait trouvé par hasard dans la poubelle le vieux cadenas rouillé de la porte de la maison de poupée qui avait été remplacé par un neuf. En outre, il semblait bien qu'elle avait entrepris de gratter les planches de la façade car, devant, l'allée était jonchée d'écailles de peinture. Il avait eu l'impression de recevoir un coup de poignard en plein cœur. Elle se sentait très bien, prétendait-elle. Mais il savait que ce n'était pas vrai. Il le savait depuis des jours et des jours.

Il gara sa Mercedes dans l'allée, derrière la Jeep rouge d'Ellen et une Buick noire qu'il ne connaissait pas, puis se dépêcha de descendre et claqua la portière. Il se précipita vers le perron, entra en coup de vent et appela Paulina tout en jetant sa serviette sur la commode marquetée du vestibule. Une bonne odeur de gâteau, de cannelle et de pomme lui parvint.

Paulina, s'essuyant les mains dans un torchon et secouant la tête, émergea de la cuisine. « Je suis soulagée que vous soyez de retour. Le père Rylander est là-haut avec elle.

— Le père Rylander ? Qui est-ce ? »

La bonne lui fit signe de la suivre dans le bureau. La pièce avait un aspect sombre et austère avec ses lourdes tentures de soie et ses bibliothèques faites sur mesure. La seule tache de couleur provenait d'une composition de chrysanthèmes, de lis et d'asters qui décorait la table devant les fenêtres à meneaux.

Charles referma la porte derrière lui pour être tranquille, tandis que Paulina, sur son invitation, s'asseyait au bord d'une bergère tapissée de soie damassée.

« Le père Rylander est le curé de ma paroisse, expliqua alors Paulina.

— Ellen va bien ? demanda Charles. Qu'est-ce qu'un prêtre fait ici ?

— Je n'ai pas réussi à vous joindre tout de suite et je ne savais pas quoi faire.

— Que s'est-il passé ?

— J'ai eu un mal de chien à la retrouver. J'ai été partout. Vous savez, les endroits où il lui arrive d'aller, encore qu'il n'y en ait pas beaucoup. »

L'avocat comprit ce qu'elle voulait dire et, un instant, il posa la main sur l'épaule solide de la cuisinière. « Dieu vous en sera reconnaissant, Paulina.

— J'allais renoncer et rentrer à la maison quand j'ai vu sa voiture sur la route qui longe le fleuve, garée sur le bas-côté.

— Mais qu'est-ce qu'elle fabriquait là ?

— Elle m'a dit qu'elle cherchait le chat, celui qu'elle a donné aux gens de l'autre soir. Je l'ai découverte à quatre pattes dans la forêt. Elle est pleine d'égratignures.

— Ils ont eu un accident, expliqua Charles. Et le chat s'est sauvé.

163

— C'est ce qu'elle m'a raconté.

— Mais cette histoire de boutique pour enfants dont vous m'avez parlé au téléphone ? demanda-t-il.

— Quand nous sommes rentrées, une personne de ce magasin a appelé pour prévenir que Mrs. Henson y avait oublié son portefeuille ce matin. »

Charles eut un geste d'impatience. « J'irai le récupérer demain. Elle a dû acheter un cadeau quelconque.

— Non, non. La fille de la boutique m'a précisé qu'elle avait acheté cinq ou six vêtements de bébé.

— Vous n'ignorez pas qu'il lui arrive de se conduire de manière extravagante, affirma l'avocat, se disant qu'il réfléchirait plus tard pour savoir à qui parmi leurs relations elle envisageait de faire un cadeau pareil.

— Elle a dit à la vendeuse que c'était pour un bébé... prénommé Ken. »

Un frisson glacé parcourut l'échine de Charles.

« J'ai trouvé ça dans sa voiture, reprit Paulina en montrant le sac décoré de rubans blancs et marqué "Aux Petits Trésors" en lettres anglaises. Il était vide et elle l'avait caché sous le siège. Quand je l'ai interrogée à ce sujet, elle s'est fâchée et a prétendu ne pas savoir de quoi je parlais, puis elle est montée dans sa chambre. »

Charles fit quelques pas dans la pièce et alla se planter devant la fenêtre à meneaux qui donnait sur l'arrière de la propriété. Le jardin d'Ellen était endormi pour l'hiver, si l'on exceptait une pointe de rouge ou de violet qui perçait çà et là parmi les feuilles mortes à l'endroit où survivaient quelques impatientes, ou une rose égarée qui s'accrochait encore au bout de sa tige. Au milieu se dressait la petite maison, sombre et silencieuse, avec ses jardinières vides, son toit pointu et ses bardeaux dont la peinture s'écaillait, une maison cependant assez grande pour qu'une bande d'enfants puisse y jouer. Aujourd'hui déserte, triste et tombant en ruine. Charles sentit ses yeux se mouiller de larmes, et vit défiler, l'espace d'une seconde, quelques lumineuses images du passé.

« Oh ! Paulina, murmura-t-il. Qu'est-ce qui lui arrive ? »

La cuisinière se leva et, d'un geste machinal, s'essuya de nouveau les mains à son torchon.

« Vous devriez aller la voir. Je craignais qu'elle ne soit furieuse que j'aie appelé un prêtre, mais il est avec elle depuis déjà un bon moment.

— Vous avez raison, je vais monter. » Charles alla ouvrir sans bruit la porte coulissante du bureau-bibliothèque. « Encore une fois, merci... »

L'avocat se dirigea vers le vestibule et contempla un instant l'escalier. La religion. C'était la réponse de Paulina à tous les problèmes, ce qui, d'ailleurs, avait paru donner d'assez bons résultats avec ses enfants. Ellen, en revanche, n'était plus entrée dans une église depuis l'enterrement de Kenny. Il soupira et commença à monter les marches qui conduisaient à l'étage où ils avaient leur chambre.

Il acceptait les petites manies de sa femme. Il savait, et mieux que quiconque, combien elle avait souffert. Car lui aussi, il avait souffert. Pourtant, il avait regagné le monde, était redescendu dans l'arène, parce qu'il le fallait bien. Ils avaient une maison à entretenir, une vie à vivre, et le travail l'attendait. Ellen, par contre, avait bâti son existence ici, avec son fils, autour de la maison, et elle y était restée. Il s'était efforcé de la pousser à sortir, mais elle soutenait qu'elle se sentait très bien ainsi. Et, après de longs mois, elle avait semblé reprendre le dessus, sans toutefois redevenir tout à fait normale. Mais qui parmi nous est tout à fait normal, se répétait-il souvent.

Alors qu'il s'engageait dans le couloir, la porte de leur chambre s'ouvrit pour laisser sortir le père Rylander.

« Mon père ?

— Mr. Henson ? dit Nick qui s'avança, la main tendue. Enchanté de faire votre connaissance. J'ai bavardé un moment avec votre femme. Elle ne cesse de chanter vos louanges. »

Charles fronça les sourcils. « Vous a-t-elle dit... avez-vous une idée de ce qui la perturbe ?

— Vous savez, je suis un étranger pour elle. Nous avons parlé de Dieu, de Dieu qui donne et qui reprend, et combien tout cela est difficile à comprendre. J'ignore si j'ai été en mesure ou non de la réconforter.

— Quoi qu'il en soit, merci d'être venu, mon père, dit Charles.

— De rien, je regrette seulement de n'avoir pas été d'un plus grand secours. »

Nick serra un instant le bras de l'avocat en un geste d'encouragement, puis il se dirigea vers l'escalier.

Devant la porte de leur chambre, Charles hésita. C'était là qu'ils avaient vécu nombre des moments heureux de leur existence. Ils s'y étaient amusés et aimés. Et puis, ils y avaient pleuré, ils avaient tenté de se réconforter mutuellement, et ils s'y étaient réfugiés. Et là, debout sur le seuil, rongé d'incertitude, il éprouvait un sentiment de crainte car il ne pouvait que se rendre à l'évidence. Il était prêt à tout affronter, sauf ça... Se refusant à y penser davantage, il poussa le battant et entra.

Elle était au lit, roulée en boule en position de fœtus sous la couette de satin. Il s'avança sur la pointe des pieds. Elle tourna la tête vers lui. Ses yeux paraissaient immenses, des puits noirs emplis de crainte.

« Chérie ? murmura-t-il. Ça va ? Je viens de croiser le père Rylander dans le couloir.

— Il est très gentil.

— Oui, il en a l'air.

— Je n'ai pas retrouvé le petit chat », dit-elle soudain.

Il s'assit au bord du lit et caressa la masse luxuriante des boucles grisonnantes de sa femme. Il se rappela l'époque où elles étaient dorées comme les blés. « Ce n'est pas grave, dit-il d'un ton rassurant. Il s'en sortira. »

Elle le considéra d'un air de doute.

Charles savait qu'il lui fallait maintenant aborder le sujet du magasin pour enfants. Il essaya de le formuler de la manière la plus détachée possible : « J'irai chercher ton portefeuille à la boutique pour enfants demain. »

Ellen détourna la tête. « Ils ont dû le trouver dans la rue, affirma-t-elle contre toute évidence. Je me suis arrêtée au kiosque à journaux devant la boutique.

Paulina a cru que j'y étais entrée. Qu'est-ce que je ferais dans un magasin pour enfants ? »

Et le sac ! avait-il envie de lui crier. Où sont les vêtements ? Et pourquoi la vendeuse mentirait-elle ? Pourtant, il garda le silence. Lui qui se montrait infatigable quand il s'agissait de questionner un témoin à la barre du tribunal, il demeura assis là, sans mot dire. Il ne voulait pas tuer le dernier espoir qui lui restait en la contraignant à répondre.

Ellen se dressa sur un coude, contempla un instant le visage préoccupé de Charles, sa barbe grise, puis elle saisit dans sa main fragile et abîmée la main large et forte de son mari qu'elle pressa doucement. « Je suis désolée, Charles, chuchota-t-elle. Mais j'ai tellement peur. Je n'ai jamais eu aussi peur de ma vie. »

Le cœur serré, soudain étreint par l'angoisse, il lui caressa de nouveau les cheveux de sa main libre. « Pourquoi as-tu peur ? » demanda-t-il.

Elle leva les yeux, puis les détourna, comme si elle avait voulu dire quelque chose avant de se raviser au dernier moment. Elle frissonnait sous la couette.

« Tu n'as aucune raison d'avoir peur. Tâche de te reposer », fit-il d'un ton calme et apaisant, celui qu'il réservait toujours à sa femme. Et, durant tout ce temps-là, une petite voix intérieure s'élevait en lui qui suppliait : Mon Dieu, non, pas ça. Ne m'as-tu pas déjà pris assez ? Je T'en supplie, pas ça. Pas ça.

16

Le lendemain, Doug et Maddy se tenaient dans l'allée, grelottant dans la fraîcheur du petit matin, pendant qu'Amy ramassait un bouquet de feuilles mortes.

« Quelle nuit ! » soupira Doug.

Maddy porta sa tasse à ses lèvres pour boire une gorgée de café, puis promena son regard sur leur paisible quartier. Les pleurs et les cris de Sean les avaient pratiquement tenus éveillés toute la nuit, et ils avaient de grands cernes sous les yeux. Ils étaient demeurés allongés côté à côte, sans parler, comme si aucun des deux ne voulait admettre qu'il ne dormait pas. La jeune femme savait qu'il l'en jugeait responsable, mais elle ne désirait pas discuter.

« Où vas-tu ? demanda-t-elle simplement.

— Au garage, voir si leur voiture est prête. Ils l'ont promise pour ce matin.

— La nôtre a été très vite réparée. Espérons qu'il en sera de même avec la leur.

— Je vais rester là-bas jusqu'à ce qu'ils aient fini, dit Doug d'un air sombre. Je ne supporterai pas une deuxième nuit comme celle-là. Je recommence mes cours demain, Maddy. Il faut qu'ils partent pour que je puisse me reposer un peu.

— Je sais, dit Maddy.

— Ça va être déjà suffisamment dur de retourner dans ce lycée. Faire semblant d'ignorer les regards et les murmures. Et par-dessus le marché, voilà qu'ils me traînent au poste et qu'ils me mettent sur la sellette à propos de cet enfant et de cette baby-sitter disparus. Tu t'imagines bien que tout le monde au lycée va en parler ! » Doug secoua la tête. « Je t'assure, Maddy, j'ai hâte d'intenter une action en justice contre la police. J'en ai plus qu'assez de jouer les souffre-douleur.

— Tu as été mis hors de cause, dit Maddy d'une voix sans timbre.

— Ce n'est pas ça qui fera taire les mauvaises langues. Tu vis dans une tour d'ivoire si tu te figures que... Oh, et puis laisse tomber. Tout ce que je sais, c'est que j'ai besoin de sommeil avant de recommencer à travailler.

— Oui, je m'en doute. On en a tous les deux besoin.

— Tu ferais bien d'aller la trouver pendant mon absence, et lui dire qu'ils doivent partir aujourd'hui même.

— D'accord, d'accord. »

Maddy se tourna pour appeler Amy : « Viens, ma chérie. Rentrons voir Sean. »

La fillette s'avança en trottinant et lui tendit son bouquet. Maddy le prit avec un sourire absent et embrassa sa fille pendant que Doug montait en voiture pour se rendre au garage. Elles regagnèrent la maison et la jeune femme regarda autour d'elle d'un air consterné. Elle avait l'impression que c'était partout la pagaille. Bonnie n'y était d'ailleurs pour rien. Au contraire, elle se montrait plutôt ordonnée, mais deux personnes de plus ne contribuaient guère à arranger les choses compte tenu de la situation chaotique dans laquelle ils se débattaient ces derniers temps. Bonnie et Sean ne semblaient pas être en bas.

Maddy laissa Amy devant un puzzle et commença à ramasser ce qui traînait. La routine des tâches domestiques lui procurait un effet apaisant. Elle alla dans la buanderie charger une machine, puis elle pensa à ses invités. Ils avaient sûrement des vêtements à laver. Puisqu'elle allait les mettre dehors, elle pouvait au moins leur proposer de faire une lessive.

Elle monta l'escalier et, approchant de la chambre, elle entendit les cris habituels de Sean. Elle frappa. Bonnie grogna : « Qu'est-ce que vous voulez ? »

Maddy ouvrit et entra. La pièce était impeccablement rangée, et toutes les affaires de Bonnie empilées à côté de sa valise, comme si elle n'avait nullement l'intention de s'installer. Elle lisait, assise sur le lit. Maddy jeta un coup d'œil sur la couverture du livre et vit qu'il s'agissait d'un roman historique. Sean, par terre, adossé contre une chaise, pleurnichait comme de coutume et suçait un de ses doigts. Près de lui se trouvait le Toccata en peluche d'Amy.

« Je vais faire une lessive, dit Maddy. Vous avez peut-être du linge à laver ? »

Bonnie se tourna à contrecœur vers la pile de vêtements à côté de sa valise.

« Des affaires de Sean, peut-être ? » reprit Maddy.

Bonnie se leva. Ses vêtements semblaient vieux et élimés, tandis que ceux du bébé sentaient le frais et le neuf. C'est tout à fait typique, songea Maddy. On habille toujours mieux les enfants qu'on ne s'habille soi-même.

La mère de Sean examina quelques pantalons et chemises, puis, comme à son corps défendant, les tendit à Maddy. « Si vous faites une machine... »

Maddy prit les vêtements et les roula en boule. Maintenant, il lui fallait dire à Bonnie qu'elle ne pouvait plus les garder. Elle avait promis de le faire, mais mise au pied du mur, elle hésitait. Elle se demandait ce que la jeune femme avait surpris de leur conversation au sujet de cette histoire d'assurance. Personne n'en avait reparlé, mais peut-être que Bonnie se ferait un plaisir de le lui rappeler le moment venu. Et de la menacer. Il y avait chez elle quelque chose d'inquiétant. Allons, cesse de tergiverser, se sermonna-t-elle. On verra bien comment elle va réagir.

« Euh, Bonnie, il y a une chose dont je voudrais vous parler. »

Bonnie tira sur la fermeture à glissière de sa valise et leva les yeux d'un air soupçonneux.

« Je sais, je vous ai dit que vous pouviez rester aussi longtemps que nécessaire, mais... je... je regrette...

— Vous voulez qu'on parte », acheva Bonnie à sa place.

Maddy fit une grimace d'excuse. « Doug est allé voir si votre voiture était prête. »

Bonnie reposa avec précaution la valise par terre, comme si elle contenait des explosifs. Maddy ne put voir l'expression de son visage.

« Je ne voulais pas vraiment que vous partiez, s'empressa d'ajouter Maddy. C'est qu'avec le bébé qui pleure toute la nuit... Vous savez, mon mari est resté quelque temps sans travailler, et il doit reprendre demain. Ça... ça le rend un peu... un peu nerveux et il s'inquiète de ne pas arriver à dormir. »

Bonnie se releva sans la regarder. L'espace d'un instant, Maddy eut l'impression qu'elle allait lui sauter dessus.

« Je suis sincèrement désolée, Bonnie », reprit-elle.

Bonnie s'assit sur le lit et jeta un regard froid en direction de Sean, lequel continuait à pleurnicher. « Je vous comprends, moi-même j'arrive à peine à le supporter. »

Son ton ne trahissait aucun ressentiment. De fait, elle manifestait presque un semblant d'amabilité, et Maddy ne s'en sentit que plus coupable.

« Oui, c'est dur quand ils pleurent beaucoup », dit-elle.

Bonnie étudiait son enfant avec un léger froncement de sourcils. « Des fois, on a du mal à comprendre ce qu'ils veulent.

— Oui, en effet, acquiesça Maddy qui se tenait, hésitante, sur le pas de la porte. Ça devient plus facile quand ils commencent à parler. »

Bonnie continuait à observer son bébé d'un air pensif. « Ma mère disait toujours que je ferais une mauvaise mère. Elle ne cessait de me le répéter. Bien entendu, elle me prenait pour une bonne à rien. Elle disait aussi qu'aucun homme ne voudrait m'épouser, que personne ne m'aimerait. N'empêche que j'ai l'homme le plus merveilleux du monde », conclut-elle avec feu.

Une fraction de seconde, Maddy crut voir l'expression de l'enfant blessée se superposer à celle de la femme. Comment une mère pouvait-elle détruire ainsi sa fille ? Pas étonnant que Bonnie paraisse toujours sur la défensive.

« La première année est sans doute la plus difficile, dit Maddy. En tout cas, pour moi, ç'a été le cas. »

Bonnie la contempla avec des yeux écarquillés derrière ses lunettes. « Ç'a été difficile pour vous ?

— Oh ! oui ! C'est tellement déconcertant, et on se sent impuissante.

— Quand ils pleurent tout le temps, ça vous procure un sentiment d'échec », dit doucement Bonnie.

Son dos se voûta, et Maddy réprima l'envie de l'enlacer pour la réconforter.

« Ce n'est qu'une phase, se contenta-t-elle de dire. Je pense que le mieux à faire, c'est de les prendre le plus souvent possible dans les bras. »

La jeune mère considéra son fils comme si l'idée ne lui en était pas venue. Je parie qu'on ne t'a pas beaucoup bercée, songea Maddy en regardant tristement Bonnie. « Il fait peut-être ses dents, se permit-elle de suggérer. Amy pleurait comme ça. On peut leur donner un gant humide à mâchouiller. Parfois, ça aide. »

Bonnie se crispa, comme prête à se hérisser, puis elle hocha la tête : « Oui, peut-être.

— Je vais vous en chercher un. »

Sans laisser à Bonnie le temps de protester, elle traversa le couloir pour prendre dans le placard à linge un gant propre qu'elle alla mouiller sous le robinet de la salle de bains. Elle le remit à Bonnie.

« Tiens, Sean, c'est pour toi », roucoula celle-ci, mais le bébé ne réagit pas.

Maddy se demanda une fois de plus si l'enfant ne serait pas un peu sourd. Il semblait ne jamais répondre à l'appel de son nom. Cela expliquerait pour une part son comportement. Elle préféra cependant ne rien dire. Bonnie le prendrait sûrement comme une critique. S'il avait des troubles de l'audition, ils s'en apercevraient bien assez tôt.

Bonnie se baissa pour soulever son fils. L'enfant, surpris, se mit à hurler. Elle le reposa aussitôt.

« Il n'en veut pas », dit-elle d'un ton brusque.

Maddy eut pitié de son embarras. Sans le vouloir, Sean avait donné à sa mère le sentiment d'être rejetée.

« Il a déjà des idées bien arrêtées, dit-elle d'une voix apaisante.

— Il ne m'aime pas, murmura Bonnie dont les yeux se remplirent de larmes.

— Bien sûr que si, protesta Maddy. Vous êtes sa mère et il vous aime. »

Bonnie ôta ses lunettes et s'essuya les yeux d'un geste impatient. « Excusez-moi. C'est juste que je suis un peu… épuisée. »

Son visage, son attitude, tout en effet trahissait la fatigue. C'était dur de s'occuper d'un enfant pleurnicheur, et davantage encore quand le père se trouvait à l'hôpital. Et de surcroît, elle devait maintenant chercher un endroit où se loger. Tout cela pouvait présenter un danger pour le bébé qui, ignorant la situation, ne laissait pas à sa mère le temps de souffler.

175

Maddy, qui s'apprêtait à sortir, demeura un instant irrésolue en pensant à ce que Doug avait dit, à savoir qu'ils devaient quitter la maison aujourd'hui même. Pourquoi tant de hâte ? Quelle importance s'ils restaient un jour de plus ? N'avait-on pas des devoirs vis-à-vis de son prochain ? De cela aussi, il fallait tenir compte. « Écoutez, suggéra-t-elle. Pourquoi ne feriez-vous pas une petite sieste ? Je surveillerai Sean pendant ce temps-là. Amy sera ravie de jouer avec lui. Après, je vous conduirai à l'hôpital.

— Il faut que je nous cherche une chambre, dit Bonnie d'un air las.

— Ça peut attendre, lui assura Maddy. Vous n'avez même pas encore récupéré votre voiture. »

Bonnie contempla l'oreiller avec envie. « Je suis si fatiguée, murmura-t-elle.

— Tenez, dit Maddy fermement en prenant le gant humide des mains inertes de la jeune femme. Allongez-vous un peu. »

Cédant à l'insistance de Maddy, Bonnie étendit ses jambes et se tourna sur le côté. « Merci, fit-elle d'une voix ensommeillée. Vous êtes gentille. »

Son ton laissait entendre que fort peu de gens l'avaient été avec elle au cours de son existence.

« Mais non, c'est normal », dit Maddy.

Elle se baissa pour prendre Sean dans ses bras. Habituée à porter Amy, elle le trouva léger comme une plume. L'enfant tendit sa petite main vers le gant qu'elle n'avait pas lâché et s'en saisit. Il l'examina un moment avec curiosité, puis il le mit dans sa bouche et entreprit de le mâcher furieusement. Maddy serra le bébé contre sa poitrine pour que sa mère, si jamais elle levait la tête, ne le voie pas faire.

Étant donné son état d'esprit et son épuisement, Bonnie pourrait le considérer comme une trahison. De fait, il n'y avait guère de risques que cela se produise. Elle était écroulée sur le lit, face au mur, et paraissait déjà dormir.

« Reposez-vous, dit Maddy, s'adressant à son dos. Et ne vous inquiétez pas. »

Elle tira doucement la porte derrière elle.

17

Maddy alluma le poste de télévision de son atelier, chercha des dessins animés, puis donna à Amy,
qui lui paraissait un peu amorphe ce matin, quelques
barres de céréales. Quant à Sean, installé dans le
vieux siège à bascule de la fillette, il continuait à
mâchouiller son gant humide. La jeune femme se
hissa sur son tabouret devant le large comptoir de
Formica qui faisait office de plan de travail. Elle
avait de nombreux carreaux de verre à préparer, et
le moment lui semblait particulièrement bien choisi
pour s'acquitter de cette tâche qui ne demandait
pas beaucoup de concentration, ce qui lui convenait
parfaitement compte tenu de son état de fatigue.
Les enfants étaient calmes et le silence régnait dans
l'atelier. Elle buvait son deuxième café, occupée à
entourer de fil de cuivre le bord des carreaux de
verre qu'elle avait découpés pour son vitrail en
cours. Le fil, soumis ensuite à la flamme d'un fer à
souder, fondrait, ce qui permettrait de coller les différents morceaux ensemble. Elle comparait toujours
cette corvée à ce qu'était le cardage de la laine pour
le tisserand, une étape ennuyeuse mais nécessaire
de son art.

Amy désigna l'écran du téléviseur en pouffant de
rire : le chat de son dessin animé préféré pourchas-
sait une souris contre laquelle il n'était pas de taille.
Sean, pour sa part, avait l'air de se désintéresser
totalement des images. Il mâchonnait et se balançait

avec détermination. Une fois de plus, Maddy pensa qu'il souffrait peut-être de troubles de l'audition. Il était difficile d'attirer son attention. Après avoir pris une gorgée de café, elle saisit un bout de verre bleu paon. Le motif choisi pour ce vitrail était magnifique, et elle se demanda s'il ne serait pas le plus beau de tous ceux qu'elle avait réalisés. Elle ressentit une pointe de regret à l'idée que le père… que Nick ne le verrait pas.

Cette pensée lui ramena en mémoire la brève étreinte qui les avait réunis la veille au moment de prendre congé. Elle rougit au souvenir de cet instant où il l'avait tenue dans ses bras. Elle n'était pas naïve et elle devinait parfaitement quand un courant sexuel passait entre deux personnes. En réalité, elle se demandait pourquoi elle ne l'avait pas senti plus tôt. Ou peut-être qu'elle l'avait senti mais sans vouloir l'admettre. Après tout, il ne fallait pas oublier qu'il était prêtre, et elle avait toujours supposé que les prêtres, ayant choisi le célibat, faisaient une sorte de blocage mental qui leur permettait d'éviter la tentation.

Après réflexion, elle dut s'avouer que nul ne pouvait éviter la tentation. Seulement, prononcer des vœux, qu'il s'agisse de ceux du célibat ou de ceux du mariage, signifiait qu'on se refusait à succomber. Quand on prononçait un vœu, on y restait fidèle, point final.

Pourtant, en repensant à leur conversation de la veille, elle dut reconnaître qu'il allait beaucoup lui manquer. Son amitié et sa conversation lui étaient devenues précieuses au cours de l'année où ils avaient travaillé ensemble. Il lui venait souvent à l'esprit des choses dont elle aimait lui parler, et elle se rendit soudain compte, envahie par un indéniable sentiment de tristesse, qu'il ne lui servirait plus à rien de noter ses observations pour lui en faire part. Il ne serait plus là, et inutile de prétendre qu'ils resteraient en contact. Ses regrets s'avivèrent maintenant qu'elle ne pouvait plus se cacher qu'elle éprouvait un certain désir pour lui. Il était sans doute préférable qu'il parte, préférable pour tous les deux. Leur amitié menaçait de prendre une place trop importante dans sa vie. Certes, Doug avait tort de soupçonner qu'ils entretenaient des relations coupables, mais peut-être avait-il deviné avant elle ce qu'elle ressentait.

Ce qui importait, c'était le conseil qu'il lui avait donné, à savoir qu'elle devait continuer à croire en l'innocence de Doug. Quelles que soient les déceptions et l'amertume qu'elle éprouvait, il y avait une énorme différence entre la froideur et l'infamie. De plus, elle devait remettre son couple sur les rails pour le bien d'Amy et pour le sien. Elle s'était beaucoup impliquée dans cette union, et il lui fallait restaurer la confiance entre eux. Hier, tout lui apparaissait sous un jour sombre, mais aujourd'hui, elle se sentait mieux. Encore un peu secouée, certes, mais le matin lui avait apporté un regain d'espoir.

Le dessin animé se termina, et un flash d'information vint interrompre les programmes. On résuma les circonstances de la mort de Rebecca Starnes. Maddy secoua la tête avec tristesse à la pensée de cette pauvre petite, si jeune, une vie à peine entamée ainsi fauchée net. Elle éprouva soudain une violente colère contre le chef de la police qui avait osé soupçonner son mari d'un crime pareil. L'histoire de sa fille ne suffisait pas à l'excuser. Le présentateur annonça ensuite qu'on allait repasser la bande où les parents de Justin Wallace suppliaient qu'on leur rende leur enfant. Donna et Johnny Wallace apparurent à l'écran, plus pathétiques que jamais. La mère brandissait un Polaroïd du bébé qui, malheureusement, ressemblait davantage à une bouteille de lait surmontée d'yeux rouges et d'une touffe de cheveux bouclés.

« Qui que vous soyez, si vous avez notre fils, nous vous en supplions, rendez-le-nous. Nous ne vous en voudrons pas. Nous n'engagerons pas de poursuites contre vous. Nous voulons juste retrouver notre Justin. »

Donna Wallace éclata en sanglots. Son mari l'entoura de ses bras, puis se pencha vers le micro :

« Rendez-nous notre fils, s'il vous plaît... », dit-il. Et sa voix grave se brisa.

Maddy, qui regardait d'un œil compatissant tout en continuant à travailler, entendit soudain un bruit en provenance de la chaise de Sean. Le bébé s'était redressé autant que le pouvait un enfant de cet âge et montrait l'écran du doigt. Ses petits yeux écarquillés, il poussait une espèce de grognement qui ressemblait à quelque chose comme « Pa... pa... »

La jeune femme se figea et sentit ses cheveux se dresser sur la tête. Sean, de plus en plus agité, se balançait furieusement dans son petit siège.

Amy se tourna vers sa mère. « Qu'est-ce qu'il veut, maman ? »

Maddy observa le bébé. « Je ne sais pas », murmura-t-elle.

Une autre émission, un jeu télévisé, débuta, et Amy déclara aussitôt : « Je ne veux pas regarder ça. »

Sean, inconsolable, se mit à pleurer, le doigt toujours pointé sur l'écran.

Maddy, à moitié hébétée, fit le tour du comptoir, passa sur la chaîne qui diffusait « Rue Sésame » puis se baissa pour prendre le gant de toilette des petites mains de Sean. Après quoi, elle se dirigea vers l'évier. Ne sois pas stupide, se dit-elle. Elle pensa à Terry Lewis sur son lit d'hôpital. Il avait les cheveux bruns, tout comme Johnny Wallace. Et ce dernier, dans sa détresse, avait l'air un peu débraillé, tout comme Terry Lewis. C'était sans doute aussi simple que cela. Sean avait vu l'image de cet homme qui lui avait rappelé son père.

Elle passa le gant sous le robinet, l'essora, puis le mouilla de nouveau et revint vers Sean à pas lents. S'il était sourd, il ne parlerait pas, songea-t-elle. Mais cela ne signifie rien. On ne sait pas ce que les bébés pensent. Pourtant, elle observa l'enfant plus attentivement. Il ne ressemblait pas au petit garçon disparu. À peu près le même teint, certes, mais le bébé sur la photo avait de longs cheveux bouclés qui formaient presque des anglaises. Elle pencha la tête pour examiner les cheveux coupés court de Sean. C'est vrai, ils étaient de la même couleur, et alors ? Ça ne prouvait rien. Un tas d'enfants avaient des cheveux de cette couleur. Tu te fais des idées, se dit-elle. Ne sois donc pas stupide. C'est le bébé de Bonnie. Le bébé de Terry et de Bonnie. Et il s'appelle Sean.

Et Sean continuait à se balancer dans sa petite chaise, fasciné par les images qui défilaient sur l'écran, tandis que des larmes roulaient sur ses joues rebondies. Maddy s'approcha de lui par-derrière et lui tendit le gant de toilette.

« Justin », murmura-t-elle.

Sean pivota et leva les yeux sur elle. Puis il sourit, dévoilant ses gencives sans dents, et saisit le gant.

18

Le dr Larry Foreman prit l'ascenseur pour monter à son cabinet situé au troisième étage. Il tenait à la main un sac en papier qui contenait un gobelet de café et une pâtisserie. Il se reprocha d'entamer la matinée sur une note aussi peu diététique, mais il y avait des jours comme cela, où l'on ne tenait pas à mener le bon combat. Le temps était froid et humide, le ciel gris, et Larry était de ceux qui souffraient du manque de lumière solaire. En ce moment, il ne pouvait que rêver de vacances d'hiver dans l'appartement de ses beaux-parents en Floride. Sans les lourdes mensualités à rembourser pour son emprunt-logement, sans ses filles qui avaient toutes les trois besoin d'un appareil dentaire, sans les sommes à mettre de côté pour leurs études et, par la suite, pour leur mariage, il se serait bien offert trois ou quatre semaines dans un hôtel de luxe des Caraïbes, mais ce ne serait pas envisageable avant des années. Il savait que, s'il voulait vivre assez longtemps pour revoir un jour ce paradis, il devrait plutôt grimper par l'escalier et se contenter de la moitié d'un petit pain sans rien dessus pour son petit déjeuner, mais on ne pouvait pas se priver de tout.

Il sortit de l'ascenseur. La porte de son cabinet était ouverte et les lumières allumées, ce qui signifiait que sa réceptionniste se trouvait déjà au travail. Son premier rendez-vous n'était que dans trois quarts d'heure, ce qui lui laisserait le temps de manger tranquillement sa pâtisserie et de s'occuper des papiers administratifs qui s'accumulaient. Il entra, salua Arlene qui, de la tête, lui désigna la salle d'attente. Larry, réprimant un geste de contrariété, se retourna et reconnut Charles Henson, assis au bord d'un fauteuil, sa serviette sur les genoux.

« Charles ! » s'écria-t-il, surpris de voir l'avocat en personne à cette heure matinale. Il avait quelquefois témoigné devant le tribunal en tant qu'expert à la demande de Charles Henson, mais l'affaire, en général, s'arrangeait au téléphone par l'intermédiaire de leurs secrétaires respectives bien avant qu'ils ne se voient pour discuter ensemble des détails.

Des années auparavant, cependant, alors qu'il venait de s'installer et que sa clientèle était encore fort réduite, il avait rencontré Charles Henson dans des circonstances toutes différentes. Il avait en effet traité Ellen Henson à la suite de la mort de leur fils. Malheureusement, quand Charles avait enfin réussi à la convaincre de le consulter, il était trop tard, car elle se trouvait déjà dans un état de profonde dépression, de sorte qu'il avait dû la faire admettre à l'hôpital où, grâce à une thérapie constante et un traitement pharmaceutique efficace, elle s'était, petit à petit, remise.

Charles Henson se leva. Il avait le teint terreux et les traits tirés. « Larry, dit-il. Il faut que je vous parle. »

À en juger par son visage, Larry se doutait que sa visite ne concernait pas une de ses affaires en cours. Résigné, il comprit que la paperasserie allait devoir une fois de plus attendre. Il invita l'avocat à le suivre dans son cabinet.

« Asseyons-nous près de la fenêtre, proposa-t-il. Vous permettez que je boive mon café ? »

Charles indiqua d'un geste que cela ne le dérangeait pas, puis il prit docilement place dans le fauteuil qu'on lui désignait.

Larry, à force d'avoir vu un tas de gens déprimés ou accablés de désespoir défiler devant lui, savait reconnaître sur-le-champ les symptômes. Il rangea son petit déjeuner auquel il n'avait toujours pas touché dans le tiroir du haut de son bureau, puis alla s'installer dans l'autre fauteuil à côté de l'avocat. Plein de sollicitude, il se tourna vers lui :

« Que se passe-t-il, Charles ? En quoi puis-je vous être utile ? »

Charles Henson soupira. « Il s'agit d'Ellen.

— Je le craignais. Vous avez l'air bouleversé. Racontez-moi. »

Charles ouvrit la bouche, hésita, puis se décida : « Je me suis efforcé d'ignorer certains signes, Larry, mais je me suis rappelé ce qui était arrivé la fois où je l'avais fait en me disant que tout finirait par s'arranger, qu'il fallait laisser les choses suivre leur cours...

— Oui, et nous savons fort bien que cela ne marche pas toujours avec les personnes soumises à une grande tension nerveuse, déclara Larry sans se mouiller.

— J'ai peur que ce ne soit extrêmement grave...

— Expliquez-moi ça. »

Charles lui raconta les événements de ces derniers jours de manière aussi succincte et objective que possible. Son récit était en effet inquiétant et Larry écouta jusqu'à la fin sans l'interrompre.

« C'est l'époque de l'anniversaire de Ken, je crois ? demanda-t-il alors.

— Oui. Il aurait eu vingt et un ans cette semaine.

— Eh bien, comme vous ne l'ignorez pas, les dates, les anniversaires sont difficiles à supporter quand cela touche ceux qu'on aime.

— Elle a toujours été déprimée à l'automne, dit Charles. Mais cette année, son comportement... » Il laissa sa phrase en suspens.

Larry soupira. « Charles, je me refuse à établir un diagnostic fondé sur ce que vous venez de me raconter, mais si vous me demandez si elle a besoin de consulter quelqu'un, ma réponse est oui...

— La recevrez-vous si je réussis à la convaincre de venir vous voir ?

— Naturellement, avec plaisir. »

Charles se leva brusquement. « Très bien, dit-il. Je sais ce qui me reste à faire. »

Larry tint à le raccompagner. Comme ils traversaient la salle d'attente, une femme bien habillée quitta d'un bond le fauteuil qu'elle occupait pour se précipiter vers le médecin.

« Docteur Foreman ! »

Larry jeta un coup d'œil autour de la pièce et reconnut les cheveux raides et ternes ainsi que le visage rond de Heather Cameron, sa première patiente de la journée, penchée sur un magazine. La femme qui s'avançait vers eux était sa mère, Mary Beth Cameron. Ses lèvres rouges esquissèrent une petite grimace d'excuse sous laquelle perçait cependant une certaine arrogance.

« Pourriez-vous m'attendre un instant dans l'entrée ? » demanda Larry à Charles. Puis il se tourna vers la jeune femme avec un sourire de circonstance.

« Mrs. Cameron, que puis-je pour vous ?

— Je dépose Heather un peu en avance, parce que j'ai trois rendez-vous ce matin. Je pensais que vous pourriez la prendre quand même.

— Ne vous inquiétez pas, dit Larry en songeant avec regret à son petit déjeuner dans le tiroir de son bureau.

— Vous pensez être en mesure de l'aider, docteur ? » demanda Mary Beth sur le ton de la confidence. Heather poussa un profond soupir, mais sa mère insista : « Je crois que si vous parveniez à améliorer l'image qu'elle a d'elle-même, elle n'aurait pas besoin... enfin, vous savez bien, de se réfugier dans un monde imaginaire. Il lui faut des amis de son âge et une vie sociale, comme les autres adolescentes...

— Si vous désirez parler de votre fille, pourquoi ne prenez-vous pas rendez-vous auprès de ma secrétaire ? Entre-temps, Heather peut sans problème attendre ici, déclara Larry d'un ton ferme. Maintenant, je vous prie de m'excuser. »

Mary Beth, indignée, s'arrêta net, puis elle pivota et envoya un baiser à sa fille. « Je dois filer, Heather. » Elle n'attendit pas sa réponse.

Larry rejoignit Charles dans l'entrée. Mary Beth sortit à grandes enjambées, sans leur accorder le moindre regard.

« Ce n'est pas Heather Cameron ? demanda l'avocat à voix basse.

— Si. Le juge a ordonné qu'elle soit suivie par un psychologue.

— Elle n'aurait pas pu mieux tomber qu'avec vous », dit Charles d'un ton sincère.

Larry haussa les sourcils. « Je ne suis pas tellement sûr que ce soit elle qui ait besoin de moi.

— Vous faites allusion à ses parents ?

— Pour commencer, oui. Sa mère croit qu'elle a inventé toute l'histoire », dit Larry avec un soupir. Puis, soudain, il se souvint que Charles avait défendu Douglas Blake.

L'avocat le dévisagea d'un air surpris. « Pas vous ? demanda-t-il.

— Je... je n'ai pas le droit d'en parler.

— Mais elle a modifié sa version des faits une bonne demi-douzaine de fois, protesta Charles.

— Charles, faites en sorte qu'Ellen m'appelle. Et ne vous tracassez pas, je sais que nous pouvons l'aider. »

Il lui donna une petite tape amicale dans le dos, puis se dirigea vers son cabinet avant que l'avocat n'ait pu lui poser d'autres questions embarrassantes.

19

Maddy arpentait le living et se plantait toutes les deux minutes devant la fenêtre afin de voir si Doug revenait du garage. Une infirmière avait appelé de l'hôpital pour dire que Terry était prêt à sortir, et la jeune femme espérait que Doug serait de retour avant que Bonnie eût fini de se préparer pour aller chercher son mari.

Enfin, un cortège de voitures s'engagea dans l'allée, Doug en tête, suivi de la camionnette de Bonnie, puis d'une voiture du garage chargée de ramener le chauffeur de la camionnette. Doug remercia les deux hommes et, quand ils furent repartis, il se dirigea vers la maison. Maddy se précipita à sa rencontre, lançant un regard par-dessus son épaule pour s'assurer qu'Amy et Sean continuaient à jouer tranquillement.

« Mission accomplie, annonça Doug. Leur camionnette est comme neuve. Maintenant, ils n'ont plus aucune excuse pour rester. »

La jeune femme tira son mari par la manche de sa veste et lui murmura : « Doug, écoute-moi. Je vais dire à Bonnie qu'Amy est malade et doit garder la chambre. On a téléphoné de l'hôpital pour prévenir que son mari pouvait sortir. Je voudrais que tu ailles le chercher avec Bonnie, et que tu attendes là-bas en sa compagnie.

— Mais pourquoi ? protesta-t-il en se passant la main dans les cheveux. J'ai un tas de choses à faire. Je reprends demain, et il faut que je révise mes cours.

— Tu peux très bien les emporter et le faire à l'hôpital.

— De toute façon, on n'a pas besoin de l'aider. Que Bonnie y aille seule, et qu'ils partent tous les deux dès ce soir. Leur voiture est là. Pourquoi ne s'en iraient-ils pas tout de suite ?

— Doug, ne pourrais-tu pas me faire confiance ? Il faut que tu les éloignes d'ici pour un moment. C'est très important, crois-moi. »

Il dégagea sa manche. « Maddy, qu'est-ce que c'est que cette histoire ? »

La jeune femme prit une profonde inspiration. « Doug, je ne voudrais pas que tu t'imagines que je suis folle. Penche-toi. » Elle jeta un coup d'œil par la fenêtre du séjour pour vérifier que Bonnie n'était toujours pas descendue. « Je pense que Sean est peut-être l'enfant kidnappé », glissa-t-elle alors à l'oreille de son mari.

Il leva les yeux au ciel. « Seigneur !

— Écoute-moi, tu veux. Amy et lui regardaient la télévision ce matin et quand les parents du bébé sont apparus à l'écran, Sean est devenu comme dingue. Il s'est mis à faire un tas de bruits et à montrer le poste du doigt. »

Ainsi qu'elle le craignait, Doug la considéra comme si elle avait perdu la raison.

« C'est un bébé. Et qu'est-ce que les bébés font ? Eh bien, ils font des bruits et ils montrent la télévision du doigt.

— Il ne répond pas à son nom. Je commençais à me dire qu'il devait être sourd, mais quand je l'ai appelé Justin, il s'est tourné vers moi. »

Doug lui adressa un regard empreint d'une

patience infinie. « Maddy... c'est ridicule. Ils viennent du Maine. Ils n'étaient même pas en ville...

— Nous ne savons pas quand ils sont arrivés. En plus, elle... elle ne se comporte pas comme une mère, insista Maddy.

— Du moins, comme toi tu estimes qu'une mère doit se comporter, la corrigea-t-il. Toutes les mères sont différentes. La mienne me traitait toujours comme si j'étais le fils des voisins. Ça ne signifie pas pour autant que ce n'était pas ma mère...

— Bon, d'accord, je sais que ça peut paraître insensé, mais fais-moi ce plaisir. Emmène-la pour que je puisse jeter un coup d'œil sur ses affaires. Est-ce que tu pourrais faire ça pour moi ?

— Je t'avais demandé de te débrouiller pour qu'ils débarrassent le plancher.

— Pour le moment, ils sont encore là, dit-elle à voix basse. Et je veux que tu fasses ça pour moi. Et pas seulement pour moi, d'ailleurs. Si c'est le bébé qu'on recherche, ça te met une fois pour toutes hors de cause. Tu sais très bien que le chef de la police aimerait tellement croire que c'est toi qui as assassiné Rebecca Starnes.

— Bon, eh bien si ça t'amuse de jouer les femmes détectives, vas-y, mais pas la peine de prétendre que tu le fais pour moi.

— Et si j'ai raison, Doug ? Si le petit Sean est bien l'enfant disparu ? Tu ne crois pas qu'essayer de le savoir, ça vaut bien quelques minutes de ton temps si précieux ?

— Voudrais-tu également suggérer que c'est Terry Lewis qui a tué la fille ? »

Maddy pensa au mari de Bonnie, à son allure de voyou, à son intérêt pour la Bible et à la fierté non déguisée qu'il manifestait en parlant de son fils. « Je ne sais pas, finit-elle par répondre. Je ne sais vraiment pas. Peut-être que je m'imagine des choses, mais il faut que j'en aie le cœur net. »

Doug leva les mains en signe de reddition. « Bon, d'accord, comme tu voudras. Je suis trop fatigué pour continuer à discuter.

— À discuter de quoi ? » demanda soudain une voix. Tous deux pivotèrent d'un bloc. Bonnie, plantée sur le seuil, les observait d'un air soupçonneux.

Maddy lui fit un grand sourire. « Je demandais à Doug s'il accepterait de vous conduire à l'hôpital chercher Terry, parce que Amy se sent un peu fiévreuse et que je préférerais qu'elle reste à la maison avec moi. »

Bonnie se tourna vers les enfants qui jouaient dans le séjour. « Elle me paraît pourtant aller très bien.

— Je suis inquiète à son sujet, répliqua Maddy d'une voix tendue.

— Je vous emmène, intervint Doug. Préparez vos affaires.

— Si vous voulez laisser Sean ici, je le garderai volontiers, dit Maddy.

— Je ne tiens pas à ce qu'il reste avec votre fille si elle est malade. »

Maddy se demanda alors si les idées qu'elle se faisait ne provenaient pas tout simplement du fait qu'elle détestait cette femme. « Bon, comme vous voudrez », dit-elle.

Bonnie ne répondit pas et rentra chercher ses affaires. Elle mit à Sean son bonnet et son sweat-shirt à capuche, puis elle prit son sac à main et le sac à langer. Maddy ne se tenait plus d'impatience. Doug réunit quelques dossiers à étudier à l'hôpital, après quoi, il emboîta le pas à Bonnie et son fils. Au moment de sortir, il se retourna et regarda Maddy comme pour dire : attends, je te revaudrai ça. La jeune femme eut un mouvement de colère contre lui qui se permettait de poser au martyr. Est-ce qu'elle ne l'avait pas soutenu sans se plaindre durant ces semaines affreuses ? Est-ce qu'elle n'avait pas accepté de contracter des dettes qu'ils n'arriveraient peut-être jamais à rembourser rien que pour défendre sa réputation ? Était-ce donc trop exiger de lui que de lui demander de conduire cette femme à l'hôpital ?

Quoi qu'il en soit, debout sur le pas de la porte de la maison, elle agita consciencieusement la main pour que tout paraisse le plus normal possible.

Dès que la voiture eut tourné le coin de la rue, elle rentra et s'approcha de sa fille assise par terre. « Amy, tu veux bien monter avec maman et aller jouer dans ta chambre ? »

L'enfant prit son livre préféré, un grand album de contes de fées, au milieu d'une pile sous la table basse. « Lis-moi une histoire, demanda-t-elle. Lis-moi *Le Vilain Coin-Coin*.

— Pas maintenant, ma chérie. J'ai quelque chose à faire. Viens avec moi.

— Veux *Le Vilain Coin-Coin* », pleurnicha la fillette.

Maddy soupira et jeta un coup d'œil sur sa montre. Elle avait largement le temps. Les formalités de sortie de l'hôpital prenaient toujours des heures. « Bon, bon, je te lis *Le Vilain Petit Canard*, et ensuite tu montes avec maman, d'accord ? »

Amy, tout heureuse, fit oui de la tête et se nicha confortablement contre sa mère.

S'efforçant de ne pas aller trop vite, Maddy lut l'histoire jusqu'au bout, laissant comme toujours à sa fille la possibilité de se livrer à des commentaires sur les méchants canards et de compatir aux malheurs du caneton qui, seul et apeuré, frissonnait dans le froid.

« Bien, fit-elle en refermant l'album. Maintenant, on monte et on va voir avec quoi tu peux jouer dans ta chambre. »

Elle reposa le livre sur la pile, tandis qu'Amy se mettait tant bien que mal debout. « Veux un jus, maman. »

Maddy, les mains sur les hanches, baissa la tête pour contempler le petit visage innocent levé vers elle. « Qu'est-ce qu'on dit ?

— Ch'il te plaît, reprit la fillette.

— Très bien. Un jus, et après on y va. Tu pourras l'emporter dans ta chambre à condition de faire attention à ne pas le renverser. »

Amy suivit sa mère dans la cuisine et choisit son parfum préféré parmi les boîtes rangées au réfrigérateur.

« Je te mettrai la paille là-haut, d'accord ? dit Maddy. Allez viens, dépêche-toi. »

Aussitôt, l'enfant fila comme une flèche et se précipita vers l'escalier. Au moment où Maddy commençait à son tour à monter les marches, on frappa à la porte.

Son cœur fit un bond dans sa poitrine. Qu'est-ce que ça peut être ? s'interrogea-t-elle. Elle alla ouvrir. Heather se tenait sur le seuil, qui la regardait par-dessous sa frange de cheveux raides et ternes qui lui dissimulait le front.

Maddy resta bouche bée, puis rougit à la vue de l'accusatrice de son mari qui osait venir se présenter devant elle. La jeune fille portait un T-shirt serré et un jean trop large pour elle qui tombait sur des baskets vertes délacées.

« Je voudrais parler à Doug », dit-elle.

Au bout de son bras gauche pendait un vieux sac à dos écossais.

Maddy retrouva sa voix et, d'un ton glacial, répondit : « Mr. Blake s'est absenté.

— Vous savez quand il doit rentrer ?

— Il a conduit une... une de nos amies à l'hôpital. Il ne sera pas de retour avant un certain temps. »

Heather se mordit la lèvre et demeura immobile, puis elle demanda : « Quel hôpital ? »

Maddy sentit la colère la gagner. « Comment oses-tu venir ici, Heather ? Tu n'as pas honte après ce que tu nous a fait ? »

L'adolescente serra son sac à dos contre sa poitrine et regarda Maddy avec des yeux étrécis. « Je n'ai rien fait de mal, affirma-t-elle.

— À quoi joues-tu ? s'écria Maddy. Tu ne nous as pas causé assez de malheurs ? Tu crois que nous avons oublié les horreurs que tu as proférées...

— Je ne suis pas venue pour vous embêter. Je veux juste savoir pour Karla et lui, dit Heather sur un ton de défi. Karla raconte à tout le monde qu'elle et D... Mr. Blake en pincent l'un pour l'autre, et je veux savoir si c'est vrai. »

Le cœur de Maddy battait la chamade, mais elle s'efforça de conserver un visage impassible. « De quoi parles-tu ?

— Karla Needham, dit Heather avec un mouvement du menton. C'est une nana super, elle est pom-pom girl, elle se fait tous les garçons qu'elle veut, et elle raconte partout qu'entre eux ça marche vachement.

— Pourquoi me parles-tu ainsi, Heather ? Je ne suis pas une de tes copines de classe, et Mr. Blake non plus n'est pas un copain de ta classe. Est-ce que tu te rends compte qu'il s'agit de mon mari ?

— Finalement, vous devez éprouver à peu près la même chose que moi, et vous pouvez lui dire de ma part qu'il a intérêt à ne pas le faire avec elle, parce que ce serait injuste envers moi. De toute façon, je le saurai, je me débrouillerai pour le savoir. »

Maddy se demandait ce qui la choquait le plus, l'histoire avec cette Karla ou le fait que Heather ait eu le culot de débarquer ici pour lui tenir ce discours. On avait l'impression que la sordide expérience qu'elle venait de vivre, l'enquête, le tribunal, tout cela, ne lui avait rien appris. « Je croyais que tu devais être suivie par un psy, Heather, dit-elle. Je vais être obligée d'appeler tes parents pour leur raconter que tu es venue ici. »

Les yeux de l'adolescente s'agrandirent. « Non, ne faites pas ça, dit-elle. Je voulais seulement savoir. Je suis désolée, je n'avais pas l'intention...

— Il y a vraiment quelque chose qui ne va pas chez toi, Heather.

— Dites-lui simplement que je suis passée. »

Heather descendit les marches de la véranda en sautillant, un peu comme si elle jouait à la marelle. Maddy, abasourdie, la regarda s'éloigner dans l'allée, puis traverser la rue. Un peu plus loin, elle monta dans une petite Ford Escort. La jeune femme vit que quelqu'un l'attendait à l'intérieur de la voiture.

Qu'est-ce qui avait bien pu lui prendre de venir ici et de laisser entendre que Doug entretenait des relations coupables avec une autre lycéenne ? s'interrogea Maddy. Cette fille doit être réellement dérangée. Peut-être qu'il s'agit d'un genre d'obsession et peut-être qu'elle est vraiment cinglée. Malgré tout ce que cela pouvait avoir d'effrayant, la jeune femme trouva que l'idée avait un côté réconfortant. Heather avait le cerveau dérangé. Ce dernier incident le prouvait sans conteste. Personne de sensé ne se comporterait ainsi. Bien que Maddy en eût encore les jambes flageolantes, elle était décidée à ne plus y penser. Elle avait autre chose à faire.

« Maman, appela Amy du haut de l'escalier.

— J'arrive », dit Maddy, d'un air déterminé.

20

Doug conduisit Bonnie et Sean qui dormait dans les bras de sa mère à l'étage de la chambre de Terry. La jeune et jolie infirmière de service flirtait avec un interne. Bonnie attendit le départ de celui-ci, puis elle s'avança devant le comptoir en Formica. « Je suis Mrs. Lewis, annonça-t-elle d'un ton brusque. Je viens chercher mon mari. Chambre 304. Terry Lewis.

— Oui, en effet, dit l'infirmière. Le médecin est avec lui. Il faut d'abord que vous signiez ces papiers, et ensuite on fera venir un fauteuil roulant pour lui. »

Bonnie hocha la tête et fit passer Sean sur son autre épaule afin de libérer sa main droite. Elle apposa sa signature aux endroits indiqués, puis redonna les papiers à l'infirmière qui les examina un instant.

« Vous savez, madame, en principe nous n'autorisons pas les enfants en bas âge à cet étage. »

Bonnie lui lança un regard furieux. « Pourtant, je suis déjà venue avec lui. »

L'infirmière haussa les épaules. « Vous savez, c'est pour leur bien. Nous ne tenons pas à ce qu'ils attrapent un virus ou je ne sais quoi. »

Bonnie se dressa de toute sa taille. « Son père est blessé, pas malade.

— Peut-être que votre ami pourrait le garder, suggéra l'infirmière en désignant Doug d'un geste du menton. Il y a une très agréable salle d'attente juste à côté du hall d'entrée. »

Doug poussa un soupir d'exaspération. Il aurait dû se douter qu'il ne réussirait pas à travailler ici. « Okay, comme vous voudrez », dit-il.

À contrecœur, Bonnie s'apprêta à lui tendre son enfant.

« Je peux le voir ? demanda gentiment l'infirmière en faisant le tour du comptoir. J'adore les bébés.

— Non, répliqua Bonnie sur un ton de défi. Il y a déjà assez de germes par ici. C'est vous-même qui l'avez dit. »

L'infirmière, cachant mal son mécontentement, alla reprendre sa place, tandis que Doug installait Sean contre son épaule.

« Vous devriez me laisser le sac avec ses affaires, dit-il.

— Vous n'en avez pas besoin, répliqua Bonnie en serrant le sac contre elle. Vous n'aurez pas à le changer. Contentez-vous de le garder. On viendra vous chercher dès qu'on sera prêts. »

Doug serra les dents et se dirigea vers l'ascenseur. Il appuya sur le bouton d'appel et attendit que la cabine arrive, cependant qu'il caressait distraitement le dos du bébé et suivait des yeux Bonnie qui, d'une démarche chaloupée, s'éloignait dans le couloir vers la chambre de son mari.

« Salope », siffla-t-il entre ses dents.

Il se sentait furieux d'avoir à passer cette dernière et précieuse journée avant de reprendre le travail à jouer les chauffeurs pour ces gens antipathiques. Mais il avait lu dans le regard de Maddy qu'il serait inutile de discuter. Elle s'imaginait que Bonnie n'était pas la mère du bébé, car elle ne se comportait pas avec la tendresse nécessaire et ne restait pas gâteuse devant son enfant comme elle devant Amy. Elle ne se rendait pas compte qu'il y avait davantage de mères comme Bonnie que comme elle. « Je suis navré pour toi, petit bonhomme, chuchota-t-il au bébé. Mais tu devras te contenter de ce que tu as. »

Doug pénétra dans l'ascenseur et pressa sur le bouton du rez-de-chaussée. Au moment où les portes se refermaient, il lui sembla apercevoir une silhouette familière qui s'engouffrait dans le couloir. Il reconnut la tignasse frisée et grisonnante. Qui d'autre avait des cheveux pareils ? se dit-il. « Ellen ! » cria-t-il, mais il était trop tard, et les autres personnes dans la cabine lui jetèrent un regard soupçonneux. À supposer que ce fût bien Ellen, elle ne se serait peut-être pas souvenue de lui. Ne disait-on pas qu'elle ne possédait pas toute sa tête ? Il se tut et prit l'expression neutre qu'il convenait d'avoir dans un ascenseur.

Sans se retourner, Bonnie s'engagea dans le couloir en direction de la chambre de son mari. Arrivée devant la n° 304, elle hésita un instant, puis sortit un poudrier de son sac. Malgré la faible lumière, elle parvint à étudier son visage dans la petite glace d'un œil critique. Elle se remit un peu de rouge à lèvres, puis, à l'aide d'un peigne, coiffa de son mieux ses cheveux secs et indisciplinés qui lui avaient toujours paru animés d'un esprit propre. Tu as les cheveux de ton père, lui disait sa mère d'un air dégoûté chaque fois qu'elle faisait irruption dans sa chambre et la trouvait qui s'évertuait en vain à dompter ses mèches rebelles avec des gels et des rouleaux. Sa mère, elle, avait de beaux cheveux blonds et soyeux. Elle avait toujours eu une allure impeccable. Et cela jusqu'à la fin.

Bonnie soupira, rangea le peigne dans son sac, redressa ses lunettes sur l'arête de son nez et prit une profonde inspiration. Il t'aime telle que tu es, se dit-elle pour se rassurer. C'est ton mari fidèle et aimant, et à ses yeux, tu es belle. « Belle, répéta-t-elle dans un murmure comme pour s'insuffler du courage. Pour lui, tu es la plus belle du monde. »

Elle poussa la porte et entra. Elle ne prêta pas attention à l'homme qui occupait le premier lit et qui se contenta de lever la tête avant de se replonger dans son livre. Le Dr Tipton, la chirurgienne, l'air séduisante et efficace dans sa blouse blanche, se tenait à côté de Terry qui, déjà tout habillé, était assis au bord de son lit. Avec ses vêtements, il paraissait plus fragile qu'avant. Et plus pâle aussi. Le cœur de Bonnie s'arrêta, puis, comme toujours, elle se sentit fondre devant son mari. Il leva les yeux, et elle lui adressa un sourire radieux.

« Salut, ma mignonne, dit-il avec un faible geste de la main. Où est mon grand garçon aujourd'hui ? »

Le sourire de Bonnie s'effaça. « L'infirmière n'a pas voulu que je l'amène. Mr. Blake nous attend en bas avec lui.

— Dommage. J'en parlais justement au toubib.

— Mrs. Lewis, intervint le médecin. Je disais à votre mari qu'il ne fallait pas qu'il force trop. Il a besoin de beaucoup de repos. Il ne doit ni soulever quoi que ce soit, ni conduire pendant deux semaines. S'il fait bien attention les premiers temps, il ne souffrira d'aucune séquelle. Comme je vous l'ai dit, on vit très bien sans rate. Il est indispensable que les agrafes tiennent. Je veux le revoir dans quinze jours.

— Nous ne serons peut-être plus dans la région, dit Bonnie.

— Dans ce cas, il faudra que vous voyiez un médecin là où vous serez pour qu'il vérifie la cicatrice. Si vous le désirez, je peux vous donner le nom d'un confrère.

— Je m'en chargerai, répliqua Bonnie. Je crois être capable de m'occuper de mon mari.

— Très bien, soupira le médecin. Alors, bonne chance, Mr. Lewis. »

Elle lui serra la main.

« Je vous libère, docteur. Allez vous occuper de vos malades. Je vous remercie pour tout ce que vous avez fait pour moi.

— De rien », répondit-elle en tournant le dos pour partir.

Bonnie s'assit sur le lit à côté de son mari qui poussa un gémissement.

« Qu'est-ce qu'il y a ? s'écria la jeune femme d'une voix angoissée.

— C'est quand le matelas s'est affaissé. Ça m'a fait un peu mal. »

Bonnie bondit sur ses pieds, et il poussa un nouveau gémissement. « Excuse-moi, excuse-moi, dit-elle d'un ton suppliant.

— C'est rien, ne t'inquiète pas », dit-il tout en grimaçant de douleur.

Ils restèrent un instant silencieux, puis ils se mirent à parler en même temps.

« Qu'est-ce que…

— Comment… »

Bonnie était consternée de lui avoir coupé la parole. « Vas-y, je t'écoute, dit-elle.

— Comment va notre petit homme aujourd'hui ? Il a bien dormi ?

— Il va très bien. »

Un nouveau silence s'instaura.

« Qu'est-ce que tu voulais dire ? finit par demander Terry.

— Je pensais qu'on devrait partir.

— Partir ?

— Oui, de chez ces gens-là. Les Blake », dit Bonnie. Un pli d'amertume lui barra le front au moment où elle prononçait ce nom. « Je n'ai qu'une hâte, c'est de m'en aller.

— Mais ils ont été si gentils !

— Crois-moi, ils n'ont pas fait ça par gentillesse. J'ai surpris une de leurs conversations. Ils avaient simplement peur qu'on leur fasse un procès. Je ne leur ai pas dit qu'on avait une assurance. Qu'ils continuent donc à s'inquiéter. À propos, on a récupéré notre voiture. On peut donc partir quand on veut. »

Terry fronça les sourcils. « Bon, je vais essayer. Mais je ne pourrai pas aller bien loin.

— Du moment qu'on n'est plus chez eux. On prendra une chambre. »

Le jeune homme soupira, et ils se turent de nouveau.

« En tout cas, je suis ravi de sortir d'ici, reprit-il quelques secondes plus tard en jetant un regard circulaire sur la chambre.

« — L'infirmière doit apporter un fauteuil roulant », dit Bonnie.

Et, comme si ses paroles l'avaient fait venir, l'infirmière apparut. « Bien, Mr. Lewis, on va vous installer là-dedans. »

Terry hocha la tête et entreprit de se lever. Bonnie se précipita et encercla de ses bras les larges épaules de son mari. « Doucement, dit-elle. Appuie-toi sur moi. »

L'infirmière voulut l'aider, mais devant le regard noir que lui lança Bonnie, elle recula.

« J'y arriverai très bien toute seule !

— Mais non, ça va, ça va », dit Terry.

La démarche chancelante, il s'avança jusqu'au fauteuil et s'assit, aidé par Bonnie qui le lâcha à regret. Elle avait l'impression, à son contact, d'avoir les bras en feu.

L'infirmière vint se placer derrière la chaise roulante.

« Je peux parfaitement le pousser, déclara Bonnie sèchement.

— C'est le règlement de l'hôpital, répliqua l'infirmière. Vous n'avez qu'à prendre ses affaires. »

Sur le cache-radiateur se trouvait un petit sac en plastique contenant sa Bible, la photo de Sean et quelques effets personnels. Bonnie le prit, puis tenta en vain de se glisser entre le fauteuil et le mur. Elle dut se résoudre à se mettre derrière l'infirmière.

En passant devant l'autre lit, Terry dit au revoir au malade qui avait partagé sa chambre : « Que Dieu te bénisse, mon frère.

— Fais attention à toi, prêcheur, répondit ironiquement l'homme en le regardant par-dessus ses demi-lunes.

— C'est comme ça qu'il me surnommait. Prêcheur », confia Terry avec fierté à sa femme, tandis qu'ils atteignaient le couloir et qu'elle pouvait enfin marcher à ses côtés.

Ils arrivèrent devant l'ascenseur. Bonnie l'appela. Une fois dans la cabine, personne ne parla. Arrivés au rez-de-chaussée, ils sortirent, l'infirmière poussant toujours le fauteuil.

« Je vais aller chercher Sean et ce Mr. Blake, dit Bonnie. Il peut amener la voiture maintenant.

— Si vous permettez, je vais remonter à mon étage, dit alors l'infirmière. Nous sommes un peu à court de personnel aujourd'hui. »

Terry lui adressa un large sourire. « Ne vous en faites pas, je suis béni des dieux. J'ai une femme qui m'aime et qui s'occupe de moi. »

Bonnie le contempla tendrement.

« Oui, c'est vrai, mon chéri », dit-elle.

21

Maddy, les mains sur les hanches, contemplait avec curiosité les vêtements étalés sur le lit. Elle avait fouillé la valise de Bonnie, dévorée par un sentiment de culpabilité tout en se disant que si son intuition au sujet de Sean ne la trompait pas, son geste était parfaitement justifié. Dans le cas contraire, quel mal y aurait-il ? Néanmoins, cela ne lui plaisait pas, et elle se sentait mal à l'aise. Après tout, elle avait invité ces gens à séjourner chez elle et cela ne lui donnait pas le droit de se glisser ainsi dans leur intimité. Bien que certaines choses lui paraissent bizarres, elle n'avait encore rien découvert qui puisse indiquer une quelconque activité criminelle.

Les deux valises étaient vieilles et toutes cabossées. Quant aux vêtements de Bonnie, ils semblaient tous être du style de ceux qu'elle lui avait vu porter. Cols roulés usés et informes, quelques pulls tout pelucheux, deux jupes en laine mélangée, des sous-vêtements miteux, une chemise de nuit bleu vif avec des dentelles effilochées. Maddy se sentait cruelle de fourrager ainsi parmi les maigres possessions de la jeune femme. Presque tous les vêtements de Sean, en revanche, étaient neufs et en excellent état, ce qui n'avait rien de surprenant. On faisait toujours un tas de cadeaux aux nouveau-nés et même les mères les plus désargentées s'arrangeaient pour acheter des affaires neuves à leur bébé.

Non, seuls les habits éparpillés sur le lit lui paraissaient étranges. Ceux de Terry. Eux aussi étaient neufs. Les chaussettes de tennis blanches étaient encore munies de leurs étiquettes, tout comme les deux paires de jeans, tandis que les trois chemises n'avaient même pas été déballées. Les sous-vêtements aussi étaient neufs, emballés par paquets de trois, trois T-shirts et trois caleçons. Il semblait certes naturel de bien s'habiller pour se présenter devant un nouvel employeur, mais en l'occurrence, aucun de ces vêtements n'avait été porté. Maddy, perplexe, resta un moment à contempler ce curieux assortiment, puis elle fouilla dans les poches de la valise de Terry où elle ne trouva qu'une trousse de toilette et un tube de rouge à lèvres pour Bonnie ainsi que deux livres de poche. Aucun autre objet personnel et rien qui permette de se faire une idée de la personnalité de son possesseur.

Maddy poussa un soupir de frustration. Tout à coup, elle crut entendre un bruit qui ressemblait à une porte qui claque et elle sursauta. Elle se redressa et tendit l'oreille. De la chambre de sa fille lui parvenaient les échos d'une comptine qu'Amy passait sur son mange-disques et qu'elle accompagnait en tapant sur le couvercle d'une boîte à biscuits en fer que Maddy lui avait donnée. C'était ça, se dit-elle. Je suis simplement trop nerveuse parce que je ne tiens pas à ce qu'on me surprenne. Elle devait par ailleurs s'avouer que la visite de Heather l'avait déprimée et qu'elle éprouvait une certaine angoisse, comme si un nuage noir planait, menaçant, au-dessus de sa tête.

Arrête, se dit-elle. Arrête de penser à cette fille et finis ce que tu es en train de faire. Et dépêche-toi de remettre tout ça en place, car tu n'en apprendras pas davantage. Elle ouvrit les valises et tenta de se rappeler comment les affaires étaient rangées. Elle se concentrait sur sa tâche, désireuse de ne pas éveiller les soupçons de Bonnie, quand, soudain, elle sentit plutôt qu'elle n'entendit une présence derrière elle.

Elle crut défaillir. L'espace d'un instant, pétrifiée de terreur, elle se demanda comment ils pouvaient être déjà de retour. Pourquoi Doug ne l'avait-il pas avertie en klaxonnant ? Comment allait-elle pouvoir s'expliquer ? Elle s'efforça de concocter un mensonge et de composer son visage, puis elle se retourna.

« Maddy ? fit le père Nick en la regardant, un peu déconcerté. J'ai frappé, mais je suppose que vous n'avez pas entendu.

— Oh, Nick, dit-elle d'une voix entrecoupée, portant la main à son cœur sous le choc du soulagement. Vous m'avez fait peur.

— Excusez-moi. J'ai appelé, mais vous deviez être trop absorbée. Qu'est-ce que vous faites ? demanda-t-il en jetant un coup d'œil sur les valises. Vous partez en voyage ?

— Non, non. Je suis ravie de vous voir. Accordez-moi une petite minute, le temps que je termine. »

Elle se hâta de ranger les affaires, puis elle remit les valises où elle les avait prises. Pendant tout ce temps-là, le père Nick ne cessa de l'observer depuis le pas de la porte.

« Descendons, dit-elle ensuite. Je vais vous préparer un thé. Laissez-moi juste voir ce que fait Amy. » Elle sortit dans le couloir, puis alla passer la tête dans la chambre de sa fille pour s'assurer que celle-ci jouait tranquillement. Après quoi, elle revint vers l'escalier et, d'un geste, invita Nick à la suivre.

Une fois dans la cuisine, elle mit de l'eau à chauffer. Ses mains tremblaient lorsqu'elle alluma le gaz.

« Que se passe-t-il ? demanda Nick. Vous me paraissez dans tous vos états. »

La jeune femme s'assit sur une chaise en face de lui et secoua la tête. « Je le suis. Et si je vous explique pourquoi, vous allez me croire folle.

— Essayez toujours.

— Je vous ai parlé des gens dans la voiture accidentée et je vous ai raconté qu'on les hébergeait ?

— Oui, oui.

— Alors voilà, je me suis mis dans la tête que c'étaient eux qui avaient enlevé le bébé. Vous savez, le petit Wallace qu'on recherche.

— Vous avez appelé la police ? » demanda-t-il.

Maddy soupira.

« Pour leur dire quoi ? Qu'ils ont un bébé et que sa mère ne semble pas le traiter normalement ? Que le bébé fait de drôles de bruits quand il voit les Wallace à la télévision ?

— On a montré des photos de l'enfant, non ? Vous l'avez reconnu ?

— C'étaient juste des Polaroïd qui représentaient une espèce de petite chose. Ça aurait pu être n'importe quel bébé. Et maintenant, voilà que je recueille ces gens et ensuite qu'est-ce que je fais ? Je leur mets la police sur le dos. Vous parlez d'un bon Samaritain.

— Oui, je comprends. »

Devant la sollicitude qu'il lui manifestait, la jeune femme sentit son cœur se réchauffer. Elle croisa son regard et un message complexe passa aussitôt entre eux. Ils s'empressèrent de détourner les yeux.

« Et puis, la police, nous l'avons assez vue, reprit-elle. Je vous ai dit ce qui était arrivé avec Doug. Qu'on était venu le chercher pour l'interroger uniquement parce que la fille disparue était une adolescente.

— Oui, en effet. Et comment ça c'est terminé ? demanda Nick.

— Vous avez eu raison de m'encourager à lui faire confiance. Ça n'a rien donné. Le témoin ne l'a pas identifié, et notre avocat a menacé d'intenter un procès à la police pour abus de pouvoir.

— Donc, tout va pour le mieux », dit Nick, manifestant cependant une certaine circonspection.

Un instant, Maddy repensa à Heather, puis elle soupira. Après quoi, elle se leva pour préparer le thé. Nick ne la quitta pas des yeux.

« Maddy ?

— Oui, tout va pour le mieux, répondit-elle. Sauf que vous m'avez surprise en train de fureter dans les affaires de mes invités que je soupçonne d'être des kidnappeurs.

— Mais enfin qui sont ces gens ? Vous disiez qu'ils n'étaient pas d'ici ? »

Maddy versa l'eau bouillante dans la théière. « Ils s'appellent Lewis et ils viennent du Maine. Ils forment un couple bizarre. Elle ressemble à une bibliothécaire mal fagotée, et lui, à un motard. Quoiqu'il m'ait paru plutôt religieux pour un motard. »

Le prêtre eut l'air surpris. « Terry Lewis ? »

Maddy se retourna. « Oui, c'est exact, il se prénomme bien Terry.

— Et il y a Bonnie et Sean.

— Vous les connaissez donc ? demanda la jeune femme, incrédule.

— Oui, je les connais. Et je les connais même très bien. Terry vient juste de sortir.

— De sortir ? De sortir d'où ?

— De prison, répondit Nick calmement.

— De prison ! s'écria Maddy.

— Vous vous souvenez que je vous ai parlé d'un homme condamné pour meurtre et qui a été libéré après que le vrai coupable eut avoué son crime ? »

La jeune femme demeura bouche bée. « Oui, l'autre soir, quand vous reveniez de la prison. »

Nick esquissa un sourire. « Eh bien, j'étais allé dire au revoir à Terry. Et j'ai croisé Bonnie et Sean qui arrivaient pour le chercher.

— Oh ! non ! s'exclama Maddy. Ce n'est pas possible ! Ils sont du Maine. La plaque d'immatriculation… » Elle se sentait complètement perdue.

« Bonnie est en effet originaire du Maine. Ce devait être sa voiture. Terry avait été condamné à perpétuité. Il s'agissait d'un de ces hold-up classiques de station-service ayant entraîné mort d'homme, et un client avait cru reconnaître Terry. Il avait déjà accompli cinq ans quand le criminel a avoué son forfait après avoir été appréhendé pour une affaire similaire.

— Je ne parviens pas à le croire », balbutia Maddy, songeant à l'homme qu'elle avait vu sur son lit d'hôpital. À la réflexion, il avait bien l'allure d'un repris de justice.

« Je le voyais chaque semaine lors de mes visites pastorales. Il acceptait son sort avec un courage exemplaire. Il a même pardonné au type qui lui avait laissé porter le chapeau. Je ne suis pas persuadé que j'aurais pu faire preuve de la même générosité que lui. C'était très émouvant. En tout cas, il a été libéré avant-hier.

— Voilà qui explique les vêtements neufs ! »

Nick eut l'air interloqué. « Quels vêtements neufs ?

— Dans les valises. Ses vêtements n'ont jamais été portés. Elle a dû les acheter pour lui.

— Il m'a expliqué qu'il avait déniché un boulot. Oui, c'est bien lui.

— Oh, mon Dieu, Nick. Mais quelqu'un qui est resté si longtemps en prison ? Il devait avoir un casier judiciaire pour qu'on le condamne aussi lourdement. Et ces années passées dans une atmosphère de violence… Quand je pense que je les ai invités à habiter chez nous ! »

Le prêtre leva la main comme pour lui couper la parole. « N'oubliez pas qu'il était aussi innocent que vous ou moi. Il avait eu une vie difficile avant cette histoire. Je ne prétendrais pas qu'il n'avait jamais eu maille à partir avec la justice, mais je pense sincèrement que cette expérience lui a donné à réfléchir. Je le crois tout à fait capable de changer de vie.

— Oh ! là là ! quand Doug va apprendre ça, murmura Maddy.

— Votre mari le premier devrait accorder aux autres le bénéfice du doute », dit Nick sans pouvoir dissimuler sa désapprobation.

213

Maddy le regarda et sentit jaillir entre eux une étincelle. Elle baissa aussitôt les yeux, puis prit une gorgée de thé.

« Ils sont donc réellement mariés ? demanda-t-elle ensuite.

— C'est moi qui les ai mariés, répondit simplement le prêtre.

— À la prison ?

— À la chapelle de la prison, oui. Un bien modeste lieu de culte, dit-il.

— Mais comment ces deux-là ont-ils bien pu se rencontrer ?

— C'est encore une de ces banales histoires d'amour entre correspondants. Ça arrive à beaucoup de détenus, et celle-là s'est terminée par un mariage.

— J'ai l'impression qu'avant, elle menait une existence plutôt solitaire, non ?

— Oh ! oui ! Elle a commencé par lui envoyer des livres, et une chose en amenant une autre...

— Et Sean ? questionna la jeune femme.

— C'est bien leur fils.

— Je croyais que les prisonniers n'avaient pas... ne pouvaient pas... enfin, vous comprenez ce que je veux dire...

— Avoir de rapports sexuels ? » acheva-t-il à sa place, constatant sa gêne.

Maddy acquiesça d'un signe de tête.

« Que si ! ils ont des rapports sexuels, reprit-il avec un petit sourire. En fait, il s'agissait d'un mariage forcé. Même si personne ne braquait une arme sur la tempe de Terry pour l'y obliger. Il était tout ce qu'il y a de plus consentant. Quant à Bonnie, elle n'avait pas beaucoup connu l'amour dans sa vie. Et pour ce qui est de l'enfant, c'est bien le leur. Je l'ai moi-même baptisé il y a environ deux mois.

— Oh ! » fit la jeune femme, à la fois surprise, soulagée et curieusement déçue.

Nick ne manqua pas de noter sa réaction. « Vous espériez peut-être abriter les kidnappeurs ?

— Non, pas du tout, répondit Maddy en fronçant les sourcils. Bien sûr que non. Peut-être que... je présume que je plains la mère... et que je voudrais qu'elle récupère son bébé sain et sauf. Ça vous déchire le cœur de voir ce jeune couple à la télé.

— Oui, c'est infiniment triste. »

Ils demeurèrent quelques instants sans parler, buvant leur thé à petites gorgées.

« Vous ne pouvez pas imaginer combien votre visite me fait plaisir, finit par déclarer la jeune femme. Vous m'avez tranquillisée. » Elle pencha soudain la tête. « À propos, pourquoi êtes-vous venu ? Vous n'étiez pas censé partir hier ?

— Si, admit-il. En effet. » Il fouilla dans la poche de sa veste.

Il était en civil, et Maddy songea un instant qu'il avait l'air beaucoup moins sévère dans sa chemise bleue en oxford que dans sa soutane noire.

« Tenez, reprit-il en exhibant un mince bracelet avec un cœur d'argent qu'il posa sur la table. Je l'ai trouvé accroché à mon pull gris.

— Mais... comment... ? »

Soudain, Maddy rougit furieusement au souvenir du bref moment où il l'avait serrée dans ses bras. « C'est incroyable. Je ne m'en étais même pas aperçue. » Elle prit le bijou et l'examina.

« Je pensais que vous teniez à le récupérer. »

Un nouveau silence s'instaura, et cette fois, l'un et l'autre savaient que c'était à cause du moment des adieux qui approchait.

« Bon, il faut encore que je charge ma voiture avant de prendre le volant », se décida-t-il enfin à dire.

Il se leva et Maddy l'imita. Elle s'essuya les paumes sur son jean.

« Vous arriverez ce soir ? demanda-t-elle.

— Non, je... je partirai sans doute assez tard. Je coucherai en route. Je compte y être demain. »

Maddy se contenta de hocher la tête, une boule dans la gorge.

Nick se contraignit à sourire. « Vous m'accompagnez jusqu'à ma voiture ?

— Oui », murmura la jeune femme. Elle éprouvait un brusque et violent chagrin à l'idée de son départ. Dehors, il faisait frais, trop frais pour s'attarder, et elle en remercia le ciel. C'était déjà assez pénible de dire au revoir et le plus vite serait le mieux. Ils se firent face, un sourire incertain aux lèvres.

« Je suis désolée, Nick », dit-elle d'une voix qui tremblait un peu.

Il ne voulait pas qu'elle voie ses yeux et il l'attira vers lui pour une embrassade qui se voulait de pure forme. Elle se blottit un instant dans ses bras. L'odeur de ses cheveux et le contact de son corps délié firent qu'il la serra un peu trop longuement contre lui. Entendant une voiture s'engager dans l'allée, il repoussa Maddy comme si elle le brûlait.

Doug s'arrêta à côté de la voiture du prêtre et sortit. Bonnie descendit à son tour avec Sean qui se débattait entre ses bras. Quant à Terry, assis sur le siège du passager, un bras tatoué passé à la portière, il se pencha par la vitre ouverte.

« Père Nick ! » s'écria-t-il.

Le visage du prêtre s'éclaira. Il s'avança à grandes enjambées pour échanger une poignée de main avec lui. « Bonjour, Terry. J'ai entendu dire que vous aviez eu un accident. »

L'homme hocha la tête d'un air penaud. « De mal en pis, plaisanta-t-il avec un sourire qui dévoila ses dents mal plantées.

— Laissez-moi vous aider à vous extraire de là, dit Nick en ouvrant la portière pour le soulever.

— Merci, mon père, dit Terry en se redressant. Vous n'aurez plus d'ennuis avec moi, je vous le promets. »

Nick sourit, puis se tourna vers Bonnie. « Bonjour, Bonnie. J'ai appris que Sean et vous habitiez ici.

— Père Rylander ! s'écria-t-elle, surprise, car elle venait seulement de le reconnaître.

— Vous avez intérêt à bien veiller sur ce garçon.

— Oui », se contenta-t-elle de dire avec sa brusquerie coutumière. Puis elle baissa timidement les yeux.

Nick s'inclina et planta un baiser sur la joue du bébé qui continuait à se débattre. « Et veillez bien sur Sean aussi. C'est un enfant adorable.

— Terry doit aller se reposer, maintenant », dit Bonnie.

Doug, les sourcils froncés, accrocha le regard de sa femme. « Je t'expliquerai, lui glissa celle-ci à l'oreille.

— Bon, eh bien, il faut que je parte, dit Nick en adressant un sourire contraint à Doug et en lui tendant la main. Je me suis juste arrêté pour dire au revoir. »

Doug lui serra la main, mais il n'essayait même pas de sourire.

Bonnie passa un bras autour des épaules de son mari pour le soutenir. Nick monta dans sa voiture sans un regard en arrière. Tandis que Doug lui enlaçait la taille, Maddy, refoulant ses larmes, agita le bras jusqu'à ce que la voiture ait tourné le coin de la rue.

22

Maddy se retourna et poussa un léger soupir.

Doug la considéra d'un œil soupçonneux.

Soudain, des pleurs d'enfant s'élevèrent. « Voudrais-tu aller chercher Sean, dit Maddy, se dégageant du bras que son mari avait passé autour de sa taille de manière quelque peu possessive. Pendant ce temps-là, je vais ouvrir. »

Comme Terry s'avançait vers la maison, elle se rendit compte que c'était la première fois qu'elle le voyait debout. Il semblait plutôt petit, impression accentuée par le fait qu'il se tenait courbé par la douleur, et sa femme était presque aussi grande que lui.

Tandis qu'ils s'approchaient des marches, Maddy se précipita pour aller ouvrir. Elle sourit à Terry dont le teint était blafard sous le coup de l'épuisement. « Entrez, entrez, dit-elle. Vous devez être drôlement content d'avoir quitté l'hôpital. »

Le jeune homme hocha la tête et monta prudemment l'escalier, surveillé par Bonnie, prête à intervenir le cas échéant. Maddy s'écarta d'un pas, et Terry pénétra dans le vestibule. Il s'arrêta pour regarder autour de lui.

« Ça va ? s'inquiéta Bonnie.

— Oui, oui, ça va. Un vrai palace, conclut-il après avoir fini d'examiner la maison pourtant modeste des Blake.

— Merci, fit Maddy. Venez vous asseoir.

— Je veux d'abord embrasser mon fils.

— Il est juste à côté », dit Maddy en désignant la salle de séjour.

Entre-temps, Doug, en effet, avait porté Sean à l'intérieur.

Terry sembla se redresser à la perspective de serrer son fils dans ses bras. Il se dirigea en boitant vers le séjour. « Ah ! le voilà ! s'exclama-t-il.

— Je t'interdis de le prendre ! s'écria Bonnie qui passa devant lui et se précipita pour soulever l'enfant, lequel, surpris, se mit à pleurer.

— Installez-vous donc ici et on va mettre Sean à côté de vous », suggéra Maddy.

Terry fronça les sourcils, mais s'exécuta et se laissa choir lourdement sur le canapé en se tenant le ventre. « Bien, maintenant, vous pouvez me l'apporter. »

Maddy observa la scène avec curiosité pendant que Bonnie amenait l'enfant à son père, un père qu'il connaissait à peine, et pourtant, dès qu'il se trouva près de lui sur le canapé, il cessa de pleurer. Les yeux écarquillés, il leva la tête, fixa le visage grêlé et basané de Terry, puis tendit sa petite main pour lui tirer la moustache. Le jeune homme poussa un cri de ravissement, tandis que Bonnie, les bras croisés, les contemplait avec un mélange de fierté et de mélancolie rêveuse. Après quoi, Terry commença à jouer avec son fils. Maddy jeta un coup d'œil en direction de Bonnie. Elle s'attendait à la voir observer la scène avec un sourire indulgent, mais, les bras croisés, elle avait un air sombre.

Maddy s'approcha d'elle d'un pas hésitant : « Bonnie, j'ai réfléchi... Il serait plus raisonnable que

Terry ne monte pas les escaliers. Il y a un canapé-lit dans la salle de jeux que vous pourriez utiliser. Je n'ai pas voulu toucher à vos affaires avant de vous en parler.

— C'est inutile, répondit Bonnie sèchement. Nous partons.

— Aujourd'hui ? » s'étonna Maddy. Elle se sentit à la fois surprise et soulagée, mais dans le même temps, elle ne pouvait s'empêcher de se faire un peu de mauvais sang pour Terry. « Vous croyez que c'est raisonnable ? Est-ce que votre mari est vraiment en état de voyager ?

— On se débrouillera très bien.

— Où comptez-vous aller ? »

Bonnie la dévisagea, les yeux étrécis. « Qu'est-ce que ça peut vous faire ?

— Comprenez-moi, Bonnie, je me tracasse à votre sujet. J'ai promis à Ni… au père Rylander de m'occuper de vous.

— Je sais très bien pourquoi vous nous avez accueillis chez vous, répliqua Bonnie. Ce n'était pas par gentillesse. Vous étiez inquiets à cause de l'accident. Vous aviez peur qu'on vous fasse un procès.

— Vous êtes totalement injuste », protesta Maddy, vexée par cette accusation, tout en sachant qu'elle contenait une part de vérité.

Bonnie plissa le nez comme si elle percevait de mauvaises odeurs.

« Bon, d'accord, reprit Maddy. D'accord, je n'étais pas tranquille, mais je me faisais aussi du souci pour vous. Tout le monde a ses raisons, et je ne suis pas meilleure que les autres. »

Bonnie l'étudia un instant, puis elle s'adoucit. « Vous n'avez pas besoin de vous tourmenter. Nous sommes assurés. J'ai fait mettre Terry sur mon contrat quand nous nous sommes mariés, et la voiture est à mon nom. Dès que nous serons partis, vous n'entendrez plus parler de nous. »

Maddy pensa à Doug qui avait disparu dans la cuisine et au soulagement qu'il allait éprouver. Il avait paru si perturbé tous ces derniers temps. Il se sentirait sans doute mieux, encore qu'il se montrerait probablement sceptique. Il s'était toujours attendu à ce que les Lewis finissent un jour ou l'autre par abattre leurs cartes.

« De quoi parlez-vous ? demanda Terry, tandis que Sean lui agrippait le pouce et s'amusait avec.

— De partir, répondit Bonnie.

— Je disais que vous ne me paraissiez pas en état de voyager », ajouta Maddy.

Terry soupira. « J'ai déjà été plus en forme, reconnut-il.

— Vous voulez boire quelque chose ? Une tasse de thé, peut-être ?

— Plutôt du café, si vous en avez. »

— Oui, bien sûr, dit Maddy gaiement. Bonnie, vous désirez quelque chose ? »

Bonnie fit signe que non, puis elle alla s'asseoir sur le canapé. Maddy trouva qu'ils composaient ainsi un tableau touchant avec Sean entre eux. Ils venaient de traverser de rudes épreuves. Elle repensa à tout ce que Nick lui avait appris sur leur compte. Ils avaient vécu un cauchemar du genre… elle songea à Doug… du genre de ceux que nous sommes en mesure de comprendre. Ainsi, un innocent pouvait très bien se voir déshonoré, jeté en prison. Et Bonnie s'était tenue tout ce temps-là à ses côtés et avait même fini par l'épouser. Comme elle devait avoir confiance en lui ! Il y avait là quelque chose de proprement admirable. Encore un jour, se dit-elle. On s'en arrangera. Après tout, ils méritent bien cela.

Maddy se rendit dans la cuisine pour mettre de l'eau à chauffer. Doug était installé devant la table, le regard perdu dans le vague. Il leva les yeux sur sa femme qui, tel un automate, sortit le café et posa les tasses sur le comptoir. Maddy, sentant qu'il l'observait, devina qu'il ruminait quelque chose, mais elle fit comme si de rien n'était.

« Qu'est-ce qu'il fabriquait ici ? » se décida-t-il à demander.

23

Maddy jeta un coup d'œil dans le couloir, puis ferma la porte de la cuisine avant de faire signe à Doug de parler à voix basse. « Il est venu me rapporter mon bracelet », répondit-elle en montrant la chaînette en argent qu'elle avait remise à son poignet.

Doug, les sourcils froncés, contempla le bracelet qu'il lui avait offert pour leur premier anniversaire de mariage. « Comment se fait-il qu'il l'avait ? »

Maddy ne put éviter de penser à la manière dont il s'était accroché au pull de Nick, à leur étreinte impulsive ainsi qu'à la profonde et surprenante sensation qui était passée entre eux. Elle rougit. « Il s'est pris à... à quelque chose quand j'ai été le voir à son bureau.

— Le voir pourquoi ?

— Je voulais lui parler, répondit Maddy avec irritation.

— C'est pour ça que ces gens sont encore là ? Parce qu'il est copain avec eux ?

— Non. Ils sont encore là parce que cet homme est sorti de l'hôpital il y a à peine une heure.

— Je t'avais demandé de te débarrasser d'eux, mais ce que veut le père Nick...

— Laisse-le en dehors de ça. Il n'y est pour rien.

— Excuse-moi, dit Doug. Mais on dirait que ce que moi je demande passe toujours en dernier...

— Oh ! pour l'amour du ciel !

— Hé ! ne me raconte pas que je me fais des idées ! J'ai bien vu comment il te regardait. Il te dévorait des yeux. Et puis, il t'a drôlement serrée dans ses bras avant de partir ! »

Elle se sentit à la fois coupable et furieuse devant cette accusation. Cependant, rien de répréhensible n'avait eu lieu et, en définitive, elle n'avait pas à s'excuser.

« Ne sois pas odieux, dit-elle. Nous sommes de simples amis. Il part aujourd'hui et il est venu me dire au revoir.

— Eh bien, peut-être que tu vois les choses ainsi, mais pas moi », répliqua-t-il.

Maddy secoua la tête. « Tu veux un café ? demanda-t-elle d'une voix égale pour clore le sujet.

— Quoi ? Parce que c'est pour eux que tu en prépares ?

— Je préfère ne pas répondre.

— Puisqu'il aime tant ces gens-là, pourquoi il ne les a pas hébergés ? Non, il te demande à toi de le faire. Pourquoi tu t'exécutes ? Je me demande quelle prise il a sur toi. À moins qu'il n'y ait quelque chose que j'ignore… »

Maddy lui lança un regard furieux. « Même si c'était vrai pour Nick, ce qui n'est bien entendu pas le cas, tu as donc si peu confiance en moi ? Comment peux-tu envisager ne serait-ce qu'une seconde…

— Hé, des fois ces choses-là arrivent… » dit Doug en haussant les épaules.

Maddy le regarda, les yeux plissés. Il était tout de même mal placé pour faire la morale.

« Non, elles n'arrivent pas, dit-elle avec amertume. Sauf si tu fais en sorte qu'elles arrivent. Je suis ta femme et, si tu t'en souviens encore, je t'ai juré fidélité. J'ai l'habitude de respecter mes serments. »

Doug baissa les yeux. « Laisse tomber », fit-il.

Elle le fixa un instant, puis elle se rappela de la visite de Heather. S'imaginait-il vraiment que les choses arrivaient comme ça et qu'on n'y pouvait rien ? Était-ce le cas entre Heather et lui ? Malgré elle, elle ne put s'empêcher de dire : « Heather Cameron est venue tout à l'heure.

— Qu'est-ce qu'elle voulait ? » questionna-t-il, visiblement mal à l'aise.

Maddy soupira. Elle n'avait nul désir de le torturer. Il avait été blanchi de toutes ces accusations. Elle se remémora l'étrange comportement de la jeune fille et combien cela l'avait en un sens rassurée. « Je crois qu'elle a l'esprit un peu dérangé. Elle a prétendu qu'elle était jalouse parce qu'elle pensait que tu avais des vues sur une fille du nom de Karla.

— Karla ?

— Oui, une autre fille de l'école qui a le béguin pour toi ou je ne sais quoi. Elle semblait dans tous ses états, comme si tu la trompais. Tu t'imagines ? Venir ici pour me raconter ça ? C'est fou, et même un peu effrayant. Un instant, j'ai pensé appeler la police, mais elle est repartie sans faire de scandale.

— Karla... Karla Needham ? demanda-t-il, incrédule. Elle a le béguin pour moi ? »

Maddy le regarda sévèrement. « Il ne s'agit pas de ça, Doug, dit-elle d'une voix glaciale.

— Non, bien sûr que non. Cette pauvre Heather est malade. Elle a besoin d'être soignée. »

La jeune femme scruta son visage, et elle eut brusquement la certitude qu'en réalité il pensait à tout autre chose.

« Bon, reprit-il d'un ton abrupt. Qu'est-ce que tu as découvert en jouant les détectives ? Un indice intéressant ? Une carte au trésor ?

— Inutile de faire preuve de condescendance.

— Je ne fais pas preuve de condescendance. » Il fit le tour du comptoir et posa la main sur le bras de sa femme. « Excuse-moi. Vraiment. Je suis désolé que Heather soit venue ici et t'ait à ce point bouleversée. Je regrette de ne pas avoir été là. Je l'aurais remise à sa place. Mais… mais je suis curieux à propos de nos hôtes. Tu as trouvé quelque chose ? »

Elle se contenta de le regarder, l'air affligé.

« Maddy, encore une fois, je te présente mes excuses. J'ai dit des bêtises.

— Oui, en effet, constata-t-elle, dépitée.

— Bon… alors ?

— Alors, je n'ai rien trouvé. L'information intéressante, c'est de Nick que je la tiens.

— Ah…, commença-t-il, prêt à lancer une remarque cinglante, mais se ravisant au dernier moment.

— Il semblerait que Mr. Lewis ait été juste libéré de prison. »

Doug ouvrit de grands yeux et sursauta. « Oh ! mon Dieu ! et c'est seulement maintenant que tu me l'apprends ? Qu'est-ce que tu attendais ? Comment pouvais-tu me laisser dans l'ignorance ?

— Il ne faut pas se fier aux apparences. Il a été condamné pour un crime qu'il n'a pas commis. On l'a relâché après que le vrai meurtrier a avoué.

— Le vrai meurtrier ? Eh bien, c'est le bouquet ! Tu veux dire qu'il était en prison pour meurtre ?

— Pour un meurtre qu'il n'a pas commis, je te le répète », murmura la jeune femme en lui faisant signe de baisser la voix.

Doug leva les bras au ciel. « Et ils sont dans notre living !

— Tu sais, on devrait leur permettre de passer encore une nuit ici.

— Passer une nuit ? Tu te figures que je vais laisser un criminel coucher sous le même toit que ma femme et ma fille ?

— Arrête de crier ! Combien de fois il faudra que je te répète qu'il n'était pas coupable ! Il a été libéré parce qu'il était innocent. Nick m'a tout raconté. Il lui a rendu visite en prison pendant plusieurs années. Il m'a dit que Terry avait manifesté une grande force d'âme durant cette épreuve.

— Tu parles ! s'exclama Doug. Un hypocrite qui en soutient un autre. Tu ne vas tout de même pas croire des sornettes pareilles, Maddy. Sers-toi un peu de ton intelligence.

— Qu'est-ce que c'est censé vouloir dire ? Nick n'est pas un hypocrite.

— Il est pire ! Il débite des passages de la Bible tout en convoitant ma femme. Et il faudrait le croire sur parole quand il affirme qu'on peut se fier à cet homme ? Ouais, ouais… Permets-moi de te dire une chose, Maddy : cet ex-détenu ne restera pas une seconde de plus dans ma maison. Tu as compris ?

— Je t'interdis de me parler sur ce ton ! Ce n'est pas uniquement ta maison. »

La porte de la cuisine s'ouvrit sous une brusque poussée et le battant vint cogner contre le mur. Bonnie se tenait sur le seuil. « Terry voudrait son café », dit-elle.

Maddy et Doug échangèrent un regard froid, puis Doug sortit en coup de vent et se dirigea vers l'escalier.

« Il est presque prêt, dit Maddy en prenant la bouilloire d'un main tremblante.

— Pourquoi criait-il ? demanda Bonnie.

— Je lui expliquais que Terry avait été en prison. Le père Nick m'a tout raconté. Doug a simplement été un peu... surpris.

— Le père Rylander vous a aussi précisé que Terry était innocent ?

— Oui, répondit Maddy.

— Alors, ça ne regarde plus personne. Ce n'est pas de sa faute si on l'a mis en prison.

— Je sais, et c'est justement ce que j'essayais de faire comprendre à mon mari. »

Bonnie lui décocha un regard noir. « Vous savez, nous n'avons pas demandé à venir chez vous. Je n'attends qu'une chose, c'est de partir d'ici, d'être loin de vous et de votre petite existence parfaite et bien réglée. Tout ce qu'on veut, c'est trouver un endroit tranquille où nous installer, vivre notre vie de famille et qu'on nous fiche la paix. Plus on ignorera notre passé, mieux ce sera. »

Maddy laissa échapper un soupir en songeant que son existence était loin d'être aussi parfaite qu'elle le paraissait. « Je comprends très bien, reconnut-elle.

— Les gens refusent de donner une chance à quelqu'un qui a été en prison, même à la suite d'une erreur judiciaire.

— J'admire la manière dont vous défendez votre mari. Il peut se féliciter d'avoir une femme comme vous. »

Bonnie, les yeux plissés, étudia Maddy. « Vous le pensez vraiment ? demanda-t-elle, soupçonneuse.

— Oui. Et j'espère sincèrement que tout finira par s'arranger pour vous. Nick m'a dit comment vous aviez lié connaissance. Que vous lui écriviez des lettres et lui faisiez parvenir des livres.

— Oui, nous avons correspondu pendant deux ans avant de nous rencontrer, dit Bonnie. Avant Terry, je n'avais jamais eu de petit ami.

— C'est une histoire plutôt romantique. »

Bonnie haussa les épaules. « Quand il m'a envoyé sa photo et que j'ai vu combien il était beau, je n'ai pas voulu lui envoyer la mienne. À chaque fois, je prétendais que je n'en avais pas sous la main. J'étais sûre que je ne lui plairais pas. Mais je me trompais. » Les traits ingrats de la jeune femme s'illuminèrent à ce souvenir. « Il m'a dit que je lui réjouissais le cœur. »

Des pleurs s'élevèrent, en provenance du séjour.

« Chérie, Sean pleure ! » cria Terry.

Brutalement tirée de sa rêverie, Bonnie sursauta, et la lueur qui avait éclairé son visage s'évanouit comme les beaux atours de Cendrillon au dernier coup de minuit.

« Ah, les enfants, soupira Maddy. Ils sont parfois un remède contre l'amour.

— Il faut que j'y aille », marmonna Bonnie.

Elle quitta la cuisine sans ajouter un mot.

24

« Ça vient d'arriver du bureau du coroner, dit Delilah Jones, une jeune et jolie Noire fraîche émoulue de l'école de police.

— Je vais le porter tout de suite au chef », déclara Len Wickes avec un grand sérieux.

Le contenu du rapport l'intéressait prodigieusement. Depuis la découverte du cadavre de Rebecca Starnes, presque plus personne n'avait remis les pieds au poste de police. Les hommes avaient passé leur temps à faire du porte-à-porte à la recherche de témoins qui auraient pu se trouver dans le parc le jour de la disparition de Justin et de l'adolescente. Ils avaient interrogé tous les skateurs et toutes les femmes accompagnées d'enfants qu'ils avaient rencontrés dans le parc, de même que tous les hommes portant un nom à consonance asiatique qu'ils avaient réussi à localiser en ville. Après quoi, ils avaient fouillé la forêt, retourné la moindre pierre et la moindre feuille, dragué tous les ruisseaux et rampé à quatre pattes à la recherche du bébé. En vain. Len en était malade. D'un autre côté, on n'était peut-être pas trop pressé de le retrouver car, en attendant, on pouvait encore entretenir l'espoir qu'il soit vivant. Len se dirigea vers le bureau de Frank Cameron et frappa.

« Entrez », grogna le chef de la police.

Len poussa la porte. Frank Cameron, installé à son bureau, étudiait une série de photographies.

« Le rapport du coroner, monsieur. »

Frank Cameron bondit de son siège. « Donnez-moi ça, Wickes. »

Len lui tendit le rapport et se mit au garde-à-vous, espérant qu'on lui en communiquerait la teneur. Frank déchira l'enveloppe et parcourut la feuille des yeux, passant rapidement sur les informations qui ne lui apprenaient rien de nouveau.

« Tiens, tiens, tiens, fit-il. Qu'est-ce que vous dites de ça ? Pas de violences sexuelles. Pourtant, quelqu'un semblait vouloir à tout prix nous faire croire le contraire. »

Len se racla bruyamment la gorge. Frank leva les yeux.

« Monsieur ? »

L'allure militaire de Len Wickes ne manquait jamais de provoquer un léger amusement chez ses interlocuteurs.

« Oui, agent Wickes ?

— Peut-être que l'assassin a essayé, monsieur, mais qu'il n'a pas pu. »

Le chef de la police hocha pensivement la tête. « C'est déjà arrivé. Ils tuent parfois leur victime pour être sûrs que personne ne connaîtra jamais leur humiliation.

— Ce n'est qu'une supposition, monsieur, dit Len, cependant ravi que le chef eût prêté l'oreille à sa suggestion.

— Allez me chercher Pete et Rocky Belmont. »

Len claqua des talons, parut à deux doigts de saluer, puis s'empressa d'aller informer l'inspecteur Millard et l'agent Belmont que le chef désirait les voir. Pete et Rocky échangèrent un regard, puis suivirent le jeune policier.

Lorsqu'ils entrèrent, Frank Cameron brandit le rapport et l'agita dans leur direction. Il ne leur offrit même pas un siège. « Messieurs, dit-il. Le rapport du coroner. Aucune trace de violences sexuelles sur Rebecca Starnes. »

Pete et Rocky manifestèrent leur stupéfaction par des murmures.

« Pourtant, reprit Frank, comme l'agent Wickes l'a fait justement remarquer, cela ne signifie pas qu'il n'y ait pas eu tentative. »

Len rayonnait d'avoir été cité devant ses supérieurs.

« Nous savons tous, poursuivit Frank, que ces pervers deviennent enragés quand ils ne parviennent pas à leurs fins. Quoi qu'il en soit, la victime est morte sans avoir subi trop de sévices. Elle n'a pas été mutilée et n'a pas reçu non plus une quarantaine de coups de couteau ou autres horreurs de ce genre. Tout en continuant à envisager les différentes hypothèses, nous devons nous attacher aux faits. Et les faits indiquent qu'il ne s'agit pas d'un crime sexuel, du moins à première vue. Dans ce cas, c'est qu'on en voulait à l'enfant. Seulement, aucune demande de rançon n'a été formulée. On pourrait par conséquent en déduire que quelqu'un a enlevé le bébé pour lui-même. Et qui s'intéresse ainsi aux bébés ?

— Les femmes, répondit Pete avec emphase.

— En effet. Nous pouvons donc nous mettre à la recherche d'une femme, vous êtes d'accord ? »

Len Wickes leva la main pour attirer l'attention du chef. Celui-ci lui fit signe de parler.

« Mais on ne peut pas exclure la possibilité d'un trafic, déclara alors Len. Il y a une grosse demande pour les bébés blancs, monsieur. Aujourd'hui, il n'est plus nécessaire d'exiger une rançon. Il suffit de trouver un acheteur disposé à payer.

— Il a raison », approuva Rocky Belmont.

Frank Cameron considéra le jeune policier d'un œil sceptique. L'avenir appartient à ceux qui se lèvent tôt, se dit-il. Voilà le genre de type qui ne vit que pour le travail et qui finira par devenir chef de la police. Peut-être que Len Wickes lui prendrait un jour sa place. Curieusement, cette idée ne le dérangeait pas. En fait, si c'était aujourd'hui, cela lui apparaîtrait presque comme un soulagement.

« C'est une possibilité à envisager, reconnut-il. Il pourrait s'agir de quelqu'un de totalement étranger à la région. Et il pourrait aussi s'agir d'une bande de types masqués avec une voiture préparée pour leur fuite et une filière qui, par l'entremise d'avocats véreux, les met en contact avec de riches clients. Pourquoi pas ? Il faut voir à l'échelon national et avec le FBI. Vous avez déjà des informations à ce sujet ?

— Nous nous sommes branchés sur leurs fichiers, mais jusqu'à présent nous n'avons recueilli que de vagues informations, répondit Pete. Nous ne possédons pas assez de détails sur le crime. Le rapport d'autopsie nous permettra d'avancer. Nous pourrons fournir des données plus précises et rétrécir le champ des recherches pour nous concentrer sur des cas similaires.

— Parfait », dit Frank. Il ne connaissait pas grand-chose aux ordinateurs, mais il respectait les résultats qu'ils produisaient. Il se sentait toutefois plus à l'aise avec les méthodes traditionnelles. « Maintenant, examinons l'affaire sous l'angle local, reprit-il. Et revenons à l'hypothèse de la femme. Quel genre de femme enlèverait un bébé ? Eh bien, si vous voulez mon avis, une femme qui ne peut pas avoir d'enfants, ou bien dont l'enfant est mort et qui a le cerveau un peu fêlé. Elle a peut-être tenté en vain d'en adopter un ou quelque chose comme ça. Pete, tu t'occupes des agences d'adoption. Rocky, tu m'établis une liste des morts récentes d'enfants en bas âge survenues dans la région.

— J'ai déjà téléphoné pour réclamer ces informations, dit Pete.

— Très bien, dit le chef. Je n'ai pas besoin de vous rappeler que nous nous trouvons devant une affaire très délicate. Il nous faut ces renseignements, mais allons-y sur la pointe des pieds. »

Les inspecteurs acquiescèrent.

Len, voyant que ses propositions demeuraient lettre morte, sentit son cœur se serrer. « Que désirez-vous que je fasse, monsieur ? » demanda-t-il.

À cet instant, Delilah Jones frappa au battant de la porte ouverte. « Chef, c'est l'heure de votre point de presse. »

Frank poussa un profond soupir. « Merde ! je déteste ça. Je n'ai rien à leur apprendre de nouveau et il va falloir que je raconte que l'enquête progresse.

— Monsieur ? insista Len Wickes.

— Assurez la permanence téléphonique, Wickes. Jusqu'à nouvel ordre. Pete, Rocky, venez avec moi. »

Len parut stupéfié. « La permanence téléphonique ? » murmura-t-il, incrédule. Il n'en croyait pas ses oreilles. Alors qu'il y avait un kidnapping et un meurtre à résoudre !

« Vous m'avez entendu », aboya Frank. Il passa devant lui à grandes enjambées et faillit renverser Delilah Jones en sortant. Elle jeta un regard à Len, puis haussa les épaules.

Le jeune policier, déprimé, fit le tour du commissariat. Tous les flics sillonnaient la ville pour s'efforcer de recueillir des informations, et lui, il était coincé là, à répondre au téléphone. Et comme une ultime moquerie, le téléphone sonna sur le bureau de Pete Millard. Len alla décrocher.

« Poste de l'inspecteur Millard, annonça-t-il.

— Bonjour, dit une voix douce à l'autre bout du fil. Caitlin Markus de l'agence d'adoption de l'Arc-en-ciel à l'appareil. J'ai les informations que l'inspecteur Millard m'a demandées et je voudrais les lui transmettre par modem.

— Pas de problème, répondit Len Wickes qui s'assit au bureau de l'inspecteur et alluma son ordinateur. Allez-y. »

En attendant que les renseignements concernant les couples qui avaient fait une demande d'adoption s'inscrivent sur l'écran, Len prit un listing qui traînait sur le bureau. Il s'agissait d'une liste, établie par les services de l'état civil, des enfants morts à Taylorsville au cours des vingt-cinq dernières années, avec leurs dates de naissance. Pendant qu'il l'étudiait, il eut une idée. Au moins, cela l'occuperait. Il chercha les décès intervenus au mois de novembre, puis le jour. On ne pouvait jamais savoir. Il y en avait deux. Il les confronta avec les noms figurant dans les dossiers de l'agence d'adoption. L'un des deux noms y était, mais le couple avait pu adopter un enfant. L'autre, par contre, n'avait pas déposé de demande.

À tout hasard, il nota les deux noms. Mais il y avait d'autres organismes. La tâche risquait d'être longue et ardue. Le téléphone sonna, sur le bureau de Rocky Belmont cette fois. Len parcourut la salle des yeux et accrocha le regard de Delilah Jones. « Vous pourriez répondre, Delilah ? demanda-t-il. Je suis occupé. »

La jeune femme soupira et esquissa un petit sourire narquois. Elle n'allait pas se laisser traiter comme une domestique. Elle avait un diplôme de police au même titre que tous ces types-là. D'un autre côté, elle savait très bien qu'il voulait se donner des airs importants pour sauver la face après avoir été relégué à cette tâche qu'il jugeait subalterne. Elle le plaignait un peu. Certes, il paraissait avoir les dents longues, mais il avait aussi quelque chose d'attachant. On aurait dit un petit garçon qui désirait à tout prix jouer avec les grands. Elle alla décrocher, tandis que Len se penchait de nouveau sur le listing. Il décida d'effectuer également des recoupements avec les dates de naissance. Pourquoi pas ? songea-t-il. On ne risque rien. Il posa les mains sur le clavier de l'ordinateur et se passa nerveusement la langue sur les lèvres. Et s'il résolvait l'affaire ? songea-t-il. Laurie serait si fière de moi. Comme la pensée de l'admiration que lui manifesterait sa femme le distrayait de sa tâche, il la repoussa dans un coin de son esprit tandis que ses doigts commençaient à pianoter sur les touches.

25

Doug ne descendit pas dîner. Maddy se fit un devoir de l'excuser. Il avait beaucoup de travail pour préparer ses cours du lendemain, expliqua-t-elle. Les Lewis, tout à leurs retrouvailles, semblaient s'en moquer éperdument. Il ne réapparut pas davantage à l'heure du coucher d'Amy, si bien que la jeune femme dut mettre l'enfant au lit avec la promesse que papa viendrait l'embrasser pour lui dire bonne nuit quand il aurait fini son travail. À la fin, elle n'y tint plus. Sa mère lui avait un jour confié que son mari et elle ne s'étaient jamais couchés en restant fâchés. Maddy, qui avait toujours admiré le couple que formaient ses parents, s'était efforcée d'appliquer cette règle au sien, encore qu'elle n'eût pas tout le temps réussi.

Elle détestait les disputes qui se prolongeaient. C'était mauvais pour leurs rapports de couple et c'était mauvais pour Amy qui en supportait les conséquences. Les enfants savaient quand leurs parents se querellaient. Ils n'avaient pas besoin de connaître la cause. Ils sentaient qu'il y avait un conflit dans l'air. Mieux valait purifier l'atmosphère et en terminer. Elle posa son torchon sur le comptoir et se dirigea vers l'escalier qu'elle monta d'une démarche pesante. Pourquoi est-ce toujours moi qui dois faire le premier pas ? pensa-t-elle.

Elle soupira. Sans doute parce que cela lui était plus facile à elle qu'à lui, se dit-elle. Pour ce qu'elle en savait, il avait grandi dans une maison privée d'amour. Son père subissait la domination de sa femme, une personne froide et distante, qui le menait par le bout du nez, et Doug était sans cesse pris entre les deux. Il se tournait en vain vers son père, or celui-ci était trop faible pour prendre la défense de son fils. Maddy l'avait rencontré peu avant sa mort. Quant à sa mère, Frances Blake, ils n'entretenaient pratiquement aucune relation avec elle. Elle avait sa vie à vivre, leur disait-elle les rares fois où ils lui téléphonaient. Tout en grimpant l'escalier, Maddy pensait à cela afin de ne pas trop garder rancune à son mari, ce qui n'aurait servi qu'à envenimer la situation. Pourtant, en approchant de son bureau, elle éprouva une certaine lassitude. Elle aimerait bien qu'une fois, rien qu'une fois, ce fût lui.

Elle frappa à la porte et, en l'absence de réponse, elle tourna la poignée et ouvrit. La pièce était plongée dans la pénombre, les rideaux tirés, éclairée seulement par une petite lampe de bureau qui ne projetait qu'un ovale de lumière. Doug se tenait là, serrant une photo dans ses mains. Il avait le visage défait, et des larmes silencieuses coulaient sur ses joues.

À ce spectacle, la colère de Maddy s'évanouit sur-le-champ. « Qu'est-ce que tu as, mon chéri ? » demanda-t-elle.

Elle s'avança et vit que la photo le représentait dans son maillot des Phillies de Philadelphie avant que sa blessure au genou ne l'ait contraint de renoncer à sa carrière. Lorsqu'ils s'étaient rencontrés, il se trouvait encore sous le coup de cette immense déception. Et elle pensait quelquefois qu'il ne l'avait toujours pas surmontée. Elle contempla la photo par-dessus son épaule. Il paraissait éternel ainsi, comme s'il devait rester toujours jeune. Il arborait le sourire de la victoire et respirait la joie de vivre.

Doug retourna la photo encadrée pour la cacher aux regards de sa femme, puis essuya subrepticement ses larmes. « Qu'est-ce que tu veux ? »

Maddy posa gentiment la main sur son épaule, mais il l'écarta d'un geste brusque. « Pourquoi es-tu à ce point bouleversé ? s'inquiéta-t-elle.

— Excuse-moi. Tout va mal. Je redoute de retrouver le lycée demain », dit-il en lui adressant un sourire forcé.

La jeune femme prit le petit coussin sur la bergère et alla s'asseoir à côté de son mari. « Tu n'as pas besoin de faire semblant de sourire. Je sais très bien que tu as traversé de dures épreuves. »

Il la contempla un moment en silence, l'air impénétrable. « Tu es tellement fidèle », dit-il enfin. Il y avait quelque chose de froid et de distant dans son ton, alors qu'il avait manifestement eu l'intention de lui faire un compliment.

« Je suis ta femme. Nous formons un couple. Naturellement que je te suis fidèle. Je me doute bien que ça va être difficile pour toi d'entrer en classe après tout ce qui est arrivé. Tu n'auras qu'à te souvenir que le tribunal a établi ton innocence et que la coupable, c'est Heather. » Se rappelant alors la visite de l'adolescente, elle soupira à son tour. « J'espère qu'elle ne va pas recommencer à te courir après.

— Je saurai y veiller.

— Je pense que tu devrais te tenir à l'écart d'elle, suggéra-t-elle.

— Je sais très bien ce que je dois faire, dit-il entre ses dents. Je n'ai pas besoin de tes conseils. »

Elle se tut, choquée par sa réaction.

Il fit un effort sur lui-même pour se rattraper. « Ce n'est pas seulement ça.

— Quoi, alors ? C'est à cause des Lewis qui sont à la maison ? Je ne veux pas qu'on se dispute pour ça. Je n'y attache pas tant d'importance. De toute façon, demain ils seront partis.

— Ça m'est égal, répliqua Doug. Ils peuvent rester. Une nuit de plus n'y changera rien.

— Alors quoi ? » s'écria la jeune femme. Elle lui prit la main. Il ne la retira pas, mais demeura sans réaction. Ses doigts étaient aussi froids que la pierre.

« C'est parce que je t'ai embêté avec cette histoire d'assurance et tout… ?

— Non, Maddy, non, pas du tout…, dit-il d'un ton las.

— Tu sais, je me rends compte du cauchemar que tu viens de vivre, et peut-être que je ne t'ai pas toujours soutenu autant qu'il le fallait… »

Doug arracha sa main à la sienne et s'empara de nouveau de la photo. « Tu as été parfaite, d'accord ? Absolument parfaite. Il ne s'agit pas de toi. » Il contempla la photo, le regard empreint d'une incroyable nostalgie. « Je vois ce garçon et je me demande ce qui lui est arrivé. Oui, qu'est-il devenu ce garçon qui avait le monde à ses pieds et pour qui la vie était si facile ? Ce garçon qui était si heureux, admiré de tous et à qui tout réussissait ? Les filles tombaient toutes amoureuses de lui et les hommes lui réclamaient des autographes. Pourquoi a-t-il fallu que tout ça parte en fumée ? Pourquoi a-t-il fallu que je perde tout ? »

Maddy, les jambes flageolantes, se mit debout, puis elle fit un pas vers le bureau. Par-dessus l'épaule de son mari, elle distinguait le garçon sur la photo. Elle avait l'impression de chanceler sous l'offense qui venait d'être faite à leur mariage et à leur vie commune. Elle essaya de se raisonner, de se dire que ses paroles avaient sans doute dépassé sa pensée. Les gens, parfois, étaient sujets à des dépressions et ils disaient des choses qui ne signifiaient pas exactement ce qu'on croyait. Toujours est-il que cela faisait mal. Très mal. Et en plus, il ne semblait même pas s'en apercevoir.

« Je suis désolée de ne pas t'avoir rendu heureux, dit-elle d'une voix pleine d'amertume.

— Oh, ce n'est pas que tu ne me rendes pas heureux, répondit-il d'un air absent sans quitter la photo des yeux. Mais tu comprends, regarde ce garçon. Il avait tout ce qu'il pouvait désirer. Qu'est-ce qui pourrait se comparer à ça ? »

La jeune femme étudia un instant son mari, et elle sentit soudain son estomac se retourner, comme si elle était prise d'une brusque envie de vomir. « Merci infiniment », dit-elle d'un ton cassant.

Doug leva les yeux, surpris, puis il fronça les sourcils. « Oh, ne te crois pas personnellement visée.

— Pas personnellement visée ? Alors comment dois-je le prendre ? Amy et moi avons tout fait pour te rendre heureux. Il semble évident qu'à tes yeux ça ne compte pas.

— Si tu es venue pour déclencher une dispute, ce n'était pas la peine, dit-il.

— Espèce de sale égoïste ! lui cracha-t-elle à la figure. J'en ai assez de tes jérémiades ! »

Il pivota d'un bloc et, les yeux lançant des éclairs, il lui saisit brutalement le poignet. La surprise lui coupa le souffle. Jamais il n'avait levé la main sur elle. Elle planta son regard dans le sien, bien déterminée à ne pas crier malgré la douleur qu'elle ressentait sous la violence de l'étreinte.

« Lâche-moi », souffla-t-elle. Sa voix ne tremblait pas, mais au fond d'elle-même elle était terrifiée. Elle se demanda s'il n'allait pas lui casser le poignet.

Après un instant qui parut durer l'éternité, il la lâcha, comme avec dégoût.

« Je savais que tu ne comprendrais pas, dit-il avec un soupir. Tu n'as jamais compris. » Il enfouit sa tête dans ses mains.

Maddy eut l'impression qu'une vague de fatigue déferlait sur elle, et elle éprouva le désir de fermer les yeux et de dormir pendant des jours et des jours. Elle voulait être loin de lui, loin de ses paroles et de tout ce qu'elles impliquaient.

Se frottant le poignet, les jambes tremblantes, elle sortit de la chambre. Elle s'adossa au mur du couloir et ferma les yeux. Il se trompait à son sujet. Ce n'était pas qu'elle ne comprenait pas. Ce qui l'inquiétait, au contraire, c'est qu'elle commençait à croire qu'elle ne comprenait que trop bien.

26

Paulina alla répondre au coup sec frappé à la porte. Elle entrouvrit et jeta un regard soupçonneux sur le policier qui se tenait sur le seuil. « Oui ? » fit-elle.

Len Wickes, le chapeau enfoncé sur la tête, inspira profondément l'air vif de ce matin d'automne. Faisant preuve de zèle, il avait passé la nuit à se livrer à son petit travail de détective. Pendant que sa femme Laurie lui apportait tasse de café après tasse de café, il avait étudié les listings et donné les coups de téléphone nécessaires. Aujourd'hui, il ne lui restait plus que quelques questions pertinentes à poser. « Pourrais-je parler à Mr. et à Mrs. Henson ? » demanda-t-il.

Paulina fronça les sourcils. « Mr. Henson n'est pas là. Il est à son bureau. »

Len s'en serait douté. Il avait entendu parler de Charles Henson. Tout le monde au sein des services de la police avait entendu parler de ce redoutable avocat. Mais ce n'était pas lui qu'il désirait voir. « Mrs. Henson, alors ? demanda-t-il avec politesse.

— Entrez », dit Paulina. Elle s'effaça, et Len pénétra dans le vestibule de la magnifique demeure Tudor. Il ôta son chapeau et le garda à la main. « Attendez ici, reprit la bonne en désignant le salon. Je vais voir si elle est là. » Elle se dirigea vers l'escalier, puis se retourna. « C'est à quel sujet ?

« — Une simple enquête de routine », répondit Len en s'efforçant de prendre un air détaché.

Paulina n'avait pas pour habitude de contester l'autorité des policiers. À ses yeux, il s'agissait de gens à qui on pouvait faire confiance et dont la fonction consistait à vous protéger. Des gens dont on n'avait rien à craindre. Néanmoins, les nerfs d'Ellen avaient été fortement ébranlés ces derniers temps. Paulina, malgré son désir de l'épargner, ne pouvait cependant pas franchir certaines limites. S'opposer à un représentant de la loi, par exemple. Après avoir jeté un coup d'œil anxieux sur le visiteur, elle s'engagea dans l'escalier.

Len promena son regard autour de lui. Il avait l'impression de pénétrer dans un autre univers, un univers qui lui était étranger. Il se demanda combien une propriété pareille pouvait coûter. Sans doute plus d'argent qu'il n'en verrait de toute sa vie. Len, cependant, n'était pas un homme envieux. Il n'éprouvait pas de jalousie, simplement de la curiosité. De plus, se dit-il en contemplant le portrait de la mère et de l'enfant mort depuis longtemps qui était accroché au-dessus du manteau de la cheminée, voilà bien la preuve que l'argent ne fait pas le bonheur. Aucune fortune au monde ne ferait revenir le petit garçon. Et, d'après les dossiers de l'agence de l'Arc-en-ciel, leurs demandes d'adoption avaient été rejetées en raison de leur âge. Le jeune policier pensa un instant à Laurie et à leurs espoirs pour l'avenir. Deux ou trois enfants qu'il ne doutait pas d'avoir lorsque le moment serait venu. Non, décidément, l'argent ne pouvait pas tout acheter.

On toussota derrière lui et il se retourna. Il n'avait pas entendu Ellen Henson entrer dans le salon, car elle ne portait pas de chaussures. C'était une femme frêle âgée d'une quarantaine d'années, et peut-être même proche de la cinquantaine, estima-t-il. Elle avait une étonnante chevelure, une masse de cheveux bouclés plutôt indisciplinés, mélange de blond et de gris. Elle le regardait d'un air inquiet.

« Que puis-je pour vous, monsieur l'inspecteur ? » demanda-t-elle.

Tout en l'examinant, Len s'interrogeait : avait-il affaire au genre de personne qui, aveuglée par le désir d'avoir un enfant, serait capable de violence ? Elle ne paraissait pas folle, peut-être un peu anxieuse, mais sûrement pas folle. Quoique… on ne pouvait jamais savoir. Hier soir, il avait emporté les listings à la maison et les avait étudiés jusqu'à ce qu'il trouve les corrélations qu'il cherchait. Il avait déjà vérifié les trois autres noms qui correspondaient et était à peu près convaincu qu'il n'y avait rien qui clochait en ce qui les concernait. Il aurait dû communiquer l'information à ses collègues, mais il l'avait gardée pour lui, car il flairait la possibilité de réussir un beau coup qui lui vaudrait le respect qu'il méritait.

« Ainsi que vous le savez sans doute, nous enquêtons sur la disparition du petit Justin Wallace.

— Oui, en effet, je l'ai lu dans le journal. Mais je vous en prie, asseyez-vous. »

Len s'exécuta et, mal à l'aise, emprunté, il se percha au bord d'un fauteuil. « Nous explorons la moindre piste et interrogeons les gens qui, pour une raison ou pour une autre, auraient pu vouloir se procurer un bébé par tous les moyens. »

Ellen le dévisagea comme si elle n'en croyait pas ses oreilles. « Je ne comprends pas, dit-elle.

— Mrs. Henson, je suis persuadé qu'il s'agit d'une simple coïncidence, mais nous avons noté sur une liste communiquée par les services de l'état civil que l'anniversaire de votre fils décédé tombait le jour où Justin Wallace a disparu. Nous savons également que vous avez tenté en vain d'adopter un enfant. »

Les yeux d'Ellen lancèrent des éclairs, mais il continua à s'enferrer : « J'ai effectué des investigations supplémentaires et j'ai appris que vous aviez passé quelque temps à la section psychiatrique de l'hôpital Shady Groves ; j'aimerais, si possible, que vous me disiez de quel mal vous souffriez.

— Je souffrais de dépression à la suite de la mort de mon enfant unique, répondit Ellen d'une voix égale, mais elle était agitée de tremblements. Cela vous paraît-il anormal, inspecteur ?

— Non, madame, pas nécessairement, s'entêtat-il. Maintenant, est-ce que vous pourriez me préciser ce que vous faisiez le jour de la disparition de Justin Wallace ? »

Ellen se tenait si immobile dans son fauteuil qu'on l'aurait crue transformée en statue. À cet instant, Len s'imagina peut-être qu'il avait décroché le gros lot. Pensant l'affaire pratiquement résolue, il regarda le visage crispé de la suspecte avec un sentiment de triomphe. Cette femme cachait quelque chose. Il en était sûr. Il le sentait. Si elle ne répondait pas dans la minute, il demanderait à fouiller la maison. Son mari étant avocat, elle n'ignorait sans doute pas qu'il fallait un mandat de perquisition, mais parfois, dans ces cas-là, les criminels craquaient et se mettaient à table. En outre, elle paraissait si fragile, si tendue, qu'il avait l'impression qu'elle allait s'effondrer d'un instant à l'autre...

« Mrs. Henson ? » reprit-il d'un ton qui se voulait à la fois ferme et compréhensif.

Elle inspira profondément avant de répondre : « Jeune homme, je me rends compte que vous ne faites que votre travail, et quelles que soient les souffrances que vous me causez, elles ne sont rien comparées aux tourments que ces malheureux parents endurent. » Elle se tut, comme si elle luttait pour ne pas perdre son sang-froid, puis elle poursuivit : « Ces pauvres jeunes gens qui sont dans une terrible incertitude... » Elle ferma les yeux, et son visage ne fut plus qu'un masque tragique. « Je n'ose pas y penser », murmura-t-elle comme si elle se parlait à elle-même.

« Mrs. Henson, auriez-vous l'amabilité de répondre à ma question ? »

Ellen le regarda fixement. Elle semblait avoir beaucoup de choses à lui dire sans toutefois parvenir à s'y résoudre. « J'ai passé toute la journée ici, finit-elle par déclarer. Je n'ai pas quitté la maison. Ma bonne vous le confirmera. Maintenant, si vous avez d'autres questions, je vous engage à les poser à mon mari. » Elle se leva. « À présent, veuillez sortir.

— Auparavant, j'aimerais jeter un coup d'œil aux alentours, si vous le permettez.

— Je ne le permets pas. Vous ne ferez pas un mètre de plus dans cette maison sans un mandat en bonne et due forme. Et maintenant, sortez avant que je me mette à crier ! »

Len trouva son attitude des plus suspectes.

Il songea alors qu'il n'allait guère avoir de mal à convaincre le chef de délivrer un mandat de perquisition quand il lui raconterait sa visite.

« Bien, fit-il. Mais j'espère revenir bientôt. »

Ellen, impassible, se dirigea vers la porte et referma derrière lui sans prononcer un mot. Quelques instants plus tard, Paulina qui descendait l'escalier sur la pointe des pieds la vit qui se tenait là, pareille à une poupée brisée, le front appuyé contre le battant. « Vous vous sentez bien ? » demanda-t-elle avec inquiétude.

Ellen se contenta de hocher la tête.

« Qu'est-ce qu'il voulait ? reprit Paulina.

— Il voulait savoir si j'avais kidnappé l'enfant des Wallace, le bébé disparu.

— Grands dieux ! s'exclama la bonne en pressant sa main sur sa poitrine comme pour se protéger contre une pensée aussi horrible. Il est fou ou quoi ? Qu'est-ce qui lui a pris de venir ici ?

— Le bébé a été enlevé le jour de l'anniversaire de Ken.

— Et alors ?

— Alors, ils savent que nous n'avons pas réussi à adopter un enfant.

— Un tas de gens sont dans le même cas, affirma Paulina en femme dévouée.

— Il a enquêté sur mon compte. Il a découvert que j'avais été internée en hôpital psychiatrique après la mort de Ken. » Ellen se tourna et sourit à Paulina, mais ses yeux brillaient de larmes. « Il me croit folle. Il a peut-être raison.

— Je vous interdis de poursuivre sur ce ton ! » lança Paulina d'une voix autoritaire.

Le téléphone sonna. « J'y vais », dit Ellen.

Elle alla prendre la communication. La cuisinière n'entendit pas ce qu'elle disait, mais elle vit son corps mince se tendre avant qu'elle ne s'affaisse à moitié, ramassée sur elle-même comme pour parer un coup.

Paulina, le front soucieux, se dirigea vers la porte d'entrée et regarda la voiture de police s'éloigner. Elle se dit que Charles Henson ferait sûrement payer cher les responsables quand il apprendrait ce qui venait de se passer.

Ellen raccrocha. Elle demeura un instant immobile, puis elle s'écarta du téléphone avec précaution, comme si le sol était en verre. « Je sors… Je vais dans la petite maison, dit-elle.

— Pourquoi ? Il n'y a rien là-bas. »

Ellen ne répondit pas.

« Attendez, l'implora Paulina en se lançant derrière elle. Venez au moins manger quelque chose. »

Ellen continua à marcher, comme si elle n'avait pas entendu. Paulina la suivit, tandis qu'elle se dirigeait vers la porte de derrière.

« Mettez une veste ! » lui cria-t-elle.

Ellen garda le silence. Elle traversa le jardin, puis défit le cadenas de la petite maison. Paulina hésita une minute et, pétrifiée d'angoisse, elle la vit disparaître à l'intérieur. Aussitôt, elle se précipita vers le téléphone.

27

Nick se réveilla dans la pénombre de sa chambre de motel, puis se tourna pour regarder l'heure. Il eut un mouvement de surprise. Il dormait rarement si tard. La liberté, songea-t-il avec une pointe de mélancolie. Son cœur, de nouveau, se serra. Un trait de lumière grise filtrait entre les lourds rideaux tirés devant la fenêtre. Il se passa la main sur la figure, puis se leva pour aller jeter un coup d'œil sur le paysage. Il entrouvrit les rideaux. Le parking du motel était presque désert. À cette époque de l'année, il ne devait guère y avoir de voyageurs en milieu de semaine. Bientôt ce serait Thanksgiving, et il y aurait sans doute davantage de clients, mais aujourd'hui, le coin paraissait bien peu fréquenté. On ne voyait que le ciel morne et le bleu-vert sombre des épicéas qui formaient à l'horizon une ligne déchiquetée sur le flanc des collines. Taylorsville ne se trouvait qu'à quelques heures de là, mais on avait l'impression d'être en pleine campagne.

Il n'avait pas roulé longtemps hier soir. Après avoir quitté Maddy, il était rentré dans l'intention de finir ses bagages, de charger la voiture et de partir aussitôt. Mais, naturellement, les choses n'avaient pas été si simples. Les gens étaient passés dire au revoir, et Jim Warren, son remplaçant, avait encore de nombreuses questions à lui poser. En outre, il n'avait cessé de tomber sur un tas d'objets qu'il avait oublié d'emballer ou de jeter. Il avait cru qu'il n'en finirait jamais. Il était presque cinq heures lorsqu'il avait enfin pu démarrer. Il avait conduit jusqu'à ce que la faim et les bâillements répétés l'aient convaincu qu'il serait préférable de s'arrêter, d'autant qu'il faisait déjà nuit depuis un bout de temps. Après tout, rien ne le pressait. Personne ne l'attendait. Son arrivée au monastère n'était annoncée que pour la fin de la semaine. En vérité, personne ne l'attendait nulle part.

Il laissa retomber le rideau et décida de prendre une douche. En passant, il jeta un coup d'œil sur le téléphone, se demandant presque par réflexe s'il allait sonner pendant qu'il serait sous la douche, comme cela semblait toujours être le cas. Puis il se rendit compte que tout le monde ignorait qu'il était là. Personne ne l'appellerait. Il essaya de se convaincre que c'était formidable, qu'il n'avait toute sa vie désiré que cela.

Pourtant, comme il ouvrait les robinets, grimpait dans la baignoire et tirait le rideau de la douche, il se surprit à tendre quand même l'oreille. Par habitude. Il s'était habitué à la disponibilité constante qu'exigeait son sacerdoce, à voir les gens venir chercher auprès de lui l'espoir, un miracle ou toute autre chose qu'il était incapable de donner. Il se savonna longuement, laissa l'eau couler et s'efforça en vain de profiter de son bain, de sa liberté, de l'anonymat de cet endroit où il se trouvait à l'abri des besoins d'autrui. Il s'imagina qu'il n'était pas seul. Il était là, dans cette chambre, loin de tous les lieux et de tous les gens qu'il connaissait, en compagnie de la seule personne…

La souffrance fut presque intolérable. Posément, car il avait une longue pratique, il chassa la pensée de son esprit. Il savait qu'il n'avait plus besoin de feindre ne pas l'aimer. Ici, dans ce motel isolé, il pouvait le crier à la face du monde. Après tout, elle appartenait au passé désormais. Elle ne saurait jamais les tourments dans lesquels l'avaient plongé son regard et son sourire ainsi que cette étrange conversation interrompue. Il la revoyait hier, dans sa cuisine, qui lui préparait un thé comme s'ils vivaient ensemble. Il pouvait se passer et se repasser la scène dans sa tête comme un film en vidéo. Elle vaquait à ses occupations, les pensées ailleurs, comme si elle ne le considérait pas comme un homme à part entière. Pour elle, il n'était que le père Nick, prêt à répondre à quelques questions, à soulager un esprit troublé. Et lui, qui soulagerait le sien ? Soudain, il se rappela les mots qu'elle avait prononcés au moment des adieux. Pas au revoir, ni merci, mais « je suis désolée ». Pourquoi avait-elle dit cela ? Désolée de quoi ? Désolée, comme lui, qu'ils se soient connus trop tard ? Non, se dit-il. Tu te laisses aller à des fantasmes d'adolescent. Tu bâtis des châteaux de sable à partir de trois mots innocents prononcés par une femme dont tu n'as jamais occupé les pensées.

Pourtant, il n'y croyait pas vraiment. Il n'était pas tout à fait novice en matière de femmes. Avant de recevoir la prêtrise, il avait connu quelques expériences limitées et frustrantes. Assez en tout cas pour faire la différence entre la froideur et l'espérance. C'était en partie ce qui avait motivé son départ. Parce que s'il était resté plus longtemps, il aurait fallu qu'il sache. On ne pouvait pas simuler indéfiniment. Tôt ou tard, il n'aurait pas manqué de provoquer une réponse, de dire quelque chose qu'il ne fallait pas. C'était une femme mariée et lui, il était encore prêtre. Quels que soient les péchés qu'il ait pu commettre dans son esprit et dans son cœur, jamais il n'aurait cherché à l'entraîner dans un amour adultère. Aussi imparfait fût-il, il respectait les vœux qu'elle avait prononcés. Et les siens. Il ne succomberait pas à la tentation.

Nick sortit de la douche, s'essuya, puis s'habilla. Il vit, posée sur le poste de télévision, une carte jaune en forme de triangle annonçant qu'on servait un petit déjeuner continental gratuit au restaurant. Il se dit qu'il était temps de mettre ses affaires dans la voiture et d'aller boire un café avant de reprendre la route. Après tout, il bénéficiait encore de quelques jours de liberté. Autant en profiter. Il rangea le sac qu'il avait ouvert pour la nuit, puis le porta avec les autres jusqu'à sa voiture. Ouvrant le coffre, il constata soudain que sa serviette ne s'y trouvait pas.

« Comment ai-je pu faire ça ? » s'étonna-t-il à voix haute, conscient de sa stupidité. Il avait été tellement préoccupé, tellement… entouré en partant qu'il ne s'en était pas aperçu. Et cette nuit… il était bien trop fatigué. Il joua un instant avec ses clés, puis referma le coffre et rentra dans sa chambre.

Il s'assit au bord du deuxième lit jumeau et composa le numéro de son bureau. Il laissa sonner jusqu'à ce qu'on décroche et qu'une voix familière réponde : « Maison paroissiale…

— Marge ? demanda Nick qui avait reconnu la femme de ménage.

— Père Nick ?

— Oui, c'est bien moi.

— Vous appelez du Canada ? interrogea Marge Sheehan.

— Non, j'en suis encore loin. Dites-moi, est-ce que Jim est là ? Je crois que j'ai oublié ma serviette au bureau.

— Oh non ! répondit Marge, adoptant aussitôt un ton grave. Il dit le service funèbre pour la fille qui a été assassinée.

— Rebecca Starnes ? Je ne savais pas qu'elle était catholique.

— Elle n'allait pas à l'église ici, mais elle était baptisée. Elle faisait ses études à l'école des Chagrins Éternels. Son père est catholique et il a tenu à ce qu'elle soit enterrée religieusement. Monseigneur Hathaway ne voulait pas parce que les parents étaient divorcés, alors ils ont demandé au père Warren. À vrai dire, la mère était trop éplorée pour protester. C'est bien malheureux.

— Oui », dit Nick, se sentant coupable de ne pas être là pour la famille, même s'il ne la connaissait pas. — Non, se reprit-il intérieurement. Oublie tout ça, cet épisode de ton existence appartient désormais au passé. « On n'a toujours pas retrouvé le bébé ?

— Ce pauvre tout-petit a rejoint les anges, mon père. Vous pouvez me croire.

— Vous avez peut-être raison, Marge.

— Enfin… Vous voulez que le père Warren vous rappelle ?

— C'est-à-dire que je suis sur la route. S'il la trouve, demandez-lui de l'envoyer au monastère, voulez-vous. J'ai laissé l'adresse…

« — Je m'en charge, dit Marge.

— Je lui téléphonerai en arrivant au Canada.

— Vous nous manquez déjà, mon père, dit la femme de ménage avec un accent de sincérité.

— Merci, Marge. Vous tous aussi vous me manquez. »

Et à cet instant, il le pensait. Après un bref au revoir, il raccrocha et resta assis au bord du lit, l'esprit occupé par Rebecca Starnes. Que lui était-il arrivé dans le parc ce jour-là ? Il songea à Douglas Blake. Il avait conseillé à Maddy de faire confiance à son mari, d'être loyale. Était-ce le bon conseil ? Ou bien l'avait-il fait pour rendre son départ plus facile dans la mesure où, ainsi, elle n'aurait pas à chercher du réconfort auprès de lui ? L'avait-il poussée à demeurer aux côtés d'un homme odieux… d'un homme capable de tuer ?

Un coup frappé à la porte entrouverte le fit sursauter. Il se retourna d'un bloc. Une femme noueuse aux cheveux grisonnants réunis en queue-de-cheval et qui portait un tablier blanc par-dessus un jean attendait sur le seuil. « On peut faire la chambre ? » demanda-t-elle.

Nick jeta un coup d'œil sur le téléphone, puis se leva. « Oui, je suppose », dit-il.

Après avoir vérifié une dernière fois qu'il n'oubliait rien, il sortit, tandis que la femme de chambre amenait son chariot à linge devant la porte. Il hésita un instant avant de monter en voiture. Non, plus question de revenir en arrière, se dit-il, cependant qu'il s'installait au volant et mettait le contact. Tu lui as donné le conseil qu'elle voulait sans nul doute que tu lui donnes. Elle se tenait aux côtés de Doug

Blake parce que tel était son désir. Tu as agi de manière honorable. Maintenant, oublie-la et poursuis ton chemin.

28

Doug essuya le tableau en décrivant un arc de cercle avec l'éponge. Il soupira. Si seulement les erreurs humaines étaient aussi faciles à effacer ! Il se recula et contempla la surface verte du tableau. On voyait encore les traces de craie, une espèce de brume ivoire qui voilait et ternissait le champ vert étincelant.

Les choses allaient être plus délicates que prévu. Il le lisait dans les regards. Certes, ils lui avaient tous serré la main et adressé leurs félicitations, mais le doute planait toujours, et la tache sur sa réputation restait. Il était d'abord passé dans la salle des professeurs, puis il avait donné trois cours. Personne n'avait fait la moindre remarque et aucune attitude ne lui avait paru désobligeante. Pourtant, il se sentait surveillé, épié. Et derrière cette sourde angoisse en perçait une autre. Plusieurs autres, corrigea-t-il en son for intérieur. Qui concernaient la mort de Rebecca Starnes, même s'il se jugeait en sécurité de ce côté-là. S'ils ne savaient pas encore…

Il reposa l'éponge à côté du tableau, se frotta les mains pour les débarrasser de la craie, puis retourna à son bureau ranger ses papiers dans sa serviette tout en se demandant pourquoi il se donnait la peine de les rapporter à la maison. Il serait incapable de se concentrer. Il fallait cependant qu'il se comporte comme si de rien n'était. Il enfila son blouson vert foncé, prit sa serviette et se cuirassa avant de sortir dans le couloir. Les élèves faisaient claquer leurs casiers et se précipitaient dehors en s'interpellant. Ils ne font pas attention à toi, se rassura-t-il. Ils ont leurs propres soucis. Il décida de prendre un raccourci pour rejoindre le parking et d'emprunter la petite porte pour traverser la pelouse. Moins il rencontrerait de gens, mieux cela vaudrait. Respirant l'air vif du dehors, il se sentit un peu soulagé. Il s'arrêta devant le petit mur de pierre qui délimitait le périmètre du lycée et observa un moment l'équipe féminine de hockey qui s'entraînait sur le terrain en contrebas. Les filles paraissaient si angéliques, si insouciantes avec leurs cheveux qui voletaient et leurs longues jambes qui s'activaient. Un divin spectacle, en vérité. Il avait faim rien qu'à les regarder. Il pêcha distraitement dans sa poche un petit paquet de crackers entamé et en grignota un. Le biscuit, rassis et sans saveur, s'effrita sous sa langue.

« Mr. Blake », fit une voix douce derrière lui.

Il s'empressa d'avaler ce qu'il avait dans la bouche et de fourrer dans sa poche l'emballage de Cellophane vide, puis il se retourna et vit Karla Needham qui s'avançait vers lui. Elle portait une veste de jogging bleu et gris marquée TAYLORSVILLE, et ses cheveux châtain foncé, brillants, retombaient en pluie sur ses épaules. Elle lui souriait.

« Bonjour, Karla », dit-il dans un souffle.

C'était l'une des plus belles filles de l'école, encore qu'il fût difficile de s'en rendre compte, engoncée comme elle l'était dans son épais blouson. Tandis qu'elle s'approchait, il l'examina de la tête aux pieds. Elle vint se placer devant le muret, tout à côté de lui, et, serrant ses livres contre sa poitrine, elle regarda le terrain de hockey. Leurs coudes se touchaient presque et, malgré lui, les battements de son cœur s'accélérèrent. Il ne pouvait s'empêcher de penser à ce que Maddy lui avait raconté, à savoir que Heather l'avait accusé d'entretenir une liaison avec Karla qui, avait-elle affirmé, éprouvait un penchant pour lui.

« Je suis contente que vous soyez revenu », dit la jeune fille.

Il sourit intérieurement. Il l'avait toujours soupçonnée d'être amoureuse de lui, car son visage semblait s'éclairer chaque fois qu'elle le rencontrait. Et puis ce regard que les filles vous adressaient sous leurs cils baissés. Elles étaient jeunes, mais elles savaient ce qu'elles voulaient. Et les adultes qui les croyaient naïves, alors que leurs hormones étaient comme en état d'alerte permanent et qu'elles consacraient leurs journées à se frotter aux garçons et à reluquer leur entrejambe pour vérifier si elles provoquaient une réaction.

« Merci, dit-il. Moi aussi je suis content. »

Elle se tourna et s'adossa contre le petit mur, de sorte qu'elle lui faisait maintenant face. « Je trouve que c'est injuste ce qu'on vous a fait », dit-elle en inclinant la tête.

Il l'examina une fraction de seconde. Ses yeux noirs luisaient, comme si elle était sur le point de pleurer.

« Ce n'est pas grave, murmura-t-il. Ce genre de choses arrive parfois.

— Pas vraiment », dit-elle, jouant du bout de ses tennis d'une impeccable blancheur avec les graviers qui, tels des morceaux de mica, parurent se refléter dans ses yeux. Elle secoua la tête, et son épaisse chevelure vola autour de ses frêles épaules. « Tout le monde savait que Heather Cameron avait le béguin pour vous. On la taquinait tout le temps à ce sujet l'an dernier.

— C'est une gamine perturbée, dit-il gentiment. Elle a un tas de problèmes et... je crains qu'elle ne les ait reportés sur moi... »

Karla le contempla un instant, puis battit des paupières. Elle avait de longs cils recourbés, et il eut du mal à en détacher le regard.

« Je suis contente que ce ne soit pas vrai..., dit la jeune fille.

— Ce n'était qu'un fantasme de sa part..., confirma-t-il d'un ton moqueur.

— Je n'aurais pas aimé vous savoir avec elle », avoua Karla dans un souffle.

Doug ferma les yeux et sentit monter en lui ce désir familier et dangereux. Tu es fou, se dit-il. Comment peux-tu un instant te permettre de penser à ça ? Tu es là, à l'ombre des bâtiments du lycée, tes ennemis guettent le moindre de tes faux pas et ton existence est en train de s'écrouler autour de toi. Tu ne dois même pas y songer.

Pourtant, il y songeait. Et plus il y songeait, plus le nectar entêtant qui coulait dans ses veines lui criait qu'il était de nouveau vivant, de nouveau un héros, un conquérant. C'était comme si les dieux avaient mis cette belle fille sur son chemin, à laquelle il ne pourrait pas échapper en dépit de tous ses efforts.

« Vous voulez marcher un peu avec moi ? » demanda-t-il d'une voix rauque.

Elle se contenta de hocher la tête, comme si elle était trop émue pour parler.

Il posa la main dans le creux des reins de Karla, et s'imagina sentir sa peau satinée sous l'épaisseur des vêtements. Doucement, le bout des doigts en feu, il la guida pour traverser la rue, regardant de chaque côté comme pour s'assurer de l'absence de trafic, alors qu'en réalité il surveillait les environs pour vérifier s'il n'y avait pas des gens qu'il connaissait. Il ne vit personne. Il s'appuya légèrement contre elle, comme pour lui enjoindre de se hâter. De fait, il était pressé de s'éloigner. Ensuite, il prendrait tout son temps. Les jeunes filles avaient besoin de temps et d'une certaine… délicatesse.

Il la conduisit vers une rue bordée de vieilles maisons, puis vers le parc situé en face d'une banque fermée pour la journée. Devant l'entrée, Karla s'arrêta et leva les yeux sur lui. Il plongea son regard dans le sien, inclina la tête, et, ensemble, ils reprirent leur chemin. Au printemps et en été, l'arboretum était un lieu très fréquenté, mais en automne, presque personne n'empruntait plus ses allées qui, éclairées la nuit par des lampadaires, sinuaient au milieu des arbres et des buissons. C'était le genre d'endroit où les jeunes filles adoraient se promener en imaginant des rencontres romantiques. Il y était venu une fois avec Heather, et avec d'autres aussi. C'était le coin idéal pour les préliminaires.

« Comme c'est beau, ici ! » s'exclama Karla.

Elles disent toutes la même chose, pensa-t-il. Elles sont toutes pareilles, à la fois timides et excitées, tremblantes, impatientes d'être prises et incapables de rassembler leurs idées pour prononcer quoi que ce soit de plus cohérent qu'une petite phrase sur le temps ou la beauté des lieux.

« Et vous ne déparez pas le paysage », dit-il.

Ils s'engagèrent dans un sentier abrité sous une tonnelle qui, le printemps venu, se couvrirait de guirlandes de fleurs blanches. Au pied d'un arbre se trouvait un petit banc en ciment dont les bras s'ornaient de volutes. Doug le désigna du doigt, et la jeune fille, sans un mot, alla s'asseoir. Il s'installa à côté d'elle, frôlant sa jambe nue de son genou.

Elle baissa modestement les yeux. Ses longues mains fines étaient croisées sur ses livres. Il les contempla comme si elles brillaient d'une lueur incandescente.

« Je me sens un peu nerveuse, dit-elle avec un petit gloussement.

— Pourquoi ? » Il lui caressa doucement la main. Il eut l'impression d'effleurer une espèce d'opale mystique qui, par miracle, se réchauffait sous ses doigts.

Les yeux chavirés, elle le regarda. « J'avais toujours espéré que peut-être… un jour… vous me verriez d'une manière… différente.

— Je vous trouve très jolie, murmura-t-il.

— C'est vrai ?

— Oui, bien sûr. »

Il la dévisagea. Une vague de désir le souleva, l'emporta, et il crut suffoquer sous le choc du ravissement. Elle était à lui. Il se rendait pourtant compte qu'il fallait arrêter, quitter tout de suite ce banc et s'éloigner, mais c'était toujours pareil. Le désir s'agrémentait de l'excitation inouïe que lui procurait le sentiment de risque. Il planait littéralement, les sens exacerbés, et pas seulement à sa vue, à son odeur. Il percevait tout avec une acuité nouvelle. L'air vif, les feuilles qui craquaient, la beauté qui l'entourait, alors que tout cela lui paraissait terne et sans intérêt dans la vie quotidienne. Il se sentait renaître. L'espace d'un instant, il redevenait jeune, il redevenait un héros. Il était innocent et tout allait recommencer. Ses rêves exaucés étaient là, à portée de main. Le plaisir sans fin, et aucune responsabilité.

Malheureusement, lorsqu'il ferma les paupières, il vit le visage de Maddy qui insistait pour obtenir des explications, des promesses. Un cortège incessant d'exigences. Il s'efforça de la chasser de son esprit et ouvrit les yeux pour contempler Karla, la jeune fille fraîche qui se pâmait devant lui. Il avait l'impression de remonter le temps, de retrouver les jours heureux. Libéré du fardeau de sa morne existence, il baignait dans un pur plaisir sensuel. S'il avait pu réfléchir une seconde, il aurait su que sa jeunesse n'avait jamais été telle qu'il se la représentait. Ses amours adolescentes avaient été maladroites et décevantes. Son entrée dans l'âge d'homme avait été marquée par les douleurs physiques et une vie solitaire sur la route. Non, les jours heureux auxquels il aspirait n'avaient jamais existé pour lui. C'était le rêve de l'enfance, celui de la félicité, du plaisir sans frein, l'image d'une femme en adoration devant lui, prête à tout donner sans rien réclamer en échange. Ce qu'il n'avait jamais connu. Jamais. Et ce qu'il continuait à chercher sans trêve. Il fallait essayer, essayer tout le temps, saisir chaque occasion, sinon à quoi bon vivre ?

Il tendit le bras, tandis que les ombres de l'après-midi s'allongeaient à le toucher, et glissa la main sous la chaleur du blouson pour emprisonner dans sa paume le sein tendre de Karla à la rondeur et à l'élasticité parfaites, puis il se pencha sur le visage levé vers lui et s'apprêta à puiser la même sensation sur les lèvres offertes.

De l'intérieur de sa voiture garée au bord de la route qui traversait le parc, Richie Talbot braqua la caméra vidéo de son père par la vitre ouverte. « Il a mordu à l'hameçon, chuchota-t-il. Bon boulot, Heather.

— Il affirmait que c'était notre endroit à nous ! »

Assise dans le siège baquet à côté de Richie, la jeune fille avait l'air abattu. Elle avait cru tous les mensonges de Doug quand il lui disait combien elle était jolie, unique. Si elle l'avait dénoncé, c'était pour la seule raison qu'il avait cessé de la voir à la reprise des cours en début d'année. Et voilà qu'il se trouvait là, avec Karla, exactement comme Richie l'avait prévu. Ses yeux se gonflèrent de larmes : elle comprenait que, en définitive, elle n'avait jamais compté pour lui.

« Maintenant, on le tient », déclara Richie avec un sourire.

Il savait que ses paroles figureraient sur la bande-son, mais il s'en moquait. Une image valait bien un millier de mots.

29

Paulina, penchée au-dessus de la vieille table de réfectoire en chêne de la cuisine, pétrissait de la pâte à pain sur une planche. Elle malaxait la boule de farine, ainsi qu'on le lui avait appris et qu'elle l'avait fait des milliers de fois, afin de la transformer en une galette lisse et satinée. Elle pesait de tout son poids sur ses mains qui s'enfonçaient dans la pâte, ce qui, dans le même temps, semblait également soulager son cœur.

La porte de la cuisine s'ouvrit à la volée et Charles Henson entra, le visage aussi blanc que la farine qui collait au bout des doigts de Paulina.

« Je suis arrivé le plus vite possible, dit l'avocat. Elle y est encore ? »

Paulina acquiesça d'un signe de tête et jeta de nouveau un coup d'œil par la fenêtre.

« J'ai appelé le chef de la police aussitôt après vous avoir parlé. Je lui ai dit ce que je pensais de ses méthodes et je lui ai promis qu'ils allaient le regretter. Comment ont-ils pu ne serait-ce qu'imaginer… La fille a été assassinée, vous savez.

— Oui, je l'ai entendu dire.

— Comme si elle était capable de faire le moindre mal à qui que ce soit. C'est monstrueux ! »

Ils demeurèrent un instant silencieux, puis Charles Henson demanda : « Comment l'a-t-elle pris ?

— Elle était bouleversée. Ensuite, elle est allée répondre au téléphone, puis elle est partie là-bas », répondit Paulina en désignant la petite maison.

Les épaules de Charles se voûtèrent et son indignation parut retomber. « J'ai parlé à un psychiatre », déclara-t-il.

Paulina, le regard fixé sur la maisonnette, ne dit rien.

« Celui qu'elle a déjà vu il y a quelques années. Il a une excellente réputation, poursuivit l'avocat, le front soucieux. Je lui ai tout raconté et il pense être en mesure de l'aider.

— Elle n'ira pas, affirma Paulina.

— Il le faudra, pourtant. Il n'y a pas d'autre solution. »

La vieille bonne soupira et plongea ses mains dans la pâte. « C'est une affaire entre elle et vous.

— Vous m'en voulez ? Vous savez très bien que je ne cherche qu'à l'aider.

— Je sais, dit-elle. Ce n'est la faute de personne. »

Charles s'approcha de la fenêtre. « Je crois que je vais aller essayer de lui parler. »

Paulina ne leva pas les yeux. Elle ne tenait pas à voir l'expression de son patron.

Charles sortit par la porte de derrière et, d'un pas lourd, emprunta l'allée du jardin qui conduisait à la petite maison. Il conservait le souvenir du jour où les charpentiers avaient fini leur travail et où les peintres avaient mis la dernière couche de peinture avant de déclarer que tout était prêt. Kenny était aux anges. Tenant son fils par la main, Charles avait marché le long de cette même allée bordée de parterres de fleurs, et il lui avait expliqué qu'il s'agissait d'une cachette réservée aux hommes, comme les espèces de dortoirs rudimentaires dans les films de cow-boys ou les cabanes au milieu des bois. Kenny avait trouvé qu'elle ressemblait à la maison de Winnie l'Ourson, et Charles avait abondé dans son sens.

Il faisait gris aujourd'hui, mais l'avocat croyait presque sentir encore le chaud contact de cette petite main dans la sienne et le soleil qui dardait ses rayons comme pour lui accorder sa bénédiction. Il avait trente-cinq ans à la naissance de son fils, et il n'avait cessé de le choyer malgré son travail qui l'occupait beaucoup. Il était alors un père comblé, ce qui ne lui avait été que d'un piètre réconfort depuis... Pourtant, il s'efforçait de considérer cette époque comme un cadeau qui leur aurait été donné. Un cadeau dont ils avaient apprécié le prix.

Arrivé devant la porte de la petite maison, et sans bien savoir pourquoi, il fit la seule chose qui lui paraissait appropriée : il frappa.

« Qui est-ce ? » demanda Ellen de l'intérieur.

Sa voix semblait normale, presque gaie, ce qui, paradoxalement, emplit son mari de terreur. Qu'est-ce que cela signifiait ? Était-ce l'annonce d'une nouvelle dépression nerveuse ? Il ne voulait pas qu'elle retourne à l'hôpital car il craignait qu'elle ne revienne plus. Il se rappelait les jours douloureux qu'elle avait passés au service psychiatrique. Quand il venait la voir, elle se contentait de le fixer, comme si elle ne le reconnaissait pas. Et quand il rentrait à la maison, il n'y avait plus personne pour l'accueillir.

« C'est moi, ma chérie, répondit-il d'une voix pleine d'amour, mais que l'angoisse faisait trembler.

— Entre. »

Il poussa la porte et dut se baisser pour entrer. Il lui fallut quelques secondes pour s'accoutumer à la pénombre. Ellen était assise par terre sur un couvre-lit, les genoux remontés sous le menton. Elle avait allumé une petite bougie qui dispensait une faible lueur. Elle tapota le couvre-lit à côté d'elle.

« Viens là, dit-elle.

— Pourquoi tu ne rentres pas à la maison, ma chérie ? Il fait froid ici.

— Non. Je n'avais pas remarqué, mais ça ne me gêne pas. Installe-toi près de moi. »

Elle paraissait presque jeune à la flamme de la bougie. Ses boucles étaient teintées d'or et son visage resplendissait. Elle avait une expression étrangement paisible. Il en conçut davantage d'effroi que si elle avait été dans tous ses états.

« C'est vrai, tu as un beau costume, reprit-elle.

— Ça m'est égal, dit-il en tirant sur son pantalon en laine peignée qui se terminait par un revers étroit et en croisant sous lui ses chaussures derby bien cirées pour s'asseoir en tailleur. C'est toi qui comptes. Paulina m'a dit que la police était venue.

— Ils essayent de retrouver le bébé, dit-elle, hochant la tête avec tristesse.

— Je regrette qu'ils t'aient importunée, ma chérie, et aussi de ne pas avoir été là pour les flanquer dehors.

— Ce n'est pas grave, dit-elle en lui prenant la main. Je ne leur en veux pas.

— Si tu rentrais maintenant, suggéra-t-il de nouveau. On boira un petit verre de sherry. Ça te réchaufferait. »

Elle sourit et passa la main dans les cheveux blancs impeccablement coiffés de son mari. « Tu es encore si beau, murmura-t-elle. »

Il la considéra un instant, un peu interloqué.

« Toi, aussi, dit-il.

— Nous ne sommes plus très jeunes.

— Non, en effet. »

Ils restèrent assis en silence, les yeux dans les yeux. Elle finit par détourner le regard.

« Charles, j'ai un aveu à te faire. Je te cache quelque chose depuis un certain temps déjà. Il y avait un moment que je le pressentais, mais hier, à l'hôpital, j'ai vu le médecin et… »

Ses paumes devinrent soudain moites, et l'angoisse lui étreignit le cœur. Elle se comportait de manière si bizarre. Elle avait peur, disait-elle. Comment puis-je être à ce point aveugle ? pensa-t-il alors. Elle est malade. Pas mentalement, mais physiquement. Plus aucun doute. Il comprenait tout à présent. Un cancer. Ça tenait de famille. Mon Dieu, un cancer !

« Oh, non, gémit-il.

— Mais non », dit-elle, lisant dans son esprit. Elle le connaissait si bien. « Je ne suis pas malade, je suis… enceinte. »

Il écarquilla les yeux, et ses pensées tourbillonnèrent, puis hésitèrent avant de trancher à nouveau pour la maladie mentale. Il la dévisagea, s'efforçant de conserver une expression impassible pour qu'elle ne devine pas ce qui lui passait par la tête.

« Je sais, reprit-elle. C'est ce que je me suis dit, moi aussi. Quand les premiers symptômes sont apparus, j'ai cru qu'il s'agissait de je ne sais quelle

terrible maladie. Ou que je m'imaginais des choses…
que mon esprit me jouait des tours, tu vois. Et puis
j'ai commencé à soupçonner la vérité. Comme une
sorte de mauvaise blague que me réservait la vie.
L'ultime torture que m'infligeait le destin.

— Mais tu es trop…

— Vieille, acheva-t-elle avec un sourire. Tu peux
dire le mot. J'ai pensé comme toi.

— Pendant toutes ces années… nous n'avons
jamais réussi…

— Je sais, je sais. » Elle lui saisit les deux mains et
les serra avec tant de force qu'elle lui fit mal. « Mais
c'est vrai. Tu comprends ce que cela signifie ? En
dépit de tout, nous allons avoir un bébé.

— Oh, mon Dieu », souffla-t-il, tandis qu'il
dépliait ses jambes qui commençaient à être atteintes
de crampes. Il eut soudain l'impression d'être tout à
fait à sa place dans cette maisonnette, car il se sentait aussi terrifié qu'un enfant. Un tout petit enfant.
« Oh, mon Dieu, Ellen », répéta-t-il.

Elle éclata de rire. Un rire gai, naturel.

« Mais… à… à notre âge… les chances. Il y a tant
de risques. » Il se refusa à y penser davantage. L'idée
le glaçait d'horreur.

Sans lui lâcher les mains, elle le contempla avec
indulgence. « Je sais ce que tu ressens. J'ai vécu
la même chose pendant des semaines, mais maintenant c'est fini. J'ai connu toutes les peurs qu'on
peut connaître, mais tu sais… murmura-t-elle…
d'un seul coup, elles se sont évanouies. Le médecin
a téléphoné ce matin, juste après le départ du policier. Il a dit que tout se présentait bien. Il faut que
je prenne des hormones, tu te rends compte ? Pas

plus compliqué que ça. Juste des hormones. Et des vitamines, bien sûr. C'est incroyable. Tu ne trouves pas ? Depuis, je me suis enfermée ici. Pour me souvenir. Me souvenir de tout. Et bâtir des plans pour l'avenir. Tu sais, Charles, je n'ai vraiment plus peur. Je me sens en paix. Je ne doute plus. C'est notre miracle à nous, mon chéri.

— Ellen, mais si… on ne peut pas savoir…

— Savoir quoi ? demanda-t-elle avec bon sens. Il sera toujours temps. Nous devons continuer à nous plier à la volonté de Dieu. Je passerai tous les examens qu'on réserve aux femmes d'un certain âge, pour s'assurer que le bébé est normal. Et je sais au fond de mon cœur qu'il l'est. Très bientôt, on pourra le voir sur un écran, grâce à un appareil appelé un sonogramme. Le médecin a dit qu'il pouvait nous dire si c'était une fille ou un garçon. Je lui ai répondu que je ne voulais pas le savoir. J'ai eu raison ? s'inquiéta-t-elle. Je lui ai dit que nous n'y attachions aucune espèce d'importance. »

L'espace d'un moment, Charles demeura assis là, abasourdi, avec l'impression d'être désincarné. Lui aurait-elle annoncé qu'elle allait mourir, il ne se serait probablement pas senti plus bizarre. Il se glissa entre ses bras et se laissa enlacer. Ses craintes et ses espoirs se télescopaient et le faisaient trembler comme s'il était atteint d'une violente fièvre. Cela venait par vagues successives qui s'abattaient sur lui et le roulaient. Et durant tout ce temps-là, elle le serra dans ses bras, le berça, lui murmura qu'elle comprenait et lui jura que tout se terminerait bien.

30

Len Wickes, encore en uniforme, remonta la fermeture Éclair de son blouson de cuir et s'engagea dans les allées tortueuses de Binney Park. Le parc composait une étude en vert foncé et gris. On n'entendait que le cri intermittent d'un oiseau et le martèlement de la course de deux joggeurs qui approchaient. Len ne leva pas les yeux à leur passage. Il craignait qu'ils ne le regardent en secouant la tête d'un air attristé. Il avait l'impression que le monde entier connaissait son humiliation.

Quand il avait regagné le poste de police, déterminé à faire part de ses soupçons à propos d'Ellen Henson, il avait trouvé le chef Cameron au bord de la crise d'apoplexie. Non seulement Charles Henson s'était plaint, mais quelques-unes des autres femmes qu'il avait interrogées avaient fait de même. Au lieu de lauriers, il avait récolté une cinglante réprimande ainsi qu'une mise à pied d'une semaine sans salaire.

Comment vais-je pouvoir l'annoncer à Laurie ? se demandait-il. Elle était encore à la parfumerie où elle travaillait, mais quand elle allait rentrer et le trouver à la maison… Len soupira. Elle avait été si excitée lorsqu'il avait rapporté les photocopies des listings pour les étudier. Elle avait admiré la manière dont il s'était attelé à cette tâche que personne n'exigeait de lui. Elle le respectait parce qu'il était flic, et un bon flic de surcroît. Il éprouvait de la peine en pensant à ce qu'elle allait ressentir quand elle apprendrait sa disgrâce. Elle se montrait toujours tellement fière de lui.

Il ne parvenait pas à comprendre ce qu'il avait fait de mal. Il n'avait pas l'habitude de subir des remontrances. Au pire, on le plaisantait sur son côté boy-scout, mais il s'en moquait. C'était pour ça qu'il s'était engagé dans la police, pour aider son prochain. Un drame comme la mort de Rebecca Starnes et la disparition du bébé des Wallace le bouleversait davantage que la plupart des gens. Cela représentait une insulte à ses conceptions de l'existence. La seule chose qu'il désirait, et de toutes les fibres de son corps, c'était résoudre cette affaire.

Continuant à déambuler sans but, il s'approcha du bassin aux canards à la surface duquel un colvert glissait, majestueux, tandis qu'une mère assise sur un banc surveillait son petit garçon qui jouait au bord avec un petit voilier. Le jeune policier et la femme échangèrent un sourire, puis Len s'arrêta un instant pour observer l'enfant. Un jour, j'espère bien avoir un fils, se disait-il. Laurie et lui seraient des parents modèles. Il en était certain. À la pensée de Laurie, un sentiment de tristesse et de frustration l'envahit de nouveau. Mon Dieu, comme il redoutait le moment de lui révéler la sanction qui le frappait.

Le petit garçon avait du mal à empêcher son bateau de chavirer. Len s'agenouilla à côté de lui, et après lui avoir montré comment procéder, il se releva, adressa un signe de tête à la femme sur le banc, puis reprit sa promenade. Je ferais peut-être bien d'aller boire un café dans le coin, se dit-il. Il n'avait guère envie de rentrer à la maison. Il était flic. Qu'est-ce qu'il ferait chez lui à cette heure-ci ?

La tête baissée, les mains dans les poches de son pantalon, il fit le tour du bassin et faillit se cogner contre un homme qui se tenait sur un pied et dont les mains et les bras formaient un L en l'air.

« Pardon », marmonna Len. Il s'apprêtait à s'éloigner quand, soudain, il s'arrêta pile et se retourna d'un bloc. L'homme avait adopté une posture un peu moins précaire. Le jeune agent le regarda, stupéfait, comme s'il voyait un fantôme. La police avait parcouru en vain ce parc à chaque heure du jour et de la nuit et interrogé les habitants de Taylorsville ayant un nom à consonance asiatique. Tous étaient au courant de l'enlèvement de l'enfant et de la mort de Rebecca Starnes, et certains avaient même reconnu s'intéresser au taï-chi, mais aucun ne s'y livrait dans Binney Park, et à plus forte raison le jour en question.

C'est lui, se dit Len avec un choc qui lui envoya comme une décharge électrique. Il n'y a pas de doute. Je le tiens. Lentement, prudemment, il revint vers l'homme. « Excusez-moi, dit-il en s'efforçant de prendre un ton désinvolte. Pourrais-je vous parler une minute ? »

L'inconnu fronça les sourcils et une lueur de soupçon naquit dans ses yeux noirs et bridés. Il se tenait droit, mais ses bras étaient légèrement pliés, prêts à passer à l'action. « Oui ? fit-il d'une voix grave.

— Je suis l'inspecteur Leonard Wickes de la police de Taylorsville, déclara Len en croisant les doigts, car il n'était pas de service. J'aimerais vous poser quelques questions au sujet du meurtre de Rebecca Starnes et de l'enlèvement de Justin Wallace.

« — J'ignore tout de cette affaire, protesta l'homme.

— C'est bien le taï-chi que vous pratiquez ?

— En effet. »

Len balaya d'un geste l'espace autour de lui. « Vous faites souvent vos exercices dans ce parc ?

— Quand je suis en ville, oui. Je voyage beaucoup pour affaires.

— Eh bien, Mr...

— Ishikawa, dit l'homme, un peu à contrecœur.

— Ishikawa... c'est un nom chinois ?

— Japonais. Mes parents sont japonais. Moi, je suis américain, précisa-t-il avec une note d'impatience.

— Japonais, donc. Et vous habitez Taylorsville ?

— Oui. Dans ces appartements que vous apercevez là-bas.

— Dans ce cas, vous avez certainement entendu parler de ce qui est arrivé ici mardi, dit Len.

— Non, je suis désolé, je ne sais pas grand-chose des événements survenus en ville ces derniers jours. J'étais parti. Qu'est-ce qui est arrivé ? »

Parti ! Le jeune policier exultait. Voilà qui expliquait tout. Pas étonnant qu'il ne se soit pas présenté. Il n'était pas en ville. Len faillit sauter de joie. Il avait trouvé le témoin qu'on cherchait partout. Il mourait d'impatience de l'annoncer au chef. Celui-ci allait aussitôt le rétablir dans ses fonctions. Il ne pourrait pas faire autrement.

« Vous étiez donc en voyage d'affaires, dit-il sur un ton amical.

— Pas vraiment, répondit le Japonais. J'avais des billets pour la finale du championnat. À Atlanta. »

Len, ses problèmes et son témoin pour un instant oubliés, en demeura bouche bée. « La finale de baseball ? Vous aviez des billets ? Vous y étiez ? »

Mr. Ishikawa acquiesça, un peu surpris devant l'admiration non déguisée que manifestait son interlocuteur. « Je suis un fan de base-ball, dit-il.

— Waouh ! s'écria Len. Waouh ! »

Donna et Johnny Wallace, les yeux rouges, étaient assis en face de Frank Cameron à qui ils lançaient des regards furieux. Le chef de la police, qui n'avait guère dormi davantage que les parents désespérés, ne pouvait que leur répéter qu'il faisait le maximum.

Johnny Wallace bondit de son siège et interrompit Frank en se mettant à hurler : « Nous ne voulons pas de phrases, nous voulons notre enfant !

— Je comprends. Nous voulons la même chose que vous. Mais tout ce que nous pouvons faire, à défaut d'avoir des nouvelles du kidnappeur, c'est de continuer notre travail. C'est-à-dire interroger tous les suspects éventuels et suivre toutes les pistes possibles. Maintenant, permettez-moi de vous demander ce que vous faites tous les deux ici ? Supposons que le kidnappeur appelle pour exiger une rançon et que vous ne soyez pas là ?

— Je ne supportais plus de demeurer enfermée, avoua Donna.

— N'essayez pas de rejeter la faute sur nous ! s'exclama Johnny.

— Non, mais ce n'est pas non plus la mienne, monsieur, répliqua Frank, dissimulant à peine son hostilité.

— Il a raison, dit Donna à son mari avec lassitude. L'un de nous aurait dû rester à la maison. » Elle se leva. Des larmes coulaient le long des sillons tracés sur ses joues par toutes celles qu'elle versait depuis des jours.

« Vous nous appellerez si vous avez du nouveau ? demanda-t-elle d'une voix éteinte.

— S'il y a quelque chose... quoi que ce soit, je vous le promets », répondit Frank en lui posant doucement la main sur l'épaule. Il partageait sa douleur. Et celle de son mari aussi, même si ce dernier ne s'en rendait pas compte.

Le téléphone sonna sur son bureau. Frank le considéra un instant avec suspicion. Non seulement il s'échinait à découvrir une piste en ce qui concernait l'enlèvement du petit Justin Wallace, mais en plus, il avait perdu un temps précieux à essayer de limiter les dégâts, tandis qu'un habitant de Taylorsville après l'autre appelait pour se plaindre des méthodes inadmissibles de Len Wickes. Il s'attendait à moitié à recevoir encore des nouvelles de Charles Henson. En apprenant que le jeune policier avait entrepris sans en référer à quiconque d'établir un lien entre le kidnapping et les demandes d'adoption refusées, puis de placer les intéressés sur le gril, Frank l'avait copieusement engueulé. Len avait été choqué, d'une part, de constater que son supérieur n'appréciait pas son initiative et, d'autre part, de se voir infliger une mise à pied en récompense du mal qu'il s'était donné. On avait beau avoir besoin de tous les hommes disponibles, en tant que chef de la police, il ne pouvait pas laisser impuni ce genre de comportement.

Il saisit l'appareil comme s'il s'agissait d'une grenade dégoupillée et aboya son nom. À son grand soulagement, il entendit la voix de Pete Millard, lequel supervisait l'équipe de plongeurs chargée d'explorer le lac de la forêt domaniale à la recherche du cadavre de l'enfant. Jusqu'à présent, rien. Il se demanda s'il devait ou non communiquer l'information aux Wallace. Tant qu'on n'avait pas retrouvé le corps, il restait de l'espoir. Toutefois, l'image d'un bébé noyé prisonnier des hautes herbes dans le lit d'une rivière ou le fond d'un lac serait sans nul doute difficile à supporter pour Donna Wallace.

« Quand va-t-on enfin tenir quelque chose sur cette maudite affaire ? » lança-t-il d'un ton irrité.

Pete savait que sa question n'appelait pas véritablement de réponse. « J'y retourne, se borna-t-il à dire.

— Tiens-moi au courant », conclut Frank en raccrochant avec un soupir, tandis que Delilah Jones passait la tête par l'entrebâillement de la porte.

« Oui ? » grogna Frank.

La jeune Noire sourit, l'air du chat qui a mangé le canari. « Len est là », déclara-t-elle.

Le chef de la police se leva d'un bond. « J'avais dit à cet ignorant...

— Attendez, vous n'allez plus lui en vouloir », déclara Delilah en lui faisant signe de la suivre d'un doigt manucuré.

Frank ne s'habituerait jamais à ces ongles rouges qui tranchaient sur le bleu strict de son uniforme. Il fronça les sourcils, mais il avait le cœur battant. La jeune femme ne se serait jamais permis de venir lui annoncer que Len Wickes était là sans être absolument certaine que c'était pour apporter de bonnes nouvelles. Le visage impénétrable, il lui emboîta le pas.

Len Wickes se tenait devant le bureau de Rocky Belmont, dans une posture un peu empruntée mais l'air plutôt sûr de lui. Assis à ses côtés se trouvait un assez bel homme asiatique, proche de la trentaine et vêtu d'un jogging. Frank décocha un regard furieux au jeune policier.

« Qu'est-ce que vous voulez ? aboya-t-il.

— Chef, je voudrais vous présenter Mr. Tom Ishikawa. Je l'ai rencontré dans Binney Park où il faisait ses exercices de taï-chi.

— Vous êtes suspendu », lui rappela Frank. Puis il se tourna vers Mr. Ishikawa qui s'était poliment levé de son siège. « Enchanté, lui dit-il.

— Mr. Ishikawa était dans le parc le jour où Rebecca Starnes et Justin Wallace ont disparu, dit Len. Il les a vus. »

Frank tourna son regard tranchant comme un laser vers le témoin. « C'est vrai ?

— Oui, je les ai vus.

— On vous cherchait partout, gronda Frank. Vous ne lisez pas les journaux ?

— Il n'était pas en ville, expliqua le jeune policier pour l'excuser.

— Vous avez vu la jeune fille parler à quelqu'un ? demanda le chef.

— Oui, à un homme.

— Vous pouvez le décrire ? »

Len et Delilah échangèrent un regard entendu. Len prit une profonde inspiration et Delilah eut un large sourire à la pensée de la bombe qui allait éclater.

« Eh bien, en fait, je le connais », répondit le jeune Asiatique.

Frank, incrédule, ouvrit de grands yeux.

« C'est-à-dire que je ne le connais pas vraiment, mais je sais qui c'est. Il a joué deux ans dans une petite équipe et une saison entière comme première base chez les Phillies de Philadelphie. Il s'appelle Doug Blake. »

Le chef de la police sentit le sang se retirer de son visage. Il s'appuya contre le bureau. « Vous en êtes sûr ? demanda-t-il posément.

— Oui, répondit le fan de base-ball en haussant les épaules.

— Le fumier, marmonna Frank.

— Et il nous avait dit qu'il n'y était pas », intervint Len avec fierté.

Frank se redressa. « Merci d'être venu, Mr. Ishikawa. Ayez l'amabilité de laisser un numéro de téléphone où l'on puisse vous joindre. »

Le jeune homme jeta un regard perplexe autour de lui, comme pour demander : c'est tout ? Len hocha la tête, tandis que le chef de la police regagnait son bureau en hurlant ses ordres :

« Jones, appelez-moi Pete Millard au téléphone. Bon, et vous, Wickes, vous réintégrez le service. Et ne foutez plus la merde. Accompagnez-moi. On va aller rendre une petite visite à Mr. Douglas Blake. » Sa voix avait craché du venin en prononçant le nom du suspect.

« Papa, papa », s'écria soudain Heather.

Frank, qui était en train d'enfiler sa veste, s'interrompit. Sa fille se tenait sur le seuil, flanquée de deux de ses amis.

« Pas maintenant, Heather, dit-il. J'ai quelque chose d'important à faire. »

Ainsi congédiée sans même un mot gentil pour l'accueillir, l'adolescente blêmit. Richie Talbot, par contre, n'avait pas de problèmes relationnels avec Frank Cameron. « Je crois que ceci vous intéressera, monsieur », dit-il.

Frank, les sourcils froncés, contempla la vidéocassette que le garçon avait à la main. « Qu'est-ce que c'est ? » demanda-t-il d'un ton soupçonneux.

Richie Talbot brandit la vidéocassette comme pour empêcher le chef de la police de s'en emparer. « Un film en exclusivité, répondit-il.

— Je n'ai pas le temps de jouer aux devinettes, mon garçon, dit Frank avec une pointe de menace.

— C'est Mr. Douglas Blake. Pris sur le fait. »

Les yeux du policier se réduisirent à deux fentes, tandis qu'il fixait avidement la boîte de plastique noir. « Qu'est-ce que vous voulez dire par là ? questionna-t-il.

— Vous avez un magnétoscope ? demanda Richie avec un large sourire. Je suis persuadé que ça ne manquera pas de vous passionner. »

Frank Cameron se frotta le menton et se tourna vers Delilah et Len qui se pressaient derrière les adolescents. « Je pense que nous avons bien une petite minute pour regarder ça », dit-il.

31

Maddy entra dans la maison par la porte de derrière. Inutile d'essayer plus longtemps de travailler. Elle avait passé un moment dans son atelier à contempler ses gabarits de vitraux et à s'efforcer en vain de se concentrer. Sans plus échanger une parole, Doug et elle avaient dormi chacun de leur côté la nuit dernière. Au matin, l'air un peu penaud, il lui avait demandé de lui souhaiter bonne chance pour affronter cette rentrée délicate, mais elle n'était parvenue qu'à repenser aux doigts d'acier qui lui avaient encerclé le poignet et à la lueur de méchanceté qui avait brillé dans ses yeux.

« Mrs. Blake ? »

La voix qui s'éleva dans son dos la fit sursauter, cependant qu'elle suspendait sa veste au portemanteau. C'était Terry Lewis. Bonnie était partie acheter des couches ainsi que des aliments pour bébé à l'épicerie et faire le tour des motels à la recherche d'une chambre. La jeune femme se sentit un peu inquiète. Après tout, cet homme était un ex-détenu, et elle n'était pas tout à fait tranquille à l'idée de se trouver seule avec lui. « Oui ? demanda-t-elle, sur la défensive.

— Sean s'est endormi sur le canapé et je ne peux pas le soulever. Ça ne vous dérangerait pas de le porter dans son berceau ? »

Maddy éprouva un vif soulagement, tant cette requête paraissait normale. « Bien sûr, dit-elle. Avec plaisir. »

Elle se dirigea vers le living, suivie par Terry qui marchait difficilement. Sean dormait d'un sommeil profond sur le canapé, et sa respiration régulière faisait trembloter ses lèvres en bouton de rose, tandis que ses longs cils venaient effleurer ses joues. Ses cheveux courts, un peu mouillés, commençaient à boucler. La jeune femme le prit dans ses bras, et il s'abattit lourdement contre sa poitrine.

« Je devrais peut-être en profiter pour me reposer pendant qu'il dort », dit Terry.

Maddy frotta doucement le dos de Sean et s'engagea dans l'escalier. « C'est une bonne idée », dit-elle.

Elle monta l'enfant jusqu'à la chambre d'amis et le coucha avec précaution dans le berceau. Tout était bien rangé, et les valises prêtes. Bonnie les avait préparées avant de sortir. Sean agrippa un bout de la couette dans son petit poing et continua à dormir.

Maddy referma la porte et s'avança dans le couloir. Soudain, Terry l'appela de nouveau. Cette fois, il s'agissait plutôt d'un murmure pressant, en provenance du pied de l'escalier.

« Qu'y a-t-il ? dit-elle, dévalant les marches, consciente de l'angoisse qui sourdait dans la voix du jeune homme.

— La police est là. Qu'est-ce qu'ils veulent ?

— Je ne sais pas, répondit-elle, bien que, le cœur battant, elle éprouvât une soudaine appréhension.

— Je ne tiens pas à avoir de nouveau affaire à la police, murmura Terry.

— C'est probablement encore à cause de l'accident, dit Maggie tant pour le rassurer que pour se rassurer elle-même.

— Je vais me mettre là », dit Terry en désignant la pièce télé située au fond du couloir.

Maddy se moquait bien de l'endroit où il pouvait se réfugier. Toute son attention était concentrée sur les coups frappés à la porte ainsi que sur la voiture blanc et noir qu'elle apercevait dans l'allée. Elle composa de son mieux son visage et alla ouvrir. Frank Cameron se tenait sur le seuil, accompagné d'un inspecteur au costume froissé et d'un agent en uniforme.

« Ah, non, ça ne va pas recommencer ! s'écria la jeune femme.

— Oh si ! répliqua le chef de la police en la bousculant à moitié pour pénétrer dans le vestibule.

— Dites donc, protesta Maddy, je ne vous ai pas autorisé à entrer.

— Où est votre mari ? se contenta de demander Frank.

— Je ne sais pas. Sans doute encore au lycée. En tout cas, je vais appeler mon avocat. Vous ne pouvez pas continuer à nous harceler comme ça. » Elle avait adopté un ton de défi, mais elle avait la gorge nouée. Où diable était Doug ? Pourquoi n'était-il pas rentré juste après ses cours ?

« Vous avez tout à fait raison d'appeler votre avocat, parce que, croyez-moi, vous allez en avoir besoin, déclara le chef de la police, sardonique.

— Mais enfin, de quoi s'agit-il ? s'écria Maddy.

— Du meurtre de Rebecca Starnes, tout d'abord. Nous avons un témoin qui a vu votre mari engagé dans une intense discussion avec elle dans le parc peu avant sa mort. Alors qu'il a prétendu ne pas y avoir mis les pieds ce jour-là, comme vous le savez. »

Le cœur de la jeune femme cognait dans sa poitrine. Ce n'était sans doute qu'un nouveau coup de bluff de leur part. « Et après ? lança-t-elle, le menton projeté en avant. Votre témoin doit se tromper. C'était bien le cas avec le dernier que vous avez produit, non ? »

Frank Cameron la considéra un instant, les yeux plissés. « Écoutez-moi bien, Mrs. Blake. Vous allez bientôt tout savoir. Vous avez gobé les mensonges de votre mari à propos de ma fille, et je ne vous le reproche pas. Seulement, vous feriez mieux de vous préparer à affronter la vérité. Je vous préviens, les nouvelles sont très mauvaises. »

Il parvenait à peine à contenir sa jubilation, et Maddy éprouva un sentiment de terreur.

L'inspecteur en civil promenait son regard autour de lui comme s'il s'apprêtait à louer la maison. Quant au jeune agent en uniforme, il l'examinait avec un mélange de mépris et de tristesse. Cette fois, Maddy se sentit gagnée par la panique. « Mon mari n'est pas là, dit-elle, les mâchoires serrées. Maintenant, je vous prie de sortir. »

À cet instant, le téléphone sonna.

« C'est peut-être lui », dit Frank Cameron, fielleux.

Maddy, la démarche raide, alla décrocher. « Allô ? fit-elle.

— Maddy, j'appelais pour te dire que je rentre. Tu veux que je prenne une cassette à la boutique vidéo en passant ? Il y a un film que tu aimerais voir ? »

La jeune femme tressaillit au son de la voix de Doug. Chaleureuse et attentionnée. Prête à faire amende honorable. « Ah, bonjour, Ruth, dit-elle. Vous voulez que je vienne chercher Amy ?

— Que se passe-t-il ? » interrogea Doug avec inquiétude. Après une courte pause, il reprit : « La police est là ? »

Comment peut-il le savoir ? se demanda la jeune femme. Pourquoi s'attendait-il à sa visite ? Elle ne comprenait plus.

« Oui, répondit-elle.

— Oh ! mon Dieu ! s'écria-t-il.

— Où êtes-vous, Ruth ? »

Silence.

« Bon, je viens vous chercher tout de suite. Dites-moi où et j'arrive », poursuivit-elle alors.

Doug continuait manifestement à réfléchir.

« Si, si, Ruth, j'insiste.

— Très bien. Au fort. Près du poste de garde. »

Fort Wynadot, un site historique qui attirait beaucoup de visiteurs en été et qui avait été le théâtre de plusieurs batailles entre les Indiens et les colons du coin. Il ne devrait pas y avoir grand monde à cette époque de l'année.

« D'accord, dit-elle. À Sainte-Anne. Dans une quinzaine de minutes. »

Doug raccrocha sans ajouter un mot. Le salaud, pensa Maddy. J'exige certaines réponses avant que Charles Henson te dicte la conduite à adopter. Elle reposa l'appareil sur son socle et revint dans le vestibule. « Je dois aller chercher ma fille, dit-elle.

— Il y a quelqu'un qui fume ici, constata soudain Frank Cameron.

— Nous avons un invité.

287

— Pete », ordonna simplement le chef de la police en faisant signe à l'inspecteur d'aller voir au bout du couloir.

Pete Millard s'exécuta et poussa la porte de la pièce télé. Terry Lewis, assis sur le canapé, penché en avant, tirait nerveusement sur une cigarette sans filtre. Le policier fronça les sourcils devant l'allure de voyou de l'inconnu.

« Ça va, vieux ? » lança Terry d'une voix où perçait l'appréhension.

L'inspecteur ne répondit pas. Il l'observa une seconde d'un œil soupçonneux, puis regagna l'entrée. « Ce n'est pas lui, dit-il.

— Il faut que je parte, déclara Maddy. Ma fille m'attend.

— Okay, allez-y, dit Frank, écartant les bras comme pour l'inviter à passer. Ne vous laissez pas mettre en retard à cause de nous. »

La jeune femme prit sa veste et songea que la première chose à faire, dès qu'elle se trouverait hors de vue, serait d'appeler Ruth Crandall afin de s'arranger pour récupérer Amy qui était en effet chez elle. Elle ne voulait pas courir le risque que Ruth débarque avec la fillette pendant que la police était là et être ainsi surprise en flagrant délit de mensonge. Elle s'efforça de réfléchir. Il y avait une cabine téléphonique près de l'épicerie, au coin de la rue. Elle n'aurait qu'à donner un coup de fil en se rendant au fort. Elle se demanda si Doug y serait et ce qui arriverait si la police éventait sa supercherie. On pourrait peut-être l'arrêter, non ? Et puis, qu'est-ce que la police savait réellement ? Où se situait la vérité ?

Frank Cameron, l'air méfiant, la regarda se préparer. « Je voudrais utiliser votre téléphone, déclarat-il, tandis qu'elle vérifiait dans son sac qu'elle n'avait pas oublié son portefeuille et ses clés.

— Je vous en prie », dit-elle alors qu'il composait déjà le numéro.

Il l'observa un instant qui, près de la porte, jouait avec ses clés et attendait qu'ils partent.

« Je vous plains sincèrement, madame, dit-il. Suivez mon conseil et rompez avec lui. Comme ça, la boue ne rejaillira pas trop sur l'enfant et vous. »

Maddy ne réagit pas et cria à l'intention de Terry d'une voix qu'elle espérait normale : « Terry, je sors chercher Amy. Je reviens dans peu de temps. »

Elle n'écouta pas la réponse qu'il marmonna. Elle descendit les marches de la véranda en bas desquelles les trois policiers s'entretenaient. À cette minute, une nouvelle voiture de patrouille s'annonça dans un hurlement de sirène.

Parfait, songea Maddy. Continuez, que tout le quartier soit au courant ! Elle réprima un frisson, puis elle monta dans sa voiture tout en se remémorant ce qu'elle devait faire. D'abord l'épicerie pour téléphoner à Ruth. Elle avait son carnet d'adresses dans son sac. Puis le fort. Elle regarda sa montre. Elle y serait d'ici un quart d'heure. Pas plus. Et dans un quart d'heure, il allait enfin devoir s'expliquer.

Elle l'y obligerait.

32

Le fort Wynadot, du moins ce qui en restait, se trouvait perché au sommet d'une colline au milieu d'une réserve naturelle non loin de Taylorsville. Du haut de ses remparts, on apercevait l'Hudson, et combien d'enfants n'avaient-ils pas joué à Davy Crockett ou au Tueur de daims entre ses murs de rondins ? Il y avait aussi de vieux canons lourds et trapus, bien entendu hors d'usage, avec lesquels les petits garçons adoraient faire semblant de tirer.

Pour les gens qui s'intéressaient à l'aspect historique du lieu, on organisait, l'été, des visites sous la conduite d'étudiants vêtus de peaux de daim pour leur conférer un air d'authenticité. Et quand il faisait beau, le parc et les bois étaient peuplés de pique-niqueurs. Mais aujourd'hui, par ce triste après-midi de novembre, c'était désert. Maddy roula lentement le long de la route forestière qui traversait la réserve, puis se gara dans le parking au pied de la colline, à côté de la voiture de son mari. Elle sortit et regarda autour d'elle. Aucun signe de lui. Comme il ne se manifestait pas, elle entreprit de grimper.

En arrivant en haut, elle examina les alentours. De là, l'Hudson évoquait un petit ruban argenté qui serpentait au fond d'une vallée de vieux verts et de vieux bruns. Elle parcourut le périmètre du fort. Où diable Doug pouvait-il être ? pensa-t-elle, de plus en plus irritée à l'idée qu'il joue à cache-cache avec elle.

« Doug », appela-t-elle d'une voix exaspérée.

À la troisième fois, il répondit enfin : « Ici. » Elle leva la tête et l'aperçut près d'un des angles du fort, adossé à l'une de ces longues-vues dans lesquelles on glisse un quarter pour regarder et qui, en général, se bloquent au moment précis où l'on a enfin réussi à repérer ce que l'on désire observer.

« Descends, demanda Maddy.

— Non, monte, toi, répliqua-t-il. Le panorama est superbe.

— Doug, je ne suis pas d'humeur à admirer le panorama. »

Il jeta un dernier regard sur le paysage puis, l'air résigné, il disparut un instant aux yeux de Maddy avant d'émerger par la porte du fort. Les bras croisés, la jeune femme l'attendit.

Après l'avoir distraitement embrassée sur la joue, il désigna un banc au bord du sentier. « On s'assoit ? proposa-t-il.

— Non, dit Maddy d'un ton abrupt.

— Puisque tu le prends comme ça, dit-il d'une voix lasse. Bon, ça va.

— Ça va ? cria-t-elle presque. Ça va ? Alors que j'ai dû mentir et planter le chef de la police devant la maison pour venir te retrouver !

— Qu'est-ce que la police voulait ?

— Te parler.

— Vraiment ? Et pourquoi ? » s'étonna-t-il ingénument.

Maddy se sentit soudain furieuse contre lui. « Tu sais très bien pourquoi. Inutile de faire semblant.

— Non, je ne sais pas. Vas-y, je t'écoute.

— Il s'agit de Rebecca Starnes. La police a un témoin qui t'a vu lui parler juste avant qu'elle soit assassinée. »

Doug ricana, comme si elle venait de proférer une absurdité. « Ils ont déjà prétendu ça une fois, tu as oublié peut-être ? Je ferais mieux d'appeler Henson. Ils vont encore me cuisiner. Tout ça est ridicule.

— Si c'est tellement ridicule, pourquoi te caches-tu ? demanda la jeune femme.

— Hé ! c'est toi qui as fait comme si tu avais Ruth Crandall au bout du fil. Après tout, qui sait ce que tu avais en tête. Comprends-moi bien, je trouve très gentil de ta part d'essayer de me protéger en bonne épouse fidèle. »

Il voulut lui tapoter l'épaule, mais elle se recula d'un bond.

« Ne te monte pas la tête. Je n'essaye nullement de te protéger. Je suis venue parce que je ne tiens pas à être la dernière à savoir ce qui s'est passé.

— Tu sais très bien ce qui s'est passé, protesta Doug. Ce cinglé de chef de la police cherche à se venger de moi, pour la bonne raison que les mensonges de sa fille ont été étalés en public.

— Tu es certain que c'étaient des mensonges, Doug ? »

Il lui adressa un regard empreint d'amertume. « Je me demandais quand toi aussi tu finirais par te retourner contre moi. Dieu sait que ce n'est pas facile de vivre avec toi, sainte Madeline. »

Abasourdie, elle eut le sentiment que son mariage était en jeu. L'espace d'un instant, elle éprouva le désir de s'en aller sans poursuivre plus avant cette conversation. Un couple était quelque chose de si compliqué. Doug et elle étaient liés par des milliers de fils composés de mots, de souvenirs, d'instants vécus ensemble. Si elle cessait de l'interroger, qu'elle continue à croire en lui, peut-être que les liens qui les unissaient résisteraient. Une petite voix désespérée lui criait de s'accrocher à son mariage, de ne pas allumer la mèche de la bombe qui allait faire voler sa vie en éclats. Ils avaient un enfant, une maison, une existence commune. Si elle renonçait à lui poser des questions, peut-être que…

Ce ne fut qu'une pensée fugitive. Combien de temps accepterait-elle de vivre dans l'ignorance ? La foi en l'autre n'était pas un sentiment qu'on pouvait simuler. Ces derniers temps, elle avait perçu en lui un abîme de laideur qui l'effrayait. Elle avait des soupçons. Plus que des soupçons. De très sérieux doutes. Et les sarcasmes dont il l'accablait ne faisaient rien pour les lever. Au contraire, maintenant elle n'en désirait que davantage connaître la vérité.

« Tu sais quel est ton problème ? dit-il. Eh bien, ton problème, c'est que tu es frustrée parce que ton petit ami le curé est parti. Je n'aurais pas dû m'en mêler. J'aurais dû vous laisser faire. Tu étais bien plus gentille quand il était là pour que tu puisses te réfugier dans ses bras à lui aussi. »

Elle le dévisagea et se demanda d'un seul coup comment elle avait pu le trouver beau. Dans la lumière déclinante, il avait l'air fade, presque inconsistant.

« M'insulter n'est pas une réponse, dit-elle froidement. Je veux savoir la vérité. »

Doug lui lança un regard noir.

« Voilà qui ne me surprend pas. Je sais depuis longtemps que tu ne me crois pas. Tu meurs d'envie de le dire. Alors, vas-y, dis-le. »

Était-ce vrai ? Avait-il raison ? Elle avait essayé de le croire, car elle souhaitait de toutes ses forces le croire. Combien de fois l'image de Doug dans les bras de cette lycéenne si banale ne l'avait-elle pas assaillie pour qu'elle la chasse aussitôt de son esprit ? Il lui fallait soit croire Doug, soit affronter le fait que son mariage s'en allait à vau-l'eau. Elle secoua la tête. « Tu te trompes, dit-elle. Je désire par-dessus tout te croire.

— Entre désirer et faire, il y a une grande marge », répliqua-t-il, vert de rage.

Les bras croisés, l'air mauvais, il fixait les arbres à flanc de colline. Le cœur de Maddy battait très fort dans sa poitrine sous l'effet d'un mélange de colère et de peur. Elle se rendait compte, en effet, qu'une fois les paroles prononcées, on ne pourrait plus les reprendre ni revenir en arrière. Elle pensait à Amy et se demandait quelle conduite adopter pour le bien de l'enfant. C'était son père. Elle avait le droit d'être fière de lui et non pas d'entendre sa mère le traîner dans la boue. Non, cela ne servirait à rien. Maddy avait sa propre vie à préserver.

« Je t'ai longtemps cru, mais il s'agissait d'une erreur de ma part, je le crains. »

Il la regarda, un peu surpris de constater que sa tactique qui consistait à jouer les offensés n'avait pas détourné sa femme de son objectif et de sa colère. Pourtant, elle ne lui avait jamais semblé particulièrement coriace. De fait, il se rappelait avoir pensé, quand il l'avait rencontrée, qu'elle était plutôt douce et malléable. S'il avait su qu'elle pouvait se montrer aussi inflexible, il ne l'aurait jamais épousée. Les femmes dominatrices, il en avait soupé. Sa mère lui avait amplement suffi pour toute son existence. Malheureusement, au fil des ans, il s'était rendu compte que Maddy, en définitive, était comme les autres.

Cela se passait toujours ainsi avec les femmes. Au début, elles étaient tout sucre et tout miel, désireuses de plaire, et puis elles devenaient froides et intraitables. C'était dans la nature de la bête. Elles n'aimaient rien tant que punir.

Contemplant sa femme qui le défiait, il éprouva, contre toute attente, un brusque sentiment de détachement, de soulagement presque. Peu importait ce qu'elle pouvait penser de lui. Il se moquait de savoir si elle le croyait ou non. Plus rien n'avait d'importance. Au moins, il aurait lutté jusqu'au bout.

Maddy fronça les sourcils. « Qu'est-ce qu'il y a, Doug ? demanda-t-elle.

— Est-ce que tout le monde pense comme toi ? Tu comprends, si ma propre femme me voit sous ce jour-là, ça veut dire que c'est pareil pour les autres, non ?

— Je ne sais pas où tu veux en venir, Doug », dit-elle avec un soupir.

Il ne répondit pas, puis tourna les talons pour descendre la colline en direction de sa voiture.

« Attends une seconde ! lui cria Maddy. Tu ne peux pas partir comme ça ! »

Elle se lança à sa poursuite et trébucha à plusieurs reprises le long de la pente. Lorsqu'il atteignit sa voiture, il lui fit face.

« Tout le monde va dire la même chose, affirma-t-il simplement.

— Douglas Blake ! »

Tous deux pivotèrent d'un bloc au son de cette voix. C'était Frank Cameron, flanqué de trois autres policiers.

Maddy et Doug échangèrent un regard.

« Vous ne vous imaginiez tout de même pas que nous allions avaler votre petite histoire au sujet de votre fille, ricana le chef de la police. Je ne suis pas tombé de la dernière pluie, vous savez. »

33

Maddy, incrédule, vit le chef de la police saisir Doug par le bras et l'entraîner vers la voiture de patrouille.

Son mari lui lança un regard furibond. « Eh bien, bravo ! Alors, tu as semé des petits cailloux derrière toi. Merci infiniment. »

Le visage de la jeune femme s'empourpra sous le coup de l'accusation. « Je ne leur ai rien dit, Doug...

— Elle a essayé de nous faire avaler ce bobard au sujet de sa fille qu'elle devait aller chercher, intervint Frank Cameron. Vous ne pensez quand même pas qu'on aurait été assez stupides pour la croire, non ?

— Félicitations, Maddy », dit Doug d'une voix lasse.

Frank Cameron, qui n'avait pas lâché le bras du jeune homme, le secoua violemment. « Ferme-la, connard ! s'emporta-t-il.

— Du calme, Frank, s'interposa Pete qui regarda autour de lui pour s'assurer qu'il n'y avait personne dans les environs.

— Vous ne manquez pas de culot d'accuser votre femme. Elle tentait de vous protéger, espèce de fumier...

— Embarquons-le, dit Pete.

— Maddy, appelle Charles Henson, dit Doug. Explique-lui que les flics recommencent à me harceler.

— Vous harceler ! » hurla Frank.

Il attira le jeune homme vers lui, si bien que leurs visages se touchèrent presque.

« Parfait ! dit Doug sur un ton de défi. Comme ça, j'aurai la marque de vos doigts sur mon bras pour prouver mes dires. »

Frank Cameron se contenta de serrer plus fort. « Ne jouez pas au plus fin avec moi, parce que vous êtes condamné à perdre.

— C'est ça, continuez, dit Doug. Brutalités policières. Vous savez, c'est plutôt mal vu. Les gens n'apprécient pas trop que les flics s'amusent à passer à tabac les honnêtes citoyens.

— Il a raison, Frank, intervint Pete. Inutile de donner des armes à ce salaud.

— Mon mari n'a-t-il pas droit à la présence d'un avocat ? demanda alors Maddy, prenant par habitude la défense de son mari.

— Qu'est-ce qu'elle sait exactement ? dit Frank. Votre gentille petite femme qui cherche à tout prix à vous protéger ?

— Il n'y a rien à savoir, répliqua Doug. Votre fille est une menteuse.

— Et Karla Needham ? Elle est au courant pour elle ? Elle sait que cet après-midi même vous avez encore essayé de vous envoyer une petite lycéenne ? »

Doug blêmit.

« Qu'est-ce que c'est que cette histoire, Doug ? demanda Maddy.

— Rien, répondit-il. Il donne des coups d'épée dans l'eau. »

Un sourire de satisfaction s'étala sur le visage de Frank Cameron. « Mais oui, bien sûr, c'est ça.

— Alors, de quoi parle-t-il, Doug ?

— Va téléphoner à Charles Henson, se contenta-t-il de dire. Qu'il m'arrache à cette meute de chiens enragés. »

Frank se tourna vers Maddy. « Puisqu'il ne veut pas répondre, je vais avoir le plaisir de le faire à sa place. »

Pete prit doucement son chef par le bras. « Allons, Frank. Vous savez bien qu'il faut respecter la procédure. »

Frank Cameron se libéra d'une brusque saccade.

« Il ne s'agit pas d'une affaire officielle, mais personnelle. » Il considéra Maddy avec une expression qui la terrifia. Il ne semblait pas en colère, mais plutôt marqué par la souffrance. « Pendant qu'on faisait passer ma fille pour une menteuse, une adolescente malade et perturbée, je n'ai rien pu faire. Je reconnais que je n'ai pas été le meilleur père du monde, mais je ne m'en suis pas moins senti profondément blessé. J'avais du chagrin pour ma fille, mais je n'y pouvais rien. Et vous, vous teniez tellement à avoir confiance en votre mari. Je voyais bien que vous vous refusiez à croire un seul mot de ce que racontait Heather.

— Le juge non plus ne l'a pas crue, lui rappela Maddy.

— Votre mari s'attaque sans cesse aux jeunes filles. C'est un véritable vautour. Je suis persuadé qu'il a tenté de séduire Rebecca Starnes, mais qu'elle a repoussé ses avances. Je pense que ça l'a rendu fou. Assez fou pour tuer. Et je pense que nous parviendrons à le prouver. »

Maddy se boucha les oreilles.

« Il a raison, affirma-t-elle. Vous le harcelez. Une fois de plus, ce ne sont que des suppositions…

— Oh non ! Karla Needham n'est pas une supposition, dit Frank.

— Je ne comprends pas », dit la jeune femme.

Frank la regarda avec quelque chose qui ressemblait à de la compassion. « Karla Needham et Heather se connaissent depuis le jardin d'enfants. Karla et son petit ami, Richie Talbot, croyaient Heather, eux. Ils savaient qu'elle ne mentait pas et ils tenaient à le prouver.

— Ne l'écoute pas, Maddy », la supplia Doug.

Maddy dévisagea le chef de la police, attendant la suite, mais, comme il se taisait, elle demanda : « Comment auraient-ils pu le prouver ? C'était la parole de votre fille contre celle de Doug.

— Plus maintenant, car nous avons une vidéocassette. Cet après-midi, votre mari s'est mis en quête d'une nouvelle proie, un peu de chair fraîche qui lui permettrait d'oublier ses soucis. Et Karla Needham était là.

— C'est faux ! » s'écria Doug.

Frank se retourna et le fusilla du regard. « Ils nous ont apporté la bande. Ce Richie Talbot ferait un assez bon cinéaste. Et vous, vous avez l'air d'une vraie vedette de cinéma avec vos sales pattes sous sa jupe et son haut de survêtement. »

Les yeux de Doug se plissèrent. « Vous ne pouvez pas produire ça devant un tribunal. On m'a tendu un piège… Maddy, appelle Charles et dis-lui qu'ils m'arrêtent sans aucune preuve légale… »

La jeune femme eut un mouvement de recul. « Tu admets donc…

— Oh si ! nous pouvons l'utiliser, l'interrompit Frank Cameron. Du moment que ce n'est pas la police qui a tourné le film.

— Vous mentez ! hurla Doug. Vous n'avez pas le droit de m'arrêter !

— Mais nous ne sommes pas ici à cause de la cassette. Voyez-vous, nous avons un témoin qui vous a vu parler longuement avec Rebecca Starnes juste avant qu'elle soit tuée. Vous savez bien, le jour où, soi-disant, vous ne vous êtes pas approché du parc. Le témoin est un fan de base-ball. Il se souvenait de vous à l'époque où vous jouiez en championnat. »

Le visage de Doug n'était plus qu'un masque impénétrable.

Soudain, Frank lui asséna un coup sur l'épaule qui lui fit perdre l'équilibre. « Alors, où est le bébé, espèce de salaud ? Qu'est-ce qui est arrivé au bébé ?

— Le bébé ? s'écria Maddy. Non, attendez ! Vous vous trompez ! »

Le chef de la police se mit de nouveau à bousculer Doug qui alla valdinguer contre la voiture. « Où est le bébé ? Sa pauvre mère n'en peut plus ! » cracha Frank entre ses dents.

Maddy, figée sur place, ne quittait plus son mari du regard.

« Ne reste pas plantée là ! lui cria-t-il. Va téléphoner à Charles.

— Doug… tu n'as pas… tu ne peux pas. » Une horrible pensée la paralysait.

« Tu sais où est ce bébé ?

— Espèce d'idiote ! Contente-toi d'appeler mon avocat ! »

Frank, n'y tenant plus, leva le poing. Pete lui saisit le bras pour l'empêcher de frapper Doug au visage.

« Non, chef, ne faites pas ça. Ne lui donnez pas des arguments pour se retourner contre nous. »

Maddy s'écarta de quelques pas et se plia en deux comme pour vomir.

Frank fit signe à Pete. « Fais-le monter dans la voiture. »

Puis il s'approcha de Maddy et attendit qu'elle redresse la tête. « Vous ne le récupérerez pas avant que je sache ce qu'est devenu le petit Justin Wallace.

— Je ne tiens pas à le récupérer, murmura la jeune femme d'une voix éteinte.

— Je ne prétendrais pas que je regrette d'être celui qui vous a appris la vérité…

— Je m'en doute bien.

— Mais vous avez une fille et vous pouvez peut-être comprendre.

— Il n'aurait jamais fait de mal à ce bébé, souffla Maddy.

— Vous ne le connaissez pas. Vous ne savez pas de quoi il est capable.

— Vous ne mentez pas au sujet de cette bande, dit la jeune femme sur un ton qui ressemblait davantage à une affirmation qu'à une question.

— Vous pouvez venir la visionner quand vous voudrez. Vous savez, d'après le psy de Heather, les types comme votre mari obéissent à des désirs compulsifs. D'une certaine façon, ils veulent qu'on les arrête. Ils aiment le danger. Vous comprenez, le risque qu'il a pris avec Karla Needham était plus que stupide. C'était le premier jour de son retour au lycée. On aurait dit qu'il cherchait à se faire prendre. Pour être puni, peut-être. »

Maddy, hébétée, se borna à hocher la tête.

« Et je suis content d'être celui qui le punit... Vous voulez que quelqu'un vous ramène ? Vous me paraissez un peu secouée.

— Ça ira », répondit la jeune femme. Elle se dirigea vers sa voiture et ouvrit la portière.

« Il serait peut-être plus prudent qu'on vous reconduise, insista Frank.

— Je me débrouillerai. Il le faudra bien. »

Le chef de la police haussa les épaules comme pour signifier que, après tout, il comprenait, puis il s'avança vers sa voiture où les autres l'attendaient. Quelques instants plus tard, les deux véhicules démarraient. Maddy tomba à genoux sur le sol. La boue et les graviers s'incrustèrent dans ses genoux. Elle demeura un moment ainsi, immobile, les yeux fixés sans le voir sur le paysage sinistre qui l'entourait.

34

« Maman ! »

Amy, vacillant un peu sur ses petites jambes pote-
lées, se précipita vers sa mère. Elle portait par-dessus
ses vêtements le costume de Halloween de Ginny,
une robe de princesse en taffetas bleu.

Maddy souleva sa fille dans ses bras et enfouit son
visage dans ses cheveux soyeux. « Bonjour, ma chérie, dit-elle en s'efforçant de maîtriser le tremble-
ment de sa voix. C'est l'heure de rentrer. »

Elle se tourna vers Ruth Crandall occupée à
mettre la table dans la cuisine. « Je suis désolée d'arriver si tard, Ruth. Elle a été sage ?

— Sage comme une image. Elles étaient trois
aujourd'hui. Il y avait aussi Sara Harrison. Elles se
sont bien amusées. »

Maddy, au spectacle de la jolie frimousse de sa
fille, de sa tignasse tout ébouriffée et de son stupide
déguisement, se sentit envahie d'une immense tristesse. La vie sereine qu'Amy avait jusqu'à présent
connue allait prendre fin. Le sort de son père se
jouerait devant la justice, mais la jeune femme savait
que, en tout état de cause, sur le plan personnel,
rien ne serait plus jamais pareil. Comme je regrette
ce qui t'arrive, ma chérie, pensa-t-elle. Je voulais que
tu grandisses heureuse entre deux parents qui t'aiment et qui s'aiment. Je t'ai gâché l'existence.

« Qu'est-ce que t'as, maman ? » demanda la fillette avec une petite moue en voyant l'expression

de sa mère. On ne pouvait pas cacher grand-chose aux enfants.

« Rien, répondit-elle. Va enlever le costume de Ginny et le ranger dans sa chambre. »

Amy obéit et fila dans le couloir en appelant son amie. Ruth, qui tenait des couverts à la main, s'interrompit dans sa tâche et, intriguée, regarda Maddy. « Qu'est-ce qu'il y a ? demanda-t-elle. Vous avez une tête épouvantable. »

Maddy poussa un soupir. Il lui était impossible de feindre davantage. Ruth et elle, sans être des amies proches, se confiaient souvent leurs enfants, ce qui avait malgré tout établi entre elles des relations cordiales. À l'idée de raconter à la mère de Ginny ce qui était arrivé, elle éprouva un sentiment de honte. De plus, elle craignait, sans doute à tort, que Ruth n'autorise plus sa fille à jouer avec Amy. Oui, mais de toute façon, elle serait bientôt au courant. Toute la ville serait au courant.

« Je sais, reconnut-elle. C'est que... Doug...

— Qu'est-ce qui s'est passé ? » demanda Ruth.

S'imaginant déceler une note de désapprobation dans sa voix, Maddy la considéra avec surprise.

« De nouveaux ennuis ? poursuivit Ruth.

— Oui, avoua Maddy. Et des ennuis sérieux. »

Les deux femmes échangèrent un regard, puis Ruth soupira et finit de disposer les couverts. « Je suis désolée, Maddy, dit-elle.

— Ça n'a pas l'air de vous surprendre ? »

Ruth haussa les épaules. « J'ignore quels sont ses ennuis actuels, mais cette histoire avec la fille du chef de la police...

— Mais il a été innocenté ! » protesta Maddy.

Ruth la regarda avec compassion. « Oui… officiellement.

— Qu'est-ce que vous sous-entendez ? Il y a quelque chose qui m'échappe.

— J'ai des enfants adolescents, expliqua Ruth en désignant la table mise pour plusieurs. Ils parlent.

— Ils parlent de Doug, vous voulez dire ? s'écria Maddy.

— La femme est toujours la dernière à l'apprendre, murmura Ruth.

— Non ! non ! s'exclama Maddy, se refusant à le croire. Vous ne m'en avez jamais rien dit, et vous n'avez jamais vu d'inconvénient à ce qu'Amy fréquente Ginny. Vous êtes même venue la chercher à l'hôpital !

— J'adore votre fille. Elle n'y est pour rien, et vous non plus, du reste. »

Maddy demeura assise, comme assommée par cette révélation. « Comment ai-je pu être à ce point aveugle ? balbutia-t-elle.

— On espère toujours que les choses s'arrangeront, dit Ruth.

— Pour moi, elles ne s'arrangeront plus jamais. »

Ruth lui passa un bras autour des épaules. « Allons, allons. Ne vous en faites pas. Vous vous en sortirez. Vous avez une adorable petite fille, beaucoup de talent et, d'une manière ou d'une autre, vous réussirez à surmonter cette épreuve…

— J'ai tellement honte, souffla Maddy. J'ai l'impression que le monde entier était au courant, sauf moi…

— Oui, mais comme vous l'avez dit, le tribunal l'a disculpé et vous aviez confiance en lui. Il n'y a aucune raison d'avoir honte. Vous avez agi comme il était normal de le faire.

— Alors que tous les lycéens de la ville le savaient ! s'écria Maddy.

— Ne pensez plus à ça, lui conseilla Ruth. Rentrez chez vous avec Amy, prenez-la dans vos bras et tâchez de dormir. Décrochez le téléphone et fermez votre porte à clé. Demain matin, la situation ne vous paraîtra plus aussi tragique. »

Tout en écoutant, la jeune femme pensa à Terry et à Bonnie qui se trouvaient encore chez elle. À moins qu'ils ne soient déjà partis en laissant un mot. Mon Dieu ! j'espère qu'ils ne seront plus là. J'ai besoin d'être seule.

Amy, débarrassée du costume, entra dans la cuisine suivie par Donny, le fils aîné de Ruth.

Maddy n'osa même pas le regarder. C'était un adolescent et il allait au lycée. Est-ce qu'il n'affichait pas un air de commisération, car lui, il n'ignorait pas que son mari draguait les filles de l'école. « Viens, Amy », murmura-t-elle. Elle prit la fillette dans ses bras et s'apprêta à sortir.

Ruth l'accompagna jusqu'à la porte. « N'oubliez pas, dit-elle. Amy sera toujours la bienvenue chez moi. Toujours. Et vous aussi. »

Maddy ne répondit pas, parce qu'elle craignait de fondre en larmes. Elle serra très fort Amy contre elle et se dirigea vers sa voiture.

En arrivant devant chez elle, elle constata avec soulagement que la camionnette des Lewis n'était pas dans l'allée. Merci, mon Dieu, ils sont partis, pensa-t-elle. Bonnie n'aurait pas pu mettre aussi longtemps pour faire ses courses. Ils ont dû finir leurs bagages et prendre la route. Pourvu qu'il en soit ainsi ! pria-t-elle. Elle ne voulait pas de remerciements ni d'adieux prolongés. Elle ne désirait qu'une chose : être seule afin de pouvoir pleurer en paix sur son mariage brisé.

Elle ouvrit la portière arrière et souleva Amy de son siège. « Papa est là ? » demanda la fillette. La jeune femme en eut la gorge nouée. Que répondre ? Que la police soupçonnait son papa d'être un meurtrier ? Elle ne pouvait pas croire cela de Doug. Pourtant, se dit-elle de nouveau, je le connais si peu. Finalement, il avait peut-être raison quand il affirmait que Frank Cameron ne faisait que chercher à se venger à cause de Heather. Peut-être que la cassette de Doug avec cette Karla ne prouvait rien. Peut-être que ce nouveau témoin se trompait. Peut-être, peut-être, peut-être... Comme tout un chacun, elle allait devoir attendre. Elle en avait assez de jouer les femmes dévouées. Dévouée à quoi, à qui ? L'homme avec lequel elle s'était crue mariée n'existait pas. Et qu'il ait tué Rebecca Starnes ou non, leur union, il l'avait bien tuée.

Il n'y avait pas que la trahison et les mensonges. Il y avait aussi ces filles. Ses actes se situaient au-delà de la faute et de l'infidélité. C'était abject. Ces filles n'étaient que des lycéennes. Un jour, Amy serait comme elles, vulnérable, instable, et séduisante aux yeux des hommes. Les adolescentes de cet âge devraient pouvoir se fier à leurs professeurs. Et au lieu d'être un modèle, son mari était un prédateur.

Maddy repensa à son propre père. Elle se rappelait comment les gens la regardaient quand ils apprenaient qu'elle était sa fille. Ses anciens élèves, les hommes comme les femmes, prenaient un air nostalgique pour lui dire quelle influence positive il avait exercée sur eux et combien elle avait de la chance d'être sa fille. Elle considéra Amy avec une tristesse infinie. Personne ne lui dirait la même chose. Être la fille de Douglas Blake serait un motif de honte. Maddy sentit la haine surgir en elle, mais elle ne voulait pas le montrer à Amy. Surtout pas à Amy. Pour Amy, elle devait paraître normale.

« Papa n'est pas là, dit la jeune femme. Viens, entrons. »

La fillette, semblant se satisfaire de cette vague réponse, partit comme une fusée. Maddy poussa un soupir de soulagement en refermant la porte derrière elle. Elle était enfin à l'abri des regards. Son premier geste fut d'aller décrocher le téléphone. Avant de se rendre chez Ruth Crandall, elle avait appelé d'une cabine l'avocat pour Doug, et elle n'avait pas d'autres coups de fil à passer. Charles Henson lui avait paru un peu distrait au téléphone, mais il avait néanmoins promis d'aller voir Doug au commissariat.

La jeune femme se demanda si Charles Henson savait Doug coupable lorsqu'il l'avait défendu avec tant de talent devant le juge. Il donnait l'impression d'être un homme trop honorable pour cela, encore que, d'une façon générale, les avocats aient aujourd'hui la réputation d'être des requins. Peut-être que sous ses dehors aristocratiques il ne constituait pas une exception. Elle secoua la tête comme pour chasser cette préoccupation de son esprit. Désormais, peu importait de savoir qui croyait ou non Doug. Pour sa part, elle ne le croyait plus, et cela seul comptait.

Maddy ôta ses chaussures, prit le courrier et s'assit pour l'ouvrir. Amy avait déjà commencé à jouer dans le living. La maison était calme. Dieu merci, ils sont partis, songea-t-elle une fois de plus.

« Je veux Toccata », dit Amy avec une petite moue.

Maddy soupira et le chercha en vain du regard. « Sean a dû le laisser là-haut, dit-elle. On ira regarder plus tard. »

Elle espérait que Bonnie n'avait pas laissé le bébé l'emporter, sinon Amy serait inconsolable. Elle en doutait, cependant. Bonnie était du genre méticuleux et elle avait sûrement veillé à ce qu'il ne prenne rien et à tout ranger.

« Je le veux maintenant, insista la fillette.

— Bon, dit Maddy d'un air absent. Va voir. »

Amy trottina vers l'escalier, tandis que Maddy, le front plissé, contemplait les enveloppes à fenêtre qu'elle tenait à la main. Des factures, toujours des factures. Ils n'avaient pas encore remboursé les dettes contractées pendant la mise en congé forcé de Doug, et maintenant, il n'était même plus question qu'ils le puissent. Elle se sentit accablée et, pour la première fois, réellement effrayée. Non, n'y pense plus, se dit-elle. Si tu te laisses aller, tu vas devenir folle. Contente-toi de traiter les problèmes au fur et à mesure qu'ils se présentent. De toute façon, qu'est-ce que tu pourrais faire d'autre ?

Elle mit les factures de côté et voulut feuilleter un catalogue de vêtements pour enfants, mais elle le reposa aussitôt. Il n'y aurait plus d'argent pour acheter des vêtements ou quoi que ce soit. La vue de photos d'enfants si bien habillés n'avait fait qu'accroître ses angoisses pour sa fille. Et pour elle-même

« Maman ! maman ! » Amy l'appelait du haut des marches d'une petite voix qui trahissait la terreur. Maddy bondit sur ses pieds et se précipita vers l'escalier. L'enfant se tenait sur le palier, le doigt pointé en direction du couloir. « Maman ! vite ! » hurla-t-elle.

Maddy ne s'arrêta pas pour réclamer des explications. Elle savait à l'expression de sa fille et au son de sa voix qu'il s'agissait de quelque chose de sérieux. Elle grimpa les marches deux par deux à une vitesse dont elle se serait crue incapable et souleva Amy dans ses bras au passage. « Qu'y a-t-il, ma chérie ? Tu as mal ?

— Le papa de Sean ! »

Le papa de Sean ! Qu'est-ce que ça voulait dire ? Ils étaient encore là ? Mais la voiture avait disparu ! Qu'est-ce qui se passait ? Elle se rua vers la chambre d'amis et s'immobilisa sur le seuil. Sean, assis par terre, vêtu juste d'une chemise, agitait un hochet qui avait dû rouler sous le berceau. À côté de lui se trouvait Terry Lewis qui, effondré sur le sol, se tenait le ventre. Il avait le teint gris et les yeux mi-clos. Une couche sale gisait près de lui.

Maddy posa Amy et s'agenouilla devant l'homme à moitié inconscient. Elle lui souleva la tête. « Qu'est-il arrivé ? demanda-t-elle. Où est Bonnie ? Qu'est-ce que vous faites ici ?

Affolée, elle s'efforça de voir où il était blessé. Elle ne remarqua aucune trace de sang, mais il paraissait gravement atteint.

« Elle n'est pas encore revenue, dit-il, haletant. Sean pleurait… »

Sa voix était réduite à un faible murmure.

« Oh ! mon Dieu ! fit Maddy, comprenant ce qui s'était produit. Vous êtes monté et vous l'avez soulevé pour le sortir du berceau, c'est ça ? »

Il hocha faiblement la tête.

« Mon Dieu, je suis désolée. En partant, j'ai oublié… »

Elle se remémora comment elle avait quitté la maison en coup de vent pour fuir la police et essayer de trouver Doug avant elle. « Je suis désolée », ne put-elle que répéter.

Elle prit un oreiller sur le lit, puis le glissa sous la tête de Terry. « Ne bougez plus. Je vais appeler les urgences. »

L'homme allongé par terre ne protesta pas. Au moment où elle se redressait, la jeune femme entendit un cri derrière elle. Elle se retourna. Bonnie se tenait sur le pas de la porte, le visage terreux. Bouche bée, les yeux agrandis d'horreur, elle contemplait son mari étendu au sol.

« Terry ! Oh ! Terry ! Qu'est-ce que tu as ?

— C'est de ma faute, dit Maddy. Je croyais que vous alliez revenir tout de suite. »

Bonnie ne parut pas prêter attention à ce qu'elle disait. « Oh, mon chéri », gémit-elle.

Elle tomba à genoux à côté de son mari, passa un bras sous sa tête et la berça contre sa poitrine. « Qu'est-ce qui s'est passé, mon amour ? »

Maddy se pencha et posa la main sur l'épaule de Sean pour le rassurer. « Il semblerait que Terry ait entendu Sean pleurer et qu'il soit monté pour le sortir de son berceau. Je vais demander une ambulance. Ça a l'air assez sérieux. »

Terry leva les yeux sur les traits hagards de sa femme.

« Il m'appelait », murmura-t-il. Un sourire naquit qui, l'espace d'une seconde, éclaira son visage au teint grisâtre, avant de se transformer en une grimace de douleur.

« Imbécile ! s'écria Bonnie. Pauvre imbécile ! Tu as fait ça pour ce moutard ? Ce n'est même pas le nôtre. Et maintenant voilà dans quel état tu es ! »

Maddy contempla fixement la femme penchée au-dessus de son mari, puis elle porta son regard sur Sean toujours assis au pied du berceau. Un moment, elle crut avoir mal entendu, mais à la boule qui lui nouait l'estomac, elle savait qu'il n'en était rien.

Au même instant, le dos de Bonnie se raidit et elle sembla se figer. Terry, hébété, la considérait au travers d'un voile de souffrance. Bonnie se retourna, et Maddy pensa qu'elle n'avait jamais vu figure humaine refléter une telle froideur.

Elle feignit de ne pas avoir entendu, mais c'était inutile, car Bonnie s'était tout de suite rendu compte de son impair, et l'une comme l'autre savaient ce que cela signifiait.

« Mon fils », gémit plaintivement Terry.

Maddy et Bonnie se regardaient dans le blanc des yeux.

35

On annonça le duo du deuxième acte de *Manon Lescaut*, et Nick, hésitant, tendit la main pour éteindre l'autoradio réglé sur une station qui diffusait de la musique classique. C'était l'un de ses airs favoris, et l'extrait qui allait passer, avec les voix de Placido Domingo et de Montserrat Caballé, en constituait à ses yeux la version la plus éblouissante. Il le connaissait par cœur : les récriminations de Des Grieux contre la futile et superficielle Manon qui répugne à abandonner richesse et sécurité, puis qui le supplie de lui accorder une seconde chance et l'assure que tout ce luxe ne l'a jamais détournée de l'amour qu'elle éprouve pour lui. Et ensuite, la splendeur de leur déclaration d'amour passionnée. À chaque fois qu'il l'entendait, il se sentait transporté. Pourtant, aujourd'hui, il ne désirait pas l'écouter. Ce n'est qu'illusion, songeait-il amèrement. Dans la vie, les gens n'abandonnent pas le luxe pour l'amour. Ils s'accrochent à leurs choix et ne reconnaissent presque jamais leurs erreurs. Sa main effleura le bouton, puis il la retira pour la reposer sur le volant. Il ne pouvait pas résister à la beauté de cette musique. Il était prêt à souffrir. Et, au lieu de couper le son, il le monta.

Les voix s'élevèrent, superbes, et emplirent l'habitacle de merveilleux accords. Nick laissa la musique l'emporter et balayer son cynisme. Depuis quand es-tu si amer ? se demanda-t-il, cependant que résonnaient les dernières notes des deux amants. Oh, il avait été témoin de nombre de déloyautés et de tromperies entre des couples qui venaient se plaindre auprès de lui, expliquer combien leur existence ressemblait désormais à une coquille vide. D'un autre côté, durant ses années de prêtrise, il avait aussi connu des amants qui manifestaient l'un pour l'autre une dévotion à toute épreuve. Il avait vu des couples survivre à la maladie, au désespoir et au désastre. Il n'ignorait pas que cela existait, une flamme qu'aucune des souffrances de la vie ne pouvait éteindre. Ce n'est pas parce que ton amour à toi n'était pas payé de retour qu'il faut mettre tout le monde dans le même sac, pensa-t-il. Finalement, il ne regrettait pas d'avoir écouté. Certes, il avait été contraint de s'avouer qu'il n'aimerait jamais, mais ce n'était pas une raison pour se priver de tout plaisir.

Il poursuivit sa route alors que le crépuscule tombait. Se sentant de plus en plus fatigué, il envisagea de se mettre à la recherche d'un endroit pour dormir. Les jours étaient si courts à cette époque de l'année, et il n'avait pas l'habitude de conduire durant des heures d'affilée. Comme pour répondre à son vague désir, un panneau indicateur apparut sur le bord de la route. À quinze kilomètres de là se trouvait une ville appelée Gravesport. Le nom lui disait quelque chose, et il lui fallut un moment pour se souvenir que c'était là que Bonnie Lewis avait été bibliothécaire. Il repensa à Terry et à elle. Quelle invraisemblable histoire d'amour ! Il ne connaissait pas d'épouse plus dévouée que Bonnie. Faire tout ces voyages et soutenir Terry contre vents et marées tout en sachant que le monde entier désapprouvait son choix. Certes, leur rencontre s'était produite dans des circonstances plutôt inhabituelles, mais maintenant, ils formaient une famille et ils avaient la vie devant eux. Et toi, tu ne peux pas en dire autant, songea-t-il.

Il était néanmoins dommage qu'ils aient eu cet accident de voiture. Dans leur malheur, ils avaient encore eu de la chance de tomber sur Maddy, se dit-il. Ils paraissaient cependant si seuls. Bonnie était le genre de femme trop fière pour admettre avoir besoin de quoi que ce soit. Il se demanda si d'autres étaient au courant de leurs difficultés. Je pourrais peut-être m'arrêter, pensa-t-il. Et voir s'il n'y aurait pas des personnes qui la connaîtraient et seraient susceptibles de lui venir en aide.

Quelques kilomètres plus loin, il atteignit la bretelle de sortie qui conduisait à Gravesport, soulagé à l'idée de quitter enfin la grande route. Il se dirigea vers le centre et remonta lentement la rue principale. Au bout, il repéra un vieil immeuble de brique marqué HÔTEL. Il se gara devant et entra.

Dans le hall faiblement éclairé, le papier peint des murs dont le motif criard représentait des camions de pompiers et des vieilles voitures couleur d'ombre brûlée sur fond or sale jurait avec le décor spartiate. Près de la fenêtre, deux fauteuils en bois étaient disposés de part et d'autre d'une table basse sur laquelle étaient éparpillés quelques magazines, *Reader's Digest* et autres, autour d'un vase contenant une composition florale en plastique couverte de poussière. Nick s'avança vers la réception. Il n'y avait personne en vue et seule la présence de petits casiers devant lesquels étaient accrochées les clés indiquait qu'il s'agissait bien d'un hôtel.

« Y a quelqu'un ? » appela-t-il.

Une femme âgée bien en chair aux cheveux gris ébouriffés émergea de derrière une porte cachée par un rideau et considéra le client potentiel d'un œil soupçonneux.

« Vous avez une chambre ? » demanda Nick.

Sans un mot, la femme lui présenta le registre et un stylo. Nick signa pendant qu'elle prenait une clé devant l'un des casiers pour la lui remettre. Le prêtre n'ignorait pas que les habitants du Maine passaient pour être peu bavards, et celle-là faisait plus qu'honneur à leur réputation.

À ce moment-là, elle tourna le registre vers elle, étudia une seconde la signature, puis demanda : « Combien de nuits ?

— Une seule.

— Vingt-cinq dollars. Payables d'avance. »

Nick tira son portefeuille et compta la somme exigée. « Il y a un bon restaurant dans le quartier ? » demanda-t-il ensuite.

La femme le regarda comme si elle trouvait sa question incongrue. « Il y a un snack, juste au coin, répondit-elle.

— Merci.

— Chambre 1. »

Je me demande si je ne suis pas le seul client, se dit-il en montant l'escalier, muni de son nécessaire de voyage. Sinon, pourquoi m'aurait-on donné la chambre 1 ? Il ouvrit la porte et se prépara au pire. Contre toute attente, la chambre était parfaitement propre et confortable, bien que, comme le hall, elle ne brillât pas par le luxe de son décor. Il y avait un grand lit légèrement affaissé et un couvre-lit vert, une petite salle de bains équipée d'une robinetterie ancienne, et deux reproductions de paysages marins accrochées l'une au-dessus du lit, l'autre sur le mur opposé. Bon, ça ira, conclut-il après son bref examen. Il posa son sac, alluma la lampe de chevet et décida de courir le risque de dîner au snack d'à côté.

Lorsqu'il redescendit, la propriétaire de l'hôtel avait de nouveau disparu. Il déboucha dans la rue déserte et regarda autour de lui. L'enseigne du snack clignotait un peu plus loin, et il prit dans cette direction. En arrivant au coin, il constata que la bibliothèque, un modeste bâtiment en bardeaux situé en face, était encore ouverte. Il hésita un instant, puis traversa et entra.

La bibliothèque semblait relativement importante pour un patelin comme celui-là. Nick essaya de s'imaginer Bonnie venant travailler ici tous les jours. Il parcourut les rayons, davantage intéressé par l'endroit lui-même que par les livres. À part deux adolescentes installées à une table qui laissaient de temps à autre échapper un petit rire, il n'y avait personne. La bibliothécaire, une vieille femme maigre qui portait des lunettes et qui donnait l'impression qu'elle tomberait en poussière si jamais on la touchait, lançait parfois des regards furieux aux filles qui cessaient un moment de glousser pour recommencer quelques instants plus tard. Nick s'avança vers elle et attendit qu'elle lève la tête. Il lui sourit, mais elle resta de glace. « Oui ? fit-elle.

— Bonjour. Je… je suis en ville juste pour la soirée. J'ai une… une amie qui travaillait ici. Bonnie Lewis. Avant, elle s'appelait…

— Nolan », affirma la femme, catégorique.

Elle ne paraissait pas le moins du monde surprise, ni curieuse. Elle ne réclama pas de nouvelles de Bonnie. À l'évidence, ce n'était pas la chaleur humaine qui l'étouffait et elle ne devait pas se préoccuper beaucoup de son prochain.

« C'est ça, Nolan, dit Nick. Je me demandais… est-ce qu'elle a encore de la famille en ville ? »

La femme réfléchit. « Bonnie… non. Plus maintenant. Elle vivait avec sa mère jusqu'à la mort de celle-ci. Cela remonte déjà à quelques années.

— Oh ! Et il n'y avait personne d'autre ? »

La bibliothécaire se tourna vers les adolescentes qui pouffaient de nouveau. « Les filles, vous êtes dans une bibliothèque, leur rappela-t-elle sèchement.

— Pardon, miss Carr », dit l'une des filles qui se pencha aussitôt sur son livre.

La vieille femme secoua la tête d'un air mécontent. « Elle habitait une chambre dans une maison sur Maple Street. Vous voulez que je recherche l'adresse ?

— Si ça ne vous dérange pas trop, ce serait très aimable de votre part.

— Mais pas du tout », affirma miss Carr d'un ton qui signifiait qu'elle faisait son affaire de ce genre de choses.

Elle feuilleta soigneusement un dossier posé sur son bureau. Pas étonnant que Bonnie soit partie, songea Nick. Même pas un « Comment va-t-elle ? » ou : « Comment va le bébé ? » Tous les gens d'ici ont dû être scandalisés d'apprendre qu'elle avait épousé un homme condamné à la prison à perpétuité et qui, de surcroît, lui avait fait un enfant. Dans les petites villes comme celle-là, les esprits libéraux et tolérants n'abondaient pas.

Miss Carr lui tendit une adresse impeccablement calligraphiée sur une petite fiche. « Voilà », dit-elle d'un ton cassant. Elle regarda sa montre. « Plus que quinze minutes, les filles.

— Eh bien, merci, dit Nick en prenant la fiche.

— De rien », répondit miss Carr en retournant à ses occupations.

Nick attendit un instant qu'elle ajoute quelque chose, mais il était clair qu'elle en avait terminé avec lui. Il quitta la bibliothèque, heureux de se retrouver dans la rue. Il déchiffra l'adresse à la lumière des réverbères qui encadraient l'entrée du bâtiment. Il lut « Bonnie Nolan », avec « Nolan » barré et remplacé par « Lewis » tapé au-dessus, puis « c/o Hartwell, 12 Maple Street ». Le prêtre soupira. Le snack n'avait pas un aspect particulièrement engageant, mais il avait faim. Il ne voyait pas de véritable raison de se rendre à cette adresse. Il ne s'agissait sans doute pas d'un membre de la famille de la jeune femme, mais simplement de quelqu'un avec qui elle avait partagé un appartement. S'il en jugeait par la réaction de miss Carr, on ne devait pas beaucoup regretter Bonnie dans le coin. Nick se sentit triste pour elle à cette idée. Il glissa la carte dans sa poche et décida d'aller goûter la nourriture du snack.

36

Doug se passa la main dans les cheveux et, sortant de l'ascenseur derrière Charles Henson, il déboucha dans le hall du palais de justice de Taylorsville. Sur le trottoir, il réussit enfin à rattraper son avocat. L'allée était bordée de réverbères qui diffusaient une pâle clarté dans le soir d'automne.

« Charles, dit Doug en tendant la main, vous avez fait un boulot formidable. »

Ils venaient de rencontrer le représentant du ministère public qui avait essayé de les convaincre de plaider coupable pour un chef d'accusation moins grave que le meurtre de Rebecca Starnes, mais Charles avait rejeté sa proposition et affirmé que, de toute façon, on ne possédait pas assez de preuves pour inculper son client, et encore moins pour espérer gagner un procès.

« Si on s'arrêtait prendre un verre ? » proposa Doug.

Charles Henson se tourna vers lui et agrippa la poignée de sa serviette des deux mains. Il était évident qu'il essayait d'éviter de serrer la main de Doug. « Il faut que je rentre voir ma femme, dit-il. C'est un jour très important pour nous. En toute franchise, j'ai hésité à venir ce soir, et n'eût été la gravité des accusations... »

Doug ne demanda pas quel événement les Henson voulaient fêter. Il était bien trop préoccupé par son propre sort. « Alors, ce sera pour une autre fois », dit-il d'une voix sourde.

L'avocat lui jeta un regard froid. « Le combat ne fait que commencer, Doug. Vous le savez, n'est-ce pas ? Vous avez gagné ce round, mais vous êtes loin d'avoir remporté la victoire.

— Eh bien, j'ai confiance en vous.

— Doug, dit Charles en secouant la tête. Vous avez droit à la meilleure défense possible, et j'estime ne plus être l'homme de la situation. »

Doug le contempla, incrédule. « Hé ! une seconde ! Vous voulez dire que vous renoncez à me défendre ? Vous avez peur que je ne vous paye pas ? Parce que, si c'est ça…

— Pas du tout. Je peux vous recommander certains de mes confrères…

— Je ne veux pas de vos confrères ! C'est vous que je veux !

— C'est impossible, répondit Charles. J'ai pris ma décision tout à l'heure au palais de justice. Voyez-vous, votre affaire va exiger qu'on y consacre beaucoup de temps. Ils ne vous lâcheront pas facilement. Frank Cameron n'aura de cesse que vous soyez condamné pour ce crime. Il va vous falloir toute la disponibilité et toute l'habileté d'un bon avocat, et en ce moment, il y a dans ma vie personnelle des changements qui m'interdisent de m'engager. J'ai l'intention de réduire ma clientèle et de ne plus accepter de tâches trop prenantes…

— Mais je suis innocent…, protesta Doug. Je n'ai pas tué cette fille. Et j'ignore absolument tout d'un bébé disparu. C'est absurde. Il n'y a rien à prouver, puisque je ne suis pas coupable. Il faut que vous assuriez ma défense ! »

À la faible lumière des réverbères, l'avocat le considéra avec un mépris à peine déguisé. « Êtes-vous vraiment innocent, Doug ? demanda-t-il.

— Bien sûr que je suis innocent ! Qu'est-ce que vous croyez ?

— Après avoir visionné cette cassette dans le bureau du district attorney, je trouve quelque peu présomptueux de votre part de vous qualifier d'innocent.

— Vous êtes supposé vous occuper du crime et de rien d'autre, non ? »

Charles jeta un coup d'œil sur l'horloge logée dans la coupole du palais de justice, puis il se tourna de nouveau vers Doug. « Parfois... il se produit des événements venant vous rappeler qu'il existe des valeurs qui n'ont rien à voir avec la loi. Et en ce qui me concerne, il est à présent important que je me situe du côté de la morale et de la pureté.

— Comment osez-vous vous donner de grands airs ? Vous n'êtes jamais qu'un vulgaire mercenaire. Vous n'êtes pas censé me juger ! s'écria Doug avec indignation.

— Vous avez raison, répliqua Charles. Alors, disons que je me récuse. Je n'ai pas besoin de vous fournir de raison et toute discussion est inutile. Bonsoir. »

Sans attendre de réponse, l'avocat se dirigea vers sa voiture garée sur le parking. Doug, pétrifié, le regarda s'éloigner. Il avait fait son possible pour tenter de convaincre Charles Henson de continuer à le défendre, et il avait échoué.

Lorsqu'il fut de nouveau capable de bouger, il gagna à son tour sa voiture. Il s'installa au volant puis, comme un automate, démarra. Arrivé à la sortie du parking, il marqua une hésitation car il ne savait où aller.

Il essaya d'imaginer son retour à la maison et, au souvenir de l'expression du visage de Maddy quelques heures plus tôt, il frissonna. Elle avait sans doute déjà fait changer toutes les serrures. Naturellement, il y avait Amy qui serait contente de le voir, mais il ne se sentait pas en mesure de répondre à ses exigences. Les enfants étaient épuisants. Maddy en voulait d'autres, et il ne comprenait pas pourquoi. Il fallait tout le temps s'en occuper. Non, il ne pouvait pas rentrer tout de suite.

Il emprunta la direction opposée. Il réfléchit une minute, s'interrogeant en vain pour savoir s'il avait un ami chez qui il pourrait se réfugier. Il se demanda alors depuis quand il était aussi seul. Un instant, il envisagea de se rendre dans un bar, mais il ne tenait pas à se retrouver embarqué dans une conversation stupide avec un inconnu, quoiqu'il eût volontiers cherché l'oubli dans quelques verres avalés rapidement au comptoir.

S'il était sûr qu'il ne rencontrerait personne de connaissance et que la discussion se limiterait à des sujets comme le football ou le hockey, il prendrait malgré tout le risque d'y aller. Mais que se passerait-il si une femme venait s'installer sur le tabouret à côté du sien ? Les femmes désiraient toujours parler de problèmes personnels. Que répondrait-il si on l'interrogeait sur sa vie ? Qu'il était un homme qui avait naguère goûté à la fortune et à la gloire, et qu'aujourd'hui il n'était plus qu'un pauvre type couvert de dettes, à la veille de se voir intenter un procès à la suite d'un accident de voiture, un pauvre type qui était sur le point de perdre son poste à cause des règles absurdes qui régissaient les rapports entre les élèves et les professeurs, un pauvre type qui, pour couronner le tout, était soupçonné de meurtre. Ouais, ça ne tarderait pas à faire le vide autour de lui. Néanmoins, l'idée de boire un verre le séduisait. Un verre ou même plusieurs. Apparemment décidé, il prit le chemin du marchand de spiritueux le plus proche.

Il n'y avait pas beaucoup de monde parmi les rayons brillamment éclairés. Après avoir hésité un instant, Doug choisit une bouteille de vodka. Il paya, puis regagna sa voiture. Une fois installé sur son siège, il se demanda quoi faire ensuite. Un voile de désespoir sembla s'abattre sur lui, tandis qu'il contemplait la bouteille à côté de lui, sa passagère, sa compagne. Où aller pour boire en paix ? Il pensa à Binney Park, mais il repoussa aussitôt cette idée. Comme s'il avait besoin qu'on lui rappelle tout ce qui lui était arrivé pour la simple raison qu'il s'était assis sur un banc du parc pour discuter un moment avec une jolie fille. Était-ce donc un crime ? Ils avaient bavardé et partagé un paquet de crackers, puis elle était partie avec le bébé. Bon, d'accord, il avait passé son bras sur le dossier du banc pour lui effleurer l'épaule. Il n'avait rien tenté de plus. Était-ce de sa faute si elle avait été assassinée après ? D'ailleurs, peut-être que si elle n'avait pas réagi de manière aussi brusque à sa légère caresse, elle serait encore en vie. Mais non, il avait fallu qu'elle saute en l'air comme si le banc était en feu et qu'elle le plante là. Il s'était senti terriblement embarrassé, alors qu'il ne désirait qu'une présence, un peu de chaleur humaine.

Doug soupira et mit le contact. Non, Binney Park était exclu. Le fort, peut-être. Pourquoi ne pas y retourner ? Il l'aurait pour lui tout seul. Des gosses y venaient bien de temps en temps la nuit, mais ils ne s'occuperaient pas de lui. Ce n'était pas l'endroit idéal, mais ce serait toujours mieux que rien. Il alluma la radio et démarra. Il avait prévu de ne commencer à boire qu'une fois là-bas, mais il éprouvait une sorte de besoin maladif. En temps normal, il ne buvait pas, mais ce soir, il désirait oublier. Une fraction de seconde, il songea de nouveau à rentrer chez lui. Pour tenter de regagner la confiance de Maddy. Pour tenter de s'amender. Non, c'était risible. Même si elle lui pardonnait pour une chose, il y avait l'autre. Et puis merde ! il n'allait pas se traîner à genoux devant elle !

En un sens, c'était également de sa faute. Pas pour l'assurance, s'avoua-t-il. Là, il avait fait l'idiot, mais, après tout, il n'essayait que de gagner un peu de temps, économiser un peu d'argent. Ça aurait pu arriver à n'importe qui. Et si elle persistait à le prendre pour un assassin, ça en disait davantage sur sa mentalité à elle que sur la sienne. La femme était censée croire son mari. Et d'abord, s'il s'était tourné vers les jeunes filles, c'était parce qu'à ses yeux elle avait perdu tout attrait. Cela s'était produit petit à petit, après la naissance de l'enfant. Elle était si... si maternelle. Elle paraissait vieille, sérieuse et uniquement préoccupée de questions sur l'avenir. Il avait besoin de quelqu'un pour l'aider à lui changer les idées, et non pas d'une femme autoritaire qui ne cherchait qu'à le mettre en cage, à acheter une maison, à avoir d'autres enfants et à faire partie de l'association des parents d'élèves. Si le sexe n'était plus drôle et ne permettait plus d'oublier, à quoi servait-il ? Doug secoua la tête. Elle ne l'avait jamais compris. Jamais. Comment avait-il pu s'imaginer que ce serait une bonne chose de se marier et de fonder une famille ? Sans doute parce qu'il ressentait la pression de la société. La pression, la pression, la pression. Il en avait plus qu'assez de la pression. Il saisit la bouteille, dévissa la capsule, jeta un regard autour de lui pour vérifier que personne ne l'observait, puis but une longue rasade.

Le chaud liquide coula dans sa gorge, pareil à un sédatif, et aussitôt, le poids qui lui écrasait la poitrine diminua. Il n'avait jamais apprécié le goût de l'alcool, mais on ne pouvait pas nier qu'il procurait un soulagement. Voilà qui est mieux, pensa-t-il. Mon Dieu, tellement mieux.

Il prit la direction du fort.

37

C'est drôle, se dit Maddy, comme certains moments semblent se prolonger et les mots rester suspendus en l'air, tandis qu'instantanément, tel un ordinateur, on examine les différentes possibilités, on s'efforce d'étudier les conséquences de chaque solution possible et de déterminer laquelle offre les meilleures chances de survie. Comme prise dans une avalanche ou un remous, elle sentit une décharge d'adrénaline la parcourir, provoquée par la nécessité vitale d'effectuer le bon choix, et de le faire sur-le-champ. Cela ne dura qu'un instant, mais un instant qui parut s'éterniser, pareil à une vie se déroulant au ralenti.

La meilleure solution, décida-t-elle, c'est de faire comme si je n'avais pas entendu. De me dire que je n'ai pas entendu ou que j'ai entendu de travers, peut-être. Peu importe, mais qu'elle le croie.

Maddy essaya de contraindre son corps à se plier à ses pensées et non à ses sentiments. Garder une expression impassible, empêcher ses mains et sa voix de trembler. Tenter de considérer Bonnie avec bienveillance.

« Je ferais bien d'appeler un médecin, dit-elle. Votre mari n'a vraiment pas l'air en forme. J'y vais et je reviens tout de suite. »

Bonnie se releva et emprisonna le bras de Maddy d'une poigne de fer. « Oh, non, vous n'allez nulle part, cracha-t-elle.

— Laisse ma maman ! s'écria Amy.

— Toi, ferme-la ! glapit Bonnie.

— Maman, pourquoi elle te tient ?

— Ce n'est rien, ma chérie », la rassura Maddy. Elle était morte de peur, mais il ne fallait pas qu'elle le montre. Pour le bien de sa fille, pour son bien à elle et pour... celui du bébé. Non, impossible. « Lâchez-moi, dit-elle à Bonnie. Vous effrayez Amy.

— Ça m'est égal, répliqua Bonnie sur un ton de défi. Maintenant, vous allez faire ce que je dis. »

Maddy jeta un coup d'œil sur Sean qui geignait. Elle secoua la tête. « Bonnie, je ne comprends pas pourquoi vous agissez ainsi.

— Je vous en prie, ne jouez pas les imbéciles. Je sais parfaitement que vous avez entendu.

— Entendu quoi ? Mais qu'est-ce que vous racontez ?

— Vous allez finir par m'exaspérer », dit Bonnie.

Elle parut cependant hésiter, et, les yeux plissés, elle scruta un instant Maddy pour tenter de mesurer la situation. Tout autant que cette dernière, elle aurait voulu croire que son secret demeurait en sûreté. Sean se mit à pleurer. Maddy porta de nouveau son regard sur lui, tandis que celui de Bonnie restait rivé sur elle.

« Vous ne pensez pas que vous feriez mieux de vous occuper de lui ? demanda Maddy.

— Cessez de me dicter ma conduite avec mon fils », riposta Bonnie.

Maddy entrevit une lueur d'espoir. Bonnie renouait avec la fable.

« Excusez-moi, je ne m'en rends pas compte. C'est une mauvaise habitude de ma part », dit Maddy d'un ton qu'elle voulait naturel.

Soudain, une voix faible s'éleva : « Bonnie, pourquoi tu as dit ça ? Pourquoi tu as dit que ce n'était pas le nôtre ? »

Les deux femmes se retournèrent d'un même mouvement. Terry avait réussi à s'asseoir, le dos appuyé contre la commode. Cependant que Bonnie contemplait son mari, Maddy sentit l'espoir la quitter. Elle se rendait compte que Bonnie n'était pas une comédienne, qu'elle manquait de subtilité. Elle était dure, impitoyable, ainsi qu'elle l'avait sans doute prouvé avec Rebecca Starnes. Elle n'avait reculé devant rien pour enlever ce bébé. Maddy réprima un frisson à la pensée de la pauvre jeune fille innocente qui faisait du baby-sitting pour se procurer un peu d'argent de poche sans soupçonner un seul instant que cela entraînerait sa mort. C'était certainement ainsi que les choses s'étaient passées.

Oui, mais d'un autre côté, pourquoi Terry posait-il ces questions ? N'était-il pas complice ? Maddy réfléchissait à toute allure. Il semblait pourtant clair que le jeune homme croyait que le bébé était le sien. Puis les paroles du père Nick lui revinrent en mémoire, celles qui l'avaient convaincue que tout était normal avec cet enfant. Il avait lui-même baptisé Sean ! Le père Nick n'aurait jamais menti.

Alors, dans ce cas, il ne pouvait pas s'agir du petit Justin Wallace. L'espoir renaquit. Les pensées de la jeune femme se bousculaient dans son esprit, tandis qu'elle envisageait les différentes possibilités.

Peut-être que Bonnie avait adopté le bébé sans le dire à Terry. Ce ne serait pas une catastrophe. Ils allaient peut-être se disputer quelque temps, mais cela finirait par se tasser.

« Bonnie ? » reprit Terry. Il grimaça et laissa échapper un cri de douleur, mais il paraissait déterminé à obtenir une réponse. « Pourquoi tu as dit ça ? Sean est notre fils. »

Bonnie, les yeux écarquillés, fixait son mari.

Soudain, ce dernier voulut se relever. « Tu as couché avec un autre homme ? » demanda-t-il.

Sa femme secoua craintivement la tête. « Non, non, jamais. Tu es le seul. » Elle lâcha Maddy et se précipita vers lui. « Crois-moi, mon chéri. Je ne te tromperai jamais.

— Alors, pourquoi tu as dit ça ? murmura-t-il.

— J'ai dit n'importe quoi, répondit pitoyablement Bonnie. Je ne le pensais pas. »

Maddy se frotta le bras à l'endroit où Bonnie l'avait serré. Elle était persuadée que cette femme mentait. Aucune mère ne rejetterait ainsi son enfant. Non, elle n'avait pas dit n'importe quoi, mais Terry, lui, n'était pas au courant.

« Ne me mens pas », menaça-t-il.

Bien qu'il fût blessé, pratiquement réduit à l'impuissance, Maddy perçut tout le danger que représentait cet homme endurci par les années de prison. « J'ai parfaitement entendu ce que tu as dit.

— Bonnie, tenta de s'interposer Maddy avec le maximum de tact. Vous avez adopté Sean, c'est ça ? Ou c'est un enfant que vous gardez en nourrice… ? »

Bonnie pivota d'un bloc et lui lança un regard furieux. « Ne vous mêlez pas de ça ! » cria-t-elle.

Sean, à présent, hurlait, et Maddy dut résister au désir de le prendre dans ses bras. Amy, pâle et silencieuse, se serrait contre sa jambe.

« Elle était enceinte. C'est pour ça qu'on s'est mariés, dit Terry, semblant ne s'adresser à personne.

— Ce n'est pas la seule raison, protesta Bonnie.

— Économisez donc vos forces », intervint Maddy pour tenter de détourner l'attention de Terry.

Elle ne voulait pas en entendre davantage. Plus la discussion se prolongeait, plus le danger grandissait. « Vous avez besoin qu'on vous conduise à l'hôpital. Vous reparlerez de tout ça plus tard. »

Terry se tourna vers sa femme. « Tu m'as dit que tu étais enceinte. J'ai pensé que c'était la volonté de Dieu et qu'il voulait que j'épouse la femme qui portait mon fils.

— Ne présente pas les choses de cette manière. On s'aimait, dit Bonnie, les larmes aux yeux.

— Allons, ne fais pas l'enfant. Tu connaissais mes sentiments. Je t'ai écrit plusieurs fois à ce sujet. Je t'ai parlé de mes nouvelles résolutions, de mon désir de me plier à la volonté divine.

— Mais tu signais tes lettres "avec tout mon amour", gémit Bonnie.

— Et maintenant, tu viens me raconter que ce n'est pas mon fils », murmura-t-il, fermant les yeux sous le coup de la douleur qui le tenaillait.

Maddy savait que la jeune femme mentait, mais elle ignorait pourquoi et ne se souciait pas d'approfondir. Tout ce qu'elle voulait, c'est qu'ils partent. Et tout de suite. Elle tenait sa chance, et il fallait la saisir. « Bonnie, fit-elle d'une voix sévère. Est-ce que tout ça ne peut pas attendre ? Terry a besoin d'aide. »

Bonnie ne parut même pas avoir entendu. Elle prit son mari par le bras et se mit à le secouer. « Tu disais que tu m'aimais, qu'on resterait toujours ensemble, que ce n'était pas uniquement pour le bébé. »

Terry n'ouvrit pas les yeux. « Si Sean n'est pas mon fils, tu n'es pas ma femme », dit-il dans un souffle.

Il vacilla et, se tenant à la commode, se laissa glisser au sol. Bonnie commença à sangloter. « Ce n'est pas juste. »

Maddy la plaignait presque, si grand semblait être son chagrin. Cette femme seule et sans beauté avait voulu croire au conte de fées. Elle s'y était accrochée de toutes ses forces, et maintenant, la vérité lui faisait l'effet d'une gifle en pleine figure.

Amy tira sur la jambe de pantalon de sa mère.

« Pourquoi elle pleure, maman ?

— Elle est bouleversée, ma chérie. Maintenant, va dans ta chambre.

— Et Sean, pourquoi il pleure ?

— Ils doivent partir, répondit Maddy, cherchant une explication plausible. Et il ne veut pas.

— Il ne peut pas emporter Toccata, affirma Amy d'un ton décidé.

— Non, non, il ne l'emportera pas, dit Maddy, l'air absent.

— Si, il va l'emporter. Il est dans le sac. Je l'ai vu.

— Amy, arrête ! cria Maddy.

— Il ne peut pas l'emporter, insista la fillette en tapant du pied. C'est à moi. »

333

La patte de Toccata dépassait du sac à langer posé par terre à côté de Sean. Avant que Maddy n'ait eu le temps de réagir, Amy s'était précipitée pour essayer de récupérer son bien.

« Amy, non ! »

Mais l'enfant tirait déjà sur la jambe de Toccata et, alors que la tête jaune tout ébouriffée de l'animal en peluche apparaissait, une tache rouge attira le regard de la jeune femme. Elle l'avait déjà vu aux informations, à plusieurs reprises. Chaque fois qu'on montrait à la télévision les photos plus ou moins floues de la tête bouclée du petit Justin, on ajoutait qu'il portait un pull rouge tricoté à la main avec un dalmatien brodé sur le devant. Amy poussa un cri de triomphe, serra Toccata dans ses bras et quitta la pièce. Pendant ce temps-là, Maddy contemplait le pull rouge qui gisait par terre, tandis que le dalmatien, la tête penchée, paraissait l'observer d'un air intrigué.

Bonnie, voyant l'expression du visage de Maddy, baissa les yeux et vit le pull rouge à côté du sac. Elle poussa un soupir presque triste, puis se tourna vers Maddy. « J'aurais dû le jeter, dit-elle. Mais il était trop beau. »

Maddy tenta de faire comme si elle ne comprenait toujours pas. « Vos histoires ne me regardent pas. Je vais aller promener ma fille. À mon retour, je veux que vous soyez partis. Peu m'importe où, du moment que avez quitté les lieux.

— Oh, non ! Vous n'allez nulle part, dit Bonnie.

— Ce sont vos affaires, persista Maddy, adoptant un ton las. Pas les miennes.

— Laisse Mrs. Blake tranquille, ordonna Terry à sa femme. Elle n'y est pour rien.

— Elle en sait trop », répondit Bonnie.

Maddy sentit la peur l'étreindre. « Je ne sais rien. Je vous le répète, vos histoires ne m'intéressent pas. »

Le mascara coulait sur le visage de Bonnie, et Maddy fut surprise, et même abasourdie, de constater que la jeune femme se maquillait. Du reste, elle ne l'avait jamais regardée de près. Bonnie était le genre de femme qui passait inaperçue. Jusqu'au moment où l'on se rendait compte de son erreur.

« Vous savez qui c'est, n'est-ce pas ? » dit simplement Bonnie en désignant Sean.

Bien sûr qu'elle le savait. En dépit des affirmations du père Nick, il ne pouvait s'agir que de lui. Comme elle regardait le bébé assis par terre qui pleurait, la certitude grandit en elle. Et cela signifiait que la femme qui se tenait là, en col roulé informe, en jupe grise et avec des traces de mascara sur les joues, était une meurtrière.

Maddy haletait, comme si elle avait couru et qu'elle se fût arrêtée pour reprendre son souffle. Comme si, pourchassée et affolée, elle s'était engagée dans une voie sans issue. Il lui fallait à présent affronter la réalité. Et d'un seul coup, comme dans un moment de répit au sein du chaos qui régnait autour d'elle, elle comprit qu'elle ne pouvait plus ignorer le bébé. Elle ne pouvait plus ignorer ses pleurs, ni son identité, ni toutes les horreurs qu'il avait vécues. De toute façon, faire comme s'il n'existait pas ne la sauverait en rien. Elle s'avança vers le pauvre petit qui pleurait, assis par terre, la figure toute rouge, le nez qui coulait. Il lui paraissait inhumain de le laisser souffrir ainsi. Personne ne sortirait intact de ce drame, et elle pouvait au moins lui procurer un peu de réconfort. Elle se baissa pour le soulever dans ses bras avec toute la tendresse dont sa mère aurait fait preuve, puis elle lui essuya le nez, l'embrassa et le serra contre sa poitrine.

« Ne pleure plus, Justin », murmura-t-elle. L'enfant cessa aussitôt de pleurer et, les yeux grands ouverts, soudain très calme, il s'accrocha à elle de ses petites mains. « Ne pleure plus, mon bébé. »

Elle se tourna et fit face à Bonnie qui braquait une arme sur elle.

38

Dans le snack où ne se trouvaient que trois clients, on lui avait servi son repas sans manifester de curiosité particulière. L'endroit n'était pas de ceux où l'on aimait s'attarder. Il avait avalé son steak en vitesse, puis était sorti dans la rue déserte et avait décidé de se rendre à l'endroit dont la bibliothécaire lui avait donné l'adresse.

Le 12 Maple Street était une petite maison grise en bardeaux plantée au milieu d'un terrain non entretenu où l'on s'enfonçait à hauteur de cheville dans les feuilles mortes. La façade était presque entièrement dissimulée par des arbres verts décharnés et, malgré les ténèbres naissantes, on voyait que la peinture s'écaillait par larges plaques. De la lumière filtrait par les rideaux tirés, et Nick hésitait à déranger. La maison était modeste, en piteux état, et il paraissait improbable que ses occupants soient en mesure d'apporter une aide financière quelconque aux Lewis. Peut-être, cependant, trouverait-il quelqu'un qui aimait Bonnie. Après tout, le soutien moral était aussi important. De toute façon, il ne risquait rien. Au pire, il essuierait une rebuffade, ce qui ne serait pas pour l'étonner dans cette région.

Il monta les marches de la véranda et appuya sur la sonnette. Il fut légèrement surpris de l'entendre résonner à l'intérieur, car il s'était plus ou moins attendu à ce qu'elle ne fonctionne pas. Pendant qu'il patientait, il remarqua que l'un des volets de la fenêtre était tombé et paraissait attendre qu'on vienne le réparer.

Il entendit des bruits de pas approcher et, l'espace d'un instant, ressentit une pointe d'appréhension. La maison était si délabrée et sinistre qu'on craignait plus ou moins de voir surgir une goule. Or, à sa stupeur et à son soulagement, apparut sur le seuil une jolie fille d'une vingtaine d'années pieds nus, vêtue d'un jean et d'une superbe chemise à fleurs. Elle avait un regard candide, et son sourire illuminait le triste vestibule.

« Bonjour, dit-elle avec gentillesse en ouvrant grand la porte.

— Miss… Hartwell ?

— Mrs., rectifia-t-elle, rayonnante. Mais vous pouvez m'appeler Colleen. »

Cette fille ne doit pas être d'ici, pensa Nick. Il parvenait difficilement à comprendre comment elle pouvait vivre dans cette ville où il n'avait pas remarqué un seul sourire depuis son arrivée. « Je… je m'appelle Nick Rylander. En fait, je suis un prêtre catholique et j'ai… un… une amie qui a habité ici. »

Elle prit un air dubitatif.

« À Gravesport, vous voulez dire ? »

Nick jeta un coup d'œil sur la carte qu'il tenait toujours à la main. « Oui, et dans cette maison. Je crois qu'elle vous louait une chambre. Bonnie… Bonnie Lewis. »

La jeune femme parut se souvenir.

« Oh, fit-elle en serrant vigoureusement la main tendue de Nick. Vous êtes un ami de Bonnie ? Entrez, entrez, mon père. »

338

Étonné mais ravi par cet accueil, Nick fit un pas dans le lugubre vestibule.

« Excusez le manque de lumière, mais l'ampoule a claqué et je ne peux pas la changer sans escabeau. J'attends que mon mari rentre pour s'en occuper, expliqua-t-elle en lui faisant signe de la suivre en direction d'une pièce bien éclairée.

— Il travaille tard le soir ? » demanda Nick.

Colleen éclata de rire comme si elle trouvait sa question très drôle. « Oh non ! Je me suis mal exprimée. Il est pêcheur et reste absent pendant plusieurs semaines de suite. C'est pour ça que la maison tombe en ruine. Il n'est pas là pour l'entretenir. » Son visage respirait la gentillesse à défaut de l'intelligence. « J'essaye de le faire, mais je n'y arrive pas. »

Promenant son regard autour de lui, Nick se demanda dans quelle mesure elle essayait réellement. Il régnait partout un désordre indescriptible.

La jeune femme débarrassa un coin du canapé sur lequel traînaient des journaux, des bandes dessinées et quelques paires de vieilles chaussettes qu'elle jeta en vrac sur une table basse. « Asseyez-vous, je vous en prie, dit-elle avec amabilité. Vous désirez boire quelque chose ? Une tasse de thé ? »

Il répondit oui avant d'avoir eu le temps de s'interroger sur l'état dans lequel devait se trouver la cuisine. Enfin, le thé, ce n'était que des herbes et de l'eau bouillante. Il ne risquait donc pas grand-chose.

« J'allais justement en prendre un », ajouta-t-elle.

Elle se rendit dans la cuisine, alluma le petit poste de télévision installé sur le comptoir, puis passa la tête dans le séjour. « Avec quoi vous le prenez ?

— Juste du sucre. »

Elle réapparut quelques instants plus tard, portant deux tasses posées sur des soucoupes ébréchées. Elle lui en tendit une, ménagea un peu de place sur la table basse pour la sienne, puis, afin de s'asseoir, ôta d'un fauteuil un ours en peluche, un peu de linge sale et une pile de catalogues. Après quoi, elle ramena soigneusement derrière son oreille une longue boucle de cheveux brillants, but une gorgée de thé et adressa de nouveau au prêtre un sourire franc et chaleureux.

« Alors, qu'est-ce qui vous amène à Gravesport ? demanda-t-elle. C'est agréable d'avoir de la visite. Nous sommes si souvent seuls pendant que Georgie est en mer.

— Je ne fais que passer, répondit Nick. Je suis en route pour le Canada. La Nouvelle-Écosse.

— Pour vos vacances ?

— Non... je... je travaille là-bas. Dans un monastère. Je fais de la restauration. »

Colleen hocha la tête d'un air entendu, mais il était clair à son expression qu'elle n'avait pas la moindre idée de ce que cela signifiait. « Et comment avez-vous connu Bonnie », questionna-t-elle ensuite.

Nick l'observa de près. Elle ne donnait pas l'impression d'être du genre à s'ériger en juge, mais il se demanda ce qu'elle savait de la vie de Bonnie. Il s'efforça de formuler sa réponse de manière diplomatique. « En réalité, j'ai d'abord connu son mari.

— Terry ! s'exclama-t-elle. Vous le connaissiez avant qu'il aille en prison ? »

Sa voix ne contenait nulle trace de réprobation, et Nick se félicita d'être venu. Cette jeune femme n'était sans doute pas capable d'aider beaucoup son prochain, car elle semblait à peine capable de s'aider soi-même, mais elle devait certainement être capable d'aimer.

« Non, je l'ai rencontré durant son incarcération. Nous avons beaucoup parlé. En fait, c'est moi qui les ai mariés.

— Vraiment ! s'écria-t-elle. C'est fantastique. Bonnie m'a raconté en détail son mariage. Elle sait très bien décrire les choses et les rendre vivantes. Je suppose que c'est parce qu'elle lit tant de livres. Moi, je ne lis pas beaucoup, mais Bonnie, elle, est différente.

— Je me souviens que Terry m'a expliqué qu'il avait publié une annonce pour réclamer des livres et qu'elle lui en avait envoyé. »

Colleen parut ravie. « Vous savez, j'ai toujours pensé que c'était la plus belle des histoires d'amour. Bonnie était si seule et ils s'écrivaient. Il y avait... je ne sais pas... un côté vieux jeu, vous voyez ? Elle guettait ses lettres. Elle se plantait carrément à côté de la boîte, et quand il en arrivait une, elle se pré-cipitait pour la lire dans sa chambre comme une adolescente amoureuse. »

Nick sourit et but à son tour une gorgée de thé. « C'était formidable pour tous les deux.

— Naturellement, je n'aurais pas cru qu'il serait un jour libéré. Je disais à Bonnie : "Tu sais, il ne sera jamais un mari comme les autres pour toi..." C'était une situation sans issue, mais ça ne la dérangeait pas tellement. Elle l'aimait, et il n'y avait que ça qui comptait. Et puis voilà que le vrai meurtrier confesse son crime. Extraordinaire, non ? dit-elle avec feu.

— Oui, et j'en suis heureux pour lui. Pour eux deux. »

La jeune femme prit un air pensif. « C'était un véritable miracle. Je ne comprends pas pourquoi il y a des gens qui ne croient pas aux miracles. Là, c'en était bien un, non ?

— Oui, et je suis tout à fait d'accord avec vous.

— C'est normal, j'imagine, vous qui êtes prêtre et tout ça. Pauvre Bonnie, personne ici ne pensait qu'elle trouverait quelqu'un. Elle est un peu… » Colleen chercha le terme qui convenait. « Un peu… froide. Mais quand on apprend à la connaître…

— Vous la connaissiez bien ?

— Ni plus ni moins que les autres, je suppose. Elle n'était pas du genre à faire des confidences, mais on s'entendait bien. Cette pauvre Bonnie avait eu la vie dure. Sa mère était quelqu'un d'abominable. Très méchante avec elle. C'était une belle femme, et elle ne ressemblait pas du tout à sa fille. On m'a raconté qu'elle la traitait comme une esclave, sans jamais le moindre témoignage d'affection. J'imagine que Bonnie devait se réfugier dans les livres. Quand sa mère est morte, je peux vous assurer que personne n'a versé une larme sur elle. »

Nick hocha la tête. Ce récit confirmait ce qu'il soupçonnait déjà.

« Ce n'est peut-être pas très chrétien, s'empressa d'ajouter Colleen, se rappelant soudain que son visiteur était prêtre. Je sais qu'on est censé aimer son prochain et tout ça…

— Mais certaines personnes ne nous facilitent pas la tâche, n'est-ce pas ? » acheva Nick avec un sourire.

Colleen soupira et se cala dans son fauteuil. « Je dois vous avouer que Bonnie me manque. Elle n'est partie que depuis une semaine, et regardez la pagaille qu'il y a ici. Quand elle était là, la maison était impeccablement rangée. Je me sentais coupable de lui faire payer un loyer, car elle s'occupait de tout, le ménage, les courses, ainsi de suite. » Elle se pencha en avant. « Attention, je m'efforçais toujours de ne pas profiter d'elle. Cette pauvre Bonnie avait été suffisamment exploitée par sa sorcière de mère. Je lui répétais tout le temps : "Ne te tue pas à la tâche, tu n'as pas besoin de faire tout ça." Mais elle détestait le désordre. Moi, je ne le remarque même pas », reconnut-elle en haussant les épaules.

Le prêtre eut du mal à réprimer un sourire. Il était en effet plus qu'évident qu'elle ne le remarquait pas. Toutefois, il se dégageait d'elle une bonté qui la rendait attendrissante.

« Alors, reprit la jeune femme. Comment ils se débrouillent ? »

Nick posa sa tasse et croisa les mains. « C'est un peu pour cette raison que je suis venu vous voir. J'ignorais si Bonnie avait ou non de la famille dans cette ville...

— Non, elle n'en a pas, et en dehors de moi...

— Oui, je comprends. En vérité... »

Un cri de bébé l'interrompit, qui provenait d'une chambre au fond du couloir non éclairé. Colleen sourit et leva les bras en l'air. « Excusez-moi, mon père. J'en ai pour une seconde. Je reviens tout de suite. »

Elle quitta son fauteuil et cria : « J'arrive, mon ange, j'arrive, mon trésor. »

Il l'entendit murmurer quelque chose à l'enfant dont les pleurs cessèrent aussitôt. Elle réapparut un instant plus tard, portant un gros bébé pieds nus, vêtu d'un sweat-shirt et d'un pantalon pleins de taches, qui ronronnait de bonheur dans les bras de sa mère.

« Je vous présente George Jr., dit-elle avec fierté.

— Un très beau garçon. »

La jeune femme alla dans la cuisine prendre un biberon de lait dans le réfrigérateur et revint s'asseoir dans le séjour où, après avoir installé l'enfant sur ses genoux, elle le lui donna. Il se mit à téter goulûment. Colleen, béate d'admiration, le contempla un moment, puis se contraignit à s'occuper de nouveau de son hôte.

« Quel âge a-t-il ? demanda Nick par politesse.

— Huit mois, répondit la jeune femme, les yeux brillants. C'est un petit polisson, comme son papa, mais un bon garçon, là aussi comme son papa. De temps en temps, Bonnie le gardait. C'était épatant d'avoir une baby-sitter à domicile. » Elle soupira à ce souvenir. « Un week-end, j'ai appris que George Sr. devait toucher le port au nord de l'État. J'aurais bien voulu y aller pour lui faire la surprise, mais je savais que je ne pouvais pas à cause du petit Georgie. Bonnie a insisté pour que j'y aille, et elle n'a rien voulu savoir. Je lui ai donc laissé Georgie, et après avoir pris mes plus belles dentelles, je suis partie. George a été drôlement étonné. Ça a été comme une deuxième lune de miel, on a passé le week-end seuls tous les deux, conclut-elle avec une expression nostalgique.

— Je pense que Bonnie aime aider les autres, dit Nick. Encore qu'en ce moment, ce serait plutôt elle qui aurait besoin d'aide.

— Attention, hein ! je ne lui avais rien demandé. Elle l'avait proposé d'elle-même. Elle m'a pratiquement suppliée. Bon, mais vous me dites qu'elle a des ennuis ? Qu'est-ce qui lui est arrivé ?

— Eh bien, d'après ce que j'ai appris, à peine Terry était-il sorti de prison qu'ils ont eu un accident de voiture.

— Oh, non ! s'écria Colleen. Encore ?

— Encore ? s'étonna le prêtre.

— Oui, c'est comme ça que sa mère est morte. Bonnie la conduisait à une espèce de défilé de mode ou je ne sais quoi, et elle a perdu le contrôle de sa voiture. Elle est rentrée de plein fouet dans un arbre. Elle s'en est tirée, mais sa mère a été tuée sur le coup. Elle était à la place du mort, expliqua la jeune femme. Et elle n'avait pas mis sa ceinture de sécurité. La police a dit qu'elle ne s'est rendu compte de rien. »

Nick tressaillit. « Bonnie ne me l'a jamais raconté, dit-il.

— C'est arrivé il y a deux ans, et je ne pense pas qu'elle aime en parler, dit Colleen. C'est triste cette histoire d'accident. Juste au moment où ils allaient prendre un nouveau départ dans la vie.

— Oui, je sais. Heureusement que l'autre personne impliquée était très gentille et les a hébergés pendant que Terry se faisait opérer d'un éclatement de la rate.

— *Les* a hébergés ? s'étonna la jeune femme en essuyant un peu de lait qui avait coulé sur le menton de Georgie avec le pan de sa chemise.

— Oui, Bonnie et Sean. »

La jeune femme le considéra un instant, l'air un peu déconcerté. « Qui est Sean ? »

Nick éprouva un petit frisson d'angoisse. « Le fils de Bonnie, répondit-il. Son bébé.

— Son bébé ? Bonnie n'a pas de bébé. »

Le prêtre étouffa un cri, comme s'il venait de recevoir un seau d'eau glacée. Des images défilèrent dans son esprit embrouillé. Il tenta d'organiser ses pensées. « Sean, balbutia-t-il. Le fils de Bonnie et de Terry. Je l'ai moi-même baptisé. »

Georgie ronronnait de plaisir. La jeune femme le serra contre elle et esquissa un mouvement de recul, comme si Nick représentait soudain une menace. « Est-ce que nous parlons bien de la même Bonnie ? demanda-t-elle.

— Je ne sais pas », répondit Nick.

Mais soudain, il sut.

39

Terry, se tenant le ventre, parvint à s'asseoir, les yeux rivés sur sa femme qui pointait son arme sur Maddy et Justin Wallace. « Bon sang ! Bonnie, mais qu'est-ce que tu fais ? »

La jeune femme, le regard vide, garda un instant le silence, puis elle répondit : « Je ne sais plus. Rien de tout ça n'aurait dû se produire.

— Où as-tu trouvé cette arme ? Pourquoi a-t-elle appelé Sean… comment déjà ?

— Justin, dit Maddy en caressant la tête du bébé. C'est Justin Wallace. Il a été kidnappé il y a quelques jours et la jeune fille qui le gardait a été assassinée.

— Non, vous mentez, affirma Terry d'un ton catégorique.

— Expliquez-lui, Bonnie. C'est votre mari. Il a le droit de savoir.

— Bonnie, est-ce qu'elle dit la vérité ? s'enquit Terry d'une voix suppliante. Doux Jésus, dis-moi que ce n'est pas vrai. »

Sa femme, furieuse, se tourna vers lui. Le pistolet suivit le mouvement et, une fraction de seconde, Maddy se demanda si elle devait tenter de s'en emparer ou bien de fuir. Non, impossible de s'échapper de cette petite pièce avec Terry étalé par terre. Et puis, elle tenait le bébé qu'elle n'avait pas l'intention de lâcher. Il tremblait dans ses bras, comme s'il sentait le danger.

Bonnie incendiait son mari du regard. « Je t'ai écrit pendant que tu étais en prison, je suis venue te voir quand tout le monde te prenait pour un assassin, et pas une seule fois je ne t'ai posé de questions sur les crimes que tu avais commis. Ça m'était égal. Je t'aimais pour toi, et rien d'autre ne comptait. Je n'avais pas honte d'épouser un meurtrier. Alors pourquoi tu prends tes grands airs avec moi ?

— Parce que je ne veux pas retourner en prison, hurla-t-il en se pliant en deux, le visage tordu de douleur. Et en plus, pour quelque chose dont je suis innocent, reprit-il dans un murmure. On croira que c'est moi.

— C'est pour toi que je l'ai fait, dit Bonnie d'une voix mal assurée. Tu désirais tellement un enfant. »

Terry la regarda, les yeux brûlants de haine. « Pour moi ?

— Pour toi et pour moi, répondit-elle avec irritation. Pour nous.

— Tu as tué une femme et enlevé un bébé pour moi ? fit-il en riant, alors que son ton reflétait le désespoir. Eh bien, merci infiniment.

— Mais tu étais content d'avoir Sean !

— Je croyais que c'était mon fils. Je croyais qu'on me donnait une chance de me conduire mieux avec lui que mon père, cet infâme salaud, ne s'était conduit avec moi. » Il reprit son souffle et tressaillit de douleur. « Pendant tout ce temps-là, je ne me suis rendu compte de rien. Je ne m'étais pas aperçu que tu étais complètement cinglée. J'ai pourtant passé assez de temps au milieu de timbrés de toute sorte, et j'aurais dû le savoir. Mais non, il a fallu que j'en épouse une ! Je n'ai jamais réussi à faire

quelque chose de bien dans ma vie, mais là, c'est...
le bouquet. J'ai épousé une folle furieuse, une kidnappeuse et une meurtrière, et je vais me retrouver
en tôle avant demain matin !

— Mais tu m'aimes », insista Bonnie, braquant
son arme sur lui comme un doigt accusateur.

Terry eut un rire sans joie. « Dieu t'aime peut-
être, ma mignonne, mais moi je préférerais n'avoir
jamais posé les yeux sur toi. »

Ses paroles firent sur Bonnie l'effet d'une
décharge électrique. L'espace d'un instant, elle
demeura comme pétrifiée, puis son regard se durcit.
« Espèce de fumier », siffla-t-elle. Elle ne tergiversa
pas. Elle visa soigneusement la poitrine de Terry et
tira. L'homme écarquilla les yeux et porta la main à
l'endroit où la balle avait pénétré. Du sang apparut
entre ses doigts, puis s'étala sur sa chemise.

Maddy hurla et bondit en arrière, tandis que des
volutes de fumée s'échappaient du canon de l'arme
et que l'odeur âcre de la poudre emplissait l'atmosphère. C'était la première fois que la jeune femme
se trouvait en mesure de constater que les pistolets
fumaient réellement quand on s'en servait. « Vous
l'avez tué », balbutia-t-elle, épouvantée.

À ce moment, Amy, effrayée par le bruit, apparut
sur le pas de la porte.

Terry glissa au sol, et ses yeux roulèrent dans leurs
orbites.

« Qu'est-ce que vous avez fait ? » demanda Maddy,
n'attendant pas de réponse.

Bonnie, tremblante, contemplait avec horreur
son mari couvert de sang. Elle poussa un gémissement de désespoir. « Je l'ai tué. J'ai tué le seul être

au monde qui m'ait jamais aimée. » Elle secoua la tête. « Non, il ne m'aimait pas. Il ne m'a jamais aimée. Oh ! mon Dieu ! Oh ! mon Dieu ! »

« Maman ! » hurla Amy en voyant l'homme ensanglanté étendu par terre et l'arme dans la main de Bonnie.

Maddy n'hésita plus. Sans lâcher Justin, elle se précipita pour tenter d'arracher le pistolet des mains de Bonnie. Un instant, elle sentit le contact du métal brûlant, puis Bonnie le lui arracha. « Reculez ! hurla-t-elle. Reculez ou je tire ! »

S'efforçant de détourner le regard de cette scène de cauchemar, Maddy s'agenouilla devant sa fille, essayant de protéger les deux enfants de la colère de Bonnie. Elle sentait son cœur s'emballer dans sa poitrine et, malgré son envie de vomir, elle ne cessait de murmurer des mots sans suite aux deux petits qui pleuraient.

Bonnie abaissa son arme et, impassible, contempla l'homme au sol. « Rien n'a marché comme prévu », dit-elle.

Maddy l'observa un instant. La meurtrière passait sans cesse de l'hystérie au détachement le plus froid.

Bonnie se dirigea vers la fenêtre et contempla les branches nues des arbres qui, entourées de ténèbres, se dessinaient dans le clair de lune. Perdue dans ses pensées, elle demeura immobile, sans prêter attention à son mari qui, à ses pieds, se vidait de son sang. Puis elle se tourna vers Maddy. « Venez, dit-elle. Nous partons. »

Maddy la dévisagea, horrifiée. « Où ça ?

— Je ne sais pas, mais il faut qu'on s'en aille d'ici.

— Je vous en prie, la supplia Maddy. Prenez la voiture et partez. Laissez-nous ici. S'il vous plaît. Je vous promets de ne pas appeler la police. Vous n'avez qu'à arracher les fils du téléphone. Ça m'est égal. Laissez-nous tranquilles et partez. Vous pouvez disparaître et personne ne saura où vous êtes. Vous recommencerez une nouvelle vie ailleurs. Je vous en conjure, pas les enfants. Pourquoi devraient-ils souffrir ? »

Bonnie sembla réfléchir un instant, puis ses traits se durcirent. « Moi, j'ai dû souffrir, déclara-t-elle. Alors, pourquoi ils ne souffriraient pas, eux ? Allez, venez. Si vous ne faites pas d'histoires, je vous laisserai quelque part quand j'aurai terminé. En attendant, vous m'accompagnez, reprit-elle en agitant le pistolet. On s'en va. »

Maddy, témoin de la façon dont la jeune femme avait abattu son mari de sang-froid, n'osa pas parlementer davantage. « Viens, Amy, dit-elle. Il faut qu'on aille avec Mrs. Lewis.

— Pourquoi ? Je veux pas aller avec elle.

— Va chercher ta veste et ne discute pas. »

Maddy s'apprêtait à demander si elle pouvait habiller Justin, lui mettre une couche propre et un pantalon, mais elle préféra agir sans rien dire. Elle fouilla dans la valise la plus proche, prit le premier pantalon qui lui tombait sous la main, puis une couche dans le sac. Bonnie semblait indifférente. Imperturbable, elle contemplait Terry effondré à ses pieds. Maddy posa le bébé sur le lit et se dépêcha de l'habiller.

Bonnie s'agenouilla à côté de son mari et, d'un geste soudain plein de tendresse, écarta les cheveux

collés sur son front moite de transpiration. « Pourquoi n'a-t-il pas dit simplement qu'il m'aimait ?
murmura-t-elle. J'aurais fait n'importe quoi pour
lui. Et j'ai tout fait pour lui. Qu'est-ce qu'il faut de
plus ? »

Maddy ne savait pas si la question s'adressait à
elle ou à un monde indifférent. Elle tâcha de puiser en elle une compassion qu'elle n'éprouvait
pas.

« Il n'est peut-être pas trop tard, dit-elle. Appe-
lons une ambulance. Il vit peut-être encore.

— Si, c'est trop tard ! » répliqua Bonnie.

Maddy s'efforça de s'imaginer le désordre qui
régnait dans le cœur de cette femme, s'efforça de
ne pas penser à la pauvre Rebecca Starnes, ni aux
Wallace qui devaient être à moitié fous d'inquiétude et de chagrin. Elle chassa toutes ces images de
son esprit et se concentra sur les mots à prononcer. « Je sais que vous avez souffert, Bonnie, dit-elle
alors d'une voix douce. Je sais que ce doit être terrible pour vous, mais est-ce que vous ne pourriez
pas éviter de mêler les enfants à ce drame ? Ils sont
innocents. Ils n'ont jamais fait de mal à personne.
Laissez-les ici.

— Les laisser seuls dans la maison ? Mais quel
genre de mère êtes-vous donc ? dit Bonnie avec
colère en se relevant. Il risquerait de leur arriver
quelque chose.

— On pourrait téléphoner pour demander à
quelqu'un de venir s'en occuper. À ce moment-là,
on serait déjà loin.

— Ne soyez pas ridicule, dit Bonnie. Ils viennent
avec nous. Et maintenant, en route. »

Maddy prit Justin dans ses bras et le prépara à affronter une nouvelle étape de sa triste aventure. Mon Dieu, pria-t-elle, faites que ce ne soit pas la dernière.

40

Les branches dénudées des arbres zébraient la lune qui était pleine et basse dans le ciel. Des nuages gris fantomatiques filaient, en route vers une destination inconnue. Doug, tenant sa bouteille de vodka par le goulot, but à la santé de la lune immobile et des étoiles. Il avait porté un toast à tout ce qui lui venait à l'esprit, alors pourquoi pas à la lune ? Elle était de bonne compagnie. Et il ne pouvait pas en dire autant de la plupart des gens qu'il connaissait. Il s'appuya à la balustrade des remparts du fort Wynadot que surmontait un poste de garde. Repensant à la lune, il voulut prendre un quarter pour le glisser dans la longue-vue afin de l'observer comme un bon astronome. Il fouilla dans ses poches à la recherche de monnaie, mais les pièces s'échappèrent de ses mains tremblantes et roulèrent sur la passerelle. Certaines se coincèrent entre les planches. « Merde, marmonna-t-il. Je vais grimper là-haut pour regarder. » Un étroit escalier menait au poste de garde, lequel était condamné par une chaîne où pendait une pancarte disant : ACCÈS INTERDIT. « Allez vous faire foutre », bafouilla-t-il. Il coinça la bouteille sous son bras et passa la jambe par-dessus la chaîne.

Quand Randall Burke et Nina Stefano arrivèrent, il n'y avait qu'une seule voiture dans le parking du fort Wynadot. L'adolescent essaya de dissimuler la sienne sous les branches nues d'un arbre pour se ménager un minimum d'intimité. Il n'avait pas trouvé mieux que cette voiture, empruntée à l'un de ses frères aînés, pour ses rendez-vous avec Nina. Jusqu'à présent, la jeune fille s'était montrée plutôt gentille, mais elle était d'humeur changeante, et il avait l'impression de marcher en permanence sur un champ de mines. Il faisait tout son possible pour ne rien dire ou faire qui risquerait de déclencher ses foudres.

Ils se querellaient souvent, ce qui ne paraissait qu'accroître la passion qu'il éprouvait pour elle. Ils passaient un moment agréable, riaient, se caressaient et, d'un seul coup, il disait quelque chose qu'elle prenait mal, et patatras ! la soirée était foutue. Ses yeux noirs lui lançaient un regard furibond, elle rejetait en arrière ses cheveux soyeux couleur aile de corbeau et exigeait qu'il la ramène tout de suite, sinon elle menaçait de rentrer à pied. Nombre de soirées se terminaient ainsi… mais aujourd'hui, les auspices s'annonçaient favorables. Certes, il n'espérait pas qu'elle le laisserait aller jusqu'au bout. Elle était trop catholique pour ça, sans oublier que son père le tuerait si jamais il l'apprenait. Il se promettait juste de caresser longuement ses formes voluptueuses et, peut-être, de se frotter contre elle pendant qu'il l'embrasserait. Ses paumes, posées sur le volant, étaient moites, et il se sentait traversé par des courants d'excitation pareils à de légères décharges électriques, cependant qu'il jetait de temps à autre un coup d'œil sur son adorable profil. Il gara la voiture avec un air qui se voulait décontracté, puis se tourna vers la jeune fille et lui effleura la joue du bout des doigts.

« C'est un peu sinistre ici, ce soir, dit-il. Avec cette pleine lune. »

Nina, comme à l'accoutumée, se raidit sous la caresse. « C'est simplement ton imagination », dit-elle.

Ce n'était pas qu'elle ne l'aimât pas. Au contraire. Et elle le désirait, elle aussi. Il était beau à la manière carrée et robuste des Irlandais qui lui était à la fois étrangère et familière. Après tout, et pour autant qu'elle s'en souvienne, n'avait-elle pas été amoureuse de tous les enfants de chœur de Notre-Dame qui lui ressemblaient ? Le problème, c'était son comportement. Il se montrait si… si respectueux. Pour une raison qu'elle ne parvenait pas à comprendre, cela la rendait à chaque fois furieuse.

« Il y a peut-être des fantômes… plaisanta-t-il avec un air de bravache en s'apprêtant à glisser le bras autour de sa taille. On est presque à Halloween. »

Elle lui tapa sur les doigts comme pour chasser une mouche.

« Arrête, dit-elle.

— Nina, supplia-t-il. Qu'est-ce que tu as ? »

Elle sentit monter en elle la colère habituelle.

« Rien », fit-elle.

Il se pencha pour l'embrasser sur la joue, mais elle détourna la tête et son baiser atterrit dans ses cheveux, au-dessus de son oreille.

L'adolescent se recula, vexé. « Je croyais que tu étais d'accord pour venir ici. »

Il ne se rendait pas compte que son seul crime consistait à ne pas être assez entreprenant et que, s'il ne se décidait pas bientôt, il ne tarderait pas à la perdre au profit d'un garçon plus âgé à qui l'expérience avait enseigné qu'on ne demandait pas toujours la permission. En effet, elle ne voulait pas avoir à donner son consentement dans la mesure où entretenir des relations intimes avec un homme avant le mariage allait à l'encontre de ses croyances et même de sa religion. Et qu'il ne le comprenne pas, cela la mettait en rage. Encore que, en toute justice, elle non plus ne le comprît pas. Ils restaient donc assis là, l'un à côté de l'autre, brûlants de désir et incapables de l'assouvir. Nina se rencogna contre la portière, le regard fixé droit devant elle à travers le pare-brise. Randall posa une main sur le volant, secoua la tête et soupira. C'est sans espoir, se dit-il. Il n'y a rien à faire avec elle.

Soudain, la jeune fille se redressa sur son siège. « Randy ! s'écria-t-elle d'une voix qui le fit vibrer de tout son être. Qu'est-ce que c'est ? »

Il la considéra avec un regain d'espoir. Elle désignait le fort.

« Regarde, reprit-elle. On dirait vraiment un fantôme. »

Randall suivit des yeux la direction qu'elle indiquait. « Bon Dieu ! » s'exclama-t-il.

Un homme se trouvait en haut du poste de garde et se tenait d'une main à la porte.

« Qu'est-ce qu'il fabrique ? s'écria Nina.

— Je ne sais pas. »

Randall hésita une seconde, puis il ouvrit sa portière.

« Qu'est-ce que tu fais ?

— Je crois que je ferais mieux d'aller lui parler.

— Sois prudent ! » lui recommanda l'adolescente en lui agrippant le poignet.

Il se tourna vers elle dans le clair de lune et, lisant la peur dans ses yeux, il la serra contre lui et l'embrassa passionnément sur la bouche. Elle lui rendit son baiser avec autant de ferveur et, l'espace d'un instant, il se dit qu'il se moquait de ce qui pourrait arriver au type qui jouait les équilibristes, mais, en bon jeune homme qu'il était, il repoussa Nina à contrecœur et sortit de la voiture.

Randall entreprit de grimper lentement la colline au sommet de laquelle se trouvait le fort. Il sifflota, shoota dans les feuilles mortes, bref, fit le maximum de bruit pour ne pas effrayer l'homme qui, au moindre faux mouvement, risquait de tomber. Il ne le quitta pas du regard. Le type titubait légèrement, les yeux levés vers les étoiles, et avait quelque chose à la main. L'adolescent devinait de quoi il s'agissait. Il avait déjà eu l'occasion de voir un tas d'ivrognes et il était prêt à parier qu'il avait affaire à l'un d'entre eux. Lorsqu'il atteignit le sentier qui entourait le fort, il veilla à se placer dans un endroit illuminé par le clair de lune où sa silhouette se découperait nettement.

« Hé ! vieux ! » appela-t-il alors en essayant de prendre un ton désinvolte.

Nina sortit à son tour de la voiture et, du bas de la colline, observa la scène en retenant son souffle.

L'homme planté sur les marches du poste de garde baissa les yeux sans manifester une ombre de surprise. Il agita sa bouteille en direction de Randall. « Salut, bredouilla-t-il.

— Vous savez que c'est dangereux où vous êtes, lui cria l'adolescent. Vous feriez mieux de descendre. »

Douglas Blake étudia le garçon qui se tenait sur le sentier en contrebas. Il éprouvait un sentiment de bienveillance à son égard. Et même à l'égard du monde entier, nom de Dieu ! Il était bien au-dessus de tout ça.

« C'est drôlement chouette, ici. Viens boire un coup », bafouilla-t-il en brandissant la bouteille à moitié vide.

Randall tressaillit. « Non, merci », dit-il.

Doug sembla irrité par l'attitude de ce rabat-joie. Qu'est-ce que c'était que ce gosse qui refusait une gorgée de vodka par une si belle nuit ?

« Allez, c'est vachement beau, viens trinquer avec moi, insista-t-il.

— Je crois réellement que vous devriez descendre. Vous voulez un coup de main ?

— J'ai pas besoin d'un coup de main. J'ai besoin de rien, dit Doug qui secoua la tête puis, soudain, se mit à pleurer.

— Je monte vous aider, reprit Randall. J'arrive, et ne bougez surtout pas, vous risqueriez de trébucher dans le noir. »

Doug renifla, puis se moucha, tandis que le garçon disparaissait par la porte du fort. « Le noir, le noir, dit-il, ne s'adressant à personne en particulier. C'est moi qui suis noir. » Formidablement amusé par sa plaisanterie, il éclata de rire.

Il se sentait bien. Ses larmes avaient séché aussi vite qu'elles étaient apparues. En vérité, il était dans une forme du tonnerre. Durant sa jeunesse, quand il habitait en cité universitaire, il s'était souvent soûlé. En général, il finissait ivre mort et n'avait jamais tellement apprécié cet état, si bien qu'il n'avait guère eu de mal à arrêter. Au cours de ces dernières années, Maddy et lui n'avaient jamais été au-delà de quelques verres de vin. À travers le brouillard qui enveloppait son esprit, il repensa à sa femme. Un moment, il regretta qu'elle ne soit pas là, près de lui, et attentionnée comme lors de leur première rencontre.

Doug leva les yeux vers les étoiles, puis il ferma les paupières. Non, il ne voulait pas d'elle. Elle n'était plus marrante du tout. D'ailleurs, elle n'avait jamais partagé ses plaisirs. Il lui fallait un ami, comme ce jeune type, là en bas. Il se pencha pour vérifier si le garçon était toujours là. Il avait oublié que celui-ci avait pénétré dans le fort pour venir le rejoindre. Il ne vit d'abord personne, puis, au loin, debout à côté d'une voiture en bas de la colline, une vision lui apparut. Une fille. Une jolie fille baignée par le clair de lune, avec de longs cheveux noirs, des jambes fines et élancées, de grands yeux tristes. C'était comme si elle l'appelait. Comme si elle l'attendait. Une déesse. Elle était belle et, malgré les vapeurs d'alcool, il éprouva une bouffée de désir. Il posa un pied sur la balustrade pour mieux la voir, puis lui fit signe avec la bouteille, laquelle lui échappa et dégringola vers la passerelle en contrebas.

« Hé ! » cria-t-il comme si la bouteille était animée d'une volonté propre.

Il se baissa pour essayer de la rattraper et sentit ses pieds glisser…

Randall, qui venait d'atteindre le haut des remparts, entendit les hurlements, l'un qui ressemblait plutôt à un long gémissement ou à un gargouillement, et l'autre à un cri de femme. Celui de Nina, auquel succéda un choc sourd. Le garçon se rua en avant. La première chose qu'il vit, ce fut Nina qui continuait à crier et l'appelait tout en grimpant la colline. L'ivrogne, quant à lui, avait disparu. L'adolescent s'avança vers la balustrade et regarda en bas.

Il était là, étalé au milieu de la passerelle. Une flaque de sang s'élargissait autour de lui. Dans le clair de lune, les éclats de verre provenant de la bouteille de vodka brillaient comme des diamants.

41

Nick colla le récepteur à son oreille et, pour ce qui lui parut être au moins la millième fois depuis une vingtaine de minutes, il n'entendit que l'exaspérant signal occupé. Ce n'était pas possible qu'elle parle aussi longtemps, se dit-il. Il raccrocha et appela l'opératrice.

« Toujours occupé ? » demanda Colleen d'une voix anxieuse.

Elle marchait sur la pointe des pieds comme si elle se trouvait dans une église et s'efforçait de faire tenir le bébé tranquille pendant que Nick téléphonait.

Il acquiesça d'un brusque signe de tête, puis leva la main pour indiquer qu'il avait son correspondant au bout du fil. « Excusez-moi, dit-il. Pourriez-vous couper une communication en cours ? Il s'agit d'un cas d'urgence.

— Quel numéro ? » se contenta de demander son interlocutrice.

Nick le lui communiqua, puis, pendant qu'on le faisait patienter, il consulta sa montre et pianota sur la table du téléphone. L'opératrice revint en ligne.

« Il n'y a pas de communication en cours à ce numéro. On a dû décrocher le téléphone.

— Bon sang ! Il n'y a aucun moyen de le signaler à l'abonné en question ?

— Je crains bien que non, répondit l'opératrice avec une pointe d'impatience.

— Bon, je vous remercie. » Nick raccrocha et croisa les bras, le front creusé d'un pli soucieux.

« Rien à faire ? demanda Colleen.

— Non. Je crois que je vais me résoudre à appeler la police.

— Peut-être que vous feriez mieux, en effet... »

Nick composa le numéro des services de police de Taylorsville qu'il avait obtenu auprès des renseignements. Une standardiste annonça d'un ton sec :

« Police de Taylorsville. Je vous écoute.

— Bonjour, je... je m'appelle Nick Rylander et je pense avoir des informations au sujet du petit Wallace... »

Avant qu'il ait eu le temps de demander à parler au chef de la police, la standardiste déclara : « Ne quittez pas, je vous passe le poste... »

Nick perçut une succession de déclics, puis une sonnerie. Pendant qu'il attendait, bouillant d'impatience, que quelqu'un décroche, il pensa à Terry Lewis, et un sentiment de culpabilité teinté de regret l'envahit. Il était sûr, absolument sûr, que Terry avait cru que Sean était son fils. Cet homme lui avait fait confiance, lui avait ouvert son cœur et, par ce coup de téléphone, il allait le renvoyer en prison, même s'il était innocent car son passé l'accuserait.

« Vous avez eu quelqu'un ? murmura Colleen.

— Oui. Ils ont installé une ligne spéciale pour cette affaire. »

La jeune femme arpentait la pièce, serrant dans ses bras le petit Georgie qui suçait son pouce.

« Je ne comprends pas pourquoi elle a fait ça, dit-elle. Pourquoi a-t-elle raconté qu'elle avait un bébé ? Et pourquoi prétendre que Georgie était le sien ?

— Elle voulait qu'il l'épouse, répondit Nick. Elle savait à quel point il désirait un enfant. Après avoir menti en disant qu'elle était enceinte, il fallait bien qu'elle trouve un bébé.

— Mais combien de temps s'imaginait-elle qu'elle pourrait le tromper ? Qu'est-ce qu'elle avait prévu de faire quand il sortirait de prison ?

— Quand ils se sont mariés, elle pensait qu'il ne sortirait jamais.

— Alors qu'est-ce qu'elle aurait fait ? Lui amener le plus souvent possible Georgie ? Mais quand il aurait commencé à parler ?

— Je ne sais pas. Peut-être qu'elle ne voyait pas si loin. Peut-être qu'elle…

— Qu'elle aurait dit que le bébé était mort ? suggéra Colleen.

— C'est tout à fait possible.

— Seulement, Terry a été libéré et elle a dû trouver un bébé en toute hâte. »

Nick, la mine sombre, acquiesça, puis il mit un doigt sur ses lèvres tandis qu'à l'autre bout du fil une voix féminine annonçait :

« Téléphone rouge, police de Taylorsville, je vous écoute.

— Je voudrais parler au chef de la police.

— Vous appelez au sujet du meurtre de la fille Starnes et du kidnapping de l'enfant Wallace ?

— Oui, mais…

— Veuillez décliner votre identité et communiquer votre information. Nous la transmettrons au chef Cameron.

— Je m'appelle Nicholas Rylander. Je suis prêtre et j'officiais à l'église Sainte-Marie.

— Vous n'y êtes plus ? Alors, d'où téléphonez-vous, monsieur ?

— En fait, j'appelle du Maine. Je ne vois pas quelle différence...

— Et quelle information détenez-vous, monsieur ? »

Nick lutta contre la colère qui le gagnait. C'était trop important pour qu'il se permette d'y céder. « J'ai des raisons de penser que c'est une certaine Bonnie Lewis qui a enlevé le petit Wallace.

— Et qu'est-ce qui vous fait penser cela, monsieur ?

— Eh bien, je sais qu'elle est en ce moment à Taylorsville et qu'elle voyage en compagnie d'un bébé qui n'est pas le sien...

— Et comment le savez-vous, monsieur ? »

Nick, furibond, serra à le briser le combiné dans son poing. « Écoutez, je ne vais pas rentrer dans les détails. Passez-moi le chef.

— Monsieur, toutes les informations que nous recueillons lui sont transmises, mais nous recevons des centaines d'appels. Nous traiterons le vôtre dès que possible.

— Vous ne semblez pas comprendre ! s'écria Nick, furieux. C'est une question de vie ou de mort.

— Oh, nous le comprenons parfaitement, monsieur. Et nous vérifierons. Pouvez-vous nous dire où trouver cette Mrs. Lewis ? Savez-vous où elle réside ? Avez-vous un numéro d'immatriculation à nous donner ? »

La rage de Nick s'accrut au son de cette voix impassible. « Je ne connais pas le numéro de sa voiture. Elle habite chez Douglas et Maddy Blake, sur

Decatur Street. Demandez qu'on envoie quelqu'un. Sans perdre un instant. »

La femme à l'autre bout du fil conserva tout son calme. « Nous y veillerons, monsieur. Dès que possible. Et merci pour votre appel. »

Puis, sans laisser à Nick le temps d'ajouter quoi que ce soit, elle coupa la communication.

Le prêtre s'assit au bord d'un fauteuil et se tordit les mains. « Il doit y avoir une autre explication, murmura-t-il. Vous êtes sûre qu'elle n'était pas enceinte ?

— Pas plus que vous. Je n'arrive pas à croire qu'elle ait fait passer Georgie pour son fils. »

Colleen berçait son bébé dans ses bras. « Qu'est-ce qu'ils ont dit ? Ils vont se mettre à sa recherche ? »

Nick joignit le bout des doigts et appuya son menton dessus. Il avait fait ce qu'il devait faire et prévenu la police, même si cela équivalait à trahir Terry et à le renvoyer dans cette prison qu'il venait à peine de quitter. Il savait pourtant que ce n'était pas suffisant. Il fallait qu'il joigne Maddy. Si elle courait un danger, n'était-ce pas de sa faute à lui ? Il se rappelait ses soupçons, la manière dont elle avait fouillé les affaires de Bonnie. Et lui, ne l'avait-il pas rassurée alors en lui disant qu'il avait en personne baptisé le bébé ? Oui, il se sentait responsable. Il secoua la tête. Il ne s'agissait pas uniquement de responsabilité. Au moins, à défaut d'autre chose, sois honnête avec toi-même, se dit-il. Son désir de la protéger, son angoisse lui nouaient la gorge. Il consulta de nouveau sa montre. Par la route, cela prendrait trop de temps. Il lui fallait arriver le plus vite possible. Il leva les yeux sur Colleen qui lui adressa une espèce de grimace de compréhension, comme si elle aussi se sentait d'une certaine manière responsable.

« Il y a encore une chose », dit-elle d'une voix blanche.

Nick la contempla sans rien dire.

« J'étais inquiète à l'idée que Bonnie voyagerait seule, et j'avais un vieux Colt 32 ayant appartenu à mon père...

— Un pistolet ?

— Je ne suis même pas sûre qu'il fonctionne. Je lui ai simplement dit que si quelqu'un l'embêtait, elle n'aurait qu'à le braquer sur lui. On en a ri toutes les deux... »

Nick envisagea un instant de rappeler la police, puis il se mit debout.

« Où se trouve l'aéroport le plus proche ? » demanda-t-il.

42

Maddy conduisait avec Amy assise à côté d'elle. Justin occupait le siège pour bébé à l'arrière et Bonnie, installée près de lui, braquait son arme sur la nuque de Maddy, qui avait le cou raide à force de ne pas bouger, car au plus léger mouvement, elle sentait le froid de l'acier l'effleurer. Suivant les instructions de Bonnie, elle avait emprunté la voie rapide en direction du nord sans connaître leur destination exacte. En vérité, elle pensait que Bonnie n'en savait pas davantage et que, désespérée, affolée, elle se contentait de fuir, ce qui la rendait d'autant plus dangereuse.

Amy paraissait avoir conscience de la gravité de la situation. Elle ouvrait à peine la bouche et ne pleurait pas, ni ne réclamait d'explications. Justin tétait sa sucette et, bercé par le ronronnement du moteur, il s'était endormi, si bien qu'un calme temporaire et fragile régnait à l'intérieur de la voiture qui fonçait dans la nuit. Au fil des kilomètres, le pessimisme et la panique de Maddy augmentaient. Personne ne savait où ils étaient. Personne ne les rechercherait. Ils étaient prisonniers de cette voiture qui n'allait nulle part et d'une femme qui n'avait plus rien à perdre. De temps à autre, elle entendait Bonnie étouffer un sanglot, renifler et pousser de petits gémissement plaintifs en murmurant le nom de Terry, ce qui ne l'empêchait pas de continuer à presser le canon du pistolet contre la nuque de Maddy.

Soudain, celle-ci aperçut une voiture de patrouille qui venait en face, lancée sans doute à la poursuite d'un automobiliste coupable d'un excès de vitesse sur la route pratiquement déserte. La jeune femme réfléchit à un moyen d'attirer son attention, et elle envisagea de se mettre à rouler trop vite, dans l'espoir de se faire arrêter elle aussi, mais alors qu'elle appuyait sur l'accélérateur, Bonnie enfonça plus fort l'arme dans ses chairs et lui ordonna de ralentir.

La jeune femme s'exécuta. Elle ne voyait pas par quel miracle elle pourrait se tirer de ce mauvais pas, mais elle ne tenterait aucune action désespérée. Pas avec deux enfants dans la voiture. Elle leva le pied et roula à allure modérée. Les kilomètres s'ajoutèrent aux kilomètres, cependant que les noms des villes qu'ils traversaient devenaient de moins en moins familiers.

« Vous savez, fit tristement Bonnie en reniflant et en essuyant ses larmes, malgré tout, je crois qu'il m'aimait vraiment… »

Maddy s'émerveilla de la faculté qu'avait cette femme de pleurer sur l'homme qu'elle venait d'abattre de sang-froid. Elle aurait eu moins peur si Bonnie avait couvert Terry d'insultes et l'avait maudit pour l'éternité. Ce genre de colère était prévisible, compréhensible même. Il aurait été alors plus facile de trouver les mots justes, de compatir. Mais là…

« Il m'a écrit deux fois par semaine pendant deux ans, poursuivit Bonnie. Alors qu'on ne s'était pas encore rencontrés. Vous vous rendez compte ? Il me disait tout de lui. Il s'épanchait. Ce n'était qu'un enfant solitaire comme moi, et qui a simplement eu quelques ennuis.

« Grâce à ces lettres nous sommes devenus très proches. Il m'aurait certainement épousée même si je ne lui avais pas annoncé que j'étais enceinte, mais je pensais qu'il avait besoin qu'on le pousse un peu, vous comprenez. Les hommes se méfient parfois du mariage. Ils ne veulent pas se mettre la corde au cou. Vous trouverez peut-être ça bizarre pour quelqu'un condamné à la prison à vie, mais c'était un vrai Américain, comme n'importe quel autre.

— Oui, c'est parfois nécessaire de leur donner un petit coup de pouce, acquiesça prudemment Maddy. Vous avez… vous avez été enceinte pour de bon ?

— J'ai essayé, mais ce n'est pas facile quand son homme est en prison. On ne le voit pas souvent, et on est tout le temps interrompus pendant… enfin vous voyez. » La voix de Bonnie prenait des accents presque enthousiastes à mesure qu'elle racontait son histoire. « Mais quand je lui ai dit que je l'étais, il m'a crue et on s'est mariés. Après, il a bien fallu que je lui amène un bébé. J'ai commencé par emprunter celui d'une amie et prétendre que c'était le mien. Je n'avais pas établi de plan, vous savez. D'abord, comment j'aurais pu me douter qu'on allait le relâcher ? Il avait été condamné à perpétuité. Je me disais que je trouverais toujours quelque chose à inventer… raconter que l'enfant s'était noyé, avait été écrasé par une voiture ou je ne sais quoi. »

Maddy réprima un sursaut. Cette façon détachée de parler de la mort lui faisait passer des frissons dans le dos. C'était le genre de choses impossibles à comprendre, sauf pour Bonnie, semblait-il. Elle se rendait compte que celle-ci désirait parler, s'expliquer. Peut-être que si elle parvenait à établir la communication avec elle... ne pas paraître la juger.

« Donc... vous cherchiez un bébé... et ensuite ? La baby-sitter vous a surprise, c'est ça ? »

Bonnie changea alors de ton. Finis les reniflements, finies les plaintes. Elle prit une voix coupante pour raconter comment elle avait accompli son horrible forfait. « Je les ai vus dans le parc. J'avais un landau et je faisais semblant de promener mon bébé. C'était juste une poupée, mais on ne le voyait pas à cause de la capote. Je me suis arrêtée et je lui ai parlé une minute pour observer l'enfant qu'elle gardait. Il convenait parfaitement, mais elle ne le quittait pas des yeux. Et puis un type est venu l'embêter et elle est partie pour tenter de se débarrasser de lui... »

Maddy sentit son sang se glacer au souvenir du portrait-robot établi par la police et des soupçons entretenus contre son mari. À la lumière de ce qu'elle savait à présent.... « C'était Doug ? ne put-elle s'empêcher de demander. C'était mon mari ?

— Comment le saurais-je ? dit Bonnie, agacée d'avoir été interrompue. Je ne l'ai pas regardé. Je ne m'occupais que du bébé et je m'efforçais de rassembler mon courage pour faire ce que j'avais à faire. Ce n'était pas facile, vous savez, dit-elle comme si elle espérait recevoir des félicitations pour son exploit.

— Je m'en doute... », murmura Maddy, à la fois épouvantée et déconcertée par le tour que prenait la conversation.

C'était comme admettre que la terre était plate. Si on acceptait les prémisses, tout ce qui en découlait devenait possible.

« Après, elle est sortie du parc. Elle était un peu perturbée par les avances que le type lui avait faites. Une fois sûre que personne ne nous avait vues, je l'ai rattrapée en voiture un peu plus loin. J'ai compati et j'en ai même rajouté sur tous ces obsédés qui importunaient les femmes, puis je lui ai proposé de la raccompagner pour qu'elle soit tranquille, et elle a accepté. Ça a été son erreur », conclut Bonnie avec jubilation, comme au souvenir d'un coup perdant de son adversaire au cours d'une partie d'échecs.

Maddy frissonna à la pensée de cette pauvre jeune fille innocente, assassinée pour avoir voulu éviter des ennuis. Le cœur serré, elle ne voulait pas en entendre davantage, mais Bonnie semblait se complaire dans ses souvenirs macabres.

« Vous n'allez peut-être pas me croire, mais je n'avais pas vraiment l'intention de la tuer. Je ne cessais de me répéter que je ne le ferais que si j'y étais obligée. »

Bonnie gloussa, et les cheveux de Maddie se dressèrent sur sa tête. Elle se contraignit à garder les yeux fixés sur la route.

« Au début, elle était encore trop choquée par les avances de ce pervers pour remarquer quoi que ce soit, continua la meurtrière. Puis elle a commencé à poser des questions. Où était mon bébé ? Qu'est-ce que j'en avais fait ? Elle voulait le voir. Elle insistait de plus en plus. Ensuite, elle m'a demandé de stopper. Elle répétait tout le temps : "Laissez-moi descendre, laissez-moi descendre." Ça m'a fichue en rogne. Elle n'avait aucune raison de penser du mal de moi. Elle s'est mise à tirer sur la poignée, à donner des coups de pied dans la porte en laissant des marques partout, alors que j'avais tout briqué pour aller chercher Terry. Je lui ai crié d'arrêter, mais elle a continué. Une véritable emmerdeuse. Finalement, j'ai sorti le pistolet et je lui ai tiré une balle dans la tête. Elle s'est effondrée sur le tableau de bord. Après j'ai foncé à toute vitesse et j'ai déposé le corps dans la forêt. Je ne savais pas où le cacher. Et puis j'ai fait une mise en scène pour qu'on croie à un viol. »

Elle se tut un instant, puis reprit d'une voix changée : « Maintenant, je regrette ! Je jure que c'est vrai. Je voudrais tant revenir en arrière. Mais, vous savez, une fois qu'on a mis le doigt dans l'engrenage... J'ai tout fait pour lui, pour Terry, pour qu'il ait un fils... »

Sa voix se brisa au souvenir de tous les sacrifices qu'elle avait consentis pour Terry et qui étaient demeurés vains, car il ne l'aimait pas.

Maddy sentit son estomac se nouer. De nouveau, elle se demanda si c'était Doug qui avait dragué Rebecca Starnes dans le parc. En tout cas, il ne l'avait pas tuée. Cela aurait dû la rendre plus indulgente à son égard, mais elle n'éprouvait plus qu'un grand vide. Elle jeta un coup d'œil dans le rétroviseur. Bonnie, le front appuyé contre son bras, fixait les ténèbres droit devant elle, mais le pistolet n'avait pas dévié d'un pouce.

Elle est folle, songea Maddy. Elle ne voit rien de mal dans son acte. Assassiner cette adolescente n'a pas l'air de peser plus lourd sur sa conscience que si elle avait fauché un bonbon à la confiserie au coin de la rue. Il faut que tu tentes quelque chose, se dit-elle. Tout de suite. Mais quoi faire qui ne mettrait pas la vie des enfants en danger ? Elle se sentait inutile, incapable de trouver un moyen de se sortir de ce pétrin. Une voiture la dépassa comme une fusée et ses feux arrière disparurent dans la nuit. Une seconde plus tard, elle aperçut dans son rétroviseur le gyrophare d'une voiture de la police de la route, puis entendit le ululement de la sirène. L'espace d'un instant, l'espoir lui fit battre le cœur, mais il s'évanouit aussitôt, tandis que les policiers la dépassaient à leur tour, lancés à la poursuite du fou du volant. Bonnie, alertée, leva la tête et regarda autour d'elle.

« Ils poursuivent une voiture », expliqua Maddy.

Elle calcula alors qu'ils allaient rattraper un peu plus loin le conducteur en infraction et sans doute l'obliger à se garer sur le bas-côté. Il y aurait peut-être quelque chose à essayer à ce moment-là. Mon Dieu, pria-t-elle. Accordez-moi une chance.

« Maman, j'ai faim, pleurnicha Amy.

— On va te donner à manger, lui dit sa mère, s'efforçant d'adopter un ton le plus naturel possible. Bonnie, reprit-elle après une légère hésitation, il faudrait songer à s'arrêter quelque part pour la nuit.

— Pourquoi ?

— Parce que, sinon, je vais m'endormir au volant, voilà pourquoi.

— Non, continuez à conduire. Je ne veux pas m'arrêter. »

La réponse de Bonnie ne l'étonna pas. Elle ne savait même pas pourquoi elle avait posé la question.

Peut-être pour distraire ses pensées de la voiture de police.

« Je suis veuve, dit soudain Bonnie, incrédule. Vous vous imaginez, je suis veuve. »

La faute à qui, eut envie de demander Maddy qui faillit éclater de rire, alors qu'en réalité elle était au bord des larmes. Bon, se dit-elle. Reste calme, concentre-toi sur ce que tu vas faire.

Un kilomètre et demi plus loin, elle les aperçut. Le contrevenant était garé sur l'accotement, tandis que le policier était penché vers lui par la vitre. Je vous en supplie, regardez-moi, pria Maddy intérieurement.

« Si on mettait un peu de musique, proposa-t-elle, avançant la main vers le tableau de bord.

— Comment pouvez-vous penser à la musique ? répliqua Bonnie. J'ai besoin de silence pour réfléchir. »

En réalité, Maddy ne cherchait qu'un prétexte pour déclencher discrètement les feux de détresse en espérant de tout de son cœur que le flic les remarquerait avant que Bonnie ne les voie clignoter. Elle n'osa pas vérifier dans le rétroviseur. À cet instant, Justin se réveilla, se mit à pleurer et fit tomber sa sucette. Bonnie se baissa pour la ramasser et la glisser de nouveau dans la bouche de l'enfant qui s'agitait. Merci, mon petit bébé, pensa Maddy. Tout arrivait si vite sur la route. Dès qu'ils eurent dépassé la voiture de patrouille, elle éteignit les feux de détresse. Bonnie semblait ne s'être rendu compte de rien. Retenant son souffle, Maddy continua à conduire et se contraignit à ne pas regarder derrière elle.

43

Il n'y avait que cinq passagers à bord de la navette aérienne que prit Nick Rylander à destination de Taylorsville. D'une manière générale, il détestait ceux qui se précipitaient pour être les premiers à descendre de l'avion, mais ce soir, il assuma ce rôle sans aucun complexe. Il bondit de son siège pour aller se planter devant la porte et feignit de ne pas voir le regard désapprobateur que lui adressa l'hôtesse dont le seul travail durant ce vol si court semblait consister à informer les gens de la conduite à tenir en cas de catastrophe. Maintenant que ce risque-là avait disparu, le prêtre pouvait penser aux autres catastrophes qui l'attendaient.

« Excusez-moi », murmura-t-il à plusieurs reprises en se faufilant parmi les manutentionnaires qui s'avançaient vers l'appareil immobilisé sur la piste. Il n'avait même pas emporté un sac. Hormis son portefeuille, il avait tout laissé dans sa voiture à l'aéroport de Portland. La correspondance à La Guardia était très juste, et il ne voulait pas risquer de manquer l'avion à cause d'une valise. De toute façon, c'était sans importance. Rien d'autre ne comptait que d'arriver le plus vite possible.

Il poussa l'une des doubles portes permettant d'accéder au terminal de ce petit aéroport aux allures provinciales et se dirigea à grandes enjambées vers le comptoir de location de voitures où, malheureusement, il n'y avait personne à cette heure de la nuit. Il jeta un regard éperdu autour de lui. Un employé d'une compagnie aérienne approchait, un gobelet de café et une part de gâteau à la main.

Nick l'arrêta. « Pardonnez-moi, savez-vous où je peux trouver la personne qui s'occupe des locations de voiture ?

— Elle est là-bas, à la cafétéria, répondit aimablement l'homme.

— Merci. »

Nick traversa le hall au pas de course. Deux femmes étaient assises au comptoir de la cafétéria. L'une était en uniforme et l'autre, une blonde, portait une veste rouge. Elles étaient engagées dans une conversation animée, et il toussota pour attirer leur attention.

« Excusez-moi, dit-il. Je cherche la responsable des locations de voiture. »

La blonde lui décocha un regard irrité, visiblement mécontente qu'on vienne la déranger au cours de sa pause, mais, devant l'angoisse qui se lisait sur le visage livide de l'inconnu, elle s'adoucit un peu. « C'est moi, dit-elle.

— Je suis désolé de vous ennuyer, mais il s'agit d'un cas d'urgence. J'ai besoin d'une voiture tout de suite. C'est très important. »

La blonde se tourna vers l'autre femme et leva les yeux au ciel, puis elle descendit de son tabouret. « À tout à l'heure », dit-elle en prenant son gobelet de Coca.

Elle regagna son poste, marchant délibérément à pas lents, et Nick dut serrer les dents pour ne pas lui hurler de se dépêcher. En revanche, une fois derrière son comptoir, elle se montra rapide et efficace.

À peine quelques minutes plus tard, Nick se retrouvait au volant d'une petite voiture et s'engageait à toute allure sur les routes sinueuses qui conduisaient en ville.

Il alluma la radio, mais comme la musique ne contribuait qu'à accroître son angoisse, il l'éteignit aussitôt. Tout ça est probablement stupide, se dit-il. Je suis complètement fou. Mais tant pis. Il fallait qu'il sache, qu'il s'assure que Maddy allait bien. Elle a un mari pour veiller sur elle, se rappela-t-il. Cela non plus ne comptait pas. Doug Blake était un égoïste. On le voyait dans ses yeux. Si c'était ce qu'elle désirait, eh bien, libre à elle, mais pour le moment, Nick pensait qu'il l'avait par inadvertance mise en danger, et qu'il lui incombait, le cas échéant, de la sauver.

Heureusement qu'il connaissait le chemin, car la route, en particulier le long du fleuve, était semée d'embûches. Il s'astreignit à ralentir aux endroits où la pente s'accentuait et où les virages étaient en épingle à cheveux. Il ne manquerait plus qu'il cause un accident dans son empressement à voler au secours de Maddy.

Les environs avaient beau lui être familiers, il se trompa à deux reprises avant d'arriver chez elle. Il ne lui avait rendu visite qu'en deux occasions, la dernière remontant à hier seulement. Leurs autres rencontres s'étaient déroulées sur son territoire en quelque sorte. Certes, il aurait pu inventer des prétextes pour aller la voir plus souvent, mais l'idée de pénétrer dans la maison où elle vivait, mangeait et dormait avec son mari ne le séduisait guère. Il ne tenait pas à ce que tout lui rappelle que la femme qu'il aimait d'un amour sans espoir était l'épouse d'un autre et que, de fait, elle n'éprouvait pas à son égard des sentiments semblables aux siens.

Du reste, rien n'a changé, se dit-il. Une fois réglée cette histoire avec les Lewis, tu retournes au Canada et elle retourne dans les bras de son mari. N'oublie pas ça. Il comprit soudain qu'on risquait de trouver son retour plutôt bizarre et de penser qu'il procédait d'un intérêt démesuré pour les affaires de Maddy Blake. Et alors ? songea-t-il. Tu repars et tu n'auras pas à affronter les ragots et les insinuations. Et puis, si jamais tu as raison au sujet de Bonnie Lewis et du bébé, le résultat justifiera toutes les actions que tu auras entreprises.

Il tourna dans Decatur Street, puis roula au ralenti jusqu'à ce qu'il repère la maison de Maddy. De la lumière brillait au premier étage, mais le rez-de-chaussée était plongé dans le noir. La voiture de Maddy était garée dans l'allée, tandis que celle des Lewis avait disparu. Nick sentit sa figure s'empourprer. Les Lewis étaient partis ! Eh bien, bravo ! se dit-il. Tu vas lui faire l'effet d'un sacré imbécile. Elle ne se laissera pas une seconde abuser. Les premiers mots qui sortiront de sa bouche seront sans doute : « Qu'est-ce que vous faites ici ? » Et toi, tu resteras planté devant elle comme un idiot en essayant d'inventer une excuse boiteuse afin d'expliquer pourquoi tu as été jusqu'à te précipiter dans un avion pour t'occuper personnellement de cette histoire à dormir debout. Il se rappela néanmoins que Maddy n'était pas la seule raison de son retour. Il y avait un enfant innocent en jeu. Un bébé qui, en tout état de cause, n'appartenait pas à celle qui prétendait être sa mère.

Concentre-toi là-dessus, se dit-il. Ce serait un motif suffisant pour qu'on accoure de l'autre bout du monde, et personne ne trouverait cela bizarre. Il hocha la tête comme pour signifier qu'il approuvait son propre raisonnement, puis il ouvrit sa portière. Il eut beau s'exhorter au calme, lorsqu'il sonna à la porte, son cœur cognait dans sa poitrine à la pensée qu'il allait entendre le bruit de ses pas et voir apparaître son visage.

Mais rien. Il attendit quelques instants, puis sonna de nouveau. Il n'y avait personne. Nick fronça les sourcils. Peut-être que Maddy et Amy étaient sorties avec Doug pour fêter le départ des Lewis. Il s'interrogea sur la conduite à tenir. Il avait l'impression de recevoir une douche froide : toute cette équipée pour finir devant une maison vide. Une douleur lancinante naquit au-dessus de son œil gauche. Il soupira, mais il se sentait davantage en colère que fatigué. Les mains sur les hanches, il hésitait sur la conduite à tenir. Les Lewis étaient partis Dieu sait où. Il avait espéré arriver à temps car, à l'évidence, ils devaient répondre à un certain nombre de questions. Il pensa à Terry avec regret. Il lui faudrait bien encaisser le coup. Le plus important, c'était l'enfant. Il s'apprêta à regagner sa voiture. Il ne lui restait plus qu'à se rendre au poste de police.

Il s'engageait dans l'allée quand il crut entendre quelque chose, un bruit qui ressemblait à un gémissement. Il se retourna et regarda la maison. Ce doit être le vent dans les arbres, pensa-t-il après un bref examen. À cette époque de l'année, tout prenait un air sinistre. Et, bien qu'il fût prêtre, il n'aimait pas traverser un cimetière au cours de la nuit qui précède Halloween. Il hésita une fraction de seconde, puis repartit. Le gémissement s'éleva de nouveau, et cette fois il eut la certitude que cela ne venait pas des arbres.

Il fit demi-tour. Il essaya la poignée de la porte. Fermée à clé. Non, décidément, il n'y a personne, conclut-il. Pourtant, il ne pouvait se résoudre à partir. Il étudia la porte, puis les petits carreaux en vitraux qui l'entouraient. Au point où tu en es, pensa-t-il, tu ne risques que de te couvrir un peu plus de ridicule. Il regarda autour de lui. Dans un coin, il aperçut trois statuettes de grenouilles vert-de-gris sous un buisson de genévrier. Il se baissa pour prendre la plus grosse et, après avoir adressé une excuse silencieuse à l'intention des propriétaires de la maison, de la grenouille et des vitraux de Maddy, il s'en servit pour briser le carreau le plus proche de la poignée.

Après avoir reposé la grenouille sur les marches, il passa la main en faisant attention aux éclats et parvint à ouvrir la porte de l'intérieur.

Les ténèbres régnaient dans le vestibule.

« Il y a quelqu'un ? » cria-t-il.

Pas de réponse. Il s'avança de quelques pas. Soudain, il perçut de nouveau le gémissement. Ses cheveux se dressèrent sur la tête. Le bruit était faible mais distinct. Il provenait d'en haut.

Il grimpa l'escalier quatre à quatre. Le couloir était faiblement éclairé.

« Il y a quelqu'un ? »

Seul lui répondit le même gémissement, plus fort cette fois et destiné à le guider. Alors, il remercia Dieu d'être revenu. Quelqu'un avait besoin de secours. La lumière de deux chambres filtrait dans le couloir. Nick entra dans la première. C'était celle d'Amy, tout en désordre, mais vide.

La bouche sèche, le cœur battant, il s'avança vers la deuxième et, après avoir murmuré une prière, passa la tête à l'intérieur.

Un spectacle horrible s'offrit à son regard. Terry Lewis gisait dans une mare de sang, le teint cireux, les yeux presque vitreux.

« Mon Dieu, Terry ! Qu'est-ce qui est arrivé ? » s'écria Nick en s'agenouillant à côté de l'agonisant. En dépit de la vue et de l'odeur de tout ce sang qui lui donnaient envie de vomir, il se contraignit à l'examiner. « Mais on vous a tiré dessus ! »

Terry hocha imperceptiblement la tête.

« Oh, mon Dieu », reprit le prêtre. Il avait l'impression que la vie de l'homme étendu par terre s'échappait de lui en même temps que son sang.

« Vous avez besoin d'un médecin. Terry, écoutez-moi, dit-il en tentant d'accrocher le regard déjà éteint du mourant. Je vais téléphoner aux urgences, d'accord ? Et je reviens tout de suite. »

Au moment où il se redressait, Terry parvint à agripper son poignet avec une force stupéfiante de la part de quelqu'un dans son état. Toutes les années passées à faire de la musculation en prison semblaient aboutir à cette étreinte de fer.

« Terry, lâchez-moi. Il faut que j'aille chercher de l'aide, supplia Nick.

— Bonnie…, prononça Terry dans un souffle. Kidnappé… »

Sa voix était si faible que Nick dut coller son oreille à ses lèvres. Ces deux mots lui firent froid dans le dos.

Nick lui souleva la tête et chercha son regard qui n'appartenait déjà plus à ce monde. « Le bébé, elle a kidnappé le bébé des Wallace, c'est ça ? »

Terry battit des paupières.

« Je sais pour Sean, Terry. Je sais que ce n'est pas votre fils. »

Terry essaya de s'humecter les lèvres. « Je... savais pas, parvint-il à murmurer.

— Je sais que vous ne saviez pas. Elle a trompé tout le monde. Et Maddy ? Elle va bien ? Amy et elle sont avec Douglas ? »

Terry entrouvrit ses lèvres craquelées et déglutit péniblement. Une lueur affolée brilla une fraction de seconde dans ses yeux. « Partie », balbutia-t-il.

Nick se figea. « Partie où ? Avec Bonnie ? »

Terry, au prix d'un immense effort, fit oui de la tête, puis, sûr que Nick avait compris, il ferma les paupières.

« Écoutez-moi, Terry, dit le prêtre à voix basse, mais sur un ton impérieux, tentant en vain de s'arracher à l'étau qui lui enserrait le poignet. Lâchez-moi pour que je puisse appeler la police. Il faut qu'on arrête Bonnie et qu'on s'occupe de vous. »

Terry secoua la tête.

« Je vous en prie, Terry. Vous avez besoin d'un médecin tout de suite. »

Le jeune homme se passa la langue sur les lèvres. Nick voulut se dégager, mais il lut dans le regard du mourant une supplication qui le retint.

« Vingt... troisième... psaume... », souffla Terry.

Les larmes montèrent aux yeux du prêtre. Il avait oublié la religion. Il était peut-être trop tard pour un médecin, et Terry ne l'ignorait pas. Par contre, il n'était pas trop tard pour le secours de la religion. Nick saisit les mains rugueuses de Terry entre les siennes et les pressa légèrement. « Je suis à vos côtés, mon ami », dit-il.

L'esquisse d'un sourire sembla éclairer un bref instant les traits de l'agonisant. Nick fit le signe de croix, puis lui reprit les mains. « L'Éternel est mon berger, commença-t-il. Je ne… »

Soudain, il entendit dans l'allée claquer des portières de voitures et grésiller des radios. Des pas lourds ébranlèrent les marches de la véranda et des voix retentirent qui, après avoir annoncé : « Police », appelèrent Mrs. Blake. Nick se tut et lança un regard interrogateur à Terry qui paraissait maintenant au-delà de toute curiosité. S'était-on enfin décidé à agir à la suite de son coup de téléphone, ou bien avait-on enfin entrevu la vérité ?

« Ici ! cria Nick. On a besoin d'aide ! »

Terry tendit le bras et agrippa faiblement Nick par le revers de sa veste comme un enfant dont l'histoire favorite a été interrompue. Le prêtre lut l'innocence dans l'expression de son visage rude et grêlé. « Excusez-moi », dit-il. Il éprouvait des remords qui dépassaient cette histoire de psaume. Il contempla avec tristesse cet homme, cet enfant de Dieu, qui avait rêvé d'entamer une nouvelle vie. « Continuons, dit-il dans un murmure. L'Éternel est mon berger… »

44

Les policiers et les hommes du labo avaient envahi la maison de Maddy. Ils cherchaient des indices, donnaient coup de téléphone sur coup de téléphone. Une ambulance attendait dans l'allée, gyrophare en action, cependant que quatre infirmiers installaient avec précaution Terry sur une civière, lui mettaient un masque à oxygène qui dissimulait en partie son visage cendreux, puis le transportaient dehors. Frank Cameron avait lancé un avis de recherche concernant la voiture de Bonnie, tandis que Pete Millard avait appelé Donna et Johnny Wallace pour leur annoncer que Justin était en vie et bien portant, et que, avec un peu de chance, on ne tarderait pas à le retrouver.

Nick, après avoir répondu aux questions de tous les inspecteurs présents, était adossé au comptoir de la cuisine.

Frank Cameron raccrocha et scruta un instant les traits tirés de l'homme d'Église. « Alors, mon père, pourquoi vous ne nous avez pas appelés quand vous avez découvert la vérité au sujet de Bonnie Lewis ?

— Oh, si ! j'ai appelé. Vous pouvez le vérifier auprès de vos services.

— Nous étions débordés, dit Frank sur un ton d'excuse.

— Je n'arrive pas à croire que Doug Blake est mort. »

Nick savait à présent que la police était venue pour annoncer à Maddy que son mari avait fait une chute fatale du haut de la tour du fort.

« Bon débarras », cracha le chef de la police sans manifester la moindre charité chrétienne. Puis, se rappelant à qui il parlait, il se reprit : « Excusez-moi, mon père, mais j'avais une dent contre cet homme. Il a fait beaucoup de mal à ma fille, et je ne peux pas prétendre que sa mort me désole. »

Nick secoua la tête avec impatience. Il détestait qu'on s'excuse auprès de lui d'être sincère, comme s'il était un hypocrite patenté et non un être de chair et de sang qui n'éprouvait pas toujours que de beaux sentiments. « Il a sauté ? demanda-t-il. C'était délibéré ?

— Non. Deux jeunes l'ont vu. Il avait trop bu. Il n'aurait jamais dû aller faire l'imbécile dans ce coin-là. »

Nick pensa à Maddy quelque part sur la route en compagnie d'une déséquilibrée et qui ne savait même pas qu'elle venait de perdre son mari. Je l'aiderai à traverser cette épreuve. Mon Dieu, faites qu'il ne lui arrive rien, pria-t-il en silence.

Soudain, la porte d'entrée s'ouvrit à la volée et Donna Wallace se précipita à l'intérieur, suivie de son mari et d'un policier en uniforme qui s'efforçait en vain de les arrêter.

« Où est mon enfant ? » s'écria la jeune femme.

Johnny, les yeux écarquillés, le visage creusé de fatigue, la saisit aux épaules.

Frank fit signe à la mère de Justin de se calmer « Nous savons où il est, mais nous ne l'avons pas encore récupéré.

« — On l'a pris en otage, c'est ça ?

— À ce stade, je me refuse à employer ce mot. Nous avons bon espoir d'appréhender la coupable sans incident.

— L'inspecteur Millard m'a informée que cette femme…

— Mrs. Lewis, en effet. Pour autant que nous le sachions, votre enfant est en parfaite santé et a été très bien traité. Ce sont malgré tout de bonnes nouvelles, non ? »

Donna éclata en sanglots.

« Vous avez intérêt à ce qu'il ne lui arrive rien, avertit Johnny. Vous ne pouvez pas nous faire ça, maintenant. »

Frank n'appréciait guère que quelqu'un exprime ses pires craintes à sa place. « Il ne lui arrivera rien, répliqua-t-il. À présent, j'ai du travail et je ne peux pas rester ici à vous parler. »

Le téléphone sonna et le chef de la police décrocha aussitôt. « Frank Cameron à l'appareil ! » aboyat-il. Son expression se modifia et il écouta avec attention. « Très bien, dit-il ensuite. On y va. »

Il raccrocha. « Bon, écoutez-moi tous. La police de la route vient de repérer la voiture. Elle se dirige vers le nord par la voie rapide de l'État de New York. »

Donna poussa un cri perçant, puis plaqua une main sur sa bouche.

Frank se tourna vers Len. « Vous, vous me conduisez. Allez, en route.

— Bien, monsieur », fit Len. Il exultait.

« On vient avec vous », déclara Donna Wallace avec une détermination farouche.

Frank réfléchit une seconde. Plutôt que de perdre du temps à discuter, il préféra choisir le moindre mal. « Bon, Pete, tu prends les Wallace avec toi.

— Je vous accompagne aussi, dit alors Nick.

— Il ne s'agit pas d'un putain de défilé ! explosa Frank.

— Je connais Bonnie Lewis. Je parviendrai peut-être à lui parler... »

Frank considéra la question. Len Wickes jouait avec ses clés de voiture.

« D'accord, nom de Dieu ! conclut le chef de la police. Mais ne vous mettez pas dans nos jambes. »

Nick suivit les deux hommes vers la voiture de patrouille.

Bien qu'il n'y eût aucune voiture en vue, Bonnie ne cessait de regarder derrière elle comme si elle pressentait quelque chose.

« Maman, j'ai faim, pleurnicha de nouveau Amy.

— Dès qu'on s'arrêtera, je t'achèterai à manger », lui promit Maddy.

La route paraissait s'étendre devant elle à l'infini. Combien de temps s'écoulerait-il encore avant qu'on ne s'aperçoive de leur disparition ? Apparemment, sa tentative destinée à attirer l'attention de la police routière n'avait donné aucun résultat. Un sentiment d'impuissance l'envahit. À cet instant, elle jeta un coup d'œil dans le rétroviseur et son cœur bondit dans sa poitrine. On n'entendait aucun bruit de sirène, mais on distinguait un feu clignotant dans le lointain.

« Tournez ici », ordonna soudain Bonnie.

L'avait-elle remarqué, elle aussi ? s'interrogea Maddy. « Où ? demanda-t-elle, essayant de gagner du temps.

— Là où le panneau l'indique. Tout de suite, sinon j'abats votre fille. »

Maddy s'assura qu'aucune voiture ne venait, puis elle tourna à droite. Elle songea avec regret à la lueur d'espoir entrevue un instant plus tôt.

« Maintenant, arrêtez-vous, lui enjoignit Bonnie. On va entrer là. »

Elle désignait un petit édifice en brique qui ne comportait visiblement ni restaurant ni boutiques. Un peu plus loin, dans un coin, deux semi-remorques étaient garés côte à côte. Tandis qu'elle s'arrêtait dans le parking par ailleurs désert, Maddy se demanda si elle devait essayer d'attirer l'attention des chauffeurs, mais elle constata qu'il ne semblait y avoir personne dans aucune des deux cabines. Peut-être étaient-ils aux toilettes. Ou, plus probablement, à en juger par l'endroit où ils avaient choisi de faire halte, ils devaient piquer un roupillon à l'arrière. Elle se rappelait avoir vu à la télé que les routiers dormaient souvent dans leurs camions. Je suis sûre qu'ils m'entendraient, songea-t-elle. Puis, sans plus réfléchir, elle appuya sur le klaxon le plus fort et le plus longtemps possible. Elle compta dix coups avant de ressentir un violent choc sur la tête. Bonnie l'avait frappée de toutes ses forces avec la crosse de son pistolet.

« Maman saigne ! s'écria Amy. Ne fais pas de mal à ma maman.

— La prochaine fois, je la tue, ta maman », siffla Bonnie entre ses dents.

Maddy porta la main sur sa tête et la retira pleine de sang. Hébétée, elle resta à la contempler, tandis que Bonnie s'emparait brusquement de sa ceinture de sécurité et tentait de l'en étrangler.

« Maintenant, sortez et faites ce que je dis ! cracha-t-elle.

— Bon, bon », fit Maddy d'une voix entrecoupée.

Elle sentait le sang ruisseler sur son visage, mais elle n'y prêta pas attention. Elle dégrafa sa ceinture, puis celle d'Amy. En un éclair, Bonnie jaillit hors de la voiture, ouvrit la portière avant côté passager et entreprit de tirer brutalement la fillette de son siège.

« Ne la touchez pas ! hurla Maddy.

— Occupez-vous du bébé et suivez-moi, répliqua Bonnie.

— Lâchez ma fille d'abord.

— J'ai besoin d'elle pour être sûre que vous ferez ce que je dis. »

Maddy ferma un instant les yeux. Oui, en effet, songea-t-elle. Tant que vous tiendrez ma fille, je ferai ce que vous direz. Elle se tourna vers la banquette arrière et souleva Justin dans ses bras. Elle sentit à travers son pantalon que sa couche était mouillée. Elle en prit une propre dans le sac. Elle jeta un regard en direction des camions garés au fond du parking. Aucun signe de vie. Les coups de klaxon doivent faire partie de leurs rêves, se dit-elle avec désespoir. L'enfant se frotta les yeux et poussa un petit cri de protestation.

« Allons-y », ordonna Bonnie.

Maddy s'empressa d'obéir, les yeux fixés sur la main de Bonnie qui agrippait brutalement Amy par le col. Comme elle l'avait craint en constatant l'absence de voitures, le bâtiment des toilettes était désert. Dans la petite salle, il y avait juste un présentoir avec des dépliants touristiques et deux distributeurs automatiques, l'un pour les sodas, l'autre pour les crackers et les confiseries.

« S'il te plaît, maman, dit Amy. Je peux avoir à boire et des crackers ?

— Pas maintenant ! » aboya Bonnie.

Maddy se raidit. « S'il vous plaît, Bonnie. Ma fille a faim.

— J'ai dit non !

— Ça ne prendra qu'une seconde. Si on ne leur donne pas quelque chose à boire et à manger, ils vont pleurnicher, faire du bruit. Vous savez combien c'est énervant. »

Bonnie fronça les sourcils, mais céda. « Bon, faites vite.

— Oui », dit Maddy qui, portant Justin dans le creux de son bras, fouilla dans son sac à la recherche de monnaie.

Pendant que Bonnie promenait avec impatience son regard autour d'elle, Maddy prit pour sa fille un paquet de crackers au beurre de cacahuètes et une boisson gazeuse dont Amy s'empara avec reconnaissance. Elle commença aussitôt à manger.

« Viens avec moi, lui ordonna Bonnie. Il faut que j'aille aux toilettes.

— On attendra devant la porte.

— Ben, voyons », ricana Bonnie.

Elle enfonça le canon de son arme dans le dos de la fillette et la poussa en direction des toilettes. Amy laissa échapper la boîte de soda et se mit à hurler.

Ignorant ses cris de protestation, Bonnie la tira derrière elle. Maddy se précipita à sa suite, la suppliant de ne pas faire de mal à sa fille.

La kidnappeuse entra dans une cabine.

« Maman, non !

— Pour l'amour du ciel, Bonnie. Elle peut attendre dehors. Je vous promets qu'on ne tentera rien. »

Bonnie se contenta de secouer la tête et d'entraîner l'enfant qui se débattait. Maddy serra les poings avec tant de force que ses ongles s'enfoncèrent dans ses paumes. Les cris de la fillette résonnaient dans les toilettes carrelées. La jeune femme se retourna et se vit dans la glace. Le sang coulait sur tout un côté de son visage et ses mains qui tenaient toujours Justin étaient rouges et poisseuses.

La porte en métal beige de la cabine s'ouvrit et Bonnie ressortit en compagnie d'Amy qui, la figure écarlate, continuait de protester. Elle échappa à la kidnappeuse et se précipita vers sa mère. Elle lui encercla les jambes de ses petits bras et enfouit son visage entre ses genoux.

Maddy se baissa et, sans lâcher Justin, enlaça sa fille. « Je suis désolée, ma chérie », murmura-t-elle.

Elle ne leva pas la tête, car elle ne voulait pas que la meurtrière surprenne son regard brûlant de haine.

« Allez, en route », les interrompit Bonnie.

Maddy se redressa et prit Amy par la main, tandis que Bonnie les faisait sortir des toilettes. Au moment où tous les quatre pénétraient dans le petit hall, on entendit des portières claquer. Bonnie pâlit et, pistolet au poing, se rua vers la fenêtre. « Oh ! mon

Dieu ! s'exclama-t-elle en regardant dehors par la fenêtre entrouverte. N'approchez pas ! cria-t-elle. J'ai deux enfants avec moi et je suis armée. »

À qui parle-t-elle ? se demanda Maddy. On percevait des murmures, des bruits de pas. Soudain, une voix s'éleva, amplifiée par un mégaphone.

« Mrs. Bonnie Lewis. Police de l'État. Sortez les mains en l'air. Ne touchez pas aux personnes qui sont avec vous et il ne vous sera fait aucun mal. Je répète, sortez immédiatement. »

Maddy s'accroupit et passa un bras autour de chacun des deux enfants. Son cœur battait à tout rompre. La police les avait retrouvés. Le cauchemar allait prendre fin. Merci, mon Dieu, pria-t-elle intérieurement. Elle observa la femme qui les gardait en otages et qui, postée devant la fenêtre, contemplait les ténèbres à présent illuminées par les projecteurs.

« Je vous en supplie, Bonnie, dit doucement Maddy. C'est fini maintenant. À quoi bon résister ? Vous ne pourrez plus leur échapper. »

Bonnie n'écoutait plus. « Je vais tous les tuer ! hurla-t-elle en direction des policiers. Je n'ai plus rien à perdre. Écoutez si vous ne me croyez pas ! »

Elle se tourna vers les trois otages blottis les uns contre les autres et pointa son arme sur eux.

« Je vais leur montrer !

— Non ! » hurla Maddy.

Elle baissa la tête et serra les enfants contre elle. Bonnie tira.

45

Donna se débattait entre les bras du policier comme si elle tentait de se débarrasser d'une camisole de force. « Lâchez-moi, grondait-elle. Lâchez-moi ! »

Cela faisait une heure qu'ils se trouvaient dans le parking de cette aire de repos, une heure que Bonnie avait hurlé qu'elle ne sortirait pas, une heure qu'ils attendaient. Ils avaient entendu un coup de feu suivi d'un cri. Un policier vêtu d'un gilet pare-balles avait essayé de s'approcher de la porte du petit bâtiment, mais Bonnie lui avait tiré une balle juste devant les pieds, et il s'était hâté de se remettre à l'abri derrière les voitures.

Cette attente était intolérable pour Donna Wallace qui, pourtant, avait réussi à faire preuve de plus de patience durant des jours entiers. À l'idée que son enfant se trouvait à quelques mètres d'elle et qu'elle ne pouvait pas le serrer contre son cœur, elle devenait littéralement folle. Johnny s'efforçait en vain de la calmer, manifestant un optimisme qu'il n'éprouvait pas. L'image de cette malade mentale armée d'un pistolet qui tenait Justin en otage la hantait, et elle se sentait sur le point de craquer.

S'arrachant à l'étreinte du policier, elle se précipita vers Frank Cameron qui s'entretenait avec un agent de la police d'État. « Pourquoi vous ne l'obligez pas à sortir ? s'écria-t-elle. Pourquoi vous ne faites rien ? Utilisez des gaz lacrymogènes ou je ne sais quoi, mais je veux mon fils ! »

Frank fit une grimace. « Nous faisons notre possible, mais nous ne pouvons pas donner l'assaut. Elle a déjà abattu son mari de sang-froid et elle vient de tirer sur un policier que, heureusement, elle a manqué. Nous craignons qu'elle n'ait également blessé Mrs. Blake ou l'un des enfants. Vous devez comprendre qu'elle est extrêmement perturbée et dangereuse. Soyez gentille, laissez-nous faire. Nous essayons de récupérer tout le monde vivant. »

Donna lui décocha un regard furieux, mais il demeura indifférent à sa colère. Elle ne paraissait pas se rendre compte que l'affaire pouvait se terminer par un massacre. Cette Bonnie Lewis se sentait acculée, et toute manœuvre inconsidérée risquait de déclencher une tuerie.

Le chef de la police tourna le dos à Donna qui, consciente de son impuissance, la rage au ventre, se dirigea à grands pas vers Pete Millard qui était en train d'étudier un manuel des groupes d'intervention, le mégaphone posé à côté de lui sur le capot de la voiture de patrouille. La jeune femme s'en empara, l'examina un instant, puis, après avoir pressé le bouton pour l'allumer, elle cria :

« Écoutez, espèce de cinglée... c'est Donna Wallace qui vous parle. Je suis la mère de Justin et je veux mon enfant. Sortez de là et rendez-le-moi... »

Pete Millard lui arracha le porte-voix. « Ne vous en mêlez pas, Mrs. Wallace, ordonna-t-il. Nous avons des spécialistes formés pour affronter ce genre de situation. »

Frank Cameron déboula au pas de course.

« Eh bien, vos spécialistes ne me paraissent pas capables de grand-chose », répliqua la jeune femme qui tremblait. Ses jambes cédèrent sous elle et son mari accourut pour la soutenir. « Pourquoi je n'ai pas mon Justin, reprit-elle dans un souffle. Il est là, à quelques mètres. Mon Dieu, je n'en peux plus.

— Nous faisons le maximum, dit Pete d'une voix apaisante.

— Éloigne-la d'ici, aboya Frank. Mrs. Wallace, si vous n'arrivez pas à vous maîtriser, je vais être contraint de vous demander de quitter les lieux, vous m'avez bien compris ?

— Arrêtez de lui parler sur ce ton, intervint Johnny Wallace. Pour vous, ce n'est qu'un boulot comme les autres, mais il s'agit de notre enfant.

— Bon, bon, dit Frank à contrecœur. Mais au moins, fermez-la. Et c'est valable pour tous. Dans ce genre d'affaire, il faut du temps et de la patience. »

Nick, de plus en plus fébrile depuis qu'on avait entendu tirer à l'intérieur du petit bâtiment, avait suivi toute la scène. Il attendit que les parents en détresse s'écartent, puis il s'avança vers Frank Cameron qui lui jeta un regard noir.

« Je sais que vous avez vos méthodes, mais j'aimerais que vous me laissiez lui parler. À Bonnie Lewis, je veux dire. C'est moi qui l'ai mariée et qui ai... baptisé le... le bébé. Elle me fera peut-être confiance et elle m'écoutera peut-être. »

Frank soupira. « Je voudrais que ce maudit téléphone marche. »

Il y avait en effet une cabine dans le hall du petit édifice, mais elle ne fonctionnait pas. À la demande de la police, la compagnie du téléphone se démenait pour voir si c'était un simple problème de ligne qu'on pouvait réparer de l'extérieur.

Nick se passa la main dans les cheveux avec tant de nervosité qu'on aurait presque dit qu'il voulait se les arracher. « Je pensais que… peut-être… je pourrais entrer…

— Vous êtes fou ? Il n'en est pas question. Vous avez envie de vous faire tuer ?

— Si j'y allais sans arme… je suis sûr qu'elle me laisserait entrer.

— Ne soyez pas stupide, grogna Frank. Vous avez vu ce qu'elle a fait à son mari. On va attendre. Elle ne pourra pas tenir indéfiniment. À un moment ou à un autre, il faudra bien qu'elle dorme. Inutile de précipiter les choses.

— Le problème… c'est que Mrs. Blake est avec elle… et aussi les deux enfants. Et vous savez comment sont les enfants. Ils pourraient commencer à l'énerver par leurs pleurs et leurs jérémiades… vous comprenez, dans l'état d'esprit où elle est…

— Qu'est-ce que vous savez des enfants ? l'interrompit Frank.

— Pas grand-chose, je le crains, mais dans l'exercice de mes fonctions, j'ai eu l'occasion de rencontrer beaucoup de gens, beaucoup de familles sous tension… »

Frank, d'un signe de tête, reconnut la pertinence de l'observation du prêtre.

« Est-ce qu'on ne pourrait pas au moins lui demander si elle accepte que je vienne lui parler ?

— Je ne sais pas, répondit le chef de la police d'un ton bourru. Je vais voir. »

Il alla discuter avec les membres des unités d'élite pendant que Nick, debout dans les ténèbres derrière les projecteurs qui illuminaient la pelouse, contemplait la petite construction de brique où Maddy était captive. Il se doutait des conclusions auxquelles la police se livrait. Il y avait une chance sur deux pour que personne ne sorte vivant de ce bâtiment. Son cœur se serra et il s'efforça de chasser cette pensée de son esprit.

Réfléchis à ce que tu dirais à Bonnie, se dit-il. Imagine que tu puisses tenter de la raisonner. Il ne parvenait néanmoins pas à rassembler ses idées. Il se rappelait sans cesse le vingt-troisième psaume et le visage de Maddy qui le regardait, perchée sur une échelle dans la chapelle, avec ses cheveux noirs et soyeux qui retombaient en cascade sur ses épaules. Donnez-moi une chance, pria-t-il, sans savoir vraiment à qui il s'adressait.

Frank Cameron revint vers lui. En réalité, au cours de sa longue carrière, il n'avait jamais eu l'occasion de négocier avec des preneurs d'otages, et il se reposait sur les conseils des policiers plus expérimentés qui se trouvaient là. Ils avaient décidé de commencer par proposer à la meurtrière que le prêtre vienne la rejoindre et de voir sa réaction.

« Bon, d'accord, dit Frank. On va lui demander. Si elle accepte, vous y allez. Attention, vous serez sans arme et, surtout, ne jouez pas les héros. »

Nick se redressa, le cœur battant. Elle pouvait très bien lui loger une balle dans la poitrine au moment où il franchirait le seuil, rien que pour montrer qu'elle ne plaisantait pas. « Oui, je suis prêt.

— Parfait. Qui ne risque rien… »

Frank se dirigea vers Pete Millard qui s'occupait du mégaphone et lui expliqua ce qu'il désirait. Pete empoigna le porte-voix.

« Mrs. Lewis, dit-il avec politesse. Le père Nick Rylander est ici, et il voudrait venir vous parler. Il affirme être un ami à vous et à votre mari. Si vous acceptez, il viendra sans arme. »

Nulle réponse ne parvint du petit édifice. Allez, supplia Nick. Laisse-moi venir. S'il te plaît, donne-moi une chance.

Les flics se consultèrent du regard.

« Ça veut dire oui ou non ? » questionna Frank.

Le chef de la brigade d'intervention haussa les épaules. « Difficile à savoir. »

Devant cette absence de réaction, Pete saisit de nouveau le mégaphone et cria : « Si vous acceptez, ouvrez et fermez les stores. »

Ils attendirent, retenant leur souffle. Soudain, on aperçut un mouvement à la fenêtre. Les lamelles des stores s'ouvrirent, puis se refermèrent. Une seule fois, mais tous le virent.

« Bon, fit Pete avec un sourire. Vous pouvez y aller. »

Les dés étaient jetés, et Nick sentit sa gorge se nouer. Il s'efforça de chasser de son esprit l'image de Terry baignant dans son sang.

« Vous êtes prêt, mon père ? » demanda Frank.

Nick fit oui de la tête.

« Tout ce qu'on vous demande, c'est de lui parler, dit l'homme des unités d'élite. Ne tentez rien, vous risqueriez de mettre en péril la vie des otages. Ne vous prenez pas pour James Bond. Restez sur le terrain de la religion et ne minimisez pas les conséquences. Il n'est pas question que vous lui laissiez croire qu'elle ne sera pas poursuivie… »

Pete Millard eut un rire de dérision. « Il ne manquerait plus que ça, dit-il.

— Mais, continua le policier, tâchez de la rassurer. N'évoquez pas le côté désespéré de sa situation… faites-lui du blabla… Il est très important de ne pas l'énerver plus qu'elle ne l'est déjà.

— Je comprends », dit Nick dont l'estomac se tordait.

— Vous allez travailler sans filet », l'avertit Frank.

Nick se borna à hocher la tête car il craignait que sa voix ne trahisse sa peur.

« Levez bien les bras », lui conseilla l'homme de la brigade d'intervention.

Le prêtre s'exécuta. Il serra les mâchoires pour empêcher ses dents de claquer. Puis, après avoir dit une prière silencieuse, il s'avança dans la lumière des projecteurs, laissant derrière lui les curieux retenus par un cordon ainsi que les camions des chaînes de télévision.

Frank Cameron plissa le front. « Je n'aime pas ça, murmura-t-il.

— Il arrive que ces cinglés finissent par écouter un prêtre. Ce ne serait pas la première fois. »

Frank eut une moue dubitative. « Elle a été trop loin. Il risque de s'ajouter à la liste des otages, ou pire. »

L'autre policier haussa les épaules et suivit des yeux Nick qui, les mains levées en un geste de reddition, marchait vers le bâtiment des toilettes. « Il va à son enterrement, dit-il.

— Espérons que non », dit Pete.

46

Maddy tressaillit de douleur tandis qu'elle étendait son manteau par terre. « Viens t'allonger là, dit-elle à Amy qui pleurait et ne quittait plus sa mère d'un centimètre depuis que celle-ci avait reçu dans le flanc la balle tirée par Bonnie.

— Mais c'est plein de sang ! s'écria la fillette

— Je sais, ma chérie, murmura Maddy. Mais maman a besoin de ton aide, mon trésor. Si tu te couches, peut-être que Justin viendra se reposer avec toi. »

L'enfant sécha ses larmes et considéra Justin assis à côté de sa mère avec un intérêt renouvelé. Dormir avec un bébé, ce serait bien mieux qu'avec un nounours. Elle arrangea son lit de fortune. Maddy frissonna ; elle noua et serra son pull autour de sa taille pour essayer de calmer les élancements qui la tenaillaient à l'endroit où la balle avait pénétré. Après la douleur fulgurante qu'elle avait ressentie sur le moment, elle ne souffrait plus autant. Le bâtiment n'était pas chauffé et elle ne portait plus qu'une mince chemise de coton imbibée de sang.

Finalement, la blessure par balle la faisait moins saigner que le coup de crosse qu'elle avait reçu sur la tête, mais elle s'inquiétait des dommages internes que le projectile risquait d'avoir provoqués. Lorsqu'elle s'était rendu compte que Bonnie lui avait tiré dessus et l'avait touchée, elle avait cru s'évanouir et s'était mise à claquer des dents. Craignant l'état de choc, elle avait lutté de toutes ses forces pour ne pas y succomber. Il ne fallait pas qu'elle laisse Amy et Justin à la merci de cette femme, et il ne fallait pas non plus qu'ils voient combien elle souffrait. Ils étaient déjà assez effrayés. Ils avaient éclaté en sanglots et Bonnie les avait menacés de son arme. Maddy était parvenue à les calmer, à ne pas hurler, mais elle avait le sentiment que son corps se tendait à se rompre dans sa lutte contre le froid, la terreur et l'épuisement.

« Ça y est, je suis prête », dit Amy, tendant les bras pour prendre le bébé.

Maddy savait que ce ne scrait pas aussi facile que sa fille l'imaginait. Justin n'était pas un ours en peluche, mais un petit bébé affamé et malheureux. Elle se demandait si elle réussirait seulement à se soulever pour le coucher sur le manteau étendu par terre. Prenant une profonde inspiration, elle parvint à le poser à côté d'Amy qui commença aussitôt à lui parler en gazouillant. La jeune femme tentait de rassembler le peu de force et de souffle qui lui restait afin de leur chanter une berceuse quand elle entendit annoncer par l'intermédiaire du mégaphone que le père Rylander était là et désirait entrer.

Le père Rylander ? Il lui fallut une minute pour comprendre qu'il s'agissait de Nick. Mais qu'est-ce qu'il fabriquait là ? Son cœur se gonfla d'espoir. Un vertige la saisit. Il était là. Rien d'autre ne comptait. Et il était prêt à se jeter dans la fosse aux lions. Elle lança un coup d'œil sur Bonnie, se demandant comment celle-ci allait réagir à cette proposition. La femme de Terry fixait la fenêtre, le canon de son pistolet appuyé sur le rebord. Maddy n'osa pas l'interroger. Elle ne quitta plus les enfants du regard et attendit.

« Qu'est-ce qu'il veut ? » finit par marmonner Bonnie.

Maddy ne savait pas si la question s'adressait à elle. Elle hésita à prendre la parole. Bonnie se tourna :

« D'après vous, qu'est-ce qu'il veut ? »

Maddy berça Justin et caressa Amy enroulée dans son manteau.

Elle ne se risqua pas à tenter d'abuser la meurtrière. Bonnie n'était pas stupide.

« Je ne sais pas, répondit-elle. Je suppose qu'il essaye de nous aider.

— Parlez plus fort, je ne vous entends pas !

— Il essaye de nous aider, répéta Maddy.

— De *vous* aider, vous voulez dire, ricana Bonnie.

— J'ignore comment il a atterri ici, reconnut Maddy. Il était en route pour le Canada. »

Bonnie haussa les épaules. « Je me demande s'il est au courant pour Terry. » Elle surprit le regard que lui lança Maddy. « Il sait que Terry m'aimait vraiment. »

Maddy se sentit encouragée par la note de nostalgie qu'il lui avait semblé déceler dans la voix de Bonnie.

« Le jour où vous l'avez vu chez moi, il m'a parlé de Terry et de vous. Il m'a raconté votre histoire d'amour et tout ce que vous représentiez l'un pour l'autre.

— Ah ! vous voyez ! s'exclama Bonnie.

— C'est ce qu'il m'a dit. »

Bonnie se tourna de nouveau vers la fenêtre et contempla la foule de voitures et de policiers qui attendaient dehors, lui laissant imaginer le sort qu'on lui réservait. « Qu'est-ce qu'il pourrait faire ? » demanda-t-elle d'un ton désespéré et quelque peu plaintif.

Qui sait si elle ne cherche pas une porte de sortie, songea Maddy. Elle voudrait peut-être que je la convainque de le laisser entrer. « Peut-être qu'il sait quelque chose qui vous aidera », dit-elle, choisissant soigneusement chaque mot. Elle avait l'impression de marcher au milieu d'un nid de serpents à son-nettes. Il fallait qu'elle oublie sa douleur et qu'elle se concentre sur ce qu'elle allait dire : « C'est un prêtre, Bonnie. Il ne vous mentira pas. De ça, vous pouvez être sûre. Il est de votre côté, Bonnie. Vous savez combien il s'est occupé de Terry et de vous. »

Le regard de Bonnie se fixa sur Maddy et les deux enfants. « Je pourrais mettre sur-le-champ un terme à tout ça », déclara-t-elle d'une voix sourde. Elle pointa le pistolet sur eux. Maddy réprima un sur-saut : cette femme était sur le point de tirer. Elle ne jouait pas avec leurs vies. Son désespoir était sincère. Sincère et infiniment dangereux.

« Pourquoi feriez-vous ça ? demanda Maddy en s'efforçant de s'exprimer d'une voix calme. Au moins, écoutez ce qu'il a à vous dire. Rien ne presse. Tant que nous sommes là, ils ne tenteront rien contre vous. Qu'est-ce que vous risquez à parler à quelqu'un qui comprend vraiment... »

Bonnie poussa un soupir.

« Bon, murmura-t-elle. » Elle tira deux fois sur le cordon du store.

Maddy eut l'impression de recevoir un coup de poing en pleine poitrine. Elle faillit se plier en deux sous l'effet du soulagement et de la surprise. Elle s'agenouilla à côté de sa fille et attendit sans oser lever les yeux. Après ce qui lui parut une éternité, elle entendit le pas de Bonnie qui s'approchait de la porte et l'ouvrait. Elle sentit une bouffée d'air frais pénétrer dans l'espace confiné. Relevant alors la tête, elle le vit au moment où la porte se refermait derrière lui. Il était en civil, vêtu d'un pull aussi gris que son visage rongé d'inquiétude. Voyant le sang qui avait séché sur sa figure et celui qui maculait sa chemise, il faillit pousser un cri. Ils restèrent un court instant les yeux dans les yeux, et elle parvint à lui envoyer un message d'avertissement silencieux. Elle ne prononça pas un mot, n'esquissa même pas l'ombre d'un sourire. Il comprit aussitôt et s'arracha au spectacle pathétique qu'elle offrait.

Nick se tourna alors vers Bonnie. Il savait à présent qu'elle était une meurtrière, une kidnappeuse, un être qui avait hideusement enfreint les lois de Dieu et des hommes. Elle avait tué une innocente lycéenne, tiré sur son propre mari et enfin versé le sang de la femme qu'il aimait. Elle recula et le menaça de son arme.

« Qu'est-ce que vous voulez ? cracha-t-elle.

— Vous aider », répondit-il, sincère.

Le pistolet ne l'effrayait pas. Sa place était ici et il s'était répété les mots de l'Évangile selon saint Matthieu : « Ce ne sont pas ceux qui sont en bonne santé qui ont besoin du médecin, ce sont ceux qui se portent mal. »

« Vous ne pouvez pas m'aider, répliqua Bonnie avec mépris. Je vais vous tuer.

— J'ai vu Terry, déclara Nick, ignorant sa menace. Je lui ai parlé. Il n'est pas mort, Bonnie. Vous le saviez ? Vous saviez qu'il était toujours en vie ? »

La police l'avait bien annoncé par le biais du mégaphone, mais Bonnie avait pensé qu'il s'agissait d'une ruse. « Vous dites ça comme ça, hein ? Juste pour que je me rende. Il était inondé de sang.

— Il m'a demandé de lui réciter le psaume vingt-trois. Il me serrait le poignet à le briser.

— Oui, il est très fort », s'écria Bonnie avec passion.

Elle étudia un instant le visage du prêtre et vit qu'il disait la vérité. Son regard s'éclaira. Ses épaules voûtées se redressèrent pour retomber aussitôt. « Je ne les croyais pas, dit-elle. J'étais sûre de l'avoir tué. »

Nick fit semblant de ne pas s'intéresser aux enfants et à Maddy, alors qu'il brûlait de se précipiter vers eux. Il prit soudain conscience que la jeune femme n'était même pas au courant pour son mari. Elle ignorait qu'il était mort, mais ce n'était pas le moment de le lui apprendre. Dans la situation présente, il n'y avait qu'une seule chose qui comptait, et tout le reste pouvait attendre. S'il ne parvenait pas à convaincre Bonnie, plus rien n'aurait d'importance.

« Je sais, Bonnie, mais je peux vous assurer qu'il est en vie. Je vous le jure. Je ne prétendrais pas qu'il est en superforme, vous vous en doutez, mais c'est un type têtu, un battant qui ne renonce jamais. »

Nick lui sourit, et elle lui rendit son sourire. L'espace d'un instant, le visage quelconque aux traits anguleux s'illumina au souvenir de son amour perdu. Maddy eut l'impression qu'elle venait d'entrevoir un petit coin de l'âme de Bonnie, celui que Terry avait touché. Et Nick, l'homme qui les avait connus tous les deux, qui n'avait jamais douté d'eux, qui ne les avait jamais critiqués et qui pouvait témoigner qu'ils s'étaient aimés, était le seul capable d'y avoir accès. À moins que ce ne soit tout simplement parce qu'il respirait la compréhension, la tolérance.

Pas étonnant qu'elle l'ait laissé entrer, songea Maddy. La haine qui habitait Bonnie semblait s'évaporer goutte à goutte sous les paroles du prêtre. Elle hésita un instant à prendre la parole, et quêta du regard l'approbation de Nick.

« Bonnie, dit-elle alors. Peut-être que tout n'est pas aussi noir que vous le croyez.

— Oui, c'est un battant ! s'exclama Bonnie qui ignora son intervention et, rayonnante, s'adressa de nouveau à Nick : Un dur au cœur tendre. »

Puis, d'un seul coup, la lumière intérieure qui avait paru l'éclairer s'éteignit, et la jeune femme redevint grise et amère. « Peu importe, dit-elle. Même s'il en réchappe, il me haïra... »

Maddy jeta un coup d'œil anxieux en direction du prêtre. « Ce n'est pas vrai, dit-elle. C'est simplement une dispute qui s'est envenimée. Tout le monde se dispute. Mon mari et moi, nous nous disputons tout le temps. Ce n'est pas la fin du monde. »

Nick n'avait cessé de détourner le regard, et la jeune femme eut soudain la conviction qu'il était déjà au courant du déshonneur qui frappait Doug. À cette pensée, elle devint écarlate.

« Comment est-ce arrivé ? Je sais combien vous l'aimez », dit Nick d'une voix douce.

Le visage de Bonnie se défit, et elle dut se retenir pour ne pas lui agripper le bras. « Il a découvert la vérité au sujet du bébé, répondit-elle. Il a dit qu'il ne m'aimait pas, qu'il ne m'avait jamais aimée, mon père. Elle pourra vous le confirmer. Elle l'a entendu. »

Le prêtre savait que Bonnie parlait de Maddy, et il se contraignit à ne pas la regarder. « Il l'a peut-être dit sous l'emprise de la colère, affirma-t-il. Mais il ne le pensait pas… »

Bonnie fit un pas en arrière, et son expression se durcit tandis qu'elle se remémorait la douleur cuisante qu'avaient provoquée en elle les paroles de son mari. « Il ne veut plus de moi. Plus rien ne me rattache à la vie.

— C'est faux, Bonnie. Il s'est senti trahi à cause du bébé. Vous ne pouvez pas le lui reprocher. Vous auriez réagi comme lui. Maddy a raison, vous n'êtes pas les premiers amoureux à vous quereller.

— Non, en effet », admit-elle d'une toute petite voix. Puis, se rappelant l'énormité de son crime, elle secoua la tête. « Mais la plupart ne vont pas jusqu'à se tirer dessus. »

Nick soupira, et Maddy lut la compassion dans ses yeux.

« C'est juste, dit-il. On ne peut rien y changer, mais il existe une chose qu'on nomme le pardon, et Terry est de ceux qui pardonnent, je le sais. Il vous pardonnera, et peut-être que vous vous retrouverez. »

Brusquement, Bonnie s'arracha à ce beau rêve. « Qu'est-ce qui vous permet de dire ça ? Vous êtes prêtre. Vous ne savez rien de l'amour. Et puis, épargnez-moi vos discours sur Dieu. Je vous préviens, je ne suis pas comme Terry. Je ne crois pas à tout ça et je ne vous ai pas laissé entrer pour entendre vos sermons. D'ailleurs, je me demande bien pourquoi je vous ai laissé entrer. »

Maddy étouffa un cri de douleur. Bonnie était imprévisible, mais, heureusement, Nick gardait tout son calme.

« Parce que vous aviez besoin de parler à quelqu'un, répondit-il. À quelqu'un qui vous connaît et qui sait quelles épreuves vous avez traversées.

— Et qui sait aussi que je n'ai plus rien à perdre, ajouta-t-elle, sarcastique.

— Et Sean ? » demanda-t-il.

Maddy sursauta. Elle n'en croyait pas ses oreilles. Sean ? Il n'était donc pas au courant ? Il ne sait donc pas pour Justin Wallace ? Qu'est-ce que ça veut dire ? S'imaginerait-il qu'elle est folle ? Dans ce cas, il se trompe. Elle n'a pas le moins du monde perdu le contact avec la réalité. Elle sait parfaitement qu'elle est une kidnappeuse et une meurtrière. Est-ce qu'il essaye de nous faire tous tuer, ou quoi ? Maddy se sentait furieuse et trahie par les paroles de Nick, comme s'il les avait jusque-là portés, les enfants et elle, sur ses épaules pour échapper au danger et qu'il eût soudain décidé de tenter quelque manœuvre absurde. Nick surprit son expression horrifiée et lui fit comprendre par un regard qu'elle devait lui faire confiance.

Bonnie eut la même réaction que Maddy. « Sean ? Vous ne savez pas qui c'est ? s'écria-t-elle en désignant le bébé du canon de son arme. Je… je l'ai enlevé. J'ai tué la fille. Vous ne savez donc rien ? Il n'y a pas de Sean. Sean n'existe pas. »

Nick lui lança un regard pénétrant. « Si, il y a un Sean », affirma-t-il.

Bonnie le regarda fixement et se mit à trembler. « Vous êtes fou, dit-elle.

— Je sais que cet enfant est Justin Wallace, bien sûr, poursuivit Nick d'une voix douce. Mais Sean existe néanmoins. Sean est un rêve que vous avez fait, le rêve d'une vie que vous vouliez mener aux côtés de Terry. J'ai été dans le Maine, Bonnie. J'ai été dans la maison où vous avez habité et j'ai fait la connaissance de Colleen. Je voulais voir si je trouvais quelqu'un susceptible de vous aider, après l'accident et tout le reste. Terry et vous, vous essayiez de prendre un nouveau départ, et tout semblait se liguer contre vous. Colleen m'a longuement parlé de vous. Elle m'a tout raconté au sujet de votre mère et de la vie difficile que vous avez eue. Elle m'a dit que personne ne méritait plus que vous d'être aimée. »

Bonnie ricana. « Elle ne sait rien sur ma mère. Personne ne sait. Ni sur l'accident ni sur ce qui s'est réellement passé. Si elle était au courant, je ne crois pas qu'elle aurait dit des choses aussi gentilles. »

Nick feignit de ne pas prêter attention à ces paroles qui n'avaient pourtant pas manqué d'éveiller ses soupçons à propos de « l'accident » dont aurait été victime la mère de la jeune femme. Il s'efforça de les chasser de son esprit. Il devait se concentrer sur un seul objectif : tenter de la convaincre.

« Colleen m'a dit quelle excellente amie vous étiez pour elle, combien vous l'aviez aidée et combien vous lui aviez manqué après votre départ.

— Je lui ai pris son bébé à elle aussi, déclara Bonnie sur un ton de défi, encore que sa voix tremblât un peu. Ça, je parie qu'elle ne vous l'a pas dit. Parce qu'elle ne le sait pas. Je l'ai fait passer pour

Sean. Le jour du baptême. Je lui ai raconté que je le garderais, et je l'ai amené ici en prétendant qu'il s'appelait Sean. Mais Sean n'existe pas, vous ne voulez donc pas comprendre ?

— Si, répondit tranquillement Nick. Je sais que c'est son fils que j'ai baptisé ce jour-là. George Jr. Mais je sais aussi que, pour vous, c'était réellement Sean. Je n'ai pas raison ? »

Bonnie écarquilla les yeux. « Et vous n'êtes pas furieux contre moi ? » s'étonna-t-elle d'une voix de petite fille.

Nick ouvrit les bras, paumes ouvertes. « Vous faisiez un rêve. Et votre rêve s'appelait Sean. Le rêve de la vie que vous désiriez, une famille à aimer. Ce n'était pas trop demander. Ce que vous, vous n'aviez jamais connu. Vous l'avez rendu réel aux yeux de Terry. Et aux vôtres aussi, il était réel. Il existait dans votre esprit et dans votre cœur. »

Bonnie détourna la tête. Maddy retint son souffle et, les jambes tremblantes, essaya de se relever en se tenant au mur. Bonnie lutta pour ne pas succomber au poids des paroles qui soulignaient ses illusions perdues. Habituée qu'elle était à être critiquée et négligée, elle ne supportait pas la tolérance dont il faisait preuve, mais elle sentait que son esprit épuisé commençait à céder sous les coups de boutoir de la compassion du prêtre.

D'une voix où perçait une note d'avertissement, elle demanda : « Bon, mais je voudrais savoir une chose. Est-ce que Terry a dit qu'il m'aimait toujours ? Il vous l'a dit ? »

Nick savait ce qu'elle désirait l'entendre répondre et il hésitait. Maddy, d'où elle se trouvait, vit à son

411

expression qu'il répugnait à mentir. Bonnie comprit aussitôt.

« Vous avez voulu me tromper ! s'écria-t-elle. Je m'en doutais ! »

Elle leva son pistolet et poussa un hurlement. Maddy, réunissant ses derniers forces, se propulsa en avant, toutes griffes dehors. Elle fit tomber les lunettes de la meurtrière et parvint à la déséquilibrer. Cette fois, Nick n'hésita pas. Il saisit le bras de Bonnie et le lui tordit derrière le dos. Il lui arracha son arme et la donna à Maddy qui s'en empara vivement.

L'espace d'un instant, Bonnie se débattit comme une furie, puis, soudain vaincue, elle tomba à genoux et se mit à pleurer. Nick la releva avec douceur et la prit dans ses bras comme si elle n'était plus qu'une enfant têtue et malheureuse. Lentement, prudemment, Maddy se dirigea vers la porte, le regard rivé sur Bonnie comme si celle-ci était un tigre qui pouvait bondir à tout moment. Mais Bonnie était ailleurs et ne paraissait plus rien voir.

Maddy ouvrit la porte et jeta l'arme le plus loin possible sur la pelouse. Tandis que l'objet d'horreur s'envolait dans les ténèbres, le cœur de la jeune femme, enfin, se gonfla de soulagement. Elle ne ressentait presque plus la douleur qui, une seconde plus tôt, lui vrillait encore le flanc. Elle se tourna vers les enfants qui levèrent timidement la tête au milieu des plis du manteau taché de sang qui les recouvrait. Elle leur tendit les bras.

L'arme gisait dans l'herbe, prise maintenant dans l'éclat des projecteurs. Des policiers s'avancèrent avec précaution, comme s'il s'agissait d'une météorite qui venait de tomber sur terre. « C'est un pistolet », hurla l'un d'entre eux, et tous les hommes rassemblés dehors ne tardèrent pas à comprendre que le siège était fini.

Donna fut la première à réagir. Elle n'attendit pas qu'on lui dise quoi que ce fût. Certes, elle entendit les policiers et son mari restés à l'abri derrière la barricade de chevaux de frise jaunes lui crier d'être prudente, mais elle se précipita sur la pelouse illuminée en direction du petit bâtiment de briques. Ses longs cheveux décoiffés volaient et ses vêtements en désordre lui battaient les jambes. Les poumons en feu, elle courut à perdre haleine, les yeux fixés sur la porte. Maddy apparut sur le seuil, tenant Justin dans ses bras.

Épilogue

Amy pressa son nez contre le hublot et, émerveillée, contempla le ciel infini. Elle colla Loulou, sa poupée, contre sa joue et lui montra les nuages en forme d'éléphants qui s'étalaient en dessous d'eux. Une hôtesse s'arrêta devant leur rangée de sièges et leur proposa à boire ainsi qu'un sachet de cacahuètes.

« Tu veux un jus de fruits, ma chérie ? » demanda Maddy.

L'enfant arracha son regard au hublot. « Oui, je veux bien, dit-elle d'une voix chantonnante.

— Un jus de pomme, dit Maddy à l'hôtesse. Rien pour moi, merci. »

Elle abaissa la tablette d'Amy qui saisit le gobelet des deux mains et but avidement avant de se tourner de nouveau vers le spectacle des nuages.

Maddy contempla sa fille. Une lueur de tendresse brillait dans ses yeux. Elle se demandait souvent avec angoisse quelles cicatrices lui avaient laissées les terribles épreuves de l'année précédente, mais Amy vivait au jour le jour, ce qui symbolisait la joie et le réconfort de l'enfance. Maddy avait donc l'espoir que cela n'entraînerait pas trop de dommages psychologiques.

L'exultation qui avait accompagné leur libération était aussitôt retombée à la nouvelle du décès de Doug. Entre le choc provoqué par l'annonce de sa mort et l'opération chirurgicale qu'elle avait dû subir pour extraire la balle logée dans son flanc, Maddy se souvenait à peine des jours qui avaient suivi. Elle se rappelait qu'un certain nombre de gens avaient manifesté une grande prévenance à son égard : Charles Henson, Ruth Crandall, entre autres, et surtout Nick, bien sûr. Mais tout demeurait confus dans son esprit, bien qu'elle eût conscience d'avoir vécu les jours les plus noirs de son existence. L'inconduite de Doug avait été étalée dans les journaux et présentée comme la cause de sa « chute » depuis la tour du fort. Les gentils jeunes gens, témoins de sa mort, étaient venus exprès la voir pour lui dire que c'était faux, qu'il n'avait pas sauté. Ils pensaient que cela l'aiderait de le savoir, et ils ne se trompaient pas, du moins pas trop.

L'hôtesse repassa pour prendre les gobelets. « Maintenant, il faut que tu remontes ta tablette, dit-elle gentiment à Amy. Nous allons atterrir dans quelques minutes. »

La fillette s'exécuta, et Maddy lui montra comment la remettre correctement en place, tandis que l'avion entamait sa descente.

« On ne va pas se perdre au milieu de tous ces nuages ? s'inquiéta Amy.

— Non, répondit Maddy en souriant et en caressant sa petite main potelée.

— Maman, j'ai mal aux oreilles, se plaignit soudain l'enfant.

— Attends, j'ai ce qu'il te faut. » Maddy ramassa son sac et fouilla à la recherche d'un chewing-gum. Après avoir enlevé le papier, elle le donna à sa fille. « Tiens, mâche, ça te soulagera. »

Amy lui jeta un regard interloqué. Comment sa mère pouvait-elle croire une chose pareille ? Quoi qu'il en soit, elle adorait le chewing-gum et elle le prit avec plaisir.

Maddy allait refermer son sac quand elle aperçut au fond l'enveloppe ouverte oblitérée du cachet canadien. Elle la sortit et en tira la lettre pour la relire. Elle l'avait lue si souvent et y avait tant réfléchi qu'elle la connaissait pratiquement par cœur.

« Chère Maddy, commençait-elle. J'ai été ravi de vous parler l'autre soir. Quand vous avez appelé, j'avais les yeux fatigués à force de regarder les diapositives. Enseigner l'histoire de l'art m'a fait prendre conscience de tout ce que j'avais oublié depuis l'école. Heureusement que le responsable du département est patient et semble avoir l'intention de me garder.

« Je suis content pour le bébé des Henson. Je suis sûr que Charles, malgré les miracles de la médecine moderne, était fou d'inquiétude à l'idée que sa femme allait accoucher. Il a dû pousser un immense soupir de soulagement, sans parler du bonheur d'avoir une petite Katherine. Je sais quel soutien il vous a apporté pendant ces derniers mois. Je crois que c'est quelqu'un de bien, et je suis très heureux pour elle et pour lui.

« J'ai reçu ce matin une nouvelle lettre de Bonnie. Comme vous pouvez vous en douter, elle est très déprimée à la pensée de la condamnation à perpétuité qui a été prononcée contre elle, d'autant qu'elle ne semble pas se rendre compte qu'elle la mérite. Je vais lui répondre. J'espère que vous ne m'en voudrez pas. Après tout ce qui est arrivé, je considère que j'ai le devoir de le faire. Je suis cependant soulagé qu'elle ait choisi de plaider coupable devant le juge, ce qui a épargné à tout le monde les affres d'un procès public. De toute façon, elle n'avait aucune chance de s'en tirer à meilleur compte. Elle m'a dit qu'elle avait reçu une lettre de Terry l'autre jour. Maintenant, c'est à son tour de lui écrire en prison. Décidément, la vie est étrange, vous ne trouvez pas ?

« J'ai beaucoup pensé à ce que vous m'avez dit au téléphone. Je voudrais que les choses soient claires : je n'ai pas renoncé à la prêtrise dans l'espoir que vous m'épouseriez, mais parce que je savais que je ne pourrais plus observer mes vœux. Je n'avais pas d'autre choix. Je ne sais pas comment réussir à vous en convaincre, car je n'ignore pas que votre foi dans les hommes, dans le mariage et tout le reste a été plus qu'ébranlée.

« Je me suis efforcé d'être optimiste pour deux, mais je ne veux pas que vous vous fassiez de fausses idées à mon sujet. Je ne suis pas un saint. Je vous aime, et vous le savez. Je vous l'ai avoué dans ce lieu le plus romantique du monde : une aire de repos au bord de la route. Ce soir-là, quand je vous ai vue agenouillée par terre, un bras passé autour de chacun des deux enfants, alors que notre vie à tous était en jeu, je me suis promis que, si le Seigneur nous permettait de sortir de là vivants, je vous ferais part de mes sentiments, et tant pis pour les conséquences.

« Et, pour dissiper tout malentendu, je vous le répète : je vous aime, Maddy, et je désire vous épouser. Je désire que vous soyez ma femme et que tous les trois, Amy, vous et moi, formions une famille en attendant la venue d'autres enfants. Je crois que depuis cette horrible nuit, mes sentiments ne sont plus un secret.

« Vous, de votre côté, vous ne vous êtes jamais déclarée. Je ne vous pose pas d'ultimatum, mais il faut que je sache. Vous trouverez ci-joint deux billets d'avion à destination de Montréal pour le vol de vendredi après-midi. Je voudrais que vous veniez en compagnie d'Amy voir ma petite maison dans la forêt (qui a désespérément besoin d'une main féminine) et l'université où j'enseigne afin que vous ayez un aperçu du monde dans lequel je vis. Je sais que cela vous effraie, mais tout amour exige un effort.

« Inutile de me rappeler. Je serai à l'aéroport à l'arrivée de l'avion, le cœur rempli d'espoir. Si vous n'êtes pas là, je souffrirai. Je prends le risque de voir mes espoirs anéantis, et d'être publiquement humilié. Je m'imagine très bien, moi un adulte, en train d'essayer d'escalader une barrière en hurlant : "Il faut que j'aille vérifier dans l'avion moi-même. Ce n'est pas possible qu'elles n'y soient pas." »

Maddy sourit de nouveau à la lecture de ces mots.

« Je vous en supplie, venez. Avec tout mon amour, Nick. »

Elle appuya sa tête contre le dossier du siège et soupira. Elle ne lui reprochait pas de l'avoir forcée à choisir. Son amour, une fois confessé, avait été ardent. Elle ne s'y attendait pas et ne l'aurait jamais soupçonné. Durant toute cette année-là, il s'était acharné à la protéger. Au début, il avait insisté pour qu'elle quitte Taylorsville et qu'elle parte avec lui, mais à l'époque, ce n'était même pas envisageable.

Lorsqu'il avait déclaré qu'il abandonnait la prêtrise, elle lui avait vivement déconseillé de le faire, car elle ne pouvait rien lui promettre.

La jeune femme se tourna vers Amy. Les réacteurs rugirent et l'avion se posa. L'enfant paraissait ravie par l'atterrissage et les secousses, tandis qu'on roulait sur la piste.

« Veuillez rester assis jusqu'à l'arrêt complet de l'appareil, annonça une hôtesse dans les haut-parleurs, comme les passagers commençaient aussitôt à se lever pour prendre leurs bagages. »

« Voilà, on est arrivés, dit Maddy.

— Nick vient nous chercher ?

— Oh, oui. »

Maddy en était sûre. Elle savait, cependant, qu'elle n'oublierait jamais les tromperies de Doug. Elle observa sa fille et se demanda si elle lui dirait un jour la vérité à propos de son père. Elle s'était efforcée de ne pas laisser son amertume influer sur le processus de deuil. Ensemble, elles avaient pleuré Doug, et Maddy pensait que le mieux serait de s'en tenir là. Un jour, si elle s'interrogeait au sujet de son père… enfin, qui pouvait savoir ? Peut-être qu'elle ne se le rappellerait même plus. Il ne serait plus qu'un vague souvenir, une image floue dans son inconscient. Et puis, il n'avait jamais fait le moindre mal à Amy. Il ne fallait jamais qu'elle-même l'oublie quand elle songeait à lui avec ressentiment. D'ailleurs, en général, lorsqu'elle pensait à lui, elle se sentait simplement triste.

Elle se pencha pour détacher la ceinture d'Amy. « N'oublie pas Loulou », dit-elle.

La fillette serra sa poupée contre elle. « On va dans la forêt, lui dit-elle le plus sérieusement du monde. On fera des feux de camp. »

Elles se levèrent et avancèrent lentement dans l'allée derrière les autres passagers. Arrivée à la porte de l'appareil, Amy salua d'un grand sourire l'hôtesse qui lui répondit avec un égal enthousiasme. Dans la passerelle qui conduisait au terminal, Maddy sentit son cœur battre à tout rompre. Les gens se dépêchaient de sortir pour embrasser les proches qui les attendaient. Elle promena son regard sur la salle d'arrivée et, l'espace d'une seconde, l'angoisse la saisit. Petit à petit, elle avait fini par admettre au fond d'elle-même qu'elle l'aimait. Seulement, qu'allait-elle éprouver ici, dans son univers à lui, alors que sa présence constituait l'aveu de son amour ?

Soudain, elle le vit. Il venait vers elles, et son expression inquiète s'effaçait pour faire place à la joie. Il était beau, courageux, et il l'aimait. Ses doutes s'envolèrent, pareils à des bulles légères, puis disparurent, emportés par le vent. Amy lui échappa et se précipita dans ses bras. Il la souleva en l'air avec un rire sonore. C'est mon enfant et c'est mon homme, songea Maddy en les regardant. Elle eut l'impression de flotter comme dans un rêve pour les rejoindre.

« J'étais sûr que vous viendriez », dit-il.

Elle savait que c'était un mensonge. Même la foi la plus solide ne garantissait à personne que son amour serait payé de retour. On se mentait à soi-même, afin de pouvoir continuer à vivre. Je sais qu'elles viendront. Je sais qu'on restera ensemble. Je suis sûre qu'on sera toujours heureux. Ce n'étaient pas vraiment des mensonges. C'était l'espoir, l'espoir contre tout espoir.

« Je vous aime », murmura-t-elle.

Elle le sentit trembler, tandis qu'il refermait ses bras autour d'elle.

« Redites-le », souffla-t-il.

Elle s'exécuta.

DANS LA MÊME COLLECTION

Higgins Clark Carol, *Bien frappé*
Indridason Arnaldur, *La cité des jarres*
Jacq Christian, *La reine soleil*
Jeury Michel, *L'année du certif*
Kerforne Philippe, *Calories gloutonnes*
Laborit Emmanuelle, *Le cri de la mouette*
Le Carré John, *Notre jeu*
Lenoir-Etchegoin, *La saga des francs-maçons*
Lenteric Bernard, *Les maîtres du pain*
Magnan Pierre, *Les courriers de la mort*
Malroux Antonin, *L'enfance inachevée*
Mankell Henning, *L'homme qui souriait*
McKinley Tamara, *Éclair d'été*
Michelet Claude, *Rocheflame*
Michelet Claude, *Histoires des paysans de France*
Michelet Claude, *Il était une fois dans la vallée*
Mille Raoul, *La Belle Otero*
Miquel Pierre, *La Grande Guerre au jour le jour*
Montagné Gilbert, *J'ai toujours su que c'était toi*
Montupet Janine, *Quatre saisons parmi les fleurs*
Musso Valentin, *Le murmure de l'ogre*
Dr Moody Raymond, *La vie après la vie*
d'Ormesson Jean, *La création du monde*
Pancol Katherine, *Encore une danse*
Patterson James, *Une nuit de trop*
Pelissier Patrice, *L'ange et le loup*
Peyramaure Michel, *Le bal des célibataires*
Sebold Alice, *La nostalgie de l'ange*
Shariff Samia, *Le voile de la peur*
Signol Christian, *Les chênes d'or*
Signol Christian, *Bleus sont les étés*
Soumy Jean-Guy, *La tempête*
S.S. le Dalaï-Lama, *Conseils du cœur*
S.S. le Dalaï-Lama, *L'art du bonheur*
Tatilon Jean, *La soupe au pistou*
Teulé Jean, *Les lois de la gravité*
Uris Leon, *Exodus*
Verdun Jean, *La franc-maçonne du Luberon*
Vincenot Henri, *La Billebaude*
Williamson Penelope, *La passion d'Emma*

Mise en pages :
Patrick Leleux PAO
14000 Caen

Imprimé en France par CPI
en avril 2016

Dépôt légal : mai 2016
N° d'impression : 2020785
ISBN : 978-2-36559-157-7

Imprimé en France